No GRIP

MILLS COLEMAN

No GRIP

Lights Out, tome 2

ito

Hachette Livre, 58 rue Jean Bleuzen, 92170 Vanves.

Pour cette fille qui a tenu bon et à qui je dois tout.

Lexique

Aileron : élément de carrosserie situé à l'avant et à l'arrière d'une voiture monoplace. Il permet une meilleure adhérence et assure la stabilité du véhicule.

Bac à graviers : partie du circuit automobile destinée à ralentir ou arrêter les monoplaces ayant subi une sortie de piste.

Chicane : partie du circuit où se succèdent deux virages de sens contraire.

Cockpit : compartiment où s'assoit le pilote.

DNF (Did not finish) : cas dans lequel un pilote ne termine pas une course.

Courbe : virage en arc de cercle.

Courir : participer à une course automobile.

Drapeaux : ils sont utilisés par les commissaires de course pour informer les pilotes d'une situation particulière. Le drapeau à damier annonce la fin de la course, le drapeau jaune indique la présence d'un danger, le drapeau vert la fin de ce danger et le drapeau rouge avertit la mise en pause de la course. Enfin, le drapeau bleu indique à un pilote qu'il se fait dépasser par les leaders de la course et qu'il doit les laisser passer.

DRS (Drag Reduction System) : fonctionnalité des voitures de course permettant d'ouvrir une partie de l'aileron arrière, permettant au pilote d'aller plus vite en ligne droite. Le DRS ne se déclenche que sur des parties définies du circuit, et seulement si la voiture qui la précède est à moins d'une seconde.

Essais libres : composés de trois sessions, les essais permettent aux pilotes de se familiariser avec la piste, avant les qualifications et la course.

Esse : chicane en forme de « S ».

Flat spots : surface plane sur la gomme des pneus due à l'usure. Elle entraîne une perte d'adhérence.

Force : phénomène physique exercé par un objet sur un autre. Une force peut agir sur la vitesse d'un objet, le faire dévier.

G (initiale de gravité) : unité d'accélération.

Gomme : matière constituante des pneus ; elle désigne aussi les pneus eux-mêmes.

Graining : apparition de grains de gomme sur les pneus, diminuant leur adhérence.

Grille de départ : ordre dans lequel les voitures se positionnent sur la ligne de départ. Il est défini à l'issue de qualifications.

Grip (adhérence) : correspond au maintien d'une voiture sur la piste qui, par conséquent, ne glisse pas.

Halo : structure renforcée au-dessus de la tête du pilote permettant de le protéger en cas d'accident.

Homerace : course à domicile pour le pilote ou pour l'écurie.

Intersaison : période séparant deux saisons de Formule 1 durant laquelle les écuries développent les monoplaces pour le championnat suivant.

Marshals : personnes assurant la sécurité sur la piste pendant la course.

Paddock : partie du circuit réservée aux personnes habilitées (écuries, journalistes, invités, etc.). Elle se trouve derrière les stands.

Parc fermé : à la fin d'une course, les voitures sont disposées dans cette zone sécurisée où personne ne peut les toucher le temps que la fédération les inspecte.

Pesage : les pilotes et voitures sont pesés après chaque course et séance de qualification afin de vérifier que le poids total respecte le poids minimal imposé par la fédération.

Pilote payant : pilote qui paye pour obtenir un siège dans une écurie. Soit il verse cette somme lui-même, soit il reçoit une aide extérieure.

Pit-stop (ou arrêt aux stands) : court arrêt permettant de réaliser l'entretien du véhicule pendant une course.

Pit-wall : mur séparant la voie des stands de la piste. Derrière le pit-wall sont installés les ingénieurs et les dirigeants qui observent la course et communiquent aux pilotes les informations nécessaires.

Pneus (ou gommes, trains de pneus) : il en existe de plusieurs sortes : soft, medium, hard et wet. Les pilotes en disposent d'un nombre limité qu'ils doivent gérer pour optimiser leurs chances de l'emporter. L'usure des pneus est un élément stratégique crucial.

Pole position : le pilote le plus rapide en qualification obtient cette place. Il débutera la course en première position.

Qualifications : organisées la veille de la course et divisées en trois sessions (Q1, Q2 et Q3), elles définissent l'ordre de départ de la course. Le pilote qui réalise le meilleur temps obtient la pole position.

Safety car : lorsqu'un drapeau jaune est brandi (et si la situation le nécessite), cette voiture précède le leader en roulant plus doucement, permettant ainsi aux commissaires d'intervenir sur la piste en toute sécurité.

Silly Season (chaises musicales) : période pendant laquelle les pilotes et les écuries négocient pour signer les contrats pour l'année qui suit.

Tour de formation : juste avant le départ de la course, les pilotes effectuent un tour de piste au terme duquel ils prennent leur place sur la grille de départ.

Undercut : stratégie de course consistant à s'arrêter aux stands avant son concurrent.

Vibreur : dalles en béton rouges et blanches qui marquent la délimitation de certains virages.

Écuries

Dark Crown (couronne)
Owen Abbott
Enzo Adoni
Keelean (drapeaux croisés)
Mathieu Lecomte
Kai Porana
Riotti (éclair)
Ben Charley
Loris Doppia
Ted Wheeling (TsurW)
Sylvain Millet
Daniel Harris
Neptune (Poséidon)
Gabriel Hupert
Alak Oran

Peredes (arc tendu)
Diego Garcia
Filip Soria
Roar Racing (guépard)
Mathias Berg
Victor Leroy
Fizzles (bonhomme qui louche)
Simon Faure
Jacob Oak
Giants (lutteurs)
Felix Newman
Paul Becker
Cavarot (griffes)
Solveig Peterson
Sergio Velasquez

Articles de presse

La Course 10/02/2021

Nouvelle saison de Formule 1 : à quoi nous attendre ?

La prochaine saison de Formule 1 arrive à grands pas. Nul doute que toutes les équipes sont déjà sur le pont pour nous assurer un spectacle sans pareil. Mais avant de discuter des courses à venir, revenons sur l'année 2020 qui, reconnaissons-le, a été riche en évènements.

Commençons par féliciter le nouveau champion du monde, Owen Abbott, pour ses prouesses tout au long de l'année. Nous avons rarement vu de pilote aussi doué, prêt à se battre contre vents et marées. En effet, les obstacles se sont multipliés pour le jeune prodige. Victime des fraudes de son coéquipier, Magnus Nilson. C'est à se demander comment il a réussi à atteindre le podium. Nous avons hâte de découvrir ce qu'il nous réserve cette année avec un nouveau coéquipier et une écurie assainie.

Quant au Suédois, les nombreuses enquêtes se poursuivent à son encontre. Des témoins ont récemment été entendus par les autorités et par la presse. Nous attendons de pied ferme le verdict qui déterminera si oui ou non, Magnus Nilson mérite de garder sa liberté.

Nous ne pouvons bien évidemment pas discuter de cette saison passée sans mentionner le nom de Mike

Miller, jeune talent victime d'un crash mortel. Nous n'allons pas revenir sur les circonstances du drame, mais simplement présenter à nouveau nos condoléances aux proches de l'Américain. Son décès en a marqué plus d'un et nous espérons de tout cœur qu'un tel accident ne se reproduira pas de sitôt.

Cet évènement a clairement chamboulé le monde de ce sport, ne serait-ce en ce qu'il a entraîné des changements conséquents dans les écuries. Le jeu de chaises musicales, qui ne devait avoir lieu que cette année, a finalement commencé dès la fin de la saison dernière.

En résumé : Enzo Adoni a quitté TW pour rejoindre Dark Crown ; Daniel Harris a quitté Cavarot pour intégrer TW ; Alak Oran a quitté Peredes pour Neptune ; Peredes a accueilli le *rookie* Filip Soria ; Peterson a en fin de compte signé chez Cavarot avec le *rookie* Serio Velasquez.

Voilà qui promet une saison incomparable à la précédente. Nous comptons les jours avant les prochaines courses. Sans surprise, nous misons cette année sur Owen Abbott ! Et vous, sur quel pilote parierez-vous ?

Rich Guys 12/02/2021

Keelean : que se passe-t-il ?

Keelean, écurie écossaise appartenant depuis trois générations à la famille MacArthur, nous a surpris par la qualité de ses voitures : elle s'est hissée du troisième quart de la grille à la deuxième place au championnat constructeur. En deux décennies, Don MacArthur a redoré l'image de l'équipe et réussi à la remettre sur le devant de la scène.

Le riche homme d'affaires a énormément investi dans le sport pour innover et donner une chance à son écurie de devenir ce que toutes rêvent d'être : un concurrent à abattre.

La saison dernière a été réussie pour les seuls écossais de la grille. Ils ont mené une dure bataille contre Dark Crown et sont parvenus à s'imposer en tant que concurrents pour le *leader*. Malgré tout, alors que nous souhaitions interviewer Don MacArthur pour cet article, il a été porté à notre attention que le propriétaire de Keelean est introuvable et injoignable. Cela fait en réalité quelques semaines que l'homme d'affaires n'a pas été aperçu. Nous espérons qu'il se porte bien et qu'il saura nous rassurer sur les raisons de son absence.

Car si Keelean doit redouter une chose, c'est la disparition de son propriétaire en plus de la descente aux enfers de leur pilote star. Depuis le terrible décès de Mike Miller, son grand ami, Mathieu Lecomte, n'est plus que l'ombre de lui-même. Le jeune Monégasque, plongé dans les soirées, l'alcool et les femmes, ne semble certainement pas prêt à prendre le volant. Nous craignons que Lecomte se trouve incapable de fournir une prestation digne de ce nom pendant cette saison. Kai Porana, son co-équipier, pourra difficilement tenir la barre tout seul.

Keelean devrait peut-être penser à revoir sa stratégie…

People News 15/02/2021

Mathieu Lecomte : un pilote en roues libres

Aperçu à Barcelone : un délicieux jeune pilote, nu comme un vers, ivre et en bonne compagnie.

Voilà un moment que nous ne vous avions pas parlé du sexy Mathieu Lecomte… au moins une semaine ! Le Monégasque, au goût prononcé pour les fêtes alcoolisées, nous a de nouveau régalées lors d'une sortie dans la capitale catalane.

Il semblerait qu'il se soit laissé tenter par un petit *strip-poker,* à la fin duquel il nous a offert une merveilleuse danse, dans le plus simple appareil. Un véritable délice pour les yeux qui a su ravir une belle jeune femme avec qui il est rentré à son hôtel.

Si nous avions adoré le côté pile de son corps, aperçu récemment en Allemagne, le côté face a de quoi impressionner. Quel engin ! Nous comprenons maintenant la facilité avec laquelle il manie… le frein à main.

Ce débordement s'ajoute à une liste longue comme le bras de ses dernières soirées. Laissez-nous vous rappeler nos précédents papiers à son sujet : *Lecomte, ivre mort en interview* ; *Lecomte vous montre comment uriner dans la rue* ; *L'incontournable Tania Bliss se fait vomir dessus par Mathieu Lecomte* ; *Lecomte, trouvé au lit en compagnie… de jumelles !*

Quel sera notre prochain rendez-vous avec le Monégasque ? Une *sextape* ? Nul doute que le spectacle serait agréable à voir… À condition qu'il ne vide pas à nouveau son estomac alcoolisé sur sa conquête.

Allons, Mathieu ! Il faudrait penser à se reprendre. Si votre corps nous ravit les yeux, votre comportement nous fait de la peine. Qu'en disent vos patrons ?

1

Mars – Écosse

MATHIEU

En chemin pour le QG de Keelean, je peine à garder les yeux ouverts. J'ai débarqué hier à Édimbourg et je n'ai pas résisté à l'envie de faire un petit tour dans ce nouveau club aussi exotique que sexy.

J'ai peut-être un peu poussé sur la bouteille, car ce matin, la lumière me fait l'effet d'une bonne grosse gifle. Heureusement qu'un chauffeur m'emmène à bon port.

Tout d'abord, je suis fier de moi. Je n'ai pas oublié ce rendez-vous, ce qui n'était pourtant pas gagné. Je crois avoir déjà raté trois fois cet impératif… Du moins, c'est ce qu'il me semble, car les dirigeants étaient passablement furieux quand ils m'ont appelé la semaine dernière.

Quelle bande d'hypocrites, comme si eux ne sortaient pas une fois de temps en temps ! Ça arrive de se prendre des murges et d'omettre certains trucs !

Matt, tu es TOUT LE TEMPS bourré. Arrête tes conneries. Ils vont te virer.

Mais non, Mickey ! Pas quelques semaines avant le début de la saison.

Je n'ai pas encore décuvé, ma gueule de bois est sévère et je n'ai certainement pas envie qu'on me sermonne – ce qui va vraisemblablement se passer.

Je me demande qui assistera à la réunion et ce qu'ils vont bien pouvoir me dire. J'ai ma petite idée là-dessus : je sors trop et je me fais beaucoup remarquer. Personnellement, je ne vois pas où est le problème. La saison n'a pas commencé, je suis en vacances et surtout, je ne suis pas le seul pilote qui profite de la vie. On en parle de Newman et de ses soirées débridées sur son yacht ? Moi, au moins, je ne traîne pas dans les clubs échangistes. Ils devraient s'en satisfaire !

Mec, t'as vomi sur l'actrice la plus en vue du moment, alors que tu la culbutais !

Ce souvenir me fait rigoler. Merde… Ce n'était vraiment pas classe. La pauvre. La gifle que je me suis prise juste après est encore douloureuse. Comment la presse a-t-elle eu vent de cette histoire ? J'aimerais bien le savoir. Mes potes se sont bien foutus de ma gueule sur ce coup.

Au moins, elle m'a suivi dans ma chambre !

Je ferme les yeux un instant pour gratter quelques minutes de sommeil avant d'arriver au rendez-vous. C'est bien parce qu'ils ont menacé de me virer que je suis sorti du lit. Sinon, je serais encore en train de me faire cajoler par Sarah. Sarah ou Sonia ? Peut-être Maria ?

Ce n'est pas comme si j'allais la revoir de toute façon…

Je soupire d'aise dans le siège chauffant de la berline. Le temps humide écossais de ce mois de mars est dur à supporter. Je préfère largement la météo monégasque. Malgré ma veste en cuir et en laine et mes chaussures fourrées, je me les pèle ! Mes couilles sont tellement renfoncées sur elles-mêmes que je les sens presque dans ma gorge. Le chauffage est le bienvenu. Mes origines latines ne m'aident certainement pas à contrer ce froid.

Malheureusement, comme chaque fois que je sombre dans le sommeil en étant sobre, des images viennent m'enserrer la poitrine. Je vois le feu, une odeur agressive me brûle les narines, puis c'est l'impression qu'on m'arrache le cœur qui prend le dessus. J'ai envie de vomir, mon rythme cardiaque est trop haut, je transpire.

Incapable de supporter cette sensation plus longtemps, je rouvre les yeux et me passe la main dans les cheveux en tentant de maîtriser ma respiration. Quand je retrouve mon souffle, je me mets à fouiner dans les vide-poches au cas où quelqu'un y aurait oublié une mignonnette de vodka.

Évidemment, je rêve.

J'ai à peine le temps de me reprendre que la voiture se gare devant les locaux de Keelean.

Cela fait déjà trois ans que je cours avec eux, mais chaque fois que je me rends dans ce bâtiment, je suis surpris par l'élégance des lieux. On ne dirait clairement pas le siège d'une écurie de Formule 1. En vieilles pierres grises, l'édifice est un croisement entre un château et un immeuble plus récent. De grands espaces verts bien entretenus entourent le siège social, agrémentés de fontaines et de parterres de fleurs habituées à ce temps de merde.

S'il n'y avait pas autant de voitures de luxe devant les portes ou encore le logo placardé sur la façade, on pourrait croire qu'il s'agit d'habitations.

Les drapeaux croisés orange et noir, symbole de l'écurie, semblent me rire au nez quand je sors de la berline.

Je vais me prendre une rouste, là-dedans. Pourtant, je saisis mon courage à deux mains, enfile mon masque de clown et entre sans réfléchir plus longtemps. Une fois que ce rendez-vous sera passé, ça ira mieux. C'est une formalité pour ensuite pouvoir profiter de la voiture et des courses. J'ai conscience de leur devoir des comptes. Je n'en ai plus rien à foutre de rien, mais eux ont besoin de réponses et de garanties.

Je suis une hôtesse d'accueil jusqu'au bureau où l'on m'attend.

Le regard de cette femme me dévore tout le long du chemin. Elle est plutôt mignonne, j'aime particulièrement ses fesses, bien rebondies. Malgré tout, je me force à me comporter comme une personne civilisée et garde mon attention fixée sur son visage. Seulement, quand elle-même zyeute ostensiblement mon entrejambe, il devient difficile de me retenir de la séduire.

Vraiment ? Ça te paraît le bon moment pour ça ? Mec, ta place va se jouer dans cette salle… Concentre-toi !

Ça va ! S'ils voient que je suis stressé, ils vont en tirer profit. Alors que si je suis détendu, ils ne sauront pas comment me mettre la pression ! En plus, c'est elle qui a commencé…

La main de l'hôtesse frotte la mienne alors que nous montons dans les étages. Son sourire séducteur m'invite clairement à me rapprocher. Nous n'aurions que quelques secondes pourtant, elle pousse le vice jusqu'à me caresser le torse. Je commence à réfléchir à l'embrasser quand les portes s'ouvrent. Si deux employés ne nous avaient pas rejoints dans ce minuscule espace, je pense que je l'aurais croquée juste avant la réunion.

Malheureusement, la récréation est finie et je dois me résoudre à entrer dans ce fichu bureau. Cette distraction ne pourra pas me faire échapper à ce qui va me tomber dessus.

J'enfile donc mon plus beau sourire désinvolte pour passer la porte. *C'est parti !*

— Bonjour ! lancé-je à la cantonade.

Je suis accueilli par un certain nombre de visages fermés. Je reconnais certains d'entre eux. Tout d'abord, il y a le dirigeant de l'écurie, John Lowe. Je crois qu'à sa gauche, il s'agit d'un membre du pôle communication, Peter, si mes souvenirs sont bons. Ensuite, nous avons les mecs responsables des finances, Franck et Dany. C'est eux qui me payent donc je les connais bien. Au milieu de tout ce beau monde, une seule tête m'est entièrement étrangère.

Une jeune femme se tient bien droite sur le siège principal de la salle.

Si l'hôtesse d'accueil était mignonne, celle-ci s'avère plutôt… Je ne sais pas, en fait. Je ne la trouve pas moche, mais son regard glacial ne la rend pas du tout avenante. Celle-là, elle ne m'aime pas. Surtout, je ne comprends pas ce qu'elle fiche ici.

Elle se lève pour venir me serrer professionnellement la main. Je réalise alors que cette femme est plutôt petite. Elle doit mesurer un mètre soixante à tout casser. Châtain, des yeux verts aussi acérés qu'une lame et une expression du visage sévère.

Voilà qui calme rapidement mes ardeurs.

Malgré tout, je lui serre la main et écoute sa présentation.

— Monsieur Lecomte. On ne vous attendait plus, me pique-t-elle

Je garde un sourire charmeur. Je ne me débinerai pas devant elle, ni personne. S'ils souhaitent m'engueuler, qu'ils le fassent, mais qu'ils n'espèrent pas des excuses.

— Que voulez-vous ? Je suis très demandé, blagué-je avec un clin d'œil.

Elle hausse un sourcil avant qu'un rictus prenne place sur ses lèvres.

— Votre siège aussi, me rappelle-t-elle d'une voix douce, mais cruelle.

Ouch. Même moi, elle m'a fait mal cette remarque. Quelle garce !

Je n'ai pas le temps de répliquer qu'on m'invite à m'asseoir. Je m'exécute en gardant le sourire, mais sans oublier de surveiller cette diablesse du coin de l'œil.

— Je me présente, reprend-elle, Nell MacArthur. Je suis en charge de l'écurie en attendant le retour de mon père.

Je regarde de nouveau la salle et ne prends conscience qu'à cet instant de l'absence du propriétaire de Keelean. Don MacArthur assiste toujours à ces réunions. Je me demande pourquoi son monstre de fille est assis à sa place.

— Qu'arrive-t-il à notre bon vieux Don ? m'enquiers-je simplement.

Maintenant que j'y pense, voilà quelques mois que je ne l'ai pas vu.

Nell pince les lèvres avant de m'éclairer. Elle croise ses jambes, puis pose ses mains jointes sur son genou. Se tenant bien droite, elle m'explique :

— Mon père est fatigué. Il va s'absenter quelque temps et j'assurerai la relève en attendant.

Voilà une réponse bien évasive. J'espère qu'il ne souffre de rien de grave.

— Souhaitez-lui tous mes vœux de rétablissement, affirmé-je sincèrement.

Quelque chose que je ne saurais déchiffrer passe dans le regard de miss MacArthur, avant de rapidement disparaître pour laisser à nouveau place à sa froideur infernale.

— Je vous remercie. Vous comprendrez donc que c'est à présent à moi que vous devrez rendre des comptes.

Mon attention quitte cette femme pour me concentrer sur Lowe. Ce dernier hausse les épaules. Ce n'est pas dans les habitudes de Don de trop s'impliquer auprès des pilotes. Manifestement, sa fille souhaite la jouer autrement. Répondre à cette furie en plus de John ? Ils veulent ma peau…

T'es dans la merde…

— Vous vous entendriez bien avec mon amie, Lise, remarqué-je alors.

Une femme charismatique, assise à la place la plus importante de l'écurie, qui tente de me mener à la baguette ? Clairement, elles s'apprécieraient ces deux-là.

Ose répéter ça à Lisie qu'on rigole !

Je souris en imaginant ce que ça pourrait donner.

Lise Cardin fait partie de mon groupe de potes. Owen Abbott, Gabriel Hupert, Loris Doppia, Mike Miller, elle et moi nous sommes rencontrés enfants. Nous avons commencé le kart ensemble et avons grimpé les échelons les uns à la suite des autres. Lise, la meilleure d'entre nous, a cependant dû oublier ses rêves de Formule 1 à cause du sexisme de ce sport. Aujourd'hui, elle a réussi à trouver un poste à la fédération, grâce auquel elle oblige les dirigeants des écuries à faire des efforts sur ce point. Elle sait ce qu'elle veut et s'impose. Un peu comme Nell MacArthur à cet instant.

Cette dernière m'observe, perplexe. Finalement, elle soupire, regarde ses collaborateurs, puis pose bruyamment ses mains jointes sur la table qui nous sépare.

Je suis assis, comme un con, de l'autre côté de cette table, avec toutes ces personnes face à moi, prêtes à me gronder. Au lieu de leur montrer à quel point cette situation me met mal à l'aise, je m'affale un peu plus sur mon siège, passe ma cheville gauche sur mon genou droit et croise les doigts sur mon ventre. Je penche légèrement la tête et attends innocemment la suite.

Mon attitude lui fait hausser un sourcil. Je sens qu'elle se retient de m'insulter.

— Je ne vais pas passer par quatre chemins, reprend-elle, sérieuse. Votre comportement est inadmissible et doit cesser immédiatement.

Les messieurs finances acquiescent en soutien. Lowe, lui, soupire. J'imagine qu'il n'a pas envie d'être là, ni de prendre part à ce remontage de bretelles. Son truc, c'est uniquement les courses.

Nell est plutôt directe, ce n'est pas plus mal. Malgré tout, son exigence m'insupporte. Je préfère jouer au con que répondre sincèrement, alors je me redresse sur mon siège et me tiens droit comme un élève devant sa maîtresse.

— C'est mieux ? me moqué-je.

Peter retient un sourire. Nell, de son côté, monte en pression. Au lieu de céder à la colère qui grandit en elle, elle attrape quelque chose dans son sac pour le balancer devant moi. Son regard dédaigneux me met le coup de grâce.

La couverture de *People News* me rit au nez. Toutes les personnes présentes observent à nouveau le cliché et retiennent soit un gloussement, soit un jugement. L'expression de Nell ne cache aucunement ce qu'elle pense de cette une. Elle me trouve pathétique.

Sur ce coup-là, j'avoue ne pas être très fier de moi. Cette soirée est entièrement sortie de mon contrôle et je l'ai payée avec les nombreuses réactions qu'a suscitées ce cliché. Déjà, mes potes se sont ouvertement moqués de moi. Tous sauf Lise qui, elle, m'a demandé si j'allais bien avec son regard de pitié que je n'arrive plus à supporter. Ensuite, ce sont toute la presse et les réseaux sociaux qui y sont allés de leur petit commentaire sur mes parties. Vraiment, je ne me sens pas d'humeur à remettre ça.

— Peut-être que ce genre de débordement ne vous dérange pas, mais nous ne pouvons pas accepter que vous traîniez le nom de Keelean dans la boue avec le vôtre.

— Ce que madame MacArthur veut dire, explique Peter, c'est que cette pub est terriblement mauvaise pour nous. Il faudrait vraiment que vous calmiez le jeu. Il y a eu trop de papiers sur vous dernièrement.

Intérieurement, je bous. Je ne supporte pas qu'on me dise quoi faire. J'ai besoin de sortir, de me défouler, de boire, d'oublier. Ils ne pourront rien y changer. Ce n'est pas ma faute si les journalistes s'amusent à me suivre et que mes conquêtes relatent tous ces évènements privés.

— Détendez-vous ! réponds-je en souriant. Quelques soirées n'ont jamais fait de mal à personne.

Nell me regarde comme si j'étais parfaitement stupide.

— Votre queue est en première page de je ne sais combien de magazines ! lâche-t-elle à bout de nerfs.

Un sourire en coin prend place sur mes lèvres.

— Elle vous plaît ? la taquiné-je.

Dieu merci, la taille de mon sexe n'a rien de risible ou d'extravagant, sinon je n'imagine pas ce qui aurait pu être dit de pire par les journalistes. Déjà qu'ils exagèrent sans mal la grosseur de ma verge pour mieux vendre leur torchon.

Ma petite vanne suscite une rougeur sur les joues de MacArthur. Je ne crois pas que ça soit de gêne ou d'envie, mais de stupéfaction, voire de colère.

Lowe se frotte les yeux en soufflant.

— Mathieu… commence-t-il. Tu sais qu'on t'adore, mais là tu vas trop loin.

Je me suis toujours bien entendu avec le dirigeant de Keelean. Ses mots me touchent bien plus que ceux de cette femme dont je n'ai rien à faire.

— Écoutez, reprends-je plus sérieusement, je sais que j'ai joué au con dernièrement et je ne peux pas vous promettre de ne plus sortir. En revanche, je peux vous assurer que je n'ai aucune envie que ma queue se retrouve à nouveau en première page.

C'est un bon compromis, non, Mike ?

Tu me désespères.

Nell secoue la tête.

— Bon sang, mais il se fout de ma gueule, marmonne-t-elle, en proie à la colère.

Lowe me fait signe de calmer le jeu, mais à mon sens, j'ai déjà fait un effort.

À quoi bon être riche et célèbre si je ne peux pas en profiter ? C'était les vacances, en plus !

Les autres conseillers m'observent, épuisés.

Qu'est-ce que je donnerais pour prendre un verre, là !

NELL

Déjà que je préfèrerais être n'importe où ailleurs que sur ce siège, il fallait que je supporte une discussion avec un pilote stupide et égocentrique.

Je ne sais pas à quoi il joue celui-là, mais il me les brise.

Je me suis renseignée sur son cas avant de le faire venir. J'ai fait mes recherches et lu chaque rapport à son sujet au sein de l'écurie. J'ai surtout écouté ce que m'a dit mon père sur son compte. Mathieu est un très bon pilote, il représente, selon lui, l'avenir de l'équipe et nous avons besoin de lui avec nous.

Quand je le vois, je me demande comment Papa a pu déceler cela en lui. C'est un gamin qui joue avec mes nerfs. Il se croit tout permis parce qu'il a du fric, mais si monsieur continue ses conneries, il va comprendre à quel point je peux faire de sa vie un cauchemar.

Mathieu est plutôt canon avec sa peau légèrement mate, ses yeux marron clair et ses cheveux décoiffés. Il a cette coupe à la mode : cheveux rasés sur les côtés et plus longs sur le dessus. Ce mec est un mix entre la classe monégasque et le charme latino. Pas étonnant qu'il trouve aussi facilement des femmes à mettre dans son lit.

Les compliments s'arrêtent cependant là. Vu les cernes qu'il se tape, ses yeux rouges et sa barbe qu'il n'a pas rasée depuis quelques jours, je suis tentée de dire qu'il n'a pas été sobre depuis longtemps. Cet homme est un bordel ambulant. Il ne cesse de se frotter la tempe, signe qu'il se tape une méchante gueule de bois aujourd'hui encore. Il me ferait presque pitié s'il ne se montrait pas aussi désinvolte, voire insultant, par son comportement.

Ses agissements ont de grosses répercussions sur l'écurie. Nous recevons sans cesse des messages de journalistes à son sujet. Surtout, les gens sur les réseaux sociaux se moquent ouvertement de nous. Ça commence à bien faire. Je préfèrerais qu'il fasse profil bas pendant toute la saison.

Je donnerais cher pour que mon père reprenne ce siège. Je n'ai pas envie d'être là, pas envie de gérer ce merdier. Si je me plie à l'exercice, c'est uniquement pour ne pas abandonner l'héritage que ma famille a passé tant d'années à construire. Voilà trois générations que le nom MacArthur est entré en Formule 1. Nous faisons partie du sport. Même si ça ne m'a jamais intéressée, j'ai conscience de l'importance que cela a aux yeux des MacArthur. Quand mon père m'a demandé de reprendre les rênes en urgence, je n'ai pas pu dire non.

Au fait du nombre de personnes dont le sort réside entre nos mains, je n'ai simplement pas pu me résoudre à les laisser tomber. J'ai donc mis ma carrière en pause pour venir en aide à Keelean, l'écurie qui me pourrit la vie depuis ma plus tendre enfance.

Je tente tant bien que mal d'oublier ma rancœur et mes rêves inachevés pour me reconcentrer sur Mathieu Lecomte.

J'ai envie de le secouer, de le gifler, qu'il comprenne que non, ce n'est pas normal d'avoir sa bite en une de magazine ! Il ne peut quand même pas être stupide au point de ne pas le réaliser, si ?

Calme-toi, Nell.

J'observe ce mec avec attention, en essayant d'oublier l'image de son sexe. Je dirais qu'il est dans la moyenne, peut-être un peu au-dessus ? Je me garderai de lui faire un commentaire à ce sujet, il y en a bien assez eu sur internet.

J'ai regardé nombre de ses courses pour me faire une idée du pilote qu'il est. J'ai suivi ses interviews et écouté mes conseillers sur sa personne. Il est loin d'être con, sinon, il ne se tiendrait pas là. Un truc cloche chez lui, clairement, mais il n'est pas stupide. D'ailleurs, c'est bien quand nous avons parlé de le virer qu'il s'est pointé. Il reste donc apte à réfléchir.

La vérité c'est que nous bluffons. Nous ne pouvons pas nous permettre de le perdre. Pas en ce moment. Il est notre star et son humour charmeur nous aide bien souvent à améliorer notre image. Mais ces derniers temps, ça a été plutôt l'inverse. Je dois absolument le remettre dans le droit chemin…

Il n'a pas l'air d'être un mauvais bougre, juste un mec immature qui a besoin d'une fessée pour comprendre qu'il ne faut plus faire le con. C'est là que j'interviens.

— Écoutez monsieur Lecomte, je n'ai pas toute la journée à vous accorder et vous me fatiguez.

Je n'aime pas me montrer aussi froide, mais je n'ai pas le choix, il y a trop en jeu. Même si cette andouille ne le saisit pas…

— Allons faire une sieste alors, réplique-t-il avec son sourire désinvolte.

— Je vais être très claire. Ou vous arrêtez vos conneries, ou nous vous remercions.

L'espace d'une fraction de seconde, son regard trahit son angoisse et sa mâchoire tique. Mais rapidement, il se reprend pour retrouver son attitude détendue, comme si tout ça ne l'affectait pas le moins du monde.

— Nous avons un contrat, me rappelle-t-il.

— Et une clause qui exige que vous coopériez avec l'écurie. Ce que vous ne faites pas.

S'il croit que je n'ai pas potassé le truc avant de le menacer… Je ne suis pas stupide ! Peut-être nouvelle dans ce domaine, mais pas idiote. Sans parler des conseillers qui m'entourent pour m'aiguiller au mieux possible.

Ne peut-il pas simplement admettre qu'il va trop loin et se calmer ? Pourquoi veut-il continuer ses conneries ? Il doit avoir conscience que ce n'est pas bon pour lui.

Il me fusille du regard, mais conserve cette nonchalance déconcertante.

— Je ne comprends même pas ce que vous demandez. Que je garde ma bite dans mon froc quand la presse est là ? On devrait arriver à tomber d'accord, ironise-t-il.

Il ne peut pas arrêter de parler de sa bite à la fin ?

— Nous vous ordonnons de cesser d'apparaître dans les magazines, sur des vidéos ou encore sur des photos sur les réseaux. Faites profil bas, imposé-je durement.

Il hausse les épaules.

— OK.

Il me dit ce que je veux entendre, je ne le crois pas une seconde.

— Je vais vous surveiller, Mathieu. Ne me prenez pas pour une imbécile.

— J'avais plus le mot despote en tête, Nell, appuie-t-il avec un grand sourire sur mon prénom.

Mes conseillers soupirent. Eux aussi sentent que Lecomte est loin d'être prêt à faire ce que nous lui demandons.

Si mon père ne croyait pas autant en lui, je lui aurais déjà mis un coup de pied au cul… Il est une écharde dans mon pied dont je me passerais. J'ai bien assez à gérer sans ses bêtises.

— Vous pouvez disposer, le congédié-je d'un geste de la main.

Il veut me traiter de despote, je vais lui montrer que jusqu'ici j'ai été sympa.

Il ricane en secouant la tête. Je l'amuse, c'est déjà ça. Il rigolera moins si je le prends encore à jouer avec nous.

Mathieu s'en va, non sans oublier de souhaiter bonne chance à Lowe, le fumier. Il nous salue ensuite poliment, puis disparaît à travers la porte.

Je me retrouve à nouveau seule avec tous ces hommes qui ont tant de choses à me demander et à exiger de moi.

Je pourrais tuer mon père pour m'avoir mise dans une telle position. Et dire qu'à cette heure-ci, je devrais me concentrer sur ma propre boîte. Mais non, à la place je me coltine des discussions sur les finances de l'écurie, sur les politiques d'investissement, sur le planning des réceptions à venir. Ma tête va exploser. J'ai envie de leur hurler que je n'en ai rien à faire de tout ça. S'il n'y avait pas des centaines de personnes concernées par ces décisions, j'aurais probablement envoyé paître tout le monde.

Mon regard se porte sur le logo de Keelean contre le mur, puis sur le visage compatissant de Lowe. Il pose une main rassurante sur mon épaule alors que nous écoutons les autres nous faire toutes sortes de propositions. La réunion s'éternise et à la fin, j'ai l'impression que ma tête va exploser sous la quantité d'informations qui y a été déversée.

En tête à tête avec John après le départ de mes conseillers, je m'autorise à soupirer d'épuisement. Je me laisse tomber dans mon siège, submergée.

— Ça va aller Nell, ne t'inquiète pas. Tu n'es pas toute seule.

J'acquiesce par automatisme.

— Tu crois que Mathieu va nous écouter ?

Lowe grimace.

— Il a toujours beaucoup fait la fête, ça ne risque pas de changer du jour au lendemain. Depuis la mort de Mike Miller, je pense qu'il noie son chagrin de cette façon. Laisse-lui du temps.

Mais nous n'avons pas de temps…

— Il va devoir se secouer. La saison approche et je ne l'ai pas senti capable de piloter.

Lowe regarde vers la porte, perdu dans ses pensées.

— Non. Clairement pas.

2

Mars – Monaco

MATHIEU

Autant dire que je n'ai pas traîné à Édimbourg après cette entrevue. Nell MacArthur aurait été capable de me prendre en filature. Cette femme… Elle rend dingue. « Vous pouvez disposer. » Non mais, pour qui se prend-elle ?

J'ai vingt-sept ans, pas quatre. Je n'ai pas besoin qu'on m'explique quoi faire ou qu'on m'interdise de trop sortir. Je ne suis plus au lycée ! Quoique, même à cette époque-là, mes parents ne m'ont jamais rien reproché. Il faut dire qu'ils n'ont jamais été trop sévères. La preuve : ils n'ont pas été perturbés plus que ça par cette une.

La mère de Mike en revanche…

J'ai promis de veiller sur elle et je prends régulièrement de ses nouvelles. De son côté, je crois qu'elle me surveille un peu. Cet article l'a déçue, je le sais. Elle ne l'a pas dit, mais j'ai senti à son ton au téléphone qu'elle n'approuvait pas du tout. Elle a ensuite laissé entendre que je faisais n'importe quoi.

Pourquoi est-ce que tout le monde s'évertue à me répéter ça ? J'en ai parfaitement conscience. Je sais que je délire, mais j'en ai besoin, alors qu'ils aillent tous se faire foutre !

La saison va commencer d'ici deux semaines. De retour à Monaco, je me mets bien plus sérieusement aux entraînements. Jusqu'ici, j'avais un peu levé le pied, mais là, je dois me reprendre. Je dois perdre du poids et vite. Mon coach me l'a bien fait comprendre.

Il n'est pas mon plus grand fan, mais il fait bien son travail. C'est pour ça qu'il est payé de toute façon.

Sous le beau soleil monégasque, je le laisse me guider à travers de longues séries d'exercices. Il y va fort, mais ça m'aide à oublier la douleur, à oublier ce rendez-vous, à oublier la déception de tout mon entourage. C'est à se demander s'ils comprennent…

Alors que j'enchaîne des étirements de la nuque, je reçois un énième appel d'Owen. Mes amis veulent organiser notre réunion annuelle avant les courses. Sauf que cette fois, je n'ai pas envie de m'y rendre. Ça fait des semaines qu'ils ne me font que des reproches et je n'en peux plus. Surtout, aller à cette soirée sans Mike, c'est trop pour moi.

Ils vont finir par t'en vouloir, vieux.

Ils comprendront.

Une fois de plus, j'ignore l'appel, puis tous les suivants. Ils alternent. Un coup c'est Owen, un coup Loris, un coup Gabby. Il n'y a que Lise qui me fout un peu la paix, je crois qu'elle est la seule à saisir un minimum ce dont j'ai besoin. Mais même elle se donne pour mission de me faire ouvrir les yeux sur je ne sais quoi. Je les adore, pourtant, là, ils m'épuisent.

Mon coach ajoute un poids pendant mes fentes. Je le supporte en souffrant le martyre. Ils me prennent tous pour un gamin écervelé, mais j'ai conscience des enjeux. Je sais que je dois être prêt pour ma saison, que je dois m'entraîner, que je dois me concentrer. Sortir ne m'empêche pas de mener cela à bien.

— T'es mou, me réprimande mon coach.

Connard. Vas-y, toi, soulève ça qu'on rigole.

— Comme ma bite, lâché-je dans une longue expiration.

Personne n'a jamais réussi à me vexer, il ne sera pas le premier.

— Encore dix, m'impose-t-il.

Je serre les dents et m'exécute. La fatigue m'aide à apaiser mes pensées. Le sport est un des rares moments où mon esprit se vide et où le calme prend place. L'alcool me procure le même effet. C'est pourquoi ce soir, je compte bien retrouver mon club préféré pour me noyer pour la nuit. Autrement, je serai incapable de dormir. C'est ça ou des insomnies cauchemardesques.

Je sais qu'il faudra que je me fasse discret pour éviter d'avoir miss MacArthur sur le dos. Je me faufilerai donc secrètement dans l'espace VIP et en ressortirai tout aussi sobrement par-derrière. Elle n'y verra que du feu, et moi, je serai soulagé.

Malgré tout, avant l'amusement, j'ai quelques impératifs à honorer. Les meetings de merde vont commencer.

Celui de cette aprèm n'est cependant pas le pire. Je dois me rendre à une séance photo pour une campagne en faveur de l'activité sportive. L'évènement est organisé par une grande chaîne française et l'idée d'inciter les jeunes à se bouger me plaît. Même si je ne suis pas fan des rendez-vous médiatiques, celui-ci a du sens donc j'y vais un peu plus motivé que d'habitude.

Je ne sais pas qui d'autre sera filmé, probablement des footballeurs, tennismans, handballeurs.

Je passe me changer chez moi avant de me diriger vers le lieu qui m'a été communiqué. Les équipes ont eu la gentillesse de venir à Monaco pour m'éviter d'avoir à bouger avant la saison. Ça m'arrange, je n'avais pas très envie de me taper un voyage en avion cette semaine.

Nous nous retrouvons dans un studio où, dès mon arrivée, je suis habillé et maquillé pour commencer à filmer.

On m'explique en quoi va consister le travail, puis on me guide jusqu'à un marquage au sol où je devrai débiter un speech avant de faire quelques mouvements. Rien de bien compliqué. Je m'exécute sans mal.

Nous faisons diverses prises. Je me montre un coup séducteur, un coup humoriste. Il n'y a rien de pire que de supporter un rendez-vous sans rigoler. Autant se marrer un bon coup, ça détend tout le monde et nous passons un meilleur moment. Je suis toujours ravi de jouer ce rôle. D'autant plus qu'un adage stupide rappelle que « femme qui rit… ». Si ces mots sont franchement machos, certains hommes devraient le prendre à la lettre plutôt que se montrer trop lourds. Regardez-moi ! Je les fais glousser depuis une heure et déjà deux d'entre elles sont prêtes à me raccompagner à ma loge.

Le sexe aide aussi beaucoup à se détendre. Tout le monde devrait avoir un orgasme par jour, c'est le minimum !

— Hey Andy, apostrophé-je mon assistant, fais une vidéo pour Madame Glaçon, qu'elle voie que je me tiens bien !

L'équipe éclate de rire. J'imagine que ça ne sera pas le cas de Nell, mais moi, au moins, j'aurais bien rigolé.

Mon assistant s'exécute et je lui envoie même un bisou soufflé à la fin de l'enregistrement. J'espère qu'elle a de l'humour la petite, parce qu'avec moi elle n'a pas fini d'en voir. Je suppose qu'elle a été prévenue.

Me prenant au jeu de ce tournage, je me mets à faire des pauses idiotes. J'imite Hulk avant de jouer l'Apollon. Les directeurs sont ravis. Les enfants rigoleront et c'est le meilleur moyen de faire passer un message.

— Nous avons tout ce qu'il nous faut, m'informe le réalisateur. Merci beaucoup, Mathieu, c'était super.

Je lui tape dans la main en le remerciant à mon tour. Je salue le reste des équipes.

— Bravo les amis ! On a tous mérité un *donut* !

Le staff rigole, mais m'écoute. Chacun se dirige vers le buffet pour prendre un truc à grignoter. Les buffets restent toujours intouchés à la fin des rendez-vous, ça m'énerve ! Autant qu'ils en profitent.

Ça serait bien si tu étais comme ça, tous les jours… Pro.

Ça serait bien si tu arrêtais de squatter mon esprit !

Je te manquerais trop.

La nuit est déjà tombée quand je rentre chez moi. Je trouve le temps de grignoter un truc et de me détendre sous une douche avant de partir pour le club. Mon chauffeur m'attend en bas de mon immeuble. Mieux vaut éviter de prendre ma voiture. Elle est trop tape-à-l'œil et surtout, je serai trop bourré pour la ramener.

Je descends et maudis mon karma quand je vois deux paparazzis en scooters garés au coin de la rue. Leurs gros appareils photo trahissent leur métier. Décidément, ils ne veulent pas me lâcher. En même temps, je leur offre toujours un beau cachet à la fin de la soirée. Je ne peux pas leur reprocher de me suivre…

En espérant qu'ils seront cools et que je ne ferai pas trop de bêtises. Je ne veux pas perdre mon siège, juste me détendre un peu. Nell n'a pas dit de ne pas sortir, simplement de faire profil bas.

Alors que je monte en voiture, je reçois justement un message de sa part.

Nell : « Je vous donne un point vert pour ce tournage. »

Sa vanne me fait rire. Elle a peut-être de l'humour finalement, sous cette couche de glace.

Je range mon téléphone quand j'arrive devant le club. J'essaye de rentrer en douce, mais comme souvent, le videur annonce ma présence au patron qui n'hésite pas à signifier à la foule que l'enfant du pays a choisi ce club et pas un autre. Je n'ai même pas bu un verre que j'ai droit à un bel accueil.

— *Mathieu Lecomte is in the house !*

On repassera pour la discrétion. Bon, si je ne joue pas au con, ça devrait aller aux yeux de la direction de Keelean. Je dois juste rester sage.

* * *

Deux heures plus tard…

— Tout le monde les mains en l'air ! crié-je au micro.

Matt…

— Je ne vous entends pas ! Vous êtes chauuuuuuds ?!

La foule hurle et se met à se déhancher sur le son qu'envoie le DJ. Deux danseuses viennent me rejoindre sur la scène et je les fais virevolter avant de me lancer dans un collé-serré entre elles.

Le reste de la soirée m'est un peu flou. À un moment, je rentre chez moi accompagné. Je crois que je couche avec une des danseuses, mais ça pourrait tout aussi bien être une des serveuses. La vodka fait effet, car je ne pense plus, je me contente de ressentir la douceur de mes draps avant de sombrer jusqu'au petit matin.

* * *

Étonnamment, je ne reçois pas de remontrance de la part de Keelean le lendemain. Pourtant, quelques articles sont encore sortis à mon sujet. Je ne suis pas très fier de moi sur ce coup, je voulais vraiment me tenir bien… Cependant, je n'ai rien fait de mal ! Ma bite n'a pas fait la une, c'est déjà ça !

Je poursuis les deux dernières semaines avant la saison de la même manière. Je m'entraîne d'arrache-pied, je potasse mes courses, j'assiste à mes rendez-vous, puis j'oublie tout dans l'amusement, l'espace de quelques heures, avant de trouver le sommeil.

Le jour du départ pour Melbourne finit par arriver. Cette fois, il va vraiment falloir me concentrer. Si je veux que Keelean garde confiance en moi et accepte mes quelques débordements, je dois prouver que je suis toujours capable de briller en piste, c'est le plus important.

J'attrape mes sacs pour rejoindre ma voiture. Avant de sortir, je regarde malgré tout une dernière fois dans le coin derrière ma télé.

À la mort de Mike, sa mère a tenu à ce que je garde un de ses casques en souvenir. Je l'ai déposé sur mon étagère au milieu de mes coupes.

Je fixe la visière comme si le visage de mon meilleur ami était encore de l'autre côté.

Tu vas déchirer cette saison, mon vieux !

T'aurais dû être là, toi aussi…

C'est pour ça que tu vas conduire pour nous deux et me rendre fier.

Mon cœur se serre si fort que j'en ai presque envie de vomir. Je me sens terriblement seul depuis son départ. Je *suis* seul.

Plutôt que de sombrer dans la déprime, je me secoue et quitte mon appartement le plus vite possible. Reprendre les courses me fera du bien, le sport sera un bon catalyseur. Il faut que ça bouge, plus je reste à attendre, moins ça va.

Je me sens prêt pour courir et je vais faire fermer sa jolie bouche à miss MacArthur.

NELL

Encore cachée dans mon lit, j'essaye de trouver une excuse pour ne pas me pointer aux rendez-vous du jour. Franck et Dany veulent que nous dressions un bilan sur les finances de l'écurie. D'après eux, il y a quelques trucs que je dois savoir et je me doute que ça ne va pas me plaire.

Lowe doit aussi me faire un compte-rendu pour ce qui est des voitures, des courses, de nos stratégies. Cette partie est peut-être moins ennuyeuse, mais certainement pas passionnante.

Je m'en fiche de ce sport.

Tout ça me gonfle.

Et ce putain de pilote qui se fiche de ma tête me sort par les yeux !

Sa vidéo m'a fait rire, je le reconnais et j'ai presque été attendrie par cette facette amusante de sa personnalité. Je me suis dit que, finalement, il avait peut-être écouté ce que je lui avais dit. Mais dès le lendemain, sa tronche apparaissait à nouveau dans les magazines. Clairement, il se moque de moi et il va comprendre de quel bois je me chauffe.

Je m'apprête à me lever quand je reçois un message sur la conversation avec mes deux meilleures amies.

Mina : « Je suis morte ! Mate cette vidéo ! »

Carly : « Il abuse ! 😆 »

Et ce n'est pas peu dire. Depuis que je leur ai annoncé mon nouveau job et surtout ma principale mission de mettre ce pilote en laisse, elles s'attèlent à me trouver toutes les vidéos les plus bizarres sur lui. Aujourd'hui, c'est un morceau d'une interview datant d'il y a quelques jours. Mathieu n'a pas manqué l'occasion d'amuser la galerie. J'appuie sur *play* en soupirant d'avance.

— Avez-vous déjà fait l'amour sur votre voiture de course ? l'interroge le journaliste.

Je me demande vraiment à quoi sert ce type de question. À part lui faire dire des conneries, ça n'aide ni l'équipe, ni sa carrière. Il passe simplement pour un *playboy*.

Mathieu glousse, coupable.

— Si j'avais fait ça, il y aurait forcément eu des témoins, réplique-t-il, mort de rire.

Ça, c'est clair. Les voitures sont étroitement surveillées en permanence. Malgré tout, je le crois assez imaginatif pour avoir trouvé une parade.

— En vrai, ça me plairait bien, avoue-t-il finalement avec un clin d'œil explicite pour une des femmes assises au premier rang.

J'arrête la vidéo. Il me désespère.

Moi : « Quel con… »

Les filles répondent aussitôt.

Carly : « Bah… Ce n'est pas un mauvais garçon, juste un tombeur ! »

Mina : « Il est canon et il le sait. »

Moi : « Si je pouvais le virer, je m'en ferais un plaisir. Qu'il comprenne que ce n'est pas un jeu ! »

Carly : « Toi, tu ferais bien de sortir en boîte avec lui, ça ne te ferait pas de mal ! »

Clairement.

J'ai tellement la haine de me retrouver dans cette position. Une bonne cuite serait la bienvenue. Mais je dois garder le cap. L'équipe a besoin de moi et si Mathieu découvre que j'ai pris du bon temps, il ne me laissera jamais lui reprocher de faire la même chose. Donc je suis coincée et c'est lui qui va payer les pots cassés.

Je finis par me traîner hors du lit pour me préparer. Je déjeune en vitesse avant de retrouver le QG de Keelean. Là, je me tape les interminables rendez-vous avec les responsables des différents pôles. On me parle de chiffres, de stratégies, de plan de communication. Je ne comprends qu'à demi-mot ce qu'on me raconte.

Tout ce que j'arrive à saisir, c'est que les comptes de l'équipe sont à sec et que nous allons avoir quelques soucis si nous ne redressons pas la barre. Nous espérons ramener un peu d'argent avec le début de la saison. La vente des produits dérivés et les versements de nos sponsors devraient nous aider. Malgré tout, la situation financière de l'écurie n'est pas au top et je ne suis clairement pas compétente pour arranger les choses.

Quelle merde tu as foutue, Papa… Qu'est-ce que tu as fait ?

En fin de journée, je trouve John Lowe, mon seul allié dans cette galère. Cela fait des années que je connais cet homme. Il a longtemps été le bras droit de mon père et il maîtrise l'équipe mieux que personne. Il est par ailleurs le seul à savoir la vérité sur ce qu'il se passe ici et rien pour ça, ça me fait du bien de discuter avec lui.

— Prête pour ta première course en tant que propriétaire ? s'enquiert-il en me servant un verre.

Je soupire en me laissant aller dans mon fauteuil.

À vingt-six ans, je n'aurais jamais cru me retrouver à la tête de Keelean. Ma voie était tout autre. Je ne suis pas prête, ni compétente et certainement pas contente de me trouver là. Lowe mène la barque et moi, j'écoute les conseils qu'on me donne, puis signe où on me le demande. Mon rôle consiste surtout à montrer que la famille MacArthur est toujours présente et que je sais taper du poing quand il le faut. Notamment avec les pilotes qui doivent comprendre que nous avons besoin de chouchouter notre réputation. Jusqu'ici, Porana est bien plus facile à gérer.

— Tu viendras avec moi aux stands ? m'interroge-t-il, plein d'espoir.

Je secoue la tête.

— Non. Je préfère rester dans les bureaux. Moins on me voit, mieux je me porte.

Il acquiesce, compréhensif.

— Bon. Je dois te présenter la stratégie qu'on a choisie. Je sais que ce n'est pas ton passe-temps favori, mais je dois t'en parler.

Ce sont les ordres de mon père, probablement pour me forcer à m'investir. Je soupire et l'invite à se lancer. J'écoute avec attention tout en sachant que je ne vais pas comprendre un mot de ce qu'on me racontera.

— On a décidé de continuer sur la voie choisie par Don. Mathieu reste notre n° 1. Évidemment, cette information est classée secret défense. Tant que ses performances surpassent celles de Porana, on le favorise. L'idée est de concurrencer Dark Crown en mettant Lecomte sur le plus de podiums possible et de choper le max de points avec Porana juste derrière. Nos deux voitures devront rester au maximum l'une à la suite de l'autre pour faire barrage et permettre à Mathieu de se battre à l'avant.

Je hoche la tête pour approuver. J'imagine que c'est le mieux.

Lowe s'apprête à m'expliquer de nouvelles choses quand nous recevons un message du pôle communication. J'ai demandé à Peter de me tenir au courant des débordements de nos pilotes pour que je sache comment gérer et effacer le nom de l'écurie des tabloïdes.

Aujourd'hui, non seulement Mathieu fait encore parler de lui, mais Porana aussi.

— Je vais me les faire, sifflé-je.

Lowe se frotte les yeux, un demi-sourire aux lèvres.

— Ils sont jeunes et fougueux. Ils vont forcément faire des conneries, Nell, les défend-il.

Je ris amèrement.

— Moi aussi, je suis jeune et tu ne me voies pas faire un strip-tease au milieu d'une boîte. Pourquoi je devrais me sacrifier pour leur sauver le cul, si eux-mêmes ne font pas d'efforts ? Porana est encore gérable, mais Lecomte ? C'est quoi son problème ? m'emporté-je.

Lowe hausse les épaules.
— Il va m'entendre, je te le dis.
Mon père aussi va m'entendre…
À cet instant, je les déteste tous autant qu'ils sont.

3

Mars – Australie

NELL

Ce soir, j'ai demandé à ce que l'équipe se réunisse afin de préparer la course et surtout de rappeler mes ordres à certaines personnes. Ça sera aussi l'occasion de faire le point sur le planning des prochaines semaines. Nous devions de toute façon avoir cette réunion. Les récents évènements m'ont simplement poussée à l'anticiper.

J'arrive quelques minutes en avance dans la salle de réception que nous avons réservée à l'hôtel où nos pilotes logent. John, Peter et Kai sont déjà là. Je les salue poliment.

— Messieurs.

Je m'assois en bout de table et dépose mes documents devant moi. Lowe m'envoie un stylo à travers la table. Porana m'observe bizarrement. Si Mathieu n'a pas posé trop de questions sur l'absence de mon père, Kai, lui, me fixe comme si ça allait lui permettre de mieux comprendre les choses. J'espère que ça va lui passer, car sinon, nous serons dans la merde.

D'autres membres du staff débarquent et s'installent à leur tour. Quelques discussions se font entendre dans l'attente des derniers arrivants.

Lecomte se pointe enfin, accompagné de son ingénieur course, Paul Durant. Ce dernier a été embauché en même temps que Mathieu chez nous. Lecomte fait partie de ces pilotes qui n'ont confiance qu'en un seul ingénieur course. Il n'était pas concevable pour lui de travailler avec quelqu'un d'autre. Ce caprice est compréhensible. Les relations entre un pilote et son ingénieur doivent être impeccables pour que la communication fonctionne dans les moments cruciaux. Mathieu et Paul sont amis. Cela rend leur collaboration plus simple. Tant mieux. Paul est de toute façon compétent, du moins d'après ce que mon père m'a expliqué dans son topo sur l'écurie.

Comme demandé à partir de maintenant, chacun d'entre nous est habillé de l'uniforme de l'équipe. Dans des nuances de noir et orange, nous arborons tous les couleurs de Keelean. J'ai l'impression d'être déguisée, mais il va bien falloir que je m'habitue.

Ces couleurs flattent plus ou moins ceux qui les portent. Par exemple, moi, je ressemble à une carotte flétrie, tandis que Lecomte passe pour un mannequin. Son charme latino ressort parfaitement avec l'orange. Sa belle gueule ne l'aidera cependant pas à échapper à mon courroux.

Il a le culot de me faire un clin d'œil avant de s'installer.

Je me retiens difficilement de lui faire un doigt d'honneur. Ça ne serait pas très professionnel et je perdrais en crédibilité.

Comme la dernière fois, il se pose tranquillement dans son siège, sans la moindre pression. C'est à se demander si, un jour, quelqu'un a pris le temps de lui apprendre à se tenir correctement. On ne s'affale pas sur une chaise pendant un rendez-vous professionnel !

— Bon, maintenant que tout le monde est là, nous allons commencer, explique Lowe.

Nous avons convenu qu'il mènerait la discussion, plus compétent que moi pour ce rôle. Je me cache derrière mes papiers pour feindre de savoir de quoi nous parlons. J'ai toutes les notes de ce qui va être dit et suis avec attention malgré mon envie de filer d'ici.

Lowe explique ce qui nous attend pour les prochaines semaines de courses, les dates, les circuits et les stratégies décidées. Il omet bien évidemment de signifier que nous misons plus sur Lecomte que Porana. Ça ferait désordre. Mon père pense que c'est le mieux à faire, alors nous l'écoutons.

Le pôle communication liste ensuite les rendez-vous auxquels devront assister les pilotes et la ligne à tenir devant les caméras.

— On va encore me forcer à glousser aux blagues de merde de Lecomte, cette année ? demande Porana avec un rire peu convaincant.

Mathieu passe ses mains derrière sa tête en rigolant.

— Ne t'a-t-on jamais dit que le rire est le remède à tous les maux ? réplique-t-il, un sourire méprisant aux lèvres.

Porana lâche un ricanement mauvais.

— Ça aide même à effacer sa bite des réseaux sociaux ? se moque-t-il ouvertement.

Mathieu s'esclaffe. J'ai du mal à savoir s'il est sincère ou si cela est annonciateur d'une joute verbale.

— Si tu veux à ce point la mater, je peux te la montrer, provoque-t-il son coéquipier.

Porana simule un vomissement.

— Messieurs, soupire Peter. Que tu apprécies ou non les blagues de Mathieu, Kai, il se trouve que les supporters les adorent, donc il faudra t'en accommoder.

Je n'arrive pas à croire que je suis en train de perdre mon temps à écouter cette conversation. Il a quel âge, sérieux ? Tout le monde sait que Mathieu est aimé du public, que son humour nous aide beaucoup à attirer des fans, donc des acheteurs potentiels. Ce conflit de cour de récréation n'a rien à faire à cette table. Ramener des ragots à une telle réunion, c'est stupide.

Je comprends bien plus facilement pourquoi nous comptons à ce point sur Mathieu. Porana ne nous rapportera pas de sympathie, alors que Lecomte si. Encore faut-il qu'il se décide à calmer le jeu. C'est à moi de m'en assurer. Voilà le seul rôle que je peux tenir avec mes compétences.

— On est là pour piloter, pas pour amuser la basse-cour, répond Porana, vexé.

Il se fout de moi celui-là aussi. Je déteste ce sport et ces gamins qui se croient tout permis. Je pense que Kai a oublié qu'il doit sa place à ses sponsors plus qu'à ses résultats. Mathieu, lui, doit principalement son siège à son talent en piste (même si son portefeuille est, par ailleurs, très apprécié). On se passerait bien des remarques enfantines de Kai, il aura voix au chapitre quand il le méritera. S'il me pense aussi patiente que mon père, il se trompe. Je ne compte pas m'embarrasser de bébés pourris gâtés, j'ai d'autres chats à fouetter.

— Vous êtes effectivement là pour piloter et non pour répéter ce que la presse se fait déjà un plaisir de reprocher à l'écurie. Vous voulez qu'on vous autorise à montrer ce que vous pensez réellement de Lecomte ? Commencez par faire vendre autant de produits dérivés que lui et après peut-être que je trouverai le temps pour écouter les demandes d'un enfant frustré.

Le garçon a conscience qu'il ne retrouverait aucun autre siège s'il venait à quitter Keelean, donc qu'il ferait mieux de la fermer. Ses divers DNF de l'année précédente ne jouent pas en sa faveur. Il a la présence d'esprit de ne rien répondre.

Mathieu, lui, ne rate pas l'occasion de l'ouvrir. Évidemment.

— Vous êtes drôlement forte pour mettre des fessées, Nell.

Son sourire pourrait presque m'en tirer un si je n'avais pas un savon à lui passer. Je réplique sévèrement :

— Ne vous inquiétez pas, la vôtre arrive bientôt.

Il regarde son ingénieur en grimaçant exagérément. Il a au moins le mérite de détendre l'atmosphère. Il n'échappera cependant pas à ma sentence.

La réunion se poursuit.

Les stratégies pour la course de ce week-end sont discutées. Tout le monde semble avoir retrouvé son professionnalisme, c'est déjà positif. Porana ne la ramène plus, sauf pour quelques remarques pertinentes.

Bien. Il a compris le message.

Lowe finit le tour de table, puis revient vers moi pour clôturer ce meeting.

— Ça me paraît pas mal, termine-t-il. Nell, quelque chose à ajouter ?

Je secoue la tête en me frottant la nuque de fatigue. Je n'en peux plus, j'ai besoin de dormir.

— Bon eh bien, bonne soirée à tous et à demain ! lance Lowe.

Tout le monde se lève pour quitter la pièce. Mathieu s'apprête à s'en aller, mais je l'arrête quand il passe devant moi.

— Non, vous, vous restez assis, ordonné-je.

Mon regard noir lui annonce que sa fessée arrive.

Il soupire en s'installant sur la table. Paul le salue avant de sortir de la salle. J'invite Lowe à s'en aller à son tour. Je veux le prendre entre quatre yeux, cette fois.

Quand nous sommes seuls et la porte fermée, je me lance :

— Je pensais avoir été claire, affirmé-je durement.

Il pourrait fuir mon regard, mais au contraire, il m'affronte sans peur.

— Attendez, à quel point elle va piquer ma fessée ? Que je m'y prépare un peu.

Son sourire innocent me fait perdre mes moyens. Il ne me rend pas la tâche facile. Je n'ai pas envie de le gronder, mais putain, il ne fait rien pour m'aider. Au lieu d'entrer dans son jeu et de le laisser me faire rire, je garde mon masque de froideur implacable.

— Je crois que vous n'avez pas compris que je peux devenir votre pire cauchemar, monsieur Lecomte.

Il secoue la tête.

— Et moi qui m'imaginais que toutes les femmes préféraient s'inviter dans mes rêves, ironise-t-il.

Son sourire m'indique qu'il n'en pense pas un mot. Il s'amuse de la situation, probablement parce que c'est ce qu'il sait faire de mieux.

— Je vous ai donné un premier avertissement, dont vous vous êtes moqué et je n'ai pas de temps à perdre. Clairement, vous ne saisissez pas ce qui est en jeu, donc je me vois obligée de vous faire comprendre les choses autrement.

Ma menace lui passe au-dessus de la tête. Du moins, c'est ce qu'il me laisse croire.

— C'est le strip-tease, c'est ça ? Je ne me suis pas mis tout nu, pourtant. Ce n'était pas grand-chose.

— Vous êtes épuisant, soufflé-je.

— Il paraît, réplique-t-il avec un haussement de sourcil explicite.

Je rêve…

Plutôt que de continuer à l'écouter déblatérer ses bêtises, je lui annonce ma décision.

— Comme vous vous payez de ma tête, je vais me payer de la vôtre. Dès à présent, vous pouvez dire adieu à la voiture de fonction que nous vous avions gentiment prêtée.

Il rigole dubitativement.

— Je suis puni, maintenant ?

Je poursuis sans relever sa pique.

— Par ailleurs, votre chauffeur a été réassigné au service de quelqu'un d'autre. Dorénavant, vous ne pourrez compter que sur mon chauffeur personnel pour vous balader. Il va sans dire qu'il est à mes ordres et qu'il sera inutile de le soudoyer.

Il hoche la tête, toujours hilare. Je crois que c'est sa façon de signifier qu'il n'en revient pas.

— Demandez-lui de vous emmener en soirée et je le saurai. Ne poussez pas le bouchon trop loin, Mathieu, comme je vous l'ai dit, je peux faire de votre vie un cauchemar.

— C'est bien joué, reconnaît-il. Non, c'est vrai, c'est malin. Vous êtes intelligente.

J'attends la vanne, mais elle n'arrive pas.

— Je suppose que vous avez terminé ? Je peux y aller ?

Sa réaction est déconcertante. Je m'attendais à des protestations, des promesses d'amélioration, mais non. Il reste étonnamment calme. J'espère qu'il va saisir le message, car je n'ai pas mille solutions pour le faire flancher. Au bout d'un moment, il va réaliser que je ne compte pas le virer. J'aimerais parvenir à lui faire suffisamment peur pour qu'il me croie, qu'il se contrôle et que les choses rentrent dans l'ordre avant la tempête.

Parce qu'elle arrive et aucun de nous n'est prêt à en subir les conséquences.

MATHIEU

Je dois dire que j'ai un tout nouveau respect pour cette femme. C'est ingénieux comme punition.

Pour le coup, je la comprends un peu. Je reconnais que le strip-tease était de trop. Malgré tout, je pensais être passé à travers les gouttes en l'absence de réaction de leur part. Je me trompais. Nell m'attendait gentiment au tournant.

Elle est bien mignonne, mais elle me ferait presque peur. Elle est déterminée à me faire entrer dans le chemin qu'elle a choisi pour moi, et moi je sais que j'en suis incapable. Donc je n'ai pas fini de me prendre des fessées.

J'espère simplement que la prochaine ne sera pas mon licenciement.

Je crois qu'il lui reste un peu de patience. Sinon, elle n'aurait pas commencé par me confisquer ma voiture.

Putain…

Elle m'a pris ma berline ! Et mon chauffeur ! Je vais être la risée du paddock avec cette histoire. Je suis bien le seul pilote à ne plus avoir de voiture de fonction.

Si Porana se permet un commentaire, je lui fais manger le sol.

Si Nell ne l'avait pas engueulé, j'aurais pu croire qu'elle avait un problème personnel contre moi. Finalement, elle se montre dure avec tout le monde.

N'empêche qu'il a toujours un chauffeur, lui.

Mes moindres déplacements vont être surveillés, c'est une blague.

Nell MacArthur peut décider d'une seconde à l'autre de m'éjecter. Que je le veuille ou non, je vais devoir la mettre de mon côté.

Elle n'est pas insensible à mon humour, ce n'est déjà pas mal. Je me promets d'arriver un jour à faire ouvertement rire cette femme. J'ai bien vu son demi-sourire pendant sa remontrance. Elle a envie de rigoler à mes vannes, mais son rôle l'en empêche.

Je dois inverser cette tendance pour l'attendrir à mon égard et éviter un licenciement. Je dois rattraper mes bêtises.

Le lendemain, j'attends sagement mon nouveau chauffeur pour me rendre à l'entraînement. Sur le chemin, je prends le temps d'envoyer des fleurs à miss MacArthur. Je compte bien la retourner comme une crêpe. D'ici quelques semaines, elle va m'aimer. Il ne peut en être autrement !

Je commande donc un bouquet à faire livrer dans son bureau. J'ajoute un petit mot : « Pour la boss des boss, Nell MacArthur. Votre patience n'a d'égal que votre beauté. »

Je ris tout seul en imaginant sa tête. Je me demande si elle va directement les jeter ou les utiliser dans un rituel visant à me lancer un maléfice. Rares sont les personnes qui me détestent, mais alors elle, elle dépasse tous les pronostics.

Une fois encore, mon coach me fait souffrir pendant l'entraînement. L'autre jour, il a laissé entendre qu'il était dur pour me faire payer mon comportement infernal. Je n'ai pas répliqué. Nous n'avons jamais été potes et je ne compte pas gratter sa sympathie.

Je passe la pause déjeuner avec Paul. Il est le seul ami que je n'évite pas. J'ai besoin de lui en course et, surtout, lui ne me prend jamais la tête. Il garde ses conseils pour lui et se contente de rire avec moi. C'est tout ce que je demande.

Alors que nous débattons du Grand Prix à venir, je reçois un message de MacArthur.

Nell : « La flatterie ne vous rendra pas votre voiture. PS : les roses sont trop clichées pour moi, pensez à choisir des tulipes la prochaine fois. »

Je rigole en lisant son texto. Je n'ose pas imaginer sa réaction en découvrant mon second cadeau. Elle va me tuer, c'est sûr.

— T'en penses quoi de MacArthur ? demandé-je à Paul.

Il avale sa bouchée en réfléchissant.

— Elle est canon, réplique-t-il finalement.

Je hausse un sourcil, surpris.

— Je voulais dire, en tant que propriétaire, vieux.

Comment peut-il la trouver attirante quand elle aboie de cette façon ?

Elle est *attirante, Matt.*

Ne commence pas, toi !

— Je sais, n'empêche qu'elle est canon quand même.

Je serais incapable de la décrire. Je n'ai pas fait attention à son physique du tout. *Pour une fois.*

— Elle a mon siège entre ses mains, désolé de ne pas partager ton fantasme.

Il rigole.

— Elle te terrifie, hein ? Je ne pense pas qu'elle te virera. En revanche, tu peux t'attendre à ce qu'elle continue de te faire chier si tu ne lui obéis pas.

— Don me manque, soupiré-je.

Je reçois un mail de confirmation d'envoi pour le prochain cadeau de Nell. Je glousse en songeant à sa réaction.

— Qu'est-ce que t'as fait ? demande mon ami, amusé.

J'avale une gorgée d'eau, puis lui réponds en me retenant de rire.

— Je lui ai fait livrer un fouet… Ça sera plus simple pour réprimander tout le monde.

Paul prend son visage dans ses mains.

— Mec…

Finalement, il rigole.

— Ça va ! J'ai mis un petit mot gentil avec, souris-je.

— Vas-y, balance !

Je lui lis le message qui a été envoyé avec le paquet.

— » Vos mains sont trop précieuses pour les abîmer à fesser de pauvres gentils garçons. Voilà de quoi vous faciliter la tâche. À utiliser sans modération. Bisous. »

Paul me regarde, consterné et à la limite d'éclater de rire.

— Elle va te tuer…

C'est fort probable, mais je suis aussi certain qu'elle va bien s'amuser. J'ai hâte qu'elle le reçoive, ce qui ne devrait pas tarder. Sans parler du gâteau que devrait lui apporter mon assistant d'ici quelques minutes. Quelle chance elle a de m'avoir pour pilote ! Je la chouchoute.

Je ne comprends toujours pas comment on peut dire que tu es doué avec les femmes.

Je ne la drague pas, là ! Si je voulais la mettre dans mon lit, tu sais que je me comporterais différemment, Mickey.

Nous terminons notre repas et Paul m'accompagne pour une interview. Nous prenons ma voiture avec mon tout nouveau chauffeur. Mon ami ne se gêne pas pour se foutre de moi pendant tout le trajet.

Peu avant que nous arrivions, je reçois la réaction de Nell. J'ouvre le message dès la notification, j'ai bien trop hâte de connaître sa réponse.

Nell : « Je n'ai pas les mots, Mathieu… C'est justement ce qui manquait à ma collection de tortionnaire. Encore un pas de travers et vous saurez ce que je cache d'autre. PS : Merci pour le gâteau, mais je suis allergique aux fraises. »

Bien essayé.

Moi : « Faux ! Mon assistant m'a déjà informé que vous l'aviez terminé. Ce n'est pas beau de mentir Nell, attention à la fessée ! »

Je suis déçu qu'elle ne réponde pas.

Malheureusement, je ne peux pas prendre le temps de l'enquiquiner, car l'interview m'attend.

4

Mars – Australie

NELL

La saison est officiellement lancée.

Ce matin ont lieu les premiers essais libres avant la course dans deux jours. C'est le moment de voir comment la voiture se comporte sur le circuit et comment nos pilotes s'en sortent avec. Il ne faut cependant pas trop révéler l'entière puissance de notre modèle. Moins Dark Crown se méfie, mieux c'est pour nous. Nous avons donc décidé de faire profil bas et ne pas annoncer que nous pouvons concurrencer le *leader*. Du moins, j'espère que nous allons le pouvoir. Nous ne connaissons pas vraiment les capacités de leur voiture, cette année.

Ce week-end va nous donner une première estimation des performances de chaque écurie. Les stratégistes auront beaucoup de boulot la semaine prochaine pour s'adapter à tous ces nouveaux paramètres.

Je vais bientôt partir sur le circuit. Je termine de me préparer et de boire mon café avant de filer.

Alors que j'enfile mes chaussures, mon regard accroche le dernier présent de Mathieu, posé sur la table basse du salon de ma suite. Je glousse malgré moi.

Si au début j'étais méfiante vis-à-vis de ses cadeaux inattendus, maintenant ils me font plutôt rire. J'en ai reçu encore trois après le fouet et le gâteau. Un fouet… Il abuse ! Je ne suis pas à ce point sadique. Mais j'aurais bien rigolé. Chose qu'il ne risque pas d'apprendre.

Quant au gâteau… Il était divin. J'adore la pâtisserie. Mais là encore, mieux vaut qu'il ne sache pas comment m'amadouer.

Je suppose qu'il cherche une façon de revenir dans mes bonnes grâces et de m'adoucir pour récupérer sa totale liberté. Je ne suis pas idiote, ses cadeaux sont intéressés. Je ne vais pas tomber folle amoureuse pour un bouquet de fleurs offert par un homme qui a une idée derrière la tête. Néanmoins, j'en profite quand même un peu. C'est agréable, ces petites attentions. Disons que ces cadeaux sont une touche de bonne humeur au milieu de mes innombrables obligations.

Après le gâteau, Mathieu m'a fait parvenir une masseuse de pieds qui m'a chouchoutée pendant une demi-heure. Lowe, qui était avec moi en rendez-vous, a gloussé tout du long. Sans parler du mot qui accompagnait une nouvelle fois l'attention : « Toutes les tensions peuvent être apaisées avec quelques caresses… Profitez-en ! »

Même quand il n'essaie pas de séduire une femme, il ne peut s'empêcher de poser quelques jalons. C'est inconscient, j'imagine. Il doit tellement charmer, qu'il ne sait plus faire autrement. Un coureur… Je ne prends donc aucune de ses remarques personnellement, ni ne me laisse émouvoir. Je sais qu'il ne pense pas un seul des mots qu'il prononce, ou écrit en l'occurrence.

Après la masseuse, j'ai eu droit à un repas envoyé dans ma chambre. Pas n'importe quel repas, non : des mets préparés par un chef étoilé. Sur ce coup-là, je me suis sentie un peu mal à l'aise. C'est trop. Beaucoup trop. Ça a dû lui coûter une blinde ! Je me doute qu'il n'est pas à plaindre niveau argent, mais tout de même. Il n'a pas à m'offrir ça, même pour acheter ma patience à son égard.

Il doit sentir que ça chauffe pour lui. Je ne vois que ça. Tant mieux, c'était le but.

N'empêche que je me suis régalée. Bien malgré moi, j'avoue que ses petites attentions commencent à m'adoucir. En réalité, elles me font rire, ce qui m'aide à me détendre. Je ne réalisais pas à quel point j'étais tendue avant que je me relâche grâce à ce massage. Je lui suis un peu reconnaissante de participer à me calmer les nerfs. Ce n'était pas son but, mais c'est bien le résultat qui en découle. Il est malin. Mais je vais maîtriser ma sympathie, car je ne veux pas qu'il croie que tout est permis parce que je lui ai lâché un sourire ou un rire. Je l'ai toujours à l'œil et il doit faire ses preuves pour récupérer sa voiture.

J'ai tenu mes amies au courant de tous ses cadeaux. Cette histoire les a bien fait marrer. Heureusement qu'elles sont là, je me sens moins seule quand je papote avec elles, malgré le décalage horaire.

Ce matin, un dernier envoi est arrivé avant le début de ma journée. Il ferait mieux de se concentrer sur la course plutôt que de me titiller avec ses bêtises. Le vrai test se jouera en piste, je ne contrôle pas la pluie et le beau temps. Même s'il parvient à s'attirer mes faveurs, s'il ne donne pas de bons résultats, je ne pourrai pas arrêter la sentence qui tombera. Je suis de son côté. Mon père a confiance en lui et nous avons besoin de sa popularité et de son talent en course. Pour ça, je suis prête à être patiente et à supporter ses conneries en l'aidant du mieux possible. Mais s'il ne fait pas d'étincelles sur le circuit, il sera plus un poids qu'un atout pour nous.

Ce matin, il m'a envoyé des lunettes de soleil de la marque dont il est l'égérie. Elles sont sublimes, tout à fait mon style, tout à fait hors de mes moyens. Je commence à me sentir redevable, il va vraiment falloir qu'il arrête !

Je les ai prises en photo pour les montrer aux filles. Je reçois leur réaction quand je descends vers ma voiture.

Mina : « OK. Là, je suis jalouse à mort ! »

Carly : « Il a du goût. »

Ça, c'est certain. Néanmoins, c'est toujours plus facile d'avoir du goût quand tu as les moyens associés.

Moi : « C'est trop… »

Mina : « Clairement. Il ne fait pas dans la demi-mesure, le garçon ! »

Carly : « Te plains pas ! Je tuerais pour avoir un mec aussi canon qui m'offre plein de trucs. »

Je ricane.

Moi : « Dois-je te rappeler la raison de ses cadeaux ? Il veut que je lève sa punition. C'est intéressé. »

Mina : « Rien de bien romantique, je te l'accorde. Je préfère un Macdo en jogging avec un mec amoureux, qu'un cinq étoiles envoyé par intérêt. »

Amen ! Il n'y a pas photo. Et je donnerais cher pour engloutir un Macdo avec un mec amoureux dans mon appart' à Édimbourg après ma journée à bosser sur mon projet plutôt que de me retrouver là, sur le paddock avec des fringues de cette écurie qui m'a pourri mon enfance et qui m'étouffe sous les responsabilités.

Mieux vaut que je me calme avant d'arriver dans les bureaux. Moins j'en laisse paraître, plus on aura de chances de s'en sortir.

Je te déteste, Papa.

Je range mon téléphone pour passer les portiques de sécurité, puis rejoins nos box. Lowe est déjà là, accompagné de quelques ingénieurs. Je salue tout le monde et écoute ce qu'ils ont à me dire en ce début de journée.

Quand nous avons fait le tour des questions administratives, nous nous rendons aux stands où les voitures sont en train d'être préparées. Nos pilotes sont sur place. Je vais voir chacun d'eux pour les motiver. Je commence par Porana à qui je déblatère quelques mots d'une banalité qui m'énervent moi-même. Ensuite, je m'avance vers le box de Mathieu avec une légère appréhension. J'espère qu'il sera assez concentré sur sa conduite pour ne pas m'enquiquiner.

Le staff s'affaire autour de la monoplace. Mathieu discute avec Paul, sa combinaison défaite jusqu'à la taille. Son haut moulant nous offre une vue très appréciable de ses muscles sculptés. Les pilotes sont plutôt fins en général. C'est mieux pour le poids dans la voiture et pour rentrer dans le cockpit. Mathieu fait partie de ceux qui sont un peu plus trapus. Ses épaules sont plus larges que d'autres. Son corps est à tomber, on ne va pas se mentir. Surtout, je ne lui connaissais pas cet air aussi sérieux. Il est déjà concentré ; je me dis que Lowe et moi nous sommes peut-être mépris. Peut-être est-il fin prêt pour piloter et que ses excès n'affectent pas ses capacités. J'espère sincèrement m'être trompée.

Je m'approche pour le saluer. Il entend mes pas et se retourne vers moi. Quand il accroche mon regard, son sourire débarque à nouveau sur ses lèvres. Son air sérieux n'aura pas fait long feu.

— Que me vaut la visite de notre rayon de soleil ? m'accueille-t-il gaiment.

Je pourrais presque croire qu'il pense ses mots. Son visage est si avenant, chaleureux. Puis je songe à ses tentatives pour m'amadouer, à son expression concentrée quelques secondes avant et à sa facilité pour toujours retourner toutes les situations à son avantage. Il ne m'aura pas à coups de compliments. Je ne suis pas stupide. Tout le monde sait que je ne suis pas un rayon de soleil. Je suis écossaise, mon truc, c'est la pluie.

— Vous êtes prêt ? demandé-je simplement.

Il m'invite à le regarder de la tête aux pieds avant de répondre.

— Il semblerait.

Je roule des yeux, incapable de retenir un sourire. Le sien n'en devient que plus grand.

Il désigne les lunettes de soleil sur le haut de ma tête.

— Elles vous vont bien, commente-t-il avec un clin d'œil.

— M'acheter ne vous aidera pas à récupérer votre voiture. Arrêtez de m'envoyer des cadeaux, c'est inutile et malvenu.

Il secoue la tête.

— Ne le prenez pas comme ça. Je veux simplement me faire pardonner, Nell.

Il est vraiment doué pour jouer de son ton charmeur tout en créant une intimité entre nous en utilisant mon prénom.

— Faites-vous pardonner en dominant le week-end, rétorqué-je.

Il acquiesce, soudainement plus tendu. Peut-être ne s'avère-t-il pas aussi confiant que je le croyais quelques minutes auparavant. Je commence à craindre le pire.

— Vous vous en sentez capable ? ne puis-je m'empêcher de vérifier.

Seul le muscle tressaillant dans sa mâchoire montre que ma question l'a vexé. Le reste de son visage est un modèle de sympathie.

— Si je n'en suis pas capable, alors je ne suis plus bon à rien. Donnez-moi un peu de crédit, Nell. Votre père me fait confiance, pourquoi pas vous ?

Je hausse les épaules.

— Croyez bien que je vous fais confiance. Autrement, vous seriez déjà à la porte avec vos conneries.

Il rigole.

— Et moi qui pensais que vous m'appréciez enfin, râle-t-il.

Je soupire en croisant les bras sur ma poitrine.

— Ce n'est pas une question de vous apprécier ou non. Rien de tout ça n'a d'importance. Nous avons besoin de résultats et de faire profil bas. Répondez à ces exigences et vous n'entendrez plus parler de moi.

Lowe annonce à tout le monde que la session ne va pas tarder à démarrer. J'en profite pour m'éclipser et les laisser faire leur travail. Je retourne dans les bureaux pour remplir la paperasse qui traîne et attends sagement la fin des essais de ce matin. Lowe est aux commandes aujourd'hui. Je préfère me tenir à l'écart et éviter qu'un journaliste me demande où est mon père. Moins on me voit, moins je risque de me prendre une gifle quand tout va partir en vrille.

MATHIEU

Le coup de pression de Nell MacArthur ne m'a certainement pas aidé à calmer la boule de nerfs que je suis depuis mon arrivée à Melbourne.

La vérité, c'est que je ne me sens pas très en forme. Je ne compte cependant pas l'admettre, car je me ferais dégager vite fait bien fait. Je dois oublier mes états d'âme et garder confiance en mes automatismes. Ce sont juste des craintes passagères. À force d'entendre les gens me dire que je ne serai jamais prêt, que je suis un cauchemar sur pattes, je commence à laisser leurs avis prendre le pas sur ma confiance en moi.

Rien à voir avec le fait que ma voiture ait explosé il y a peu…

Putain ! Ne me parle pas de ça maintenant !

Alors que je m'apprête à démarrer les qualifications, ce n'est pas le moment de songer à cet accident. Je me secoue la tête pour en sortir les images indésirables. Je dois me concentrer pour me poser en haut de la grille. Je n'ai pas le droit à l'erreur, on m'attend au tournant.

Tout le monde semble m'observer pour décider si oui ou non, je suis une cause perdue. C'est comme s'ils souhaitaient tous me voir échouer pour se moquer, me critiquer et avoir quelque chose à raconter. Ils n'espèrent que ça : pouvoir dire que mes excès vont me coûter ma carrière. Je dois leur prouver qu'ils ont tort, que je me porte bien et qu'ils n'ont rien à reprocher à mon mode de vie. Eux n'ont pas perdu leur frère. Qu'ils la bouclent.

Je m'enferme dans ma bulle, ma musique dans les oreilles en attendant le début des festivités. Je ne veux plus parler à personne pour me concentrer sur le circuit. L'idéal serait de récupérer la *pole*, mais je doute qu'Owen me la laisse de bon cœur. En revanche, je n'aurai aucune excuse pour ne pas prendre la P2. Les Keelean sont les deuxièmes voitures les plus puissantes de la grille. Je dois battre Porana, mais aussi Adoni qui ne doit pas encore maîtriser complètement sa Dark Crown. P1 ou P2. Voilà mon objectif.

J'arrive en Q3 sans trop de difficultés. Un tour me suffit à me placer dans les dix premiers pour chaque coupe. L'essentiel est de participer à la Q3 et d'obtenir le meilleur temps possible. C'est maintenant que la pression monte.

Le décompte est lancé. Nous possédons douze minutes pour sortir le temps le plus bas sur un tour. Contrairement à la Q1, nous ne perdons pas une minute et sortons dans les premiers pour enchaîner les tours, tenter de nous placer le plus haut possible.

Je sors avant Porana, mais après les Dark Crown. Heureusement, ces voitures avancent bien et ne m'embêtent pas au moment de commencer mon premier tour enregistré.

— Abbott en P1, m'indique Paul, mon ingénieur course à la radio. Tu perds cinq centièmes sur lui par secteur.

— Adoni ?

— P4, deux dixièmes d'écart avec Abbott.

Je termine mon tour, mais ne parviens pas à m'interposer entre les DC.

Fait chier !

J'enregistre un second tour, puis un troisième. Mon premier et meilleur temps est supprimé pour avoir dépassé les limites de la piste.

Putain…

J'essaye de ne pas écouter ce que me dit Paul. Ce n'est pas en me comparant aux autres que je vais améliorer mes temps. Pour l'instant, je suis P6 et c'est vraiment de la merde.

À une minute de la fin, je commence un dernier tour en espérant me placer mieux que ça. Beaucoup sont rentrés aux stands.

J'envoie au maximum, négocie tant bien que mal mes courbes et mets toute ma colère dans ma conduite. Mon siège est en jeu. Ce n'est pas le moment de flancher.

Je termine mon secteur, puis retourne aux stands en attendant la sentence.

— P4, Mathieu. P4.

Je soupire. C'est loin de suffire. Si Porana est devant moi, en plus…

— Le classement ?

— Abbott, Charley, Doppia devant toi. Porana derrière toi.

Le week-end ne commence pas sous les meilleurs augures pour l'écurie. Fait chier…

Je me gare devant mon stand et sors de la voiture, peu fier de moi. Je préfèrerais me cacher et ruminer ma défaite. Cependant, les journalistes attendent nos premières impressions. Je ne peux pas m'enfuir. Paul me félicite, mais il n'y a rien à célébrer. Ma place n'est pas sur le deuxième rang. J'ai merdé. J'ai grave merdé ! J'ai intérêt à me rattraper en course.

Je ne vois MacArthur nulle part, c'est déjà ça. Je ne me sens pas d'humeur à me prendre une rouste.

Lowe me félicite à son tour, probablement pour ne pas me déprimer avant le Grand Prix de demain. Je dois être en forme et confiant pour remonter.

Je réponds aux journalistes, puis file à mon hôtel où je regarde les images des qualifications pour comprendre où j'ai péché.

Arrête de te flageller, c'est pas mal P4 !

C'est loin d'être suffisant, Mike. Je n'ai aucune excuse pour être P4.

Si, t'en as une, mon frère… Laisse-toi du temps pour te remettre sur pied.

Je n'ai pas ce temps à ma disposition, si je ne me bouge pas maintenant, je vais sauter du paddock.

Je ne sais même pas ce qui fait que je suis moins performant. Ce n'est pas l'alcool ou les soirées, ces éléments ont toujours fait partie de mon quotidien. Peut-être le moral, allez comprendre… Pourtant, je suis concentré en piste ! Est-ce que je prends moins de risques par peur de mourir, comme Mike ? Est-ce que j'ai perdu le goût de la course ? Non, je ne crois pas. Je ne serais pas là à me tordre l'esprit sinon.

Ce soir, je n'ai envie de voir personne. Je dois me détendre avant demain. Surtout, ce n'est pas le moment d'enrager Nell en sortant. Déjà que Keelean ne doit pas être ravi du résultat, ça n'arrangerait pas mon cas.

Des messages affluent sur la conversation que Lise a créée pour que nous discutions tous ensemble avec Owen, Gabriel et Loris. Je ne l'ai pas encore ouverte. Si c'est pour voir les félicitations adressées à Owen, je m'en passerais. Ce n'est pas très cool de ma part, mais j'ai besoin d'air.

Finalement, après deux heures à ruminer, je me décide à leur répondre. Ils sont mes amis et je joue trop au con avec eux. Je dois féliciter Loris pour sa place. Il a géré aujourd'hui.

J'ai raté une cinquantaine de messages. Tous parlent de la course, du classement, de la *pole* d'Owen. Certains demandent où je suis passé, si je suis déjà ivre mort avec une fille dans mon lit. C'est subtil comme reproche, mais c'est bien là.

Moi : « Y'en a qui bosse plutôt que de papoter par SMS, bande d'enfoirés Félicitations les gars, à demain en piste. »

Je quitte la conversation aussi vite que j'y ai débarqué. Je lis malgré tout les réponses qui apparaissent sur mon écran d'accueil.

Lise : « Contente de voir que notre Matt est vivant. Félicitations. Je suis sur le paddock ce week-end. Peut-être qu'on se croisera ? »

Comment me faire culpabiliser en trois leçons ? Avec son nouveau job au sein de la fédération, Lise ne pourra plus assister à toutes les dates. C'est idiot de ma part de les tenir à l'écart, elle et les autres. Je n'arrive juste pas à supporter son regard plein d'inquiétude et de pitié. Ce dont j'ai besoin c'est de me booster, pas d'être couvé comme si j'allais m'effondrer d'une seconde à l'autre. Je vais bien.

Gabriel : « Arrête de ruminer, abruti. T'as passé la Q2 au moins… »

Mieux vaut que je cesse de lire leurs messages. Ce n'est pas ce qu'il me faut. Il est encore tôt, mais je préfère aller me coucher. Demain, je dois être au maximum de mes capacités et pour l'instant, ce n'est pas bien parti.

J'espère simplement que mes cauchemars me laisseront un peu de répit.

* * *

Je suis coincé. Je me débats de toutes mes forces mais je me trouve prisonnier de la tôle brûlante de ma monoplace. Mon rêve tourne à la torture. Cette voiture que je considère comme une partie de moi devient mon enfer personnel. C'est elle qui aura ma peau et même si j'ai toujours été prêt à laisser ma vie pour elle, je n'imaginais pas que les choses se termineraient ainsi.

Je ressens tellement de douleur partout que je n'arrive plus à discerner quelles sont les parties de mon corps qui ont pris un choc. Mon cerveau est submergé par trop d'informations pour arriver à les trier. Je ne sais plus où donner de la tête : la douleur, la difficulté à respirer, la chaleur, la peur. La terreur.

Impuissant, je tente malgré tout de me débattre pour me sortir de là à temps. Je frappe encore et encore sur le métal déformé qui m'enferme à l'intérieur du brasier. Je n'ai pourtant pas la force de le déplacer. La température augmente encore et encore. J'ai chaud, je suffoque et je peine à avaler assez d'air pur pour rester conscient. Je tente de hurler.

— À l'aide !

Pourtant, même moi je n'entends pas le son de ma propre voix.

Une douce fraîcheur envahit mes joues, celle de mes larmes désespérées car il devient clair que je ne survivrai pas à ça.

Aidez-moi. Je vous en supplie, aidez-moi. Mathieu !

J'inspire, mais je ne parviens qu'à inhaler plus de fumée qui me fait m'étouffer. Mes côtes me semblent se briser sous la force de ma toux, sous la pression de mon corps qui implore cet air indispensable à ma survie.

Je n'y arrive pas. Je n'y arrive pas… Aidez-moi !

Mon corps me force à inspirer, mais cela ne déclenche que plus de douleur dans mon thorax. Ma vue se trouble sous les larmes, je perds pied. La chaleur se fait grandissante, mon corps brûle et l'odeur de cramé devient intenable. Cela provient-il de la voiture ou de ma chair ?

Je baisse le regard pour observer la peau de ma jambe qui fond sous les flammes. Des morceaux de chair s'envolent avec les cendres pour aller se déposer sur ce circuit où mes amis viendront piloter l'année prochaine. Les voitures viendront imprimer à jamais les morceaux de mon corps qui seront restés sur place après cet accident.

Mes coups de poing se font plus espacés et moins vifs, pourtant ma terreur reste ancrée. Je vais mourir ici. Des flashs de mon enfance, de mes parents, de mes amis s'imposent sous mes paupières qui se ferment malgré moi. Qu'est-ce que je leur fais ?

Je perçois du mouvement autour de la voiture et, l'espace d'un instant, je reprends espoir. Ils vont me sauver, ils vont me sortir de là et je pourrai avoir une dernière chance de dire à mes proches que je les aime. Ça va aller, je dois juste lutter encore un peu. Je sens la brûlure gagner du terrain, emporter ma jambe, puis ma hanche. Je tente de nouveau d'insp-

Je me tiens droit devant la Cavarot en flammes. Je ne perçois plus rien si ce n'est l'odeur carbonisée et le corps inerte de Mike méconnaissable avachi sur l'asphalte.

Pourquoi personne ne vient le couvrir ? Pourquoi se contentent-ils de filmer son cadavre ? Il faut l'aider, l'emmener à l'hôpital. Pourtant, je ne bouge pas et me contente de regarder cette scène, impuissant, incapable de venir en aide à mon petit frère que j'ai toujours promis de protéger.

Pourquoi ne l'as-tu pas aidé ? Regarde ce qu'il est devenu par ta faute…

J'entends les reproches et les murmures du paddock autour de moi. Tous me fixent, moi, debout devant mon frère, incapable de le sauver. Ses yeux encore intacts me fixent de cet air absent qui me hantera pour toujours.

En arrière-plan, le brasier se poursuit. J'essaye de me concentrer là-dessus pour oublier le cadavre qui pourrit à mes pieds. Je fixe la Cavarot en espérant arriver à oublier cette image de mon ami. Puis je l'aperçois. Mike est coincé est dans la voiture en flamme, il hurle, se débat et cherche à se sortir de ce cauchemar.

Je dois l'aider ! Je ne peux pas laisser faire ça !

Je cours vers mon frère en espérant arriver à temps pour le sortir de ce piège. Il ne peut pas mourir, pas comme ça ! Je m'y refuse !

— Mike !

Je m'époumone en me hâtant pour rejoindre la scène. Je parviens jusqu'à la voiture et plonge les bras à l'intérieur pour l'en sortir coûte que coûte. Mais alors tout se bouscule.

Je suis coincé. Je me débats de toutes mes forces, mais je me trouve prisonnier de la tôle brûlante de ma monoplace. Mon rêve tourne à la torture. Cette voiture que je considère comme une partie de moi devient mon enfer personnel…

Je chasse ces images qui ont à nouveau hanté ma nuit pour me concentrer. Installé dans ma monoplace, je suis bien plus motivé que la veille. J'ai fini de rager et de bouder. Je me suis repris et je suis prêt à en découdre.

Toutes les voitures sont en position sur la grille de départ. Les équipes s'affairent autour de nous avant le tour de formation.

— Radio check, radio check, me demande Paul.

Histoire de me calmer et de détendre tout le monde, je blague.

— Ne me prends pas par surprise comme ça ! J'ai failli vider ma vessie ! Je ne suis pas sûr que Taylor aurait kiffé éponger.

Paul glousse à la radio.

— Reçu.

Le concerné secoue la tête, amusé.

— Paul, continué-je, que fait une ampoule quand elle grille ? dis-je pour m'occuper l'esprit.

— Départ dans trois minutes, Mathieu, répond-il, un sourire dans la voix.

— Elle appelle à LED.

Je l'entends rire, tout comme les mecs autour de moi.

Je continue de les divertir jusqu'à ce que le tour de formation démarre. Puis, je passe en mode course en oubliant tout ce qui pourrait me parasiter.

Je fais au mieux pour faire monter mon train en température, puis me gare de nouveau à ma place en attendant que les cinq lumières tombent.

La pression augmente, mais je ne la laisse pas me gouverner. Un à un, les feux rouges s'éteignent jusqu'à ce que le dernier disparaisse.

C'est parti.

Owen prend un beau départ, Charley aussi, je me retrouve coincé derrière Loris et Porana qui s'est faufilé pendant que Doppia défendait sa position contre Charley. Nous sommes tous les trois trop proches, l'un de nous va devoir lâcher le rythme pour éviter la collision. Pendant ce temps, Abbott et Charley prennent le large.

Finalement, Loris bloque sa roue, nous permettant de le passer. Tout peut se jouer à quelques centièmes de secondes. Il faut savoir réagir au bon moment.

Porana et moi le doublons, mais continuons de nous tirer la bourre.

— Nous devons ramener deux voitures, le même message est rapporté à Kai.

Sans déconner ? Je ne m'en doutais pas.

Une chicane se présente. Le premier qui freinera perdra la bataille. Nous avançons roue contre roue, un mouvement et nous partons tous les deux dans le décor. La courbe se rapproche de plus en plus et Kai semble avoir envie d'en découdre avec moi.

Si je sais maîtriser la voiture en ralentissant aussi tard, Porana, lui, n'est pas encore assez talentueux pour y parvenir. Au lieu de reconnaître son manque de connaissance, ce bouffon tente de me suivre, mais se retrouve simplement à perdre de l'adhérence, m'obligeant à braquer sur le côté pour éviter le pire. Ma sortie de piste sur le gazon me fait perdre de la vitesse et de précieuses secondes. Porana prend de l'avance tandis que je finis coincé derrière les Ted Wheeling en revenant sur le circuit.

— Tout va bien sur la voiture ? demandé-je, crispé.

— RAS pour nous. Écart avec Millet : 0,8. Garde ce rythme.

Je fais ce que je peux avec du gazon sur ma gomme. *Putain, quel con !*

Arrive enfin la zone de DRS. À moins d'une seconde de Millet, il s'enclenche et je peux le doubler en fin de ligne droite. Malheureusement, j'engage mal la courbe. Mon virage est trop large ce qui permet à la TW de me repasser devant. J'ai envie de m'insulter pour une erreur aussi stupide.

— Reste proche de Millet, me conseille mon ingénieur.

Nous enchaînons quelques tours au cul à cul. Je suis prêt, mais si je continue de l'attaquer, ma gomme va s'user plus vite que prévu avant l'arrêt aux stands.

Étant tombé en P5 et Porana en P3, il prend la priorité aux *pits*. Rien d'anormal, mais ça me fait chier. Atterrir derrière son coéquipier dans le classement, ça fait mal.

Je ne dois pas le laisser me battre et prendre l'avantage dans l'écurie.

Je maintiens mon rythme et ma place jusqu'à ce qu'on m'appelle aux stands pour changer mes pneus.

Le trajet jusqu'à mon box me paraît interminable. Enfin, je m'arrête près de mon équipe qui s'affaire pour changer mes pneus le plus rapidement possible. Je repars vers le circuit, prêt à reprendre la bataille.

— Arrêt : 3,0 secondes. Tu ressors en P9, Garcia derrière toi.

Dès que je quitte les stands, je retrouve ma vitesse et envoie tout ce que j'ai malgré le manque d'adhérence. Je dois éviter que Garcia passe avant moi. Plus j'ai de dépassements à réaliser pour remonter, moins c'est bon.

— Adoni devant toi : 3,2.

Je ne sais pas qui a déjà fait son arrêt aux stands et qui doit encore y passer. Je me concentre donc sur ma course et essaye de remonter en améliorant ma conduite en sortie de courbe. C'est mon défaut. J'ai toujours eu un problème avec les sorties de courbes. Aujourd'hui, ça pourrait me coûter très cher dans le classement. Je ne dois pas flancher.

— Adoni : 1,5.

C'est bien, je progresse.

— Reçu.

— Harris et Hupert s'arrêtent, P7.

Je continue de remonter jusqu'à arriver à moins d'une seconde d'Adoni dans la zone de DRS. Je le passe et ne commets pas la même erreur que tout à l'heure. Je reste devant, puis prends en vitesse pour creuser l'écart avant la prochaine zone de DRS. Ses pneus sont moins frais, il ne pourra pas tenir le rythme.

— Dix tours restants, Mathieu. Doppia devant toi : 2,4.

Putain... Comment me suis-je retrouvé aussi loin ?

J'essaye de calmer mes nerfs pour me concentrer à chasser Loris. Mais en dix tours, ça risque d'être tendu.

— Il a quelle gomme ? demandé-je.

— Doppia en *medium*, moins usés que toi.

Merde.

— Reçu.

Je donne tout, m'applique sur chaque coup de frein, chaque accélération. Je parviens à remonter sur lui, mais lui-même attaque Millet.

— Trois tours restants.

— Écart ?

— 1,3.

C'est peu et énorme. En trois tours, je devrais prendre une seconde pour ensuite le trouver en zone de DRS sur le second. La fenêtre est étroite, mais je dois tenter le coup.

Je pousse autant que je peux. Je récupère une demi-seconde. Puis une autre demi-seconde sur l'avant-dernier tour.

— Dernier tour, Mathieu. Écart : 0,7.

Je serre les dents, garde mon attention sur la Riotti devant moi.

La zone de DRS arrive, il s'active, mais celui de Loris aussi. À moins d'une seconde de Millet, il tente de le doubler, mais n'y parvient pas. Moi, je reste coincé derrière.

Nous passons alors le drapeau à damier.

— P6, Mathieu. Tu as eu un bon rythme.

Je ricane amèrement. C'est ce qu'on dit à quelqu'un qui a perdu deux places au lieu d'en prendre et qui s'est fait démonter par son coéquipier.

Ça va me coûter cher. L'écurie ne doit pas être ravie, ma prestation était pitoyable.

— On fera mieux la prochaine fois, m'assure mon ami.

— Pas le choix, répliqué-je, tendu.

Je gare la monoplace et vais procéder à la pesée pour que la fédération vérifie que nous respections le poids minimum de la voiture. J'échange quelques mots avec Loris, mais m'enfuis dès que possible. J'ai honte de cette course. Je me planque autant que je peux avant de devoir répondre aux journalistes. C'est vraiment la dernière chose dont j'ai envie.

J'apprends que Porana a chopé la P3. Au moins, l'écurie aura eu un podium aujourd'hui. Je suis dégoûté. Ce week-end a été un carnage du début à la fin. L'équipe va être furieuse. J'ai peur pour mes fesses.

Enchaîner les frasques tout en assurant une bonne performance en piste c'est une chose, mais faire de la merde dans tous les domaines, ça ne va pas passer.

Ils n'en ont rien à faire que je vive mal mon deuil, que je sois paumé, que j'aie besoin de distraction. Des millions sont en jeu, tout comme la réputation de la marque et de nombreux jobs. Je dois me reprendre, car je n'aurais pas un milliard de chances de me rattraper. MacArthur s'est montrée plus que claire à ce sujet.

Elle va me défoncer.

Mais elle devra attendre. Je vais déjà régler mes comptes avec moi-même.

5

Mars – Australie

NELL

Ce n'était clairement pas le résultat que nous attendions, inutile de se mentir.

Porana s'est posé sur le podium et c'est la moindre des choses après la sortie de piste qu'il a imposée à Lecomte. Ce dernier n'a pas fait d'étincelles. Son score n'est pas suffisant, car Keelean se retrouve en troisième place du championnat derrière Dark Crown et Riotti.

Je ne lui en veux même pas, son mauvais début de course n'a pas été de son fait. Il a commis quelques erreurs, mais rien qui ne l'aurait fait tomber aussi bas. Malgré tout, s'il n'avait pas commencé le Grand Prix en P4, nous n'aurions pas eu ce résultat. Bref, tout ne se joue pas sur un seul circuit, mais celui-ci était décevant.

Notre numéro un n'est peut-être pas celui que l'on croit. Devrions-nous changer notre fusil d'épaule ?

Je ne vais jamais arriver à redresser la barre de l'écurie, je suis nulle. Cette course en est la preuve. Sans parler des finances en chute libre… Ça va mal finir et je vais en payer les pots cassés à la place du réel responsable.

Quand on parle du loup…

Mon téléphone sonne alors que j'essaye de me détendre dans un bain.

— Ma chérie ?

C'est bien quand il veut les noms affectueux.

— Papa, répliqué-je sèchement.

Mon ton indique clairement mon humeur.

— Ce n'était pas une super course, remarque-t-il.

J'ironise :

— Sans rire ?

Il soupire.

— Ne baisse pas les bras, Nell ! Ça arrive.

C'est facile à dire pour lui ! Ce n'est pas à lui qu'on demande des comptes. Ce n'est pas lui qui se prend les regards dépités du staff. Je n'ai rien voulu de tout ça, moi. C'est mon héritage que j'essaye de sauver pour le bien de tous, mais qui s'envole petit à petit. Mais c'est bien moi qui ai abandonné ma carrière, mes rêves, pour aider mon père. Quel con !

— Cette course était à chier ! Porana a fait de la merde avec Mathieu, Mathieu a fait de la merde avec lui-même… Franchement, t'es sûr que tu ne te trompes pas sur lui ? Il est complètement à la ramasse.

C'est un euphémisme. Mathieu a manifestement de gros problèmes personnels, ce gars ne va pas bien et il serait temps d'affronter cette vérité. Est-ce que nous pouvons vraiment compter sur lui ? Je ne sais plus quoi penser. Je n'ai rien contre Mathieu, mais là il est un poids en trop dans tout ce que j'ai à gérer.

— On a besoin de lui, Nell. Tu le sais. Il est populaire, gentil, droit. Son image apporte énormément à Keelean. C'est pour ça qu'on doit aussi calmer ses ardeurs… C'est un bon pilote, vraiment. Il nous a offert de superbes courses, il a du talent et je sais qu'il en a en réserve. Laisse-lui un peu de temps, il va retomber sur ses pieds, j'en suis sûr. Il est comme un fils pour moi.

Bah voyons ! Moi, je suis juste la bouffonne qui joue les intérimaires. Il n'en rate pas une. Je me frotte les yeux pour calmer la migraine qui est en train de monter.

— Ton pilote d'amour me casse les couilles, lâché-je, énervée, jalouse.

Il soupire bruyamment.

— Tu as besoin de lui, Nell. S'il part et que tout… que la presse apprend tout, on est finis. Keelean doit plus faire ses preuves que jamais, ma fille. C'est ta responsabilité. Secoue-le, séduis-le, je n'en sais rien, mais arrange tout ça.

C'est une blague… Il vient réellement de me suggérer un truc pareil ?

— J'ai confiance en toi. Tu vas nous sortir de là. Je dois y aller, je ne peux pas rester trop longtemps au téléphone. Bye, Nell.

Il raccroche sans même un bisou. Vraiment, des fois, je le hais plus que je ne l'aime. C'est mon père, mais… quel con !

Message reçu : sauvons le soldat Mathieu à tout prix, il est notre figure de proue. Pour l'instant, je dois m'accommoder de cette décision, car je n'ai pas d'autre solution sous la main. Cependant, à un moment, je ne pourrai plus le protéger s'il ne cherche pas lui-même à se préserver.

Je tente de profiter des dernières minutes d'eau chaude de mon bain avant d'en sortir pour me poser devant la télé. Je reçois alors un message de Mina sur notre conversation. Je le lis immédiatement, consciente que ces filles sont le rare soleil dans ma vie.

Mina : « Je viens de me renverser un pot de sauce tomate dessus en essayant de l'ouvrir. Des conseils de détachant ? »

Sa bêtise me tire un sourire.

Carly : « Je te conseille la poubelle… »

Mina : « Merci de ton aide ! »

Moi : « La vraie question est : qu'est-ce que tu vas mettre dans tes pâtes, maintenant ? »

Mina : « Merde… Je n'y avais pas pensé ! »

Je retrouve un peu le sourire en discutant avec elles. L'espace de quelques instants, j'échappe à ma réalité.

Carly : « T'en es où avec ton pilote infernal ? De nouveaux cadeaux ? »

Moi : « Pitié, n'en parlons pas. »

J'attrape mon ordi pour me trouver une série à regarder. Il va me falloir un truc bien prenant pour faire taire mes pensées.

Seulement quand j'ouvre l'écran, je tombe sur un dossier qui me tirerait presque une larme : « Micro_Entreprise_NellScotDesign ».

La piqure de rappel fait mal. À cette heure-ci, j'aurais pu être en train de préparer mes premières commandes en tant que graphiste. À la place, je gère une écurie. Voilà. Tout va bien.

Je grogne de frustration.

Je t'en veux tellement, Papa…

Déjà que nous n'étions pas en très bons termes, là, il a tout gagné. Pas étonnant que Maman ait demandé le divorce. Elle a bien fait de quitter le bateau avant qu'il ne coule. Mais moi je suis coincée, je ne peux pas effacer ma filiation. Surtout, je suis quelqu'un de très fidèle, malgré tous les coups pourris qu'il a pu me faire. Les rendez-vous manqués, les spectacles ratés, oublier de venir me récupérer à l'école, de m'éduquer, de m'aimer.

Ça fait longtemps que j'ai arrêté d'essayer d'attirer son attention, longtemps que j'ai arrêté de rechercher sa fierté. Malgré tout, je suis là. Il m'a appelée à l'aide et j'ai répondu. Il reste mon géniteur, cette écurie est mon héritage, même si je la déteste. Je le dois à mon grand-père et son père avant lui. Je le dois aux employés de Keelean, aux supporters, à tout ce qui m'a permis de subvenir à mes besoins, d'entrer dans une belle école.

Je leur suis redevable à tous. Je suis en train de payer ma dette à leur encontre. Ensuite, je serai entièrement libre.

C'est pour quelques mois, Nell. Ça va, aller. Je reprendrai ma vie. Quoi qu'il arrive, je reprendrai ma vie. S'il faut que je change de nom, je le ferai.

Je me secoue et ouvre internet pour ne plus voir ce dossier qui me mine le moral. J'enclenche Netflix au moment où mon assistant m'envoie un message. Je crains le pire… Je l'ai missionné pour quelque chose de précis. À cette heure-ci, j'ai peur de savoir ce qu'il se passe avant même de lire le texto.

« Lecomte est parti en boîte. Son chauffeur l'a vu prendre un taxi. »

Quel abruti…

Déjà que je passais une mauvaise soirée… Il va m'entendre.

Sans réfléchir, je file dans ma chambre pour me rhabiller. S'il croit que je vais tolérer ça après sa performance pitoyable ! Il se fout de ma gueule !

J'attrape mon jean, un sweat aux couleurs d'Édimbourg, j'enfile mes baskets et ne perds pas de temps pour monter dans la suite de Mathieu.

J'ai quelques trucs à faire avant qu'il ne rentre. Je demande à son assistant de me filer le double des clés de sa chambre. C'est nous qui la payons, donc je peux bien me permettre cette violation de sa vie privée, surtout quand il se moque à ce point de nous. Andy me rejoint devant la porte pour s'exécuter. Je vais faire de la vie de ce pilote un enfer.

— Je peux vous aider avec quelque chose, madame ? m'interroge Andy.

Je soupire et me frotte le visage.

— Je vais vous réassigner. Dorénavant, vous assisterez Peter au pôle communication.

Il écarquille les yeux.

— Je... Je... Ai-je fait quelque chose de mal ?

Sa panique me serre le cœur. Je le rassure aussi vite que possible.

— Non ! Bien sûr que non. C'est Lecomte que je punis, pas vous.

Il assemble les pièces du puzzle et se détend rapidement. Il semble presque soulagé. Qu'est-ce que Mathieu lui demandait de faire ? En tout cas, maintenant il s'occupera de Peter. Je le congédie pour la soirée, il mérite bien un peu de repos. Moi, j'ai encore quelques trucs à régler dans la suite de Mathieu.

J'ai lu en détail son contrat et notamment la partie listant tous les avantages auxquels il avait droit. Je sais donc exactement ce que je peux lui retirer.

Sa suite est nickel, comme s'il n'y avait pas mis les pieds. Il n'y est probablement pas resté longtemps. Cela m'aide à trouver tout ce que je cherche. Je récupère tout d'abord la console de jeu et tous ses accessoires que je descends dans ma chambre.

Je remonte prendre toutes les bouteilles d'alcool dans sa cuisine, puis je retire l'ordinateur que nous lui prêtons et la machine à café soi-disant cruciale pour son moral. Ce mec vit bien trop dans le luxe... Si je dois lui confisquer jusqu'à ses caleçons pour lui faire comprendre la leçon, je le ferai. Je suis furieuse après lui. Il se moque de moi, de Keelean et de toutes les personnes qui dépendent de son travail.

Comment ose-t-il sortir après une telle prestation ? J'ai envie de lui arracher la tête. Je compte bien rester là et lui passer un savon dès qu'il rentrera.

Ce connard a tout fait pour m'amadouer pour ensuite se payer de ma tronche. Je suis franchement vexée, voire blessée par son culot. Jamais personne ne s'est joué de moi de la sorte.

Vraiment, je le hais !

Je me laisse tomber sur le canapé de sa suite en soupirant. Ma vie est un calvaire…

Je me frotte les yeux, épuisée.

Mon regard glisse alors sur une photo encadrée sur la table basse. Je m'adoucis presque instantanément. Difficile de ne pas être attendrie. Le cliché représente Mathieu et son ami, Mike. Ils se tiennent par l'épaule et sourient de toutes leurs dents en brandissant des coupes de F3.

Je connais un peu leur histoire. Ils se sont rencontrés jeunes et ont grandi ensemble. Ils étaient très proches et Mathieu a été grandement affecté par le décès de son ami l'année dernière. L'accident ne lui a laissé aucune chance. Le feu était indomptable, il est mort asphyxié par les fumées.

Peut-être que Mathieu souffre encore plus que ce qu'il ne laisse paraître. C'est peut-être ça, le fond de son problème. J'ignore comment je pourrais l'aider. Nous ne nous connaissons pas. Je ne sais même pas si qui que ce soit peut lui venir en aide si lui-même ne décide pas de se sortir de là. Se noyer dans l'alcool n'a jamais été une solution. Je ne comprends pas comment ça peut le soulager. La douleur s'apaise pendant si peu de temps. Quel intérêt ?

Je sais que ce n'est pas un mauvais gars, même s'il me prend la tête. Ses intentions et sa façon d'être en sont la preuve. En réalité, il me fait de la peine. Mais il me pose aussi beaucoup de problèmes. Je suis toujours furieuse après lui. Il doit se ressaisir, il n'a pas le choix.

J'attends patiemment son retour en traînant sur les réseaux sociaux. Déjà, rien ne sort quand je tape son nom. C'est bon signe. Avec un peu de chance, il ne fera pas de bêtises et ne se fera pas remarquer. J'ai envoyé mon chauffeur le récupérer à la soirée, je n'ai pas envie qu'un taxi profite de son état.

Vers une heure du matin, je commence à perdre patience. Je crains qu'il ne rentre pas et qu'il passe la nuit chez quelqu'un. Mais finalement, alors que je m'apprêtais à abandonner, j'entends le verrou de la porte s'ouvrir.

Je me lève pour me tenir dans l'entrée, qu'il ne rate pas ma présence.

Il trébuche plus qu'il ne pénètre dans la chambre.

Il est torché.

— Ouille, couine-t-il en secouant son pied dans le vide.

Mais dans quel état il s'est mis ?

Je l'appelle, consciente qu'il ne m'a pas vue.

— Mathieu ?

Il relève les yeux vers mon visage, doucement, péniblement. Il prend quelques secondes pour réfléchir. Il me regarde, regarde la porte, regarde la suite. Il fronce les sourcils, son raisonnement lui demande énormément d'efforts.

— Je me suis trompé de chambre ? m'interroge-t-il dans une grimace.

Je secoue la tête. Il soupire de soulagement, puis réfléchit à nouveau.

— Vous n'étiez pas avec moi, si ? Je m'en rappellerais quand même.

Rien n'est moins sûr…

— Bon sang, asseyez-vous avant de tomber, ordonné-je en pointant le canapé du doigt.

Il s'exécute sans mal. Une fois installé, il commence à retirer ses chaussures.

Clairement, la discussion ne sera pas pour cette nuit, il ne s'en souviendra même pas demain. Je lui laisserai un mot pour quand il sera plus sobre.

— Vous êtes venue pour faire l'amour ? demande-t-il alors.

Pardon ?

Il reprend avant que je n'aie pu répondre.

— Ce n'est pas que je n'ai pas envie de coucher avec vous, mais ça ne serait pas une super idée.

Au moins, il reste sain d'esprit.

— Pourquoi croyez-vous que je suis venue dans votre suite pour… *ça* ? m'offusqué-je.

Il hausse les épaules.

— Parce que c'est en général la raison de la présence de femmes dans ma chambre, explique-t-il simplement.

Je réalise que j'ai de la chance qu'il ne soit pas rentré accompagné. Ça aurait été terriblement gênant.

Il termine enfin de retirer ses chaussures et s'attaque alors à son tee-shirt. Maintenant torse nu, il reprend son souffle après l'énergie qu'il a dû déployer pour ce simple geste.

Si je n'étais atterrée par son état, je profiterais du spectacle qu'offre son corps musclé, halé et légèrement poilu par endroits. Je comprends facilement pourquoi certaines femmes sont prêtes à squatter sa suite pour obtenir ne serait-ce que quelques minutes avec cet homme. Mais ce n'est pas mon cas.

Je m'apprête à lui demander d'aller se coucher quand il prend la parole.

— Je suis désolé, Nell, me surprend-il. Je suis vraiment désolé, j'ai merdé. J'ai fait n'importe quoi. Cette course était nulle, j'ai été super nul. Je suis désolé.

Il ferme les yeux. Est-il encore conscient ?

Je soupire. Je n'ai pas la moindre idée de ce que je suis censée faire. Je suis sa boss, dans sa suite, il est torse nu, ivre. Dois-je le coucher ? M'en aller ? Je ne peux pas le laisser dans cet état seul, ça serait dangereux. Mais je ne devrais pas être dans sa chambre non plus. Il semble si triste.

— Oh la ferme, Mickey, marmonne-t-il presque imperceptiblement. Non ! Mais non. Mais si, oh, là là. Tu exagères. Attends. Attends. Oui, je sais. Arrête de me gronder, Nell le fait déjà très bien !

Il parle tout seul ? Je crois bien. Ou à son pote ? Mais il est mort, donc…

Putain…

Il se met à grogner avant de porter ses mains au bouton de son pantalon. Qu'est-ce qu'il fait maintenant ? Il baisse la fermeture éclair, puis lève ses fesses afin de retirer son jean.

Rectification : son jean et son caleçon.

Merde…

Je détourne aussitôt les yeux.

— Mais rhabillez-vous, enfin ! ordonné-je. Qu'est-ce qui vous prend ?

Il rigole.

— Oups. J'ai oublié que vous étiez là. De toute façon, vous avez déjà tout vu !

Bon sang.

— Allez vous coucher, Mathieu ! ordonné-je.

Au lieu de s'exécuter, il fixe son regard sur mon visage.

— Vous n'avez pas emmené votre fouet, hein ? Parce que ce n'est pas trop mon délire…

Il en a d'autres des remarques comme ça ?

— Dois-je vous rappeler que je suis votre patronne et que vos mots sont complètement inappropriés ?

En réalité, je m'en moque. Je ne suis pas vraiment sa boss. Pas réellement. Mais moins il débite ce genre de connerie, plus la conversation de demain sera facile.

— Vous, vous n'êtes pas grande, répond-il. Vous êtes toute petite ! ajoute-t-il en rapprochant son pouce de son index pour donner une estimation de ma hauteur.

— C'est faux ! m'emporté-je, vexée, comme toujours quand on parle de ma taille.

— Bah, ne vous inquiétez pas ! Tout ce qui est petit est mignon ! Comme ma bite !

Je glousse malgré moi. Il est vraiment torché.

— Allez vous coucher, répété-je pour me sortir de ce traquenard.

Il continue de glousser et m'offre un clin d'œil avant de se lever pour trouver son lit. Il passe sous les draps sans protestations. Avec un peu de chance, il va rapidement s'endormir et moi, je vais pouvoir filer.

— Vous allez me punir ? demande-t-il à moitié assoupi.

Je soupire.

— Vous êtes déjà puni, vous vous en rendrez compte bien assez tôt.

Il rouspète.

— Vous n'êtes pas cool du tout. J'ai été sage, en plus.

Je m'apprête à répliquer, mais il s'est déjà endormi. Nous en discuterons quand il sera sobre de toute façon. Il comprendra, j'en suis sûre. J'imagine qu'il est sorti pour oublier sa course, ce que je peux comprendre, mais avec son passif, je ne peux pas risquer qu'il fasse de nouvelles conneries. Il doit arrêter de sortir sur des coups de tête et de se mettre dans des états pareils, au risque de se faire dépouiller en montant dans un taxi.

Il me fait de la peine. Peu importe qu'il me prenne pour une garce à le punir, à lui donner des ordres ou à l'obliger à stopper ses bêtises. Si ça peut l'aider à se sortir de cette spirale infernale, ça sera déjà ça de positif. Il n'a pas l'air de réaliser qu'il s'autodétruit. Personne ne semble vouloir le soutenir et je ne sais pas comment je le pourrais alors que nous ne nous connaissons pas. Peut-être que ces restrictions l'aideront à assez calmer le jeu pour qu'il comprenne de lui-même qu'il doit se sortir de là.

Encore faut-il qu'il les respecte, ce qui n'est clairement pas gagné. Je ne sais pas quelle sera la prochaine punition s'il continue ses bêtises. J'espère sincèrement que je n'aurai pas à le licencier. Je crois que mon père a raison, il mérite d'avoir une autre chance. Mais il n'en aura pas indéfiniment.

MATHIEU

La bouche pâteuse, un marteau piqueur dans le crâne et une sale odeur de transpiration sont tout ce à quoi j'ai droit en me réveillant ce matin. Les rideaux de ma chambre sont grands ouverts. La lumière du jour met mes yeux à rude épreuve. Connecter tous mes neurones est un peu compliqué.

Je prends quelques instants pour m'adapter aux rayons du soleil et pour remettre mes pensées en ordre. J'ai l'impression de m'être fait rouler dessus par un train.

Il faudrait vraiment que j'apprenne à arrêter de boire avant de dépasser ma limite. Je déteste avoir la gueule de bois. Je ne m'y habituerai jamais.

Encore heureux !

Je laisse mes yeux errer sur la décoration de la chambre pour rassembler le courage qu'il me manque pour me lever.

Finalement, je me mets un coup de pied au cul pour filer sous la douche. J'en ai bien besoin. Une fois lavé, je me sèche et me rends à la cuisine pour prendre mon café matinal. C'est bien la seule chose qui peut me faire décuver plus rapidement.

Je vais machinalement vers le plan de travail, attrape une tasse et la pose sur la…

Je m'arrête en plein mouvement quand je réalise que la machine à café n'est pas sous ma main.

Ah.

J'observe difficilement les autres surfaces de la cuisine, mais je ne la trouve nulle part.

— Pas aujourd'hui, soupiré-je, épuisé.

Peut-être l'ai-je installée ailleurs et que je ne m'en souviens pas. Ma tasse toujours en main, ma bite à l'air et les cheveux trempés, je détaille le reste de la suite en espérant la dénicher quelque part. Mais c'est une tout autre chose que mon regard accroche.

Un mot manuscrit m'attend sagement sur la table basse du salon.

— C'est trop tôt pour les poèmes, marmonné-je.

Je vais prendre le papier et déchiffre le nom de l'auteur : Nell MacArthur.

— Oh merde ! m'exclamé-je en me rappelant soudainement les évènements de la veille.

Moi, rentrant ivre. Elle, m'attendant dans la suite. Moi, à poil à lui raconter n'importe quoi.

Elle est restée drôlement calme, alors que je lui ai sorti connerie sur connerie. Ou peut-être n'était-ce qu'une façade ? Son petit mot devrait m'éclairer.

« Cher Mathieu,

J'espère que votre tête vous fait horriblement mal, ce matin. Vous le méritez après m'avoir prise pour une imbécile. Je pensais que nous nous étions compris, vous me décevez…

Votre humiliation de la veille aurait pu suffire à vous punir, mais vous m'avez tellement énervée que je n'ai pas pu m'arrêter là. Vous constaterez donc en cette belle matinée qu'il vous manque quelques objets. Keelean vous les rendra uniquement lorsque vous vous en montrerez digne.

Cordialement,

Nell MacArthur.

PS : Faites-moi plaisir, arrêtez de vous exhiber. »

J'hésite entre éclater de rire, me lamenter de m'être fait retirer ma machine à café et crier contre elle. La dernière option me minerait la tête donc je l'oublie instantanément.

Bon, clairement, elle était furieuse. Sa douceur n'était donc qu'une façade, ou de la pitié pour un homme déjà à terre. Elle a été assez intelligente pour ne pas s'énerver inutilement contre quelqu'un qui n'était pas en état d'écouter.

Sa nouvelle punition est vache, mais je le reconnais, méritée. J'ai abusé en sortant, hier. La course m'a tellement plombé le moral que j'avais besoin d'oublier. Mais j'ai été sage ! Je suis resté discret et je n'ai ramené personne chez moi. Je pourrai peut-être plaider ma cause de cette façon.

J'éclate de rire en réalisant que je suis toujours à poil. C'est vrai que j'ai tendance à m'exhiber. Non pas que je n'aime pas les vêtements, mais la nudité ne me pose pas de problème. Au contraire, je me sens bien plus libre de mes mouvements.

Ce n'est pas vraiment une raison pour montrer ta bite à ta boss…

Ça, c'était un accident. Je ne suis pas stupide non plus !

Ah bon ?

Ta gueule !

N'empêche qu'il va falloir que je me reprenne. Je dois vraiment arrêter de déconner. Je dois mettre de côté mes problèmes, mes conneries, l'alcool, les soirées. Je dois me dédier à 100 % à la course, m'entraîner plus.

Me retrouver à nouveau avec une gueule de bois ne va pas m'aider à remonter dans le classement et récupérer ma place de *leader* chez Keelean. Si je veux avoir une chance, je ne dois pas attendre que ça se fasse, mais me donner pour provoquer le changement.

Nell a raison. Je l'ai déçue et l'équipe avec. Je me suis déçu.

Je t'ai déçu.

Je me fais une promesse : je vais me donner à 1 000 % pour les prochains Grands Prix, celui d'Italie, celui de France. Je vais appeler mon coach, lui demander de passer la seconde. Je vais proposer à Paul de travailler ensemble les circuits. Je vais aussi prendre le temps de m'excuser auprès de Nell, j'espère ne pas avoir poussé le bouchon trop loin et qu'elle me laissera une chance de me rattraper.

J'ignore si je l'apprécie, si je la déteste ou si elle m'est indifférente, je sais simplement que je veux l'avoir de mon côté, gagner sa confiance et prouver ma valeur pour garder ma place.

C'est tout ce qui compte.

Ma place.

6

Avril – Italie

MATHIEU

Fidèle à ma promesse, je me mets à fond dans mes courses. Je ne veux rien laisser au hasard. Mon coach se prend un plaisir de me faire payer mes excès pendant les entraînements et c'est tout ce que j'attends de lui.

Le soir, je rejoins Paul pour que nous bossions ensemble sur les circuits. Il m'aiguille dans le simulateur et j'essaye d'apprendre au centimètre près les trajectoires choisies.

J'entame la semaine italienne, un peu plus serein et apaisé. Je sais que j'ai travaillé, ça va forcément payer. Il ne peut pas en être autrement. Je m'enferme dans ma bulle dès le début du week-end. C'est aussi une façon de me mettre à l'écart de mes potes. Je n'ai pas besoin d'entendre parler des succès d'Owen ou de les entendre me demander si je vais bien. J'irai mieux quand j'aurai décroché un résultat décent.

Les essais libres se passent plutôt bien et c'est bon signe pour la suite. Je pense maîtriser le circuit. En même temps, il est difficile de comparer les essais à la course ou aux qualifications. Les conditions sont différentes, tout peut changer. Mais ça m'aide déjà à reprendre confiance en moi.

Avoir foi en ses capacités peut complètement altérer l'issue d'un Grand Prix. Quand un pilote commence à se sentir moins bon qu'un autre, il se fait toujours battre. Si je ne pense pas que je suis le meilleur, personne ne le fera pour moi.

La veille des qualifications, je dois assister à une interview pour la course. Je ne sais pas vraiment qui sera présent. Je n'ai pas regardé le programme.

Il est l'heure de m'y rendre, alors je file rejoindre la salle de conférence. Nous sommes un peu moins d'une dizaine. Cette fois, je ne vais pas pouvoir faire semblant de ne pas avoir vu mes potes. Je vais donc m'installer à côté de Loris, lui-même assis près d'Owen.

— Un revenant, me reproche ce dernier.

Il n'a pas tort, mais je ne vais certainement pas lui donner la satisfaction de confirmer que je me suis terré dans un trou ces derniers mois. Je ne compte pas non plus changer ma ligne de conduite. J'ai besoin d'air, les voir me fait trop penser à Mike et c'est au-dessus de mes forces. Je dois me concentrer sur la course et songer à mon ami n'est pas la meilleure option. Qu'ils le comprennent ou pas, ça ne change rien.

— La forme ? demandé-je, mon sourire habituel plaqué sur les lèvres.

J'avale une gorgée du verre d'eau placé devant moi, puis m'installe confortablement sur mon siège. J'allonge mes jambes sous la table et les croise aux chevilles. Je me laisse tomber contre le dossier. Voilà, là je suis prêt à me prendre des tacles de la part des journalistes. Moins je montre que je suis tendu, moins ils chercheront à m'achever.

— C'est plutôt à toi qu'il faut demander ça, non ? me taquine Loris. T'as vu tes cernes, Matt ?

Je roule des yeux.

— Vu ce qu'il se met tous les soirs, en même temps…

Owen m'a dans le collimateur, clairement. Je ne me sens pas d'humeur à lui répondre. Je scanne la salle pour voir qui nous allons avoir en face.

— Il paraît que ton ex va assister à la course ce week-end, Abbott, glissé-je en sachant que ça va le déstabiliser.

Qu'il s'affaire à calmer les nerfs de sa femme plutôt que de me faire chier. Mon ami ricane sans m'accorder le moindre regard.

— Tu comptes la sauter, elle aussi ? Ou ta queue est trop occupée en ce moment ?

Je ne rentrerai pas dans son jeu. Il est énervé. Peut-être pas forcément contre moi, juste énervé. Rien ne sert de me fatiguer. Qu'il rage tout seul, j'ai d'autres chats à fouetter.

— On en parle des chaussures de Faure ? tente Loris pour calmer les choses. Je croyais que les Français avaient du style.

Je suis son œillade vers le pilote qui vient de faire son entrée. En effet, elles sont de très mauvais goût. Entre rose bonbon et couleur vomi, ce n'est pas très glorieux.

Je détourne les yeux et tombe sur Nell, adossée contre le mur. Elle fait mine de ne pas m'observer, mais reporte son attention sur moi dès que je regarde ailleurs.

— Fait chier, sérieux, soupiré-je, saoulé.

Voilà des jours qu'elle me surveille comme un gamin de cinq ans. Elle est présente à quasiment tous mes rendez-vous, comme si elle s'attendait à ce que je parte en vrille à n'importe quel moment. Je sais que je n'ai pas sa confiance, mais je me sens sous pression quand elle est là. Chaque mot que je prononce, chaque geste que j'esquisse, est épié et possiblement retranscrit sur une liste qui finira par justifier mon départ. C'est infernal.

— Qu'est-ce qui se passe ? demande Loris, intrigué.

Je m'apprête à sortir une excuse bidon quand Owen me coupe, toujours aussi chiant.

— T'as découvert que tu avais vidé les réserves de vodka du pays ?

Tendu par la présence de Nell, mon potentiel remerciement, l'absence de Mike et tout ce qui me tracasse, je ne parviens plus à faire semblant de supporter sa merde.

— C'est bon, Owen. Ferme ta gueule. Ton avis, tu peux te l'enfoncer bien profond dans ton…

— Message reçu, me coupe-t-il.

Il souffle.

— Connard, l'entends-je marmonner.

Loris se prend la tête dans les mains, épuisé alors que cette interview n'a même pas démarré.

Cette fois, je suis vraiment remonté et je ne compte pas faire le clown pour détendre l'atmosphère. Vivement qu'on en finisse, que je me casse d'ici.

De nouvelles personnes entrent, il ne reste quasiment aucune chaise de libre, je suppose que nous allons enfin commencer.

— Qu'est-ce qui vous arrive, Mathieu ? Vous êtes bien fermé, aujourd'hui ? demande une journaliste avec qui j'ai souvent rigolé.

De trente ans mon aînée, je n'ai jamais cherché à la draguer. C'est une femme sympa qui pose de bonnes questions. Sa remarque me fait donc réagir. Si je commence à faire la gueule, elle ne sera pas la seule à le soulever et je vais recevoir un certain nombre de questions déplacées.

J'enfile à nouveau mon sourire pour faire comme si tout allait bien dans le meilleur des mondes.

— Je ne vous voyais pas ! Comment survivrais-je à une interview sans vos flatteries ?

Elle glousse en secouant la tête.

— Vous pouvez compter sur moi ! m'assure-t-elle avant d'aller trouver son siège.

Je fais bien attention à garder ma bonne humeur apparente et prie pour que cette corvée commence enfin. J'ignore savamment les regards dubitatifs de mes amis en tournant la tête, mais alors je tombe sur Nell. Sans pouvoir m'en empêcher, je lui offre un salut militaire. Elle lève les yeux au ciel avant de détourner le regard.

— C'est qui ? m'interroge Loris.

Cette fois, Owen se retient de sortir un commentaire déplacé. *Dieu merci !*

— La corde autour de mon cou, marmonné-je en la gardant à l'œil.

Loris s'apprête à me demander plus d'explications, mais enfin, les premières questions tombent.

Nous nous laissons porter par les journalistes, répondons au mieux à chacun d'eux tout en essayant de rester polis, pros et favorables à nos écuries. Je joue mon rôle à merveille. J'amuse la galerie ; Nell pense que ça plaît au public donc je donne de ma personne.

Enfin, la conférence se termine. Je ne perds pas une seconde pour filer. Je dois retrouver mon coach pour une dernière séance avant le Grand Prix.

Les qualifications ne se passent pas trop mal. Je parviens à me poser en P3 derrière Abbott et Adoni. Porana est en P5, ce qui me rassure un peu. Ce n'est pas le top pour l'écurie, mais c'est mieux pour moi.

La course est cependant riche en évènements. Deux accidents, deux *safety car*. Un problème de paramétrage qui me fait perdre en puissance et tomber de quelques places. Heureusement, Porana subit la même chose. Je parviens un peu à remonter, mais tendu par ces déconvenues, je négocie mal un virage, prends un vibreur de plein fouet et rate de peu ma fenêtre pour passer Soria, ce qui ensuite m'empêche de récupérer mon retard. Bref. Je termine le Grand Prix en P5 et ce n'est pas du tout ce que je voulais.

J'aborde la course française bien plus crispé que la précédente. Ça n'arrange rien de voir qu'Owen se tient encore sur le putain de podium. Il enchaîne les victoires, alors que je tombe toujours plus bas dans le classement. J'essaye de me reprendre pour tirer le meilleur de la course du Castelet.

Bloqué par un drapeau rouge pendant les qualifications, je ne parviens pas à enregistrer un temps correct en Q2 et me retrouve coupé de la Q3. Je partirai de la P11 et c'est la pire chose qui pouvait arriver. Je tente au mieux de garder la face, de continuer à faire rire la foule et à donner un beau spectacle avant la compétition.

En réalité, je suis au bord de l'implosion.

MacArthur ne cesse de me surveiller de loin, mais au moins, elle a l'intelligence de me foutre la paix. J'imagine qu'elle va finir par me tomber dessus, néanmoins, je ne serai pas celui qui provoquera la rencontre.

Je donne tout ce que je peux dans ma monoplace. Je remonte tant bien que mal dans le classement, évite de peu une collision et maudis un arrêt aux stands plus long que prévu. Malgré tout, je parviens à récupérer la P4. Ce n'est pas un podium, donc pas assez, mais c'est déjà ça. Heureusement que Porana s'est positionné deux fois en dessous de moi. Ça me permet au moins de reprendre l'avantage sur lui dans le championnat.

Une fois de plus, Owen est sur la P1, alors que je suis mou comme le cul d'un vieux.

La jalousie ne te va pas, Matt…

Tu ne serais pas jaloux, toi, peut-être ? On a eu la même formation. Il triomphe et moi…

Toi, tu dois te reprendre. C'est tout.

Facile à dire, Mike. Je n'en serais pas là, si…

Je secoue la tête pour arrêter cette spirale infernale. Broger ne m'aidera pas à effacer le retard que j'ai pris dans le classement. Mike a raison, me noyer dans la jalousie et dans l'auto-flagellation ne me sortira pas de cette situation.

J'ai pourtant tout donné aux entraînements… Peut-être que je ne suis simplement pas concentré ? Mais j'ai l'impression de l'être.

Plutôt que de répondre aux textos de mes amis, aux appels de Lise ou aux centaines de notifications sur mes réseaux, je décide de me trouver une fille avec qui lâcher un peu de pression. C'est mieux que de sortir boire. Nell ne pourra pas me reprocher ça.

Je me défoule avec cette nana, mais une fois que nous avons terminé, je suis loin de me sentir mieux.

Je me sens comme une grosse merde, un échec sur pied. La voix de Mike harcèle mon esprit de questions. Mon téléphone n'arrête pas de vibrer.

Rien. Ne. Va.

La prochaine course est ma *homerace*, mais je ne suis pas sûr d'être prêt à me faire humilier dans mon pays.

NELL

Après avoir couché Mathieu ivre et nu dans son lit l'autre soir, je n'ai pas résisté à le surveiller de loin.

J'abuse, je m'en rends compte, je suis sur son dos en permanence. L'idée n'est pas de le braquer. Mais nous n'en serions pas là s'il ne s'était pas mis dans un état pareil au lieu de bien se tenir.

Sur le moment, j'ai été furieuse, mais maintenant, je ne lui en veux plus trop. Je crois que cet homme souffre et qu'il ne sait pas comment gérer ça. Il a des problèmes, ça se voit, même s'il parvient à bien donner le change. Si son sourire était sincère, ses résultats seraient meilleurs en courses. Il ment à tout le monde et peut-être bien à lui-même.

Si je le détestais à notre rencontre, je me suis un peu adoucie. Ces dernières semaines, il a fait des efforts, il n'est pas sorti, ne s'est pas fait remarquer et n'a pas semé mon chauffeur. C'est franchement un bon début ! Je n'y croyais plus.

Maintenant que je ne le diabolise plus, je découvre un homme charmant, plutôt drôle et qui se démène pour toujours donner le sourire aux autres. J'ignore comment il y parvient alors que lui-même a du mal à se gérer. Il y a bien plus à apprécier chez lui que sa belle gueule et son humour, je m'en rends compte à présent. Il pourrait presque me plaire s'il n'était pas sous mes ordres. En tout cas, physiquement parlant, je ne peux plus nier qu'il est totalement à mon goût. Comment oublier l'image de son corps nu, musclé, halé ?

J'aurais pu y arriver, si mes copines ne m'avaient pas envoyé tout un tas de photos prises pour des campagnes de pub ou des évènements caritatifs. Je crois qu'elles fantasment sur lui. Il faut dire que nous débattons souvent de son cas. Il est ma mission numéro une dans ce travail et la raison d'une grosse partie de mon stress permanent. Donc, je me défoule en en discutant avec mes amies.

Elles ont adoré l'épisode du strip-tease. Je dois dire que nous en avons bien rigolé. Pas au détriment de Mathieu, le pauvre. Non, simplement du fait que le premier mec que je vois nu depuis un an soit mon pilote ivre et exhibitionniste.

Peut-être que je le serais aussi si j'avais son physique, qui sait ?

Malgré ma sympathie pour lui, ses résultats sont moyens. Nous devrions concurrencer le *leader*, pas le second quart de la grille. Porana ne fait pas de merveilles non plus. C'est assez problématique.

Je dois redresser la barre et vite. La presse sportive souligne nos échecs, ce qui est loin d'être positif.

Cette histoire va mal finir, je le sens. Je ne vois pas comment on pourrait se sortir de ce qui va tomber. Même si Papa a de l'espoir, je sais qu'il n'y a pas d'échappatoire. C'est trop tard. Il se voile la face en croyant détourner les regards en faisant briller Keelean. D'autant que nous sommes loin de faire briller l'écurie. Mathieu n'y met pas du sien, Porana ne sort pas un résultat correct, les finances sont en chute libre et moi… Moi, je n'ai pas été formée pour ça !

Tout repose sur mes épaules. Le secret est en train de me bouffer. Mon père ne m'est d'aucun soutien alors que tout est de sa faute.

La seule solution est de secouer Mathieu pour qu'il retrouve ses capacités en course et arrête les conneries. C'est tout ce que je peux faire. Je n'ai aucune autre idée.

Nous faisons déjà notre maximum pour collaborer avec la fédération et intégrer plus de femmes dans les formations de pilotes. Nous participons aux mouvements de défense d'égalité des chances. C'est un bon début, mais c'est surtout normal.

Maintenant, nous devons remonter dans le classement. Mathieu est notre seule opportunité. J'aimerais qu'il se réveille, mais je ne sais pas comment faire. Nous ne nous connaissons pas, je n'ai aucune légitimité pour débarquer dans sa vie privée et essayer d'en recoller les morceaux.

Qu'est-ce que foutent ses proches ? Ils doivent bien voir que c'est une loque.

Ce week-end, nous courrons à Monaco. Peut-être qu'être chez lui va le booster. Ses fans sont là. Mais ça peut aussi lui mettre la pression. Je ne sais pas ce qui va se passer pour lui.

En début de semaine, je me rends à de nombreux rendez-vous avec mes conseillers qui déplorent la situation. Lowe semble fatigué, mais il garde espoir et me donne l'énergie qu'il me manque pour supporter les lamentations des autres. Ce n'est pas en rouspétant que nous allons améliorer les choses.

Je me détends le soir en faisant des appels vidéo avec mes copines, accompagnés d'un verre de vin. Je leur raconte mes aventures dont elles se moquent sans aucun respect.

Je suis particulièrement tendue ce soir, car les essais démarrent demain. Même si nous nous sommes appelées hier, je décide de recommencer pour papoter et me sentir moins seule. Elles répondent rapidement. Nous nous lançons dans une énième conversation qui me fait un bien fou.

— Tu te balades avec ton tartan ? se moque Mina.

Je hausse mes épaules enfouies sous ma couverture favorite aux couleurs de ma terre natale.

— La maison me manque ! me justifié-je.

Moi, je donnerais cher pour profiter du soleil plutôt que de la pluie, se plaint Carly.

— J'aime la pluie, songé-je.

Mes copines rigolent.

— Quoi de beau dans ta super vie de luxe ? demande Carly en changeant de sujet.

Je soupire avant de prendre une longue gorgée de vin.

— Rien de nouveau. Je subis des rendez-vous de merde, je me planque dès qu'un journaliste débarque et je surveille Lecomte quand il a le dos tourné. Rien de palpitant. Le bon côté des choses, c'est que cette semaine tout le monde profite des soirées, donc je peux finir plus tôt pour me reposer.

Elles hochent la tête.

— Il a refait des siennes ton pilote ? demande Mina, amusée par les potins.

Je souris, fière qu'il continue de bien se tenir. Je crois que nous avons enfin réussi à nous comprendre. Je vais peut-être lui rendre sa machine à café.

— Il est étonnamment sage, avoué-je en touchant du bois.

— Dommage, songe Carly. Je lui aurais bien mis une fessée !

N'importe quoi… Le pauvre.

— Je te prêterai le f…

La sonnerie de mon téléphone me coupe. C'est mon assistant et je me demande ce qu'il peut bien avoir à me raconter aussi tard, alors que tout le monde est rentré se reposer.

— Je dois décrocher, annoncé-je aux filles.

Je m'exécute et attends qu'il m'explique la raison de son appel.

Je déchante rapidement en écoutant ses nouvelles.

— Lecomte a été vu dans son club favori et…

Il soupire et prend un temps anormal pour m'annoncer la suite.

— Et ? le poussé-je, déjà énervée.

— Et apparemment, il est en train de danser sur le bar avec une femme de façon… coquine ? termine-t-il, incertain.

Je ferme les yeux, puis inspire profondément pour éviter de déverser mon énervement sur ce pauvre garçon. Je le remercie de m'avoir tenue au courant et lui demande de prendre la soirée pour se reposer. Si Mathieu est vraiment en train de… je ne sais quoi, nous pouvons être sûrs que les journaux se feront un plaisir de l'épingler.

— Quel con ! m'énervé-je, toujours en visio avec les filles.

Carly grimace.

— Mon alerte #MathieuLecomte vient de sonner et… Oh, merde ! lâche-t-elle dans un gloussement.

— Quoi ? Quoi ? demande Mina, perdue.

Au lieu de répondre, Carly lui fait passer ce qu'elle a trouvé sur Instagram. En colocation, elles sont tout le temps collées l'une à l'autre.

Si ça commence déjà, j'ai peur de ce que ça donnera demain.

Je comprends qu'il ait la pression, qu'il ait besoin de se défouler, mais putain… Qu'est-ce qu'il ne saisit pas dans « fais-toi discret ? ». Il me met dans la merde. Il nous met tous dans la merde !

Il avait si bien tenu…

Je commençais à vous faire confiance, moi !

Il l'a cherché.

Il n'est pas prêt pour ma prochaine décision.

7

Avril – Monaco

MATHIEU

Home sweet home.

Ou pas.

Du moins, pas cette année.

Je suis en train de prendre tranquillement mon petit-déjeuner quand je commence à recevoir de nombreux messages. Je n'ai pas besoin de me rappeler la soirée d'hier pour comprendre que j'ai probablement fait une bêtise.

J'ouvre malgré tout mon téléphone pour savoir à quoi je vais devoir faire face et surtout pour quoi je vais devoir m'expliquer auprès de Keelean.

Au moins, je ne suis pas nu et ce n'est pas une *sextape*, c'est déjà un bon début. En revanche, ma petite danse sensuelle a fait parler d'elle. Surtout que je suis apparemment reparti avec cette femme. Elle n'est pas chez moi, pourtant. Je serais curieux de savoir ce qui a pu se passer entre ça et maintenant.

La vidéo m'amuse deux minutes, puis je réalise à quel point c'est grave. MacArthur va très mal réagir. Ma seule porte de sortie cette fois, c'est de gagner la course de dimanche. Je ne vois que ça pour me dégager de ce faux pas.

J'imagine qu'ils ne vont pas me virer le jour des essais. J'ai un peu de temps pour me rattraper, supplier Nell à genoux de me pardonner et surtout pour lui expliquer le pourquoi du comment. Peut-être que si je me montre honnête, elle comprendra ?

Nous sommes en F1, pas chez les bisounours. Je leur fais perdre de l'argent et ce n'est pas en m'épanchant que ça changera quoi que ce soit.

Je m'en veux, putain.

Tu peux.

Ça va, ne t'y mets pas !

Le savon que je me suis pris hier de la part de mon père a bien suffi. Ancien pilote, il était franchement déçu de mes performances et il me l'a fait comprendre. Je m'en suis pris plein la gueule, j'ai été rabaissé, puis humilié quand il a énoncé tous les articles qui étaient sortis à mon sujet plutôt que sur mes prouesses sportives.

Se faire reprendre par ses parents, ça fait chier. Mais la déception de mon père m'a particulièrement atteint. Le rendre fier a toujours été un de mes buts. Lui qui a été champion du monde, je devrais réussir au moins aussi bien que lui.

À la place, je traîne son nom dans la boue et ça ne lui plaît pas J'ai mal vécu la confrontation et je suis allé l'oublier de la seule façon que je connaisse.

Tu devrais t'expliquer avec lui.

Pas aujourd'hui.

Et si tu n'avais pas demain ?

Au moins, je serais en paix…

Les essais commencent cette aprèm. Ce matin, je dois participer à une grande conférence sur la course à venir. Ça va jaser.

Je décide donc de prendre les devants et de m'excuser auprès de Nell pour tout ce qui va probablement arriver.

Moi : « Je suis sincèrement désolé. Je me doute que mes raisons importent peu, mais je vais me rattraper ce week-end. Vraiment. Ce ne sont pas des paroles en l'air. Je me ferai discret à l'interview. »

J'attends patiemment sa réponse, mais elle n'arrive pas.

Je me prépare pour me rendre à la conférence. Peut-être que je la retrouverai là-bas, vu qu'elle me surveille de près.

Je ne peux même pas demander à mon assistant de lui faire livrer un truc, je n'ai plus d'assistant. Et puis, elle me jetterait sûrement le cadeau à la figure.

Je stresse comme rarement j'ai stressé pour une interview.

J'ai tellement merdé !

Putain…

Je mérite tout le mal de tête que je ressens, les quelques haut-le-cœur et l'angoisse qui me ruine le moral. Les membres de l'équipe comptent sur moi et je ne fais que les décevoir. Nell compte sur moi et m'a laissé déjà beaucoup de fois le bénéfice du doute. Je me sens particulièrement coupable par rapport à elle. Elle n'est pas méchante, elle fait de son mieux pour l'écurie. Elle a été claire dès le début et se montre étonnamment gentille depuis l'autre soir. Elle ne mérite pas que je me foute de sa gueule de cette façon. J'ai peur de ce qu'elle va décider.

La voiture se gare sur les lieux de l'interview au moment où je reçois enfin sa réponse.

Nell : « Vous êtes bien la dernière personne à qui j'ai envie d'avoir affaire aujourd'hui. Je n'ai rien à vous dire. Vos actes parlent d'eux-mêmes... »

Je peux sentir d'ici sa déception. Si moi je perçois ça, toi tu dois te sentir comme le pire des cons !

Ouais. Je me déteste, là.

Je soupire, me tape la joue pour me réveiller et me décide à sortir de la voiture pour affronter ce qui m'attend à cette conférence.

Je repère mes amis et, aujourd'hui, je ne les fuis pas. J'ai besoin d'eux, de me planquer derrière eux et d'écouter leurs conseils.

Ma stratégie n'a clairement pas fonctionné jusqu'ici. Ruminer tout seul dans mon coin et éviter la réalité ne m'a pas aidé à gagner une course et ne me permettra certainement pas de garder mon siège.

Je rejoins Lise, Owen, Gabriel et Loris au pas de course. Moins je traîne seul, moins j'ai de chances qu'un journaliste me chope.

— Hey. Ça va ? les salué-je.

Owen me détaille, un sourcil levé. Loris se mord l'intérieur de la joue, Gabriel roule des yeux. Seule Lise me sourit gentiment. Dieu merci, elle est là cette semaine. Depuis qu'elle a trouvé un poste pour défendre l'égalité des chances au sein de la F1, Lise voyage beaucoup, mais pas aux mêmes endroits que nous. Heureusement qu'elle est là pour apaiser Owen, sinon il m'aurait déjà tué. Après huit ans d'absence, Lise a fini par revenir dans nos vies, et surtout dans celle d'Owen. Ils sont amoureux depuis toujours, je suis content de les voir enfin roucouler. Owen en est changé. En bien.

— Et toi ? grimace-t-elle.

Je soupire.

— Tu feras quoi la prochaine fois ? Tu vas baiser sur le comptoir ? me secoue Owen.

— Chéri… essaye Lise en lui caressant le bras.

— C'est bon, arrête de le défendre. Il se comporte comme un gros con, faut bien que quelqu'un lui dise.

Gabriel hoche la tête sans retenue. Loris est plus mitigé, mais je suis d'accord avec Owen.

— Lui hurler dessus ne va pas…

— Non, coupé-je Lise. Il a raison. Franchement, je mériterais que tu m'en foutes une bien sévère. Tu ne veux pas le faire ?

Owen fronce les sourcils.

— Si c'est un de tes jeux à la con… marmonne-t-il.

Je secoue la tête.

— Non, je suis sérieux. J'ai vraiment merdé, là. MacArthur va me tomber dessus et… je n'ai aucune explication à lui donner. Elle va me démonter.

— *Elle* ? répète Loris, perdu.

Gabriel s'excuse et s'en va voir son boss. Lise et Owen échangent un regard que je ne comprends pas.

— Elle m'a mis un ultimatum, soit je me tiens bien, soit elle me dégage. Et je ne me suis pas super bien comporté, hier…

— Ta place est en danger et tu joues au con ? demande Owen, ahuri. Mais t'es stupide ou quoi ?

Je hausse les épaules.

— Je fais ce que je peux, soupiré-je. Vous arrivez peut-être à gérer, mais pas moi, OK ? Dès que je ferme les yeux, je vois Mike en train d'exploser, alors désolé de chercher à dormir d'une autre façon.

Owen s'adoucit dans la seconde. Loris me tape l'épaule. Lise, elle, se montre plus forte, plus dure.

— Ce n'est pas en foirant ta carrière, en devenant alcoolique et en baisant la planète entière que tu vas le faire revenir, Matt. Putain, secoue-toi ! Tu ne vas pas avoir dix nouvelles chances.

Cette fois, c'est Owen qui essaye de la faire taire. Un sacré couple, ces deux-là.

— Je crois que là, j'ai compris, confié-je.

Et je le pense. Je veux vraiment mieux faire. J'ai simplement peur que ça soit trop tard.

— Vous avez un assistant sous la main ? reprends-je. J'aimerais envoyer un truc à Nell, mais… Je suis puni.

Lise hausse un sourcil, Loris sourit.

— Puni ? répète Owen.

Je me pince l'arête du nez en retenant un rire nerveux.

— Ouais… Nell m'a retiré ma voiture, mon chauffeur, ma machine à café, Andy, ma *Play* et mon ordi. Il ne lui reste plus grand-chose à me confisquer à part mon siège donc je vais retenter de l'amadouer à coups d'attentions. Sauf que je n'ai pas le temps, et pas d'assistant.

Lise se fout ouvertement de ma tête.

— Mec… soupire Loris.

Je la vois arriver sur les lieux. Finalement, le mieux serait peut-être de m'excuser en face.

— Quand on parle du loup ! Je vais tenter de lui parler.

Malheureusement, on nous annonce le début de la conférence. Nous nous rendons donc à nos places, Gabriel de nouveau avec nous. J'essayerai de discuter avec Nell plus tard. J'espère qu'elle acceptera.

— C'est qui alors ? me presse Loris, curieux.

Je lui montre l'endroit où elle est concentrée à m'ignorer.

— Je n'ai toujours pas compris qui c'était, avoue Owen.

Maintenant que j'y pense, je n'ai pas pris le temps de leur expliquer la situation. Ils n'ont pas dû saisir un traître mot que je leur ai dit jusqu'ici.

— Nell MacArthur, l'éclairé-je. La fille de Don, elle assure l'intérim pendant que son père se repose.

— Don est malade ? s'interroge Gabriel qui parle pour la première fois depuis que je suis arrivé.

Je hausse les épaules.

— Je n'en sais pas plus que ça.

Les premières questions tombent, nous obligeant à nous taire.

On demande à Owen comment se passe ce début de saison avec un nouveau coéquipier, puis à Loris ce qu'il pense de Charley. On demande à d'autres des explications pour les derniers DNF et accidents en date. Certains sont pointés du doigt pour avoir commis des erreurs, pour des embrouilles sur les réseaux sociaux ou des rumeurs sur leurs relations avec les staffs.

Les questions commencent à tomber dans les potins et je sens que je vais vite m'en prendre une.

Je respire un peu plus facilement quand un journaliste préfère me parler des courses et notamment de celle qui arrive. Je lui réponds au mieux, en valorisant l'écurie. Je choisis de rester sérieux aujourd'hui plutôt que de me faire remarquer en amusant tout le monde. Ce n'est pas le moment. Je dois me faire petit et je compte m'en tenir à ça.

Malheureusement, quelqu'un se décide enfin à aborder le sujet qui fâche. Nell se tend immédiatement. Ses épaules se raidissent, sa posture se crispe tandis que son regard me fusille sur place.

— Souhaitez-vous commenter la polémique que vous avez déclenchée, hier soir ?

À côté de moi, Loris se racle la gorge, mal à l'aise.

Owen, qui s'est un peu adouci à mon égard, tente de me sauver les fesses.

— On se réunit pour parler potins, maintenant ?

Un ami comme il s'en fait rare. J'ai de la chance qu'il continue de me soutenir après mes abus.

— Monsieur Lecomte ? insiste le journaliste.

Je me redresse sur ma chaise et le regarde dans les yeux pour lui répondre.

— Je suis sincèrement désolé. Mon comportement est inacceptable. Tout ce que je peux faire c'est promettre de me rattraper en piste. Je vous assure que vous n'entendrez plus parler de moi en dehors des courses.

Le journaliste acquiesce. Mes amis m'offrent des regards réconfortants. Nell, elle, secoue la tête. Elle ne me croit pas une seconde.

La conférence se termine. Je n'ai pas le temps de me lever qu'elle est déjà partie. Je vais devoir patienter pour discuter avec elle. La laisser retomber en pression et tenir mes promesses. Les belles paroles ne suffisent plus. Je dois faire mieux, beaucoup mieux.

* * *

Le dimanche arrive. Placé en P2 pour débuter la course, je suis surmotivé.

Je dois prouver ma valeur à Keelean, à mon pays que leur pilote est en forme et à moi-même que je suis toujours capable de conduire.

Owen est devant moi. Seule une erreur de sa part pourrait me faire prendre sa place. Ce qui est loin d'être inenvisageable. Je dois surtout me concentrer pour défendre ma position contre Adoni et Porana derrière moi.

Les lumières tombent, j'enfonce mon pied sur l'accélérateur. Mes réflexes me permettent de profiter d'une légère d'avance sur Porana et Adoni. Je m'insère entre eux et Owen pour leur bloquer le passage. Maintenant, je dois creuser l'écart et me maintenir à bonne vitesse tout en gardant un maximum de concentration.

— Beau départ, me félicite Paul. Conserve ce rythme. Écart avec Abbott : 2,5.

Les Dark Crown sont surpuissantes. Elles s'échappent dès le début de la course. C'est un truc de dingue. Mais je ne dois pas oublier mon objectif : préserver cette position jusqu'à la fin.

Monaco est un des Grands Prix où nous prenons le moins de vitesse. Les rues sont trop étroites et les courbes trop serrées pour que nous puissions nous permettre de monter à 300 km/h. Il faut garder sa concentration et ne pas commettre d'erreurs. Un accident est vite arrivé sur ce circuit.

J'enchaîne mes tours en gardant mon souffle régulier et mon attention sur le tracé. Je vérifie constamment l'usure de mon train et l'écart avec mes poursuivants.

Owen a pris le large, mais je tiens une bonne distance d'Adoni.

Les premiers *pits* commencent. Les écuries du dernier quart de la grille rentrent en premier, rapidement suivies du milieu de peloton. Je ne devrais pas tarder à m'y rendre aussi, au risque de me retrouver coincé dans le trafic en sortie des stands.

— Box, box, m'annonce Paul.

— Compris.

Dès que la voie est en vue, je m'y insère et réduis ma vitesse avant de rejoindre mon staff. Ils s'activent et me relâchent 2,8 secondes plus tard. Tout va bien.

— OK. On reste sur le plan A. Tu vas sortir P5 derrière Charley, Adoni derrière toi.

Je manque de *grip*, mais je m'accroche pour ne pas laisser ma place au pilote Dark Crown. Lui aussi doit galérer avec sa gomme neuve, je peux donc remonter sur Charley sans trop craindre pour mes arrières.

J'accélère un peu plus pour le rattraper. Avec un train usé, Charley file aux stands et me laisse la voie libre pour chasser Millet. Les Ted Wheeling vont bientôt dégager de toute façon. Elles ne se sont pas arrêtées. Seul Loris, qui a un train neuf, se tient entre Owen et moi. Je l'adore, mais là, je veux sa place.

Mes pneus commencent à monter en température et à mieux répondre à mes commandes. J'accélère. Adoni reste à 2,8 secondes de moi. Il ne progresse pas, ni ne régresse. C'est à moi de rejoindre Loris pour le passer dès que possible.

Nous enchaînons les tours. Je parviens à gagner quelques dixièmes.

— Écart avec Doppia : 1,6. Continue de pousser. Encore quinze tours.

— Reçu.

Six tours avant la fin, j'arrive à revenir à sa hauteur. Je le colle et lui mets une pression insoutenable pour qu'il craque. Il va finir par commettre une erreur. Il *doit* commettre une erreur.

— Garde le rythme, Mathieu. C'est parfait.

Loris se bat, il défend sa position, mais il fatigue. Ses virages sont moins appliqués. Je me force à garder la rigueur dans ma conduite, ce n'est pas le moment de me relâcher. Je songe à Nell, à l'équipe et à toutes les personnes que j'ai déçues. Je leur dois ça.

En fin de courbe, Loris finit par bloquer sa roue. Le peu de vitesse qu'il perd me permet de tenter un dépassement. Nous avançons roue contre roue quelques mètres avant que je parvienne finalement à prendre l'avantage. J'entre dans la chicanc juste avant lui et le double en fin de virage. Je crie de soulagement.

— Yes !

— Bravo, Matt !

Maintenant, je dois défendre ma place jusqu'à la ligne d'arrivée. Loris doit être épuisé, mais tout aussi désireux de prendre la P2. Je compte sur Adoni pour l'occuper. Ses pneus sont plus usés que les nôtres, il va avoir du mal à tenir.

Je profite de sa défense contre la Dark Crown pour mettre deux secondes de sécurité entre nous.

— Trois tours, continue comme ça.

Un coup d'œil à mes gommes me tend. Il commence à y avoir du *graining* sur mon avant-gauche. Faites qu'il ne crève pas avant la fin !

Je reste à 100 % concentré. Je maîtrise mon souffle pour ne pas que mon cœur s'emballe et ne me fasse faire une erreur qui me coûterait cher.

— Dernier tour.

— Doppia ? vérifié-je.

— Adoni l'a doublé, il est à 3,5 de toi. Garde ton rythme.

— Bien.

Pas pour Loris, évidemment.

Enfin, j'aperçois le drapeau à damier et mon équipe ravie qui m'acclame à mon passage.

— C'est une P2, Mathieu ! Génial ! Félicitations mon vieux.

— C'est ça qu'on aime ! Yes ! Bravo tout le monde ! Bravo !

Un soupir de soulagement m'échappe. Je n'ai pas merdé sur cette course. J'en suis capable. J'en suis toujours capable. Ça va faire du bien à l'écurie. Mon classement devrait remonter et je pourrai m'excuser auprès de MacArthur avec de meilleurs arguments.

Je me gare devant mon plot et sors de la monoplace pour aller féliciter mon équipe. Ils m'attendent en criant et en scandant mon nom. Je préfère bien plus les voir exulter que ruminer une défaite. C'est la troisième année que nous bossons ensemble. Je les apprécie vraiment et je préfère bien plus leur ramener ça qu'une une de magazine *people*.

Je leur saute dans les bras et les laisse me secouer pour me remercier. Je les quitte pour procéder à la pesée et répondre à Tomari, le journaliste attitré des courses.

Owen et moi nous serrons dans une accolade pour nous féliciter mutuellement.

— T'as fait le taf. Je suis fier de toi, me glisse-t-il à l'oreille.

— Ouais. Moi aussi.

Je pars ensuite saluer les fans. Finir P2 sur ma *home-race*, c'est jouissif. Mon pays me le rend bien. Je signe des autographes, prends des selfies et écoute les félicitations.

Je cherche Nell du regard, mais elle n'est nulle part en vue. J'ai cru comprendre qu'elle n'appréciait pas trop la foule, mais j'aurais bien aimé lui parler. Je n'ai pas le temps de la retrouver dans les bureaux, car je suis attendu sur le podium.

Le prince nous remet les coupes et me félicite particulièrement. Ça me fait toujours chaud au cœur de recevoir la reconnaissance de mes compatriotes.

Les hymnes nationaux résonnent, puis nous nous aspergeons de champagne pour fêter nos victoires, mais surtout pour divertir les fans.

Quelqu'un me lance un drapeau monégasque que j'enfile autour de mon cou. Nous faisons le show pour amuser la galerie, puis repartons dans les coulisses pour nous essuyer et respirer après cette épreuve sportive.

L'air de rien, nous nous sommes pris un paquet de forces dans la tête. Nous avons bien le droit de nous poser un peu.

Owen retrouve Lise qui l'embrasse à en perdre le souffle. Moi, je m'en vais rejoindre ma famille et prendre le temps de signer d'autres autographes.

Je suis épuisé, mais je suis fier de moi. J'ai fait ce qu'on attendait de moi et je m'en sens bien plus satisfait que quand je me mets une mine. J'ai encore beaucoup d'impératifs à honorer avant mon départ de Monaco. J'ai des interviews, des soirées mondaines, des fans à satisfaire et des apparitions prévues à la télé. Bref, je ne vais pas avoir une minute à moi avant notre décollage pour Singapour. Mais je peux bien faire tout ça pour rattraper mes conneries.

Au moins, ce soir, je serai trop fatigué pour broger.

Ça, c'est mon frère !

Merci, Mickey.

8

Mai – Singapour

MATHIEU

Je dors pendant une grande partie du trajet jusqu'à Singapour. J'ai besoin de ça pour récupérer de ces derniers jours à Monaco.

La seule chose que je regrette, c'est de ne pas avoir pu parler à Nell. Nous ne nous sommes pas croisés et elle n'a pas répondu à mes messages. J'imagine qu'elle est encore remontée contre moi. J'espère que mes résultats en course l'ont quand même un minimum détendue. J'aimerais bien savoir ce qu'il en est.

En tout cas, je n'ai toujours pas été viré, c'est bon signe.

L'avion atterrit en fin d'après-midi. Je n'ai rien de prévu pour le reste de la journée, je me rends donc directement à mon hôtel pour profiter d'un peu de calme.

Je ne sortirai pas, je n'irai pas boire, je ne coucherai pas avec n'importe qui. Je vais me contenter de prendre un bain et d'attendre mon prochain rendez-vous. Je ne me ferai pas remarquer.

Mon chauffeur se gare devant le palace. L'assistant de MacArthur se tient dans l'entrée pour me filer mes clés. Vu qu'Andy ne bosse plus pour moi, le pauvre doit se taper ces nouvelles taches en plus de ce qu'il doit faire pour Nell.

Il m'accompagne jusqu'à ma suite et alors que je presse la carte contre le détecteur pour déverrouiller la serrure, il me souhaite bonne chance avec un regard désolé. Je n'ai pas le temps de lui demander de quoi il parle qu'il est déjà reparti dans l'ascenseur. Drôle d'histoire…

J'entre dans la suite, ferme la porte et entreprends de retirer mon pull quand une voix m'interrompt.

— Ah non, hein ! Vous n'allez pas recommencer un strip-tease, rouspète Nell, installée dans un des fauteuils.

Je l'observe quelques instants. Je comprends mieux la mise en garde de son assistant.

Elle s'est mise à l'aise pour m'attendre. Elle porte le même sweat que la dernière fois. Ses cheveux mi-longs sont attachés dans une mini couette adorable. Pieds nus, elle semble prête à disparaître sous son plaid écossais alors qu'il ne fait pas si froid que ça.

Elle est quand même drôlement à l'aise…

— Décidément, je vais commencer à croire que vous aimez squatter ma chambre, dis-je.

Ma remarque ne l'amuse pas. Elle se contente de soupirer en se frottant le visage. Finalement, son regard trouve le mien et elle paraît rassembler son courage pour me répondre.

— *Notre* chambre, précise-t-elle alors.

Je mets un temps avant d'intégrer ses paroles. Elle ne rigole pas du tout.

Pardon ?

Je fronce les sourcils et attends qu'elle s'explique davantage. J'ai forcément mal compris. Elle ne peut pas être en train de m'annoncer que nous allons vivre ensemble.

— À partir de maintenant, nous logerons ensemble.

Ah, bah si.

— Vu que je ne peux pas vous faire confiance, vous m'aurez en permanence sur le dos, termine-t-elle d'un ton las.

Je vais me pisser dessus de rire ! Elle a beaucoup d'imagination !

Je n'étais pas prêt, laisse-moi le temps de comprendre avant de te moquer de moi !

Je cherche mes mots. J'aurais dû me méfier de son silence à rallonge. Évidemment qu'elle n'allait pas passer outre cet accident sans réagir. Mais ça ?

Merde ! Je vais vraiment devoir cohabiter avec elle ? C'est mieux que perdre mon siège, mais quand même…

Est-ce réellement légal ? Je ne pense pas que ça soit dans mon intérêt de le lui faire remarquer. Qui sait ? Ça peut même tourner à mon avantage. Maintenant que j'y réfléchis, ça peut définitivement être une bonne chose.

Elle attend ma réaction qui ne vient pas. Finalement, j'éclate de rire parce que tout de même, c'est la meilleure vanne de l'année.

Elle s'enfonce dans son fauteuil en plissant les yeux, surprise que je le prenne aussi bien.

— Je le mérite, Nell, accepté-je. J'admire votre détermination, vraiment. Vous donnez de votre personne, alors que beaucoup m'auraient envoyé une nourrice.

Elle grimace et marmonne quelque chose d'incompréhensible.

— Vous êtes bizarre, finit-elle par sortir.

Je hausse les épaules. Si elle me trouve bizarre, c'est qu'elle ne me connaît pas encore assez bien.

— Laissez-moi prendre une douche et ensuite nous discuterons de tout ça, décidé-je.

Je file dans la salle de bain en continuant de rigoler.

Cette femme m'épate. Elle doit savoir qu'elle se punit elle-même en se coinçant avec moi. Mais elle le fait quand même. Elle est à ce point dévouée à l'équipe pour s'assurer que tout roule comme il faut. C'est un peu exagéré comme méthode, mais je la comprends.

De mon côté, ça me fera de la compagnie et comme ça je pourrai plus facilement gagner sa confiance. J'aurai moins de raisons de sortir, vu que j'aurai quelqu'un avec qui papoter. Je vais me montrer sous mon meilleur jour pour l'amadouer.

Cette coloc sera idéale pour lui prouver que je ne suis pas un connard et que je compte bien l'écouter. Je suis certain que d'ici la fin de la saison, j'aurai retrouvé toutes mes prérogatives et elle, le sourire.

— Préparez-vous, Nell ! annoncé-je pour moi-même. Mathieu va s'occuper de vous…

La pauvre !

NELL

J'entends l'eau couler et Mathieu siffloter un air parfaitement faux.

Je m'étais préparée à une crise, à une menace de procès pour harcèlement, à une supplication de lui laisser une chambre privée. En revanche, je ne m'étais pas imaginé le voir prendre la nouvelle aussi bien. Il semble prêt à faire avec, sans protester.

Il attend peut-être son heure pour se rebeller ?

Si j'avais trouvé une autre idée… Il a raison, j'aurais pu engager une nounou pour jouer ce rôle, malheureusement, Keelean ne peut pas se permettre de payer quelqu'un pour ça. Une personne de confiance, et prête à faire le tour du globe, nous aurait ruinés. La seule façon de procéder était de me sacrifier pour la cause.

Après son dernier coup d'éclat, et malgré ses excuses, je ne peux plus lui faire confiance. Même s'il y met toute la bonne volonté du monde, il finira par faire une connerie. C'est plus fort que lui. Je ne peux plus risquer de voir son nom en une, il fallait agir vite et c'est tout ce que j'ai trouvé.

Je me ronge les sangs depuis que j'ai pris cette décision à Monaco. Je l'ai savamment évité pour ne pas avoir à lui donner d'explications avant qu'il se retrouve au pied du mur. Maintenant, nous y sommes et je vais devoir lui lister les autres mesures que nous avons établies avec mes conseillers. Si, à la fin de cette conversation il reste calme, je demanderai peut-être à vérifier s'il n'a pas fumé un truc…

L'eau cesse de couler. Il va revenir d'une minute à l'autre et je ne me sens pas du tout prête.

Heureusement que je l'apprécie un minimum, sinon je n'ose pas imaginer ce que ça aurait pu donner. Je n'ai pas encore prévenu mes amies. Je pense qu'elles vont bien rigoler. Je redoute leur réaction, elles vont me taquiner sur Mathieu et je n'en ai pas envie. Même si au fond, je sais que ça me fera rire aussi.

Lecomte revient de la salle de bain, les cheveux mouillés en désordre, avec uniquement une serviette autour de la taille.

Bon sang… Je ne vais jamais survivre s'il oublie en permanence de mettre des fringues.

— Je sais que mon torse est délectable, Nell. Allez-y, prenez votre temps, affirme-t-il avec assurance.

Surprise par son culot, j'écarquille les yeux et rive mon regard au sien.

— Je n'étais pas en train de vous mater ! me défends-je.

Peut-être un peu, mais il n'a qu'à pas se balader à poil aussi !

— Hum… Si vous le dites, réplique-t-il avec un clin d'œil.

— Allez vous habiller qu'on en finisse avec cette conversation ! ordonné-je, mal à l'aise et gênée de m'être fait prendre de la sorte.

— Justement ! Elles sont où mes fringues ?

Ce mec a même quelqu'un pour boucler sa valise et la déplacer de pays en pays, c'est incroyable !

Je pointe la porte de sa chambre du doigt au lieu de répondre. Il me remercie, puis revient quelques minutes plus tard avec un jogging gris. Pas de tee-shirt. *Évidemment.*

Je le suspecte d'avoir fait exprès pour me provoquer. Je ne dirai donc rien. Et je garderai mes yeux fixés sur son visage.

Je n'imagine pas ce qu'il doit penser de moi avec mon sweat et mon legging. Je ne suis certainement pas aussi séduisante que lui ou que toutes ces femmes qu'il a fréquentées. Je dois lui faire le même effet que sa grand-mère. Cette idée me fait rire. Au moins, il ne sera pas tenté.

— Mince ! Vous êtes humaine en fin de compte, se moque-t-il en s'installant dans le canapé.

Mon hilarité cesse instantanément. Évidemment qu'il pense que je suis une harpie. Mon comportement n'a pas une fois été cordial envers lui. Je me demande comment nous allons pouvoir cohabiter. C'était vraiment une idée de merde, mais maintenant que je suis lancée…

— Bon, les règles sont simples. Vous rentrez dès que vous terminez de travailler. Pas de soirée, sauf si vous avez envie de m'amener avec vous. Vous continuerez de vous déplacer avec mon chauffeur. Évidemment, si vous ne rentrez pas, je le saurai. Une entorse à ces règles et nous vous remplaçons par notre pilote de réserve. C'est clair ?

Cette dernière mise en garde le fait tiquer, mais il se contente de hocher la tête.

— Au moins aussi clair que votre peau.

Je ne relève pas.

— Des questions ?

Il se frotte la joue en rigolant.

— Je dois vous appeler Nounou ? Boss ? Maîtresse ? Madame MacArthur ?

— Ça ne vous épuise pas de sans cesse faire le clown ? demandé-je, réellement intriguée.

Il secoue la tête, un grand sourire au visage.

— C'est une seconde nature. Je vis pour vous divertir.

Cet homme est vraiment bizarre.

— Nell. Appelez-moi Nell, pitié, réponds-je finalement.

Il éclate de rire.

— Parfait, Nelly.

Je n'arrive même pas à retenir mon sourire, c'est impossible quand lui-même déborde d'une bonne humeur pareille. Peut-être qu'il ne me mènera pas la vie trop dure. Ça serait bien plus vivable pour chacun de nous.

— Vous pouvez m'appeler Champion si vous voulez, ajoute-t-il pince-sans-rire.

Je décide de le mettre au défi :

— Remportez une course et je vous appellerai Champion.

Il ricane amèrement.

— Aïe, Nell. Ne dites pas des trucs pareils, vous blessez mon ego.

— Votre ego va très bien, contré-je.

Vu sa propension à exhiber sa personne, je ne m'inquiète pas pour son amour propre.

La sonnerie de mon téléphone interrompt notre conversation. Mes copines m'appellent en visio.

— Je dois répondre, à plus tard, m'excusé-je avant de filer dans ma chambre.

Je décroche en partant du salon.

— Un vibro en tweed ! s'exclame Mina tournée vers Carly.

Mais de quoi parlent-elles encore ?

Je ferme bien la porte derrière moi avant de prendre part à cette conversation. Mathieu ne me laisserait jamais tranquille s'il entendait ce genre de discussions.

9

Mai – Singapour

NELL

Ces premiers jours de cohabitation se sont plutôt bien passés. Drôlement bien passés, même.

J'avoue que Mathieu m'a beaucoup surprise. Je ne sais pas ce que j'attendais de lui, mais certainement pas cette version attentionnée, gentille et amusante de sa personne. Il ne me tient pas du tout rigueur de mes décisions.

Une partie de moi garde à l'esprit qu'il doit probablement tenter de m'amadouer pour retrouver sa liberté. Je ne suis pas stupide, j'ai conscience qu'il doit avoir une idée derrière la tête. Malgré tout, je pense qu'il s'avère aussi simplement être quelqu'un de bien, naturellement facile à vivre.

Après de longues journées à écouter les financiers chercher des solutions pour renflouer les caisses ou Lowe disserter sur les courses, j'apprécie de pouvoir rigoler en rentrant à l'hôtel le soir.

Il n'a pas bronché une seule fois. Il s'en tient aux règles et se contente d'honorer ses rendez-vous en se laissant promener par mon chauffeur. C'est parfait.

Hier soir, il a participé à un gala de charité obligatoire et s'est montré irréprochable. Peut-être qu'il a fini par comprendre ou en tout cas, à avoir assez peur pour obéir. Je préfèrerais que ça soit la première option. Je n'ai pas envie qu'il me voie comme un monstre. Cette fille autoritaire, ce n'est pas moi. J'espère qu'au fond, il en a conscience.

Cet après-midi, j'ai de nouveau rendez-vous avec Franck pour entendre ses suggestions pour réduire certains pôles de dépenses. Ce partage de suite ne suffira pas pour nous faire économiser la somme nécessaire. Selon lui, nous pouvons drastiquement couper nos frais en diminuant nos consommations d'énergie au QG ou encore dans nos usines. Il devait en discuter avec les ingénieurs et revenir vers moi.

Je l'écoute donc tourner autour du pot, alors que je rêverais qu'il en vienne au fait. Je ne pense qu'au bain que j'aimerais prendre en rentrant. Le week-end de course va bientôt commencer, je suis tendue et je tuerais pour me prélasser dans l'eau chaude.

Quand enfin nous en avons terminé, Lowe m'attrape pour me glisser deux mots avant les essais. Il me demande de valider leurs décisions de stratégie. En réalité, je comprends rapidement qu'il cherche juste une occasion pour m'interroger sur Mathieu. Nous n'avons pas trop ébruité la nouvelle punition. Lowe fait partie des rares personnes à connaître la situation.

— Tout va bien ? Tu ne l'as pas encore égorgé ?

Il rit, mais je sens qu'il s'inquiète. Mathieu et moi n'avons pas commencé sur de bonnes bases. Je lui réponds avec un clin d'œil cruel.

— Tu le sauras demain.

Il rit.

— Allez ! Sérieusement, ça se passe bien ?

Je hoche la tête et hausse les épaules.

— Pour l'instant oui. Il respecte les règles et se montre plutôt conciliant. Il n'a pas organisé de soirée dans la chambre, il ne s'est pas pris de cuite. Vraiment, je trouve que ça va.

Lowe soupire de soulagement.

— OK. Bon, s'il continue comme ça, on devrait pouvoir lui redonner une suite privée.

Je n'en suis pas encore convaincue, mais nous verrons bien. Une chose après l'autre.

Un ingénieur appelle John, l'obligeant à me laisser. J'en profite pour m'éclipser du paddock et filer à l'hôtel. Mathieu doit être en train de bosser ou de jouer au golf, donc la voie sera libre pour un bain chaud.

Peut-être que j'appellerai les filles aussi. Elles ont adoré la nouvelle punition et ne cessent de me demander des détails sur cette cohabitation. Je n'ai rien d'exaltant à leur raconter, mais ça semble tout de même les fasciner.

J'arrive dans la suite et jette mes talons plus que je ne les retire. Je n'en peux plus de souffrir le martyre.

— Instruments du diable ! lancé-je aux coupables.

— On parle de moi, Nelly ? me surprend Mathieu, assis sur le canapé du salon.

Prise au dépourvu, je manque de renverser un vase en me tournant vers lui.

— Vous êtes là ? demandé-je en dissimulant très mal ma déception.

Il éclate de rire.

— Cachez votre joie.

Au moins, il ne s'offusque pas. Je crois qu'il ne sait même pas ce que ce mot veut dire.

— Désolée, c'est juste que je pensais… Enfin, peu importe.

J'abandonne l'idée du bain. Je me sentirais bien trop peu à l'aise, nue, pendant aussi longtemps avec lui derrière la porte.

Je me laisse tomber à ses côtés sur le canapé et pique un des gâteaux du paquet qu'il s'est sorti.

Une fois n'est pas coutume, Mathieu est encore torse nu et je dois me faire violence pour ne pas m'attarder sur son corps. Il a les muscles d'un de ces mecs qu'on imprime sur les calendriers. Curieuse, je l'interroge :

— Qu'est-ce que vous faites ?

— Je devais aller à une séance photo, mais ça a été annulé par la marque. Du coup, je suis rentré et je mate des vidéos de courses.

Je regarde la télé où il remet l'enregistrement sur *play* en prenant des notes. Il est drôlement concentré. Il est aussi sérieux que sur un circuit, c'est perturbant. Il met à nouveau pause et tourne son attention vers moi alors que je suis encore en train de le fixer.

— Un problème, Nelly ? demande-t-il en retenant un sourire. Vous m'observez bizarrement.

Je ricane comme chaque fois qu'il utilise ce surnom.

— Bah franchement, je ne vous ai jamais vu calme pendant autant de temps, admets-je.

Il éclate de rire.

— Je ne vous ai jamais vue aussi détendue pendant autant de temps, me taquine-t-il en retour.

Je lui donne raison sans mal. Je ne peux pas dire que j'ai été particulièrement agréable avec lui. La pression de l'écurie me rend barbante, alors que je peux être super sympa. Du moins, c'est ce que j'aime me raconter.

Je décide donc de lui montrer une facette de ma personnalité moins pénible, plus ouverte et arrangeante.

— Je me disais que, comme nous allons habiter ensemble pendant un certain temps, nous pourrions laisser tomber les formalités.

Ma proposition le surprend.

— Nous en sommes déjà là, vous et moi ? me provoque-t-il avec un clin d'œil.

Ses bêtises me font rire, alors même que je voudrais me retenir de pouffer comme une gamine.

— À toi de me le dire, entré-je dans son jeu.

Il secoue la tête en rigolant.

— Ça marche pour moi, finit-il par accepter.

Il me tend une main que je serre pour marquer notre accord. La cohabitation sera bien plus vivable si nous cessons de nous parler comme deux étrangers. Nous sommes aussi jeunes l'un que l'autre, ces formules de respect que nous nous imposons sont ridicules.

— Par contre, en public, mieux vaut rester pro, pensé-je soudainement. Je ne veux pas perdre en crédibilité.

Il hoche la tête.

— Si ça peut te rassurer, vu ton tempérament, personne n'osera remettre en doute ta crédibilité.

— Qu'est-ce qu'il a mon tempérament ? m'offusqué-je. Je fais de mon mieux !

Il lève les mains au ciel.

— Loin de moi l'idée de te contrarier ! se défend-il exagérément. Je dis juste que tu as assez de charisme pour qu'on ne te prenne pas la tête.

Il est obligé de se comporter comme si j'allais le fouetter ? Il est infernal. Il le sait en plus et ça l'amuse.

— Remets-toi au travail et arrête de m'embêter !

Il éclate à nouveau de rire.

— Je suis désolé, mais ton accent, c'est quelque chose, soulève-t-il alors.

Pardon ?

— Si je t'écoute, il n'y a vraiment rien qui va chez moi, en fait, râlé-je.

Il roule des yeux.

— Je n'ai pas dit que je n'aimais pas, j'ai juste l'impression d'être dans une parodie d'*Outlander*. Mais c'est mignon, hein.

— Insulte encore mon pays et je te tranche les couilles, enfoiré !

Si je ne me retenais pas de rire, je suis certaine qu'il serait terrifié.

— L'Écosse n'est pas un pays, tu le sais, pas vrai ? me provoque-t-il.

Je croise les bras sur ma poitrine.

— C'est mon pays, insisté-je en bonne indépendantiste que je suis. En plus, tu peux parler avec ton pays qui fait la taille d'un quartier ! Quelle arnaque !

Cette fois, c'est lui qui s'offusque.

— Mon pays est peut-être petit, mais nous au moins on est riches et on ne se fait pas gouverner par d'autres.

La guerre est déclarée !

— Le Royaume-Uni ne nous a jamais gouvernés ! Ils ont volé nos terres par des moyens déloyaux !

— Nelly, tu crois vraiment que je connais l'histoire de l'Écosse ? rigole-t-il. D'ailleurs, tu fais partie d'un clan ? Ce sont des sortes de gangs ?

Je reste bête.

— Bien sûr que non !

Il a un mouvement de recul.

— Dommage. Ça aurait été drôle. Je te vois bien en chef de clan à fouetter les beaux garçons.

— Les beaux garçons ? répété-je, amusée par autant de narcissisme.

Il désigne son corps de ses mains avec un regard entendu.

Mon Dieu…

Si je le trouvais canon, cet excès de confiance vient de lui faire perdre dix points.

— Faut que je porte un *kilt* pour plaire à une Écossaise, c'est ça ? Sans caleçon, j'imagine ? se moque-t-il.

— Tu serais moche en *kilt*, contré-je, amusée.

Il attend une explication, mais je n'en ai aucune à lui donner, donc…

— Je peux t'appeler chef Nelly ? demande-t-il avec un sourire en coin.

Je vais le tuer. Cette fois, j'ai envie de l'égorger.

— Si tu deviens mon esclave, pourquoi pas, rétorqué-je.

Il se penche vers moi pour me chuchoter quelque chose.

— Faire de moi ton sex-toy est illégal. Je préfère le préciser.

Je soupire.

— Je ne fais pas dans l'occasion, Mathieu. Tu as déjà trop servi, le vanné-je.

Il reste choqué l'espace de quelques secondes, puis éclate de rire.

— Elle est bonne, celle-là. On ne me l'avait pas encore faite.

Il passe ses bras derrière sa tête pour s'étirer en continuant de ricaner. Son torse se bombe, ses biceps gonflent. Mon regard est attiré par la fine toison de poils qui descend le long de son ventre vers son V parfaitement dessiné.

Mama.

Je détourne les yeux un peu trop rapidement vers la fenêtre. Je ne veux pas qu'il me prenne en train de le mater. Mais son corps ne cesse de me faire me poser une question.

— Comment ça se fait que tu sois monégasque, avec un nom à consonance française, mais un look de latino ?

Il change de position pour me regarder. Je m'apprête à retirer cette question bien trop personnelle et déplacée, mais il me répond avant que je puisse le faire.

— Mon père est monégasque. Il a rencontré ma mère au Venezuela. Ils se sont mariés et me voilà ! Un latino terriblement sexy au nom de bourgeois. Maman aimait beaucoup la France, donc elle n'a pas cherché à partager sa culture à la maison. Je n'ai de latino que le *look*. Et non, je ne parle pas espagnol, avant que tu demandes.

— Pourquoi je demanderais ça ?

— On me demande toujours ça, explique-t-il.

Je hausse les épaules.

— C'est pénible, je comprends. Moi, on me demande toujours si je fais partie d'un clan…

Son rire déclenche le mien.

Nous poursuivons cette discussion pendant de longues heures. À un moment, nous partons en cuisine pour nous préparer à manger. Mathieu coupe du poulet pendant que je dresse une salade composée.

Bien que nous soyons dans un palace, nous n'allons pas nous faire livrer les repas tous les soirs. En tout cas, c'est hors de question pour moi. Nous vivons dans des hôtels pendant de longs mois, j'ai besoin de garder un peu de normalité dans ma vie.

Nous en profitons pour nous poser toutes sortes de questions, apprendre à mieux nous connaître. C'est plutôt amusant. Je découvre beaucoup de choses sur lui que je n'aurais jamais crues. J'imagine que, de son côté, il est surpris par ce que je lui raconte sur moi.

— Mais t'as quel âge, en fait ? demande-t-il alors que nous dégustons notre plat.

Il semble sincèrement perdu.

— Donne-moi une estimation, le challengé-je.

Il secoue la tête frénétiquement.

— Alors là, je ne vais certainement pas m'amuser à ça, Nelly. Soit je serais trop bas, soit trop haut. Dans tous les cas, tu serais vexée.

Ce n'est pas faux.

— J'ai vingt-six ans, annoncé-je finalement.

Il fronce les sourcils.

— Sérieux ?

— Je croyais que tu ne voulais pas me vexer, le taquiné-je.

Il rigole.

— Non ! De toute façon, je ne sais pas ce que j'attendais comme réponse.

Il me pose d'autres questions sur ma famille : si je suis fille unique, si je m'entends bien avec mon père. J'y réponds tout en restant évasive. Je n'aime pas trop parler de ça. Je nourris beaucoup de rancœur envers mes parents.

— En fait, expliqué-je, je suis bien plus proche de mes deux copines. On s'est rencontrées au lycée et elles sont comme des sœurs. Ce sont elles ma famille, maintenant.

Il hoche la tête, pensif.

— C'est un peu pareil pour moi. J'ai grandi loin de la maison pour le kart. Au final, j'ai passé plus de temps avec les gars qu'avec mes parents.

Les gars ?

— Je ne te cache pas que je ne sais pas de qui tu parles, avoué-je.

Il hausse un sourcil.

— Ah ouais ? Tu traînes sur le paddock pourtant.

Je ne me suis jamais intéressée à la F1 et encore moins aux pilotes. Tout ce que je sais, je l'ai appris il y a peu. La seule personne dont j'ai entendu parler de l'entourage de Mathieu est Mike Miller.

— Tu as des amis sur le paddock, alors ? Je t'ai rarement vu discuter avec qui que ce soit depuis que je suis là.

Il grimace.

— Ouais… J'ai grandi avec Mike, Loris, Owen, Gabriel et Lise. On a toujours été très proches avec le kart, l'équipe Junior, les courses, les colocs. Mais oui, c'est vrai que je ne les ai pas beaucoup vus dernièrement. Les choses sont un peu… différentes depuis…

Il ne termine pas sa phrase et son regard embrumé me convainc de changer de sujet. Cet homme montre rarement sa peine. Je n'ai pas envie de le lancer sur une discussion qui lui ferait perdre le sourire.

— Mes amies, Mina et Carly, te *stalkent* sur les réseaux, lâché-je soudainement. Elles m'envoient toutes sortes de contenus bizarres sur toi. C'est gênant la quantité de trucs qui traînent à ton sujet.

Il retrouve le sourire.

— Et pourquoi elles te partagent tout ça, au juste ?

Je rougis en comprenant ce que je viens de divulguer. Il va croire que je suis une grande fan de sa personne.

— Elles savent que je te surveille, alors elles m'aident, expliqué-je avec une moue innocente. Mais maintenant, je crois que ça les amuse. Hier, elles m'ont envoyé une campagne de pub que tu as tournée pour des rasoirs.

Il grimace.

— Quel carnage, cette campagne ! songe-t-il.

Je hoche la tête en gloussant. Entre sa coupe de cheveux ringarde, l'angle de tournage et les phrases idiotes qu'on lui a fait dire, il y avait de quoi rire.

— Elles doivent avoir une piètre image de moi entre ces vidéos à la con et ce que tu leur as probablement raconté à mon sujet, remarque-t-il.

Il ne pourrait pas être plus loin de la vérité, mais je suis intriguée. Qu'est-ce qu'il croit que je pense de lui, au juste ?

— J'ai dit quoi, selon toi ?

Il soupire nerveusement.

— Je pense que tu leur as dit que j'étais un gros con égocentrique, pourri gâté, possiblement alcoolique et exhibitionniste à ses heures perdues.

Pourquoi aurais-je répandu une rumeur pareille ? Il semble sérieux, c'est ça le pire. Je dois rétablir la vérité : je n'ai rien contre lui. Je l'aime bien en plus. C'est ridicule.

— Je vais te répéter ce que je leur ai réellement raconté, parce que tu penses vraiment n'importe quoi.

Il ne répond pas et attend la suite, sur ses gardes. Il s'imagine donc le pire ?

— Le premier jour, je leur ai peut-être dit que j'avais envie de t'arracher la tête, admets-je pour commencer.

Il ricane en prenant une nouvelle bouchée de son repas.

— Mais depuis, je t'ai observé, nous avons un peu parlé et je leur ai donc expliqué que je pensais que tu étais un mec gentil, drôle, mais légèrement paumé.

Ce dernier commentaire lui fait froncer les sourcils.

— Je ne suis pas paumé, se défend-il.

Je ne compte pas polémiquer sur la question. Il est paumé, c'est un fait. Il finira par le réaliser. Ou bien il le sait, mais il ne veut pas l'admettre.

— Et toi alors, que penses-tu de moi, au final ? retourné-je la question, curieuse.

Il termine son assiette avant de me demander :

— Donne-moi ton ressenti et je te donnerai la bonne réponse.

Je songe à ces dernières semaines et n'hésite pas à dire ce qui me passe par la tête.

— Je pense que tu me vois comme une petite garce, un obstacle sur ton chemin. Je crois que tu es sympa avec moi pour que je finisse par aller dans ton sens.

Son expression change de la surprise à l'incompréhension.

— Tu crois que je te manipule ?

Je hausse les épaules et me cache derrière mon verre d'eau.

— Je n'en sais rien. Je pense que si tu étais malin, c'est ce que tu chercherais à faire. Je te fais chier depuis que je suis arrivée.

Il secoue la tête énergétiquement.

— Non. Franchement, non. Je ne vais pas te mentir, ça m'a traversé l'esprit. Au début.

— Les lunettes de soleil ? demandé-je tout en connaissant la réponse.

Il grimace.

— Honnêtement, depuis la soirée à Monaco, j'ai compris deux ou trois petites choses. Tu as entièrement raison et j'ai été un abruti fini. Tu es plutôt sympa et je n'ai pas envie qu'on soit en guerre. Je ne suis pas du genre à me prendre la tête. Monter des plans pour manipuler quelqu'un ne me ressemble pas. Je suis franc, Nelly. Je préfère gagner ta confiance que jouer au faux-cul pendant toute la durée de cette coloc.

Je hoche la tête. Je pense que je peux le croire. Il n'a réellement pas l'air de faire semblant. Mathieu est un homme désinvolte qui profite de la vie. Je ne le vois pas se faire des nœuds au cerveau. Je suis contente qu'il ait répondu à cette question.

— Dis bien ça à tes copines ! Sinon, elles vont croire que non seulement je suis un boulet pour les campagnes de pub, mais en plus doublé d'un connard manipulateur. J'ai une réputation à préserver !

Nous revoilà sur le ton de l'humour. Il a tenu cinq minutes avant de sortir une vanne.

Ce qu'il ignore, c'est que je n'ai pas besoin de convaincre qui que ce soit. Elles sont déjà à fond sur lui, et moi… je le trouve charmant.

Il me fait rire.

C'est clairement la meilleure soirée que je passe depuis que mon père m'a parachutée chez Keelean.

MATHIEU

Installé dans mon lit, j'ai du mal à intégrer tout ce que j'ai appris aujourd'hui et ces derniers jours.

Nell pense que je me fous de sa gueule et que je la manipule sans pitié.

Nell n'a rien d'un tyran. Je la trouve même plutôt mignonne.

Nell est une Écossaise indépendantiste qui semble avoir de gros soucis de famille.

Ses deux copines sont assez folles pour lui parler de vibro en tweed.

Elle a vingt-six ans ! Je croyais qu'elle en avait vingt ou trente. Mais en fait, elle a quasiment mon âge, sauf qu'elle est bien plus mature que moi.

Tu avais tout faux sur elle ! Moi, j'avais bien vu qu'elle était craquante. Elle me plaît grave.

Même de là-haut, il faut que tu traînes dans mes pattes !

Franchement, je ne vais pas réfléchir pour savoir si Nelly me plaît ou pas. Je ne compte pas coucher avec elle, donc le problème est réglé.

En revanche, j'entends bien la faire changer d'avis sur cette histoire de manipulation. Je ne suis pas ce genre de mec et j'aimerais qu'elle le comprenne. Je ne suis pas son ennemi. Si elle est sensible à mon humour, c'est simplement parce qu'on s'entend bien, pas parce que je joue un rôle ou je ne sais quoi.

Il faudrait être tordu pour s'amuser à ça !

Ah ! On est d'accord ! Quelle perte d'énergie…

Je finis par m'endormir et oublier toutes ces pensées.

Le lendemain, je suis d'attaque pour les essais. Je profite de chaque instant pour m'habituer au circuit. Je m'en sors plutôt bien alors que Porana se prend un mur et va demander pas mal de travail aux équipes pour remettre sa voiture en état avant les qualifications.

Le dimanche, je commence la course en P3. Ce n'est pas mal. Je m'en veux toujours pour la soirée à Monaco, je donne donc mon maximum pour obtenir un bon résultat. Je parviens à terminer le Grand Prix en P2. Je suis super fier de l'écurie et soulagé en rentrant à l'hôtel. C'est bien plus facile de faire face à la *big boss* quand je réussis à ramener des points à la maison. Pourtant, elle ne me parle jamais des courses. En fait, les rares moments où nous échangeons sur le sport sont quand nous sommes avec Lowe. Nell ne doit pas apprécier de discuter boulot en dehors des heures de travail. Si la F1 me passionne, ce n'est probablement pas son cas.

La semaine se passe tranquillement. Je me pointe à mes rendez-vous, me défonce en piste et rentre sagement à l'hôtel une fois la journée terminée. Le soir, je papote avec Nell, nous cuisinons ensemble, puis partons chacun dans nos chambres faire ce que bon nous semble.

Je me demande à quoi elle s'occupe quand elle est toute seule. Je ne connais rien de ses hobbies. Elle pourrait aussi bien être en train de s'adonner à des parties de jeux vidéo en ligne, ou occupée à fabriquer un tartan.

Moi, je traîne sur les réseaux, mate des séries et réponds aux messages déplacés de jeunes femmes désireuses de me rejoindre dans mon lit. Ça m'évite de me branler sur du porno, ce n'est pas désagréable.

Quelques fois, j'entends Nell glousser dans sa chambre. Je serais curieux de savoir ce qui la met de bonne humeur comme ça. Je pense que ce sont des textos de ses amies. Mais peut-être bien qu'elle a un mec.

Alors qu'elle est en train de préparer un *stew* pour notre repas de ce soir, je lui pose cette question qui me taraude.

— Au fait, Nelly, t'es célibataire ?

Elle arrête tout ce qu'elle faisait pour se retourner vers moi, étonnée.

— Elle sort d'où cette question ?

Je pointe sa chambre du doigt.

— Je me demandais qui te faisait rire comme ça, tous les soirs, expliqué-je simplement.

Elle glousse en se remettant à la tâche.

— Non ! C'est Carly, son nouveau boss aime de drôles de trucs. Ses déboires m'amusent toujours beaucoup.

— Pas de mec, donc ? insisté-je.

Pourquoi souhaites-tu tant vérifier ça, Matt ? Depuis quand tu en as quelque chose à faire qu'une fille soit en couple ?

On vit ensemble quand même… Je préfère savoir si un gars va m'éclater la figure si je continue à la taquiner.

Elle soupire et secoue la tête.

— Pas en couple, non. Merci de me le rappeler, grimace-t-elle.

Sa réponse me fait rire.

— Il n'y a rien mal à être célibataire ! argumenté-je.

Elle me lance un regard entendu.

— Ne m'en veux pas, mais je ne compte pas prendre des conseils de couple chez toi : célibataire endurci, coureur, libertin…

Je balaye sa remarque de la main.

— Je n'ai pas spécialement envie de m'engager, expliqué-je, mais je ne souhaite pas me priver de sexe. Est-ce que ça fait de moi un libertin ? Je ne sais pas.

— Tu as déjà eu une copine ? m'interroge-t-elle.

Je secoue la tête.

— Non. Jamais.

Elle hausse un sourcil.

— Merde, sérieux ? Tu te contentes vraiment de coucher, alors ? Ça doit être épuisant de devoir apprendre à chaque fois ce que l'autre aime.

J'éclate de rire. C'est tout ce qui lui vient à l'esprit ?

— En réalité, ça me permet de prendre un max de plaisir sans m'emmerder à chercher à combler ma partenaire. C'est assez égoïste, je le reconnais.

— Malin, marmonne-t-elle.

Elle continue de faire mijoter son plat pendant que j'attends à côté. Je l'observe en songeant à ce que Mike m'a dit l'autre soir. Elle est petite, formée, ses cheveux châtains s'arrêtent à ses épaules. Elle se tient droite, ne se prend jamais la tête avec son apparence. Elle porte soit son sweat fétiche, soit des leggings avec un *crop-top*. C'est simple, mais naturel, efficace. Elle se maquille peu et ne fait pas semblant d'être quelqu'un d'autre.

J'avoue qu'elle est mignonne et que si elle n'était pas ma boss, j'aurais probablement déjà cherché à me faufiler entre ses cuisses. Mieux vaut qu'elle n'entende pas ces pensées, car elle aurait ma peau.

« Non, elle ne m'intéresse pas. Je ne la trouve pas séduisante. » Tu as tenu deux heures avant de craquer. Je vois ton regard, tu as envie de la manger, maintenant.

Pas du tout ! Pas touche à Nell. Ça serait stupide au possible. Je sais la garder dans mon caleçon quand il le faut.

Ouais, tout le monde te croit…

— À quand remonte ton dernier mec ? osé-je demander.

Elle se retourne avec un sourire en coin.

— Qui a dit que j'étais hétéro ?

Je suis mort de rire ! Regarde ta tête, vieux !

Elle est sérieuse, tu penses ?

— Tu ne l'es pas ?

— Si, répond-elle en rigolant.

Je lève les yeux au ciel. Tout ça pour éviter la question.

Le repas est prêt et elle utilise cette distraction pour changer de sujet. Je la laisse faire, je reviendrai à la charge plus tard. Elle me raconte les fameux déboires de son amie et même si je ne la connais pas, je dois dire que moi aussi ça me fait rire. Nell me promet de me communiquer les prochains en direct.

Ça me fait bizarre de partager mon quotidien avec quelqu'un. Je pensais que ça me filerait des urticaires, mais en réalité, c'est plutôt sympa de pouvoir papoter et se changer les idées. Je dors relativement bien en ce moment. Je ne sais pas si c'est dû à ce mode de vie, mais j'en suis content.

Ce soir, nous regardons un film ensemble. Nell fait partie de ces gens qui n'écoutent pas et qui posent ensuite un millier de questions. C'est insupportable. Au milieu, j'essaye donc de l'étouffer avec un coussin pour la faire taire. Elle se débat en gloussant et je la relâche juste pour me moquer de sa tête décoiffée. C'est toujours mieux que lui faire une remarque sur son top qui est remonté drôlement haut sur ses côtes.

Si je n'étais pas torse nu, j'aurais pris un coup de chaud.

Elle a arrêté de me faire des commentaires sur mes tendances à porter peu de fringues, mais elle continue de zyeuter de temps à autre ma peau dénudée. Elle aime clairement les muscles et moi je fanfaronne en les exposant.

Pathétique.

L'ego c'est comme une fleur. Il faut l'arroser pour s'assurer qu'il se démarque.

Cette cohabitation m'amuse beaucoup plus que prévu.

La semaine prochaine, nous n'avons pas de course. Je vais donc en profiter pour rentrer un peu chez moi. Ça va me faire bizarre de ne pas partager ma chambre, mais je me promets de rester sage pour revenir en forme. Je retrouverai Nelly au Japon et j'avoue avoir hâte.

10

Mai – Japon

NELL

J'arrive à l'hôtel après un trajet en avion passablement pénible.

Je ne jouis pas du luxe de voyager en jet privé et le bambin qui n'a pas arrêté de pleurer m'a rendue dingue. Sans parler du repas dégoûtant, des odeurs incommodantes et de la personne devant moi qui s'est gentiment allongée sur mes jambes.

Bref. Je déteste prendre l'avion et ces derniers temps, je le prends un peu trop souvent.

Malgré tout, je suis contente d'avoir pu profiter d'une pause. Je suis rentrée en Écosse, j'ai pu voir mes amies, ça m'a fait énormément de bien. Je suis requinquée pour repartir de plus belle.

Cette semaine, nous courrons au Japon. Les essais commencent dans deux jours et j'ai déjà mille impératifs qui m'attendent. Je ne sais pas pourquoi ils ont toujours besoin de me faire signer des trucs ou de me demander mon avis. Tout le monde sait que je n'y connais rien, c'est ridicule. Certes, ce sont les ordres de mon père, mais ça me saoule prodigieusement.

J'ai au moins ma soirée de libre aujourd'hui, pour me remettre du trajet et du décalage horaire. Je me demande comment font les pilotes pour s'acclimater aussi vite et parvenir à garder leur concentration malgré ces changements incessants. Moi, je peine à fermer l'œil pendant des jours avant de me faire au décalage. Mais aussitôt, nous décollons vers un nouveau pays et c'est reparti. Je dois avoir des cernes de six pieds de long.

Je récupère ma clé à la réception, puis prends l'ascenseur. Je me demande si Mathieu est déjà là.

Je suis ravie que son nom ne soit pas ressorti dans les médias cette semaine. Finalement, peut-être que je peux commencer à avoir confiance en lui. Je compte tout de même le garder encore un peu à l'œil. Mon père m'a appelée et les choses ne se passent pas tout à fait comme prévu. Je dois donc rester vigilante.

J'entre dans la suite, retire ma veste et mes chaussures, puis me retrouve coincée dans un câlin aussi soudain qu'étouffant.

— Nelly ! m'accueille Mathieu avec un enthousiasme déconcertant.

Pas de bouteille sur la table… Peut-être s'avère-t-il simplement content de me voir.

Je lui rends son étreinte avec plus de retenue. *Il porte un tee-shirt aujourd'hui*, remarqué-je, amusée. Son odeur parvient à mes narines. Il sent le soleil et l'herbe fraîchement coupée. Ce qui attire cependant plus mon attention, ce sont les muscles roulant sous mes mains posées dans son dos. *Délectable*.

Prenant conscience que je ne lui ai toujours pas adressé un mot, je me reprends pour arrêter de fondre devant ses atouts.

— Bonjour, Mathieu. Quel accueil !

Il rigole et me lâche.

— Je me suis fait royalement chier cette semaine, explique-t-il. Je crois que je prends goût à nos conversations, ajoute-t-il avec un clin d'œil.

Et moi donc… Ça m'a aussi fait tout drôle de me retrouver seule. On prend vite l'habitude d'avoir quelqu'un avec qui papoter et puis Mathieu est plutôt sympa.

— Mina et Carly m'ont ordonné de te passer le bonjour et de te dire d'arrêter de me gâter, soi-disant que je commence à avoir des goûts de luxe. Tout ça parce que je n'avais pas envie d'aller chez *Zara*. Bref, tu pourras confirmer que j'ai tenu ma promesse.

Il éclate de rire.

— Donne-moi leur numéro, demande-t-il avec un sourire du diable.

Je me fais un plaisir de partager leur contact, elles ne savent pas ce qui les attend.

Mathieu ne perd pas de temps et leur envoie un message. Il refuse de me le montrer, mais la réaction des filles arrive aussi bien sur son téléphone que sur le mien.

Mina : « Je réitère ce que je t'ai dit l'autre jour : si tu ne couches pas avec ce mec, je le ferai ! »

Carly : « Il est beaucoup trop mignon… »

N'importe quoi ! Elles ont passé la semaine à s'émerveiller de son physique et maintenant elles vont aussi fondre pour sa personnalité. Elles me font un tel bourrage de crâne avec Mathieu que je vais finir par partager leur avis. Sauf que moi, je suis sa boss ! Craquer pour lui serait le truc le plus stupide de l'Histoire.

C'est qu'il est chou le Monégasque latino…

Je recommence à lorgner son torse. Heureusement, il est concentré sur les messages de mes amies. Quelle situation surréaliste.

— Je vais poser mes affaires, l'informé-je en me dirigeant vers la seule ouverture derrière le salon.

— Ah… En parlant de ça…

Il me suit et lâche un petit rire quand je comprends le souci.

— Ouais, il n'y a qu'une chambre.

Merde…

— C'est problématique, réponds-je.

Car je ne compte certainement pas dormir avec lui. Non. Hors de question, ça serait une idée idiote. Partager un lit avec Mathieu Lecomte, le plus grand coureur que je connaisse ? En plus, à tous les coups, il dort nu. Non, c'est mort.

— Ne commence pas à flipper, je dormirai sur le canapé, m'informe-t-il.

Je tourne le problème dans tous les sens. Il risque de très mal se reposer sur le canapé et je ne veux pas que ça influe sur ses performances. Nous ne pouvons pas dormir ensemble, donc…

— Non. Je prendrai le canapé. Tu as plus besoin d'être en forme que moi.

Il secoue la tête, inflexible.

— Je refuse.

Je croise les bras sur ma poitrine, prête à me battre. Je ne comprends même pas qu'il cherche à débattre de la question.

— C'est toi le pilote qui doit faire briller l'équipe. On s'en fout que moi j'ai des cernes, donc je prends le canapé. Fin de l'histoire.

Il ricane et secoue à nouveau la tête.

— Je respecte tes ordres, mais celui-là il est merdique. Quel genre de mec je serais à te laisser dormir sur le sofa ? Je ne suis pas un connard égoïste, ma mère me mettrait une grosse rouste en plus. Je ne vais pas profiter du lit douillet en sachant que ma coloc, boss, amie, pionce dans le canapé.

Amie ?

Je soupire.

— Alors on fait quoi ?

Il hausse les épaules.

— Je dors sur le sofa ou on dort ensemble.

Je grogne et retourne dans le salon pour m'affaler sur le canapé.

— Je ne sais pas comment je dois prendre le fait que partager mon lit te répulse à ce point, remarque-t-il.

Si je ne commençais pas à le connaître, je pourrais croire qu'il est vexé. Sauf que Mathieu ne se vexe pas. Son sourire me confirme cette pensée quand il vient s'installer sur un des fauteuils près de la fenêtre.

— Il me semble important, Nelly, de te rappeler que je ne tripote que les femmes consentantes, que je sais garder ma bite dans mon pantalon – malgré les apparences – et que je peux tout à fait partager un lit avec une femme de façon platonique.

Ça, je le sais. Mathieu est un homme bien, il n'a pas besoin de me le prouver. C'est en moi que je n'ai pas spécialement confiance. Il me plaît beaucoup, je ne serais pas contre l'idée de passer une nuit avec un bel homme et je connais ma tendance à me coller contre les gens qui partagent mon lit quand je dors.

— Je ne pense rien de tout ça à ton sujet, Mathieu. Tu me vexes à me croire aussi stupide.

Il soupire et s'enfonce dans son siège.

— Je ne t'en voudrais pas, je n'ai rien fait pour te faire croire le contraire, reconnaît-il doucement.

— Bien sûr que si. Tu as été super gentil ces derniers jours. Et très respectueux.

Son sourire me semble bien plus franc que tous ceux que je lui ai vu porter jusqu'ici.

— Pourquoi tu refuses alors ? demande-t-il curieux.

Il tape un texto sur son portable, l'empêchant de saisir la rougeur envahissant mes joues.

Je m'apprête à lui sortir une excuse toute pourrie quand mon téléphone vibre. Son rictus démoniaque ne me dit rien qui vaille.

— Qu'est-ce que tu as fait ? l'interrogé-je sur mes gardes en prenant mon smartphone.

Il glousse.

— Ah… Nelly… Tu n'aurais jamais dû me filer leur numéro. Erreur de débutante.

Oh merde…

Je lis les textos des filles, toujours aussi rouge.

Carly : « Mais c'est quoi ton problème ? Tu refuses de dormir avec lui ? Mais t'es folle ! »

Mina : « Il a promis qu'il serait sage, du coup on lui a dit qu'il pouvait baisser ta culotte. Tu nous remercieras plus tard. 😉 »

Elles n'ont pas osé ? Pitié, faites qu'elles blaguent !

Moi : « ?????!!!!!!!!!! »

Je n'ai pas besoin d'attendre la confirmation, car Mathieu est tellement mort de rire que c'est une preuve suffisante de leur trahison.

— Amies en carton, me plains-je.

Le pilote se tient le ventre tellement il rigole. Moi, je suis bonne pour me cacher sous le tapis. Je demande malgré tout :

— Elles t'ont dit quoi, au juste ?

Je ne suis pas à ça près.

Son sourire en coin m'achève.

— Elles m'ont expliqué que tu ne voulais pas dormir avec moi parce que – je cite – tu serais incapable de te retenir de me faire l'amour.

J'écarquille les yeux et je m'emporte.

— C'est faux !

Je dois rétablir la vérité. Il se marre de plus belle.

— Coquine ! me taquine-t-il sans pitié.

Je vais les tuer.

Je reçois un message, mais sur une nouvelle conversation. Ces fourbes ont créé un groupe incluant Mathieu. Je sens que je ne suis pas au bout de mes peines.

Il ouvre le texto en même temps que moi.

Carly : « Vous ne répondez plus parce que vous partagez le lit ? »

Moi : « Je vous hais. »

Mathieu : « J'essaye de la ranimer, vous l'avez tuée. Des conseils ? »

Je relève le regard vers lui. Il se retient toujours de rire.

Mina : « Le bouche-à-bouche. »

Carly : « Avec la langue, elle préfère quand c'est réalisé avec soin. »

Mathieu : « Exigeante jusqu'au bout, notre Nelly. »

— Je veux mourir, marmonné-je. Je vous déteste tous autant que vous êtes.

Il ricane.

— Pourquoi tu souris alors ?

Parce que je les adore. Tous autant qu'ils sont.

Ouais, même Mathieu.

— C'est bon, partageons le lit. Sinon, je ne vais plus arrêter d'en entendre parler.

Mathieu : « Victoire, mesdames. Je vous dirai si elle me saute dessus cette nuit. 😉 »

Je me retiens de pouffer comme une gamine.

— Je peux empoisonner ta nourriture, Mathieu. Méfie-toi !

Il me fait un clin d'œil.

— Je te manquerais trop, se vante-t-il.

Le pire, c'est que je pense qu'il a raison. Cette constatation m'inquiète. J'apprécie beaucoup trop son humour, sa gentillesse et ses taquineries. Déjà que son physique m'avait conquise… Je ne dois pas craquer sur Mathieu, mais la vérité c'est que c'est impossible. Je défie n'importe qui de lui résister tout en vivant avec lui. Il sait drôlement bien y faire et je suis particulièrement sensible à ce genre d'attention. Je suis dans une merde noire.

Heureusement, il finit par lâcher l'affaire et les filles arrêtent d'envoyer des messages. Je parviens à retrouver une contenance pour le reste de la soirée. Nous discutons de nos séjours respectifs chez nous et parlons un peu du week-end de course qui arrive. Je trouve Mathieu dans un état plutôt optimiste pour cette course, ce qui est bon signe pour l'écurie. S'il continue comme ça, Keelean devrait reprendre l'avantage sur Riotti dans le classement constructeur.

Nous regardons un film ensemble avant d'aller nous coucher. Si j'en apprécie la première moitié, je passe la seconde à me demander comment je vais gérer le fait dormir avec ce spécimen. Forcément que lui ça ne le dérange pas, il a partagé son lit avec plus de femmes qu'il n'y en a dans tout Monaco. Moi, je peux compter le nombre d'hommes avec qui j'ai partagé un matelas sur les doigts de la main.

Shit. Shit. Shit.

Avant la fin du film, je m'excuse pour filer sous la douche. J'ai besoin d'être un peu seule pour retrouver une contenance. Je profite de l'eau pour me détendre et relativiser. Nous allons juste dormir côte à côte, ce que des gamins de maternelle font sans problème. Nous n'allons pas nous toucher. Nous nous tournerons le dos et tout va bien se passer.

Heureusement que je ne fais pas partie de ces filles coquettes même pour dormir. Avec mon tee-shirt XXL et mon short, je me sentirai bien plus à l'aise qu'avec une nuisette sexy. Je ne compte pas le draguer, donc c'est encore mieux. Ça enverra le bon message : je ne veux pas de ta queue, je suis ta patronne.

Je sors de la salle de bain, plus confiante et soulagée. Je regarde la fin du film avec lui, puis quand le générique apparaît, nous nous rendons dans la chambre. Le moment inévitable est enfin là. Il va falloir que je m'y fasse, car nous restons ici pendant cinq longues journées.

— Tu dors de quel côté ? m'interroge Mathieu en retirant son tee-shirt, puis son pantalon.

Mon Dieu…

— Euh… bégayé-je bêtement. Peu importe.

— Je prends le côté gauche alors.

Je hoche la tête et vais m'installer à ma place. Il fronce les sourcils.

— Quoi ? demandé-je en fixant mes yeux sur son visage plutôt que sur la forme discernable dans son caleçon.

Je sais à quoi elle ressemble, mais pas en vrai. Ma curiosité ne doit pas me faire faire des bêtises.

— Tu t'es mise à gauche, remarque-t-il en souriant.

— Non, je suis à droite, me justifié-je.

Il se tourne en me faisant une démonstration.

— Dans le sens du lit, la gauche est là ! Pas là, ajoute-t-il en secouant la main droite. Vous faites vraiment tout à l'envers dans ton pays !

Je le fusille du regard, mais effectivement, si on réfléchit dans ce sens, je suis à gauche.

— Si tu te mets face au lit, je suis à droite, bataillé-je tout en reconnaissant intérieurement que sa logique a plus de sens.

— Quand tu es couché… poursuit-il.

— Ça va ! le coupé-je en roulant de l'autre côté. Je m'en fiche.

Satisfait, il se glisse sur sa partie du matelas.

— C'est quoi ton problème avec la gauche ? demandé-je, curieuse.

Il rigole.

— Je range ma bite du côté droit de mon caleçon, donc je préfère dormir sur le côté gauche pour ne pas l'abîmer. En étant du côté gauche du lit, j'ai plus d'air que si j'étais à droite, la tête tournée vers les coussins. Tu vois ?

Je suis restée bloquée à « ma bite sur le côté droit ». Je hoche tout de même la tête pour éviter qu'il ne me prouve ses dires.

— T'es bizarre, remarqué-je en me tournant vers le mur.

— Précautionneux pour les choses importantes, précise-t-il, un sourire dans la voix.

— Bonne nuit, dis-je en éteignant la lumière.

Il rigole doucement.

— Bonne nuit, Nelly. Et on garde ses mains pour soi !

— Ta gueule !

Je fais de mon mieux pour ignorer son ricanement. Il n'ajoute rien, alors je me concentre pour m'endormir. Évidemment, le décalage horaire se fait sentir et je reste les yeux ouverts telles deux billes luisantes dans la pénombre.

Mathieu, lui, semble bel et bien parti au pays des songes. Sa respiration est lente et régulière. Il ne ronfle pas, c'est déjà bien. Il me tourne le dos, donc je ne peux pas voir s'il est du genre à baver sur l'oreiller.

Mon esprit divague. Je commence à dresser mon emploi du temps du lendemain, je note mentalement mes rendez-vous et les questions chiantes que je ne veux pas régler. Je pense à mon père et ses conneries ; à mes projets avortés. Je commence à déprimer et à paniquer. Un coup je me tourne à gauche, un coup à droite. Je ne trouve pas de position parfaite pour dormir.

Comment il fait pour pioncer, lui ?

Toujours endormi, il bouge et me fait soudainement face.

Je ne vois qu'une partie de son visage dans la nuit. Il est étonnamment paisible. Pas de sourire. C'est rare.

Alors, je pense à son histoire de bite à droite… Est-ce qu'il est allongé dessus du coup ? Je réfléchis à l'anatomie masculine et réalise qu'il s'est payé de ma tête. Sa bite ne peut pas aller jusqu'à sous sa hanche. C'est n'importe quoi. En plus, je connais sa taille, elle ne va pas jusque-là !

J'ai envie de le secouer pour me venger. Sauf que je ne veux pas le réveiller et avoir à expliquer mon geste.

Je lui tourne le dos et essaye à nouveau de trouver le sommeil. J'ignore au bout de combien de temps j'y parviens, mais finalement, la lumière de soleil me réveille pour une nouvelle journée.

Je retrouve lentement mes esprits, prends conscience de chacun de mes membres, puis observe la chambre pour me rappeler où je suis cette fois : Japon.

Je m'étire. Le mouvement me fait réaliser que la chaleur contre ma cuisse ne vient pas du lit, mais bien de Mathieu. Il dort encore et heureusement, je ne me suis pas enroulée autour de lui tel un koala sur sa branche. Seules nos jambes se touchent et c'est déjà bien assez.

Profitant de son sommeil, je me lève pour aller me faire un café et me redonner figure humaine. Il me rejoint quelques minutes après, toujours aussi peu soucieux de porter des fringues. Sauf que là, c'est le matin et…

— Bon sang, enfile un froc au moins !

Cachez cette tentation que je ne saurais voir.

— C'est trop tôt pour les réprimandes, Nelly, râle-t-il peu préoccupé par l'apparition de son érection matinale.

Je suppose qu'il n'en a pas spécialement conscience ou qu'il s'en fout royalement. Sauf que moi, ça attire mon regard. Le tissu tendu est un appel pour ma curiosité. J'essaye d'en estimer la taille, l'épaisseur. Est-il complètement bandé ? À moitié ? Les photos des magazines me reviennent. Je me fais violence pour penser à autre chose.

Je prends mon téléphone pour faire le tour de mes notifications en dégustant mon café. Les filles m'ont déjà envoyé des messages. Non, *nous* ont déjà envoyé des messages.

Mina : « C'est le matin où vous êtes ? Alors, vous avez fait l'amour ? »

Je soupire tout en étant amusée. Elles ne vont pas me lâcher. C'est ma punition pour leur avoir conseillé d'arrêter d'espérer qu'un mec bien se montre. Elles disent que ce n'est pas parce que je suis perdue pour la cause que je dois les faire couler avec moi. Selon elles, seul un beau mâle compétent pourrait me redonner foi dans la gent masculine.

N'empêche qu'elles pourraient éviter d'envoyer ces messages à Mathieu !

— Ma machine à café ! se réveille-t-il enfin.

Je me suis dit qu'il avait été assez sage pour récupérer certains trucs. D'autant que vivre avec moi est une punition bien suffisante. Il réalisera plus tard que son assistant est de retour, tout comme son ordi et ses jeux vidéo. En revanche, pas de voiture. Pas encore.

Il se fait couler un café, en hume l'odeur et se laisse tomber dans une chaise avec un gémissement proche de la jouissance. Si j'étais mal à l'aise avant…

— Je pourrais te rouler une pelle pour te remercier, marmonne-t-il entre deux gorgées.

J'admets que cette machine offre de merveilleux cafés. Mais il ne faut pas pousser. Ni me faire ce type d'avances…

— Doucement sur la reconnaissance, reproché-je, malgré tout amusée.

Il rigole et me fait un clin d'œil.

Il prend son téléphone et doit s'adonner au même état des lieux que moi.

Il a dû lire le message des filles. Il l'a forcément lu. Pourtant, rien sur son visage ne laisse transparaître que c'est le cas.

Mon portable vibre dans mes mains quand un texto de Mathieu arrive sur la conversation.

Mathieu : « J'ai effectivement été secoué cette nuit, le matelas a rebondi, le sommier a craqué… Malheureusement, je n'en ai pas récolté un orgasme, juste une furieuse envie de faire gober un somnifère à Nelly ! »

Quand je relève la tête vers lui, son regard meurtrier me fait éclater de rire.

— Comment tu fais pour dormir avec le décalage horaire ? demandé-je, curieuse.

Il soupire en se frottant le visage.

— Je ne sais pas, mais va falloir que tu pionces parce que je vais t'assassiner sinon.

Monsieur est grognon ce matin, ce n'est pas commun et franchement drôle.

— Pauvre petit chou qui manque de sommeil, me moqué-je.

Il termine son café en rouspétant.

Nous recevons un nouveau message.

Carly : « Il paraît que le sexe l'aide à dormir ! #Paroled'une-Nellbourrée »

Mais pourquoi m'achèvent-elles comme ça ?

Moi : « C'est toujours mieux que filer aux toilettes pour vider sa vessie. Pas vrai, Carly ? 😏 »

Je ricane de ma riposte.

Mina : « En vrai, les filles, ça fait tellement longtemps que vous n'avez pas ken que vous n'en savez plus rien ! #Sorrynotsorry »

— Quelle connasse ! m'exclamé-je.

Moi : « #PenisPoilu #Collant #Nepascroquer »

Carly : « Je suis morte ! 😂 »

Les trois petits points apparaissent avec le nom de Mathieu.

Merde… J'avais zappé qu'il participait à cette conversation.

Mathieu : « 1 — Si tu as envie de pioncer après le sexe, c'est que le mec a fait son taf.🙆‍♂

2 — Pourquoi t'es pas allée pisser avant ???

3 — N'hésitez pas à être exigeantes dans le choix de vos partenaires sexuels… #PenisPropreEntretenu »

Je me prends un fou rire comme je n'en ai plus eu depuis longtemps. Un de ceux qui vous tuent les abdos et les zygomatiques. Le rire de Mathieu se joint au mien. Cette matinée ne pouvait pas mieux commencer.

MATHIEU

Assis à une réunion concernant nos performances en courses, je repense à cette discussion surréaliste avec Nell et ses amies. J'en suis encore à me demander à quel moment je me suis trouvé embarqué dans une conversation de filles. En tout cas, je me suis pris une bonne barre de rire. Ça a tout à fait compensé le fait que Nelly m'ait empêché de dormir une grosse partie de la nuit.

Elle m'a aussi rendu un certain nombre de trucs, donc bon, je ne lui en veux pas. De toute façon, je ne connais pas le concept de rancœur. Ça demande trop d'énergie.

Un ingénieur nous commente des graphiques sur nos performances en course. Il y en a sur la voiture et sur les pilotes. Nos conduites sont comparées, des conseils lancés. C'est surtout Porana qui reçoit des remarques. Moi, j'observe le tout en profitant des petits gâteaux sur la table.

De temps en temps, on me demande mon avis et je fais semblant d'en avoir quelque chose à faire. Porana paraît bien plus concentré. En même temps, il a plus à apprendre que moi. Je cours en F1 depuis plus longtemps et mes résultats sont plus réguliers. En F2, j'étais bien plus doué que lui aussi. Les quelques années que j'ai d'avance sur lui font une grosse différence dans les données qui nous sont présentées.

Cette fois, je suis convaincu que vivre avec Nell est la meilleure chose qui me soit arrivée cette saison. Elle m'apporte la présence qui me manquait, tout comme cette autorité qui m'oblige à prendre plus soin de moi. Tout seul, je n'aurais pas pris le tournant. Elle m'a mis le coup de pied au cul dont j'avais besoin. Dont j'ai toujours besoin. Il faudra que je la remercie.

J'en ressens les bienfaits. Sans alcool dans mon sang, sans fatigue ou mal de crâne, je suis plus concentré et surtout, je me repose comme il est nécessaire entre deux courses ou entraînements. Je me sens plus alerte.

Tu vois ? Je t'avais dit qu'elle était en or cette fille !

Tu voulais juste coucher avec elle !

J'avais tout faux sur Nelly. Mais alors tout faux !

En réalité, elle est drôle, jeune, elle n'a rien de coincé, elle sait taquiner, elle a de l'humour et de l'autodérision. Elle est aussi très mature, elle a de la discussion. Nell est censée et franchement, j'adore passer du temps avec elle.

Avec ses deux copines, elles forment un trio irrésistible. Je n'ai pas fini de rigoler avec elles. Aucune ne cherche à me soutirer de l'argent ou à profiter de ma célébrité. Elles ne me parlent pas de course, ce qui s'avère une pause fort appréciable. Elles se contentent de se provoquer entre amies. C'est drôlement rafraichissant.

J'ai juste peur qu'elles en viennent à me prendre pour une nana. Bon, vu leur insistance pour me faire partager un instant coquin avec Nell, je crois qu'elles gardent en tête ma masculinité.

Pauvre Nelly… Elles ne vont jamais la lâcher et moi, ça m'amuse beaucoup trop pour que je leur demande d'arrêter. Il me semble que Nell aussi en rigole de toute façon. Elle qui paraît si stressée tout le temps, dès qu'elle parle avec ses amies, c'est comme si elle pouvait enfin souffler. Qu'est-ce qui peut autant la miner ? Tout ce que je sais, c'est que je la préfère quand elle glousse.

Ce soir, nous devons assister à un gala organisé par Keelean pour remercier les équipes, mais surtout pour flatter un de nos plus gros investisseurs qui réside ici. J'ai hâte de la voir en robe de soirée, apprêtée et menant la danse à cette réception. C'est une facette d'elle que je ne connais pas et qui m'intrigue.

Elle qui traîne toujours en tenue confortable, sans se prendre la tête, et qui maudit les talons, je tuerais pour la voir dans un ensemble aussi inconfortable que grotesque. Il y a moyen de bien rigoler.

J'avoue y songer une grosse partie de la journée pour supporter les rendez-vous à rallonge et les entraînements que me réserve mon coach. Mon seul répit est ma pause déjeuner avec Paul. Nous débattons de cette première moitié de saison. Il n'y a rien de mieux pour passer un bon moment entre potes.

Malgré tout, je n'attends que cette soirée et me prépare donc bien plus tôt que prévu pour m'y rendre.

Un créateur m'a fait parvenir un costume trois-pièces, hier. Très élégant, raffiné et légèrement ambitieux. Le mélange de couleur crème et marron clair met ma peau hâlée en avant. Mes yeux aussi en ressortent plus pétillants. Pour l'occasion, je fais un effort et me rase de près avant de coiffer mes cheveux rebelles, un tantinet bouclés sur le dessus.

Une femme m'a une fois qualifié de « douceur chocolatée ». En me regardant dans le miroir, je me dis que c'est exactement ce à quoi je ressemble. Je n'aurais qu'à claquer des doigts pour repartir accompagné. Sauf que je dors dans le lit de Nell. Ce serait terriblement gênant, déplacé et puis… j'avoue que le corps de l'Écossaise est tout ce que j'ai en tête en ce moment. Non pas que je compte agir en ce sens, mais au moins je le reconnais.

Tu veux te la faire toi aussi, ça y est !

Non. Nell est mon amie. Elle est canon, c'est vrai, mais je ne m'attends à rien avec elle. Elle est toujours ma boss.

T'es stupide.

Ta gueule !

Je sors de la salle de bain en espérant trouver Nell apprêtée dans le salon, mais à la place, elle se terre dans le lit, un chignon informe sur le crâne et des chaussettes fantaisie aux pieds.

— Euh…

Elle me détaille de la tête aux pieds en souriant.

— Waouh ! Tu vas faire tourner la tête de plus d'une femme, ce soir. Essaye de ne pas en ramener ici, ajoute-t-elle avec une grimace de dégoût.

Pourquoi n'est-elle pas habillée ?

— Tu fais quoi ? l'interrogé-je sans faire référence au livre entre ses mains, mais à sa tenue.

Elle regarde ostensiblement l'objet en fronçant les sourcils d'incompréhension.

— Le gala ? Tu n'es pas prête ? clarifié-je.

Sa bouche forme un O avant qu'elle ne secoue la tête.

— Euh… Non. Je ne viens pas.

— Au gala de Keelean ? demandé-je confirmation.

Elle acquiesce.

C'est bizarre, non ?

— Pourquoi ?

Elle hausse les épaules, mais sa nervosité commence à lui faire gigoter les jambes.

— Je n'aime pas les caméras, les journalistes, les réceptions… Je préfère rester tranquille, se justifie-t-elle.

Moi aussi, je préfèrerais rester tranquille au lieu de jouer au mannequin parfait. Sauf que mon contrat spécifie que je dois m'y rendre. Je ne vois pas comment la propriétaire – ou du moins, la fille du propriétaire, en charge de l'équipe – peut se permettre de ne pas se pointer à un gala organisé par l'écurie, pour un sponsor, parce qu'elle n'apprécie pas la presse. Elle croit vraiment que je vais gober ce mensonge ? Je décide d'insister.

— C'est quoi la vraie raison ?

Elle fronce les sourcils et croise les bras sur sa poitrine comme chaque fois qu'elle s'apprête à batailler. Je ne sais même pas pourquoi j'insiste. Ça ne me regarde pas. Peut-être qu'elle dit vrai et que je me fais des films. Peut-être qu'elle ment et qu'elle cache un truc. Peut-être qu'elle veut éviter certaines personnes ou qu'elle souhaite garder son anonymat.

— Peu importe, la coupé-je avant qu'elle ne se fatigue à inventer une bêtise. Je dois y aller. À plus tard.

Je file de la suite sans plus attendre. Je suis dégoûté qu'elle ne vienne pas, je vais franchement me faire chier sans pouvoir la taquiner, comme tous les ans. Au moins, Paul sera là.

Je suis quand même frustré de ne pas savoir la vraie raison de son absence à ce gala. J'aurai l'occasion d'y réfléchir pendant les inévitables discours soporifiques.

En fait, depuis le début de la saison, je ne l'ai vue assister à aucune réception ou réunion. Elle traîne rarement aux stands, elle reste dans les bureaux et ne discute qu'avec Lowe ou les autres chefs de pôle. Personne ne mentionne jamais son nom. Elle se comporte comme une ombre dans l'écurie. Comme si elle préférait qu'on l'oublie, ou du moins qu'on ne la remarque pas.

J'ai de nombreuses questions à lui poser maintenant. J'espère qu'elle y répondra.

Je subis ce gala plus que je n'y participe. Paul m'aide à supporter ces longues heures passées à écouter des gens lécher le cul des autres, dont le mien. Quand enfin je vois certaines personnes quitter les lieux, je m'excuse et les imite pour rentrer.

J'arrive dans la suite à une heure du matin, Nell dort déjà quand je me faufile dans le lit. Du moins, elle paraît dormir. Pour autant que je sache, elle peut être en train de faire semblant.

Je pensais avoir tout compris de cette femme, mais en réalité, j'ai encore beaucoup de choses à découvrir. Je compte bien mettre ces prochaines semaines à profit pour trouver les réponses à mes questions.

Elle me rend curieux. Assez curieux pour ne pas simplement avoir envie de coucher avec elle, puis de passer à la conquête suivante. Non. Je souhaite sincèrement la connaître. Je me promets que d'ici la fin de la saison, je serai devenu un expert en Nell MacArthur.

11

Juin – Belgique

MATHIEU

Cette semaine, nous courrons en Belgique. J'adore ce circuit et j'ai hâte de pouvoir en découdre ce dimanche.

Les dernières courses se sont relativement bien passées. J'ai terminé P3 au Japon, P4 aux États-Unis et P2 au Mexique. L'écurie était ravie, même si Porana n'a pas aussi bien réussi.

L'écart se creuse entre lui et moi dans le championnat. J'en suis un peu rassuré, je fais mes preuves et lui se ramasse, ce qui m'aide à gagner en crédibilité. Je dois me montrer aussi irréprochable jusqu'au bout de la saison pour être certain de ne pas me faire virer à la fin de l'année.

Après toutes mes erreurs, ça reste une possibilité. Même si je ne pense pas que Nell me ferait ça maintenant que nous sommes amis et que je suis ses règles à la lettre, Don pourrait en décider autrement en revenant. Bref, mon avenir s'avère trop incertain pour que je joue au con. Je me suis fixé une ligne de conduite et je vais continuer à m'y tenir. Vivre avec Nell est le moyen parfait pour m'en assurer. J'ai autant besoin de cette colocation qu'elle pour me surveiller.

Les deux dernières suites où nous avons logé possédaient deux chambres. Nous avons donc pu retrouver notre intimité la nuit venue. Non pas que ça m'ait plus dérangé que ça de partager son lit. Elle a fini par trouver le sommeil sans troubler le mien. Après ça, il n'y avait plus de problème. Même si Nell a quelques tendances à envahir ma moitié du matelas, sa proximité n'est pas désagréable. Elle sent bon et sa peau est plutôt douce. Elle me faisait office de doudou finalement. Je ne suis pas certain qu'elle le sache, car elle dormait bien trop profondément pour s'en rendre compte. Le matin, elle était de nouveau à sa place, donc j'imagine qu'elle ignore tout de ces câlins volés.

J'ai choisi de l'épargner en évitant de lui faire remarquer ses tendances envahissantes. Déjà que ses amies passent leur temps à me raconter des trucs bizarres, elle mérite un peu de répit. D'autant que nous ne partageons plus de lit. Peut-être que je l'embêterai si nous revenons à dormir ensemble.

Aujourd'hui, le responsable communication de Keelean m'a invité de faire un *live* sur mon compte Instagram pour répondre aux questions des fans. Je m'installe dans le salon de la suite pour mener à bien cette mission. J'ai un peu peur de ce qu'on va me demander. Autant les journalistes se concentrent principalement sur la course, autant les fans n'ont aucune pitié et sont déterminés à creuser ma vie privée.

Je m'attends donc au pire en préparant l'évènement.

Nell s'assoit de l'autre côté du canapé pour profiter du spectacle. Elle s'est fait un thé et a pris quelques fruits secs à grignoter. Elle s'est crue au cinéma… Elle m'observe avec un grand sourire.

Alors que je me suis habillé correctement, elle porte un de ses leggings qui ne cache rien de ses formes et un tee-shirt ample. Je ne suis pas certain qu'elle ait un soutien-gorge. Elle prend vraiment ses aises avec moi et quelque part, ça me fait plaisir. Elle a assez confiance pour ne pas se préoccuper de son apparence. Elle est elle-même et je la trouve définitivement craquante.

Ce n'est pas le moment, mon vieux…

Clairement pas, en effet.

— Tu as l'interdiction de me filmer, me rappelle-t-elle.

— Oui, promis ! soufflé-je pour la énième fois.

À l'heure prévue, je lance le *live* et accueille déjà quelque cent cinquante spectateurs. Ça fait beaucoup de gens à la fois. Je suis rarement confronté aux bains de foule. Sur internet, on est toujours face à plus de monde. C'est perturbant et angoissant. Si je sors une bêtise, ils ne la laisseront pas passer. Ils sont impitoyables derrière leurs écrans.

Malgré tout, je dissimule ce stress et souris comme je sais si bien le faire. Nell m'observe, mais ne dit rien.

J'ai l'impression de parler dans le vide, mais heureusement, des gens me répondent dans le *chat*. D'autres m'envoient un milliard de cœurs ou me félicitent pour mes dernières courses.

On commence alors à me poser des questions. Certaines sont plus intimes que d'autres. Je les choisis avec précaution. Je répète une question avant d'y répondre.

— Mon circuit préféré ? Monaco ! Déjà, c'est chez moi, ensuite c'est le tracé le plus mythique du sport. Et puis, c'est celui qui demande le plus de concentration. C'est la meilleure date pour moi dans une saison.

Des exclamations fusent sur le *chat*, il y en a tellement que je ne peux pas toutes les lire. Certaines attirent cependant mon attention. Je tourne discrètement la tête vers Nell qui se retient de rire. À quoi jouent-elles toutes les trois encore ?

« #PenisPropreEntretenu »

« #CaleçonMickey »

Je me retiens de rire. Je sens qu'elles n'ont pas fini de m'embêter pendant ce *live*. Je suis sûr que Nell leur a rappelé de se connecter.

— En ami, pour une nuit ou pour la vie avec Abbott, Doppia et Hupert, lis-je.

Je rigole en secouant la tête. Owen ayant répondu à cette question l'année dernière, je me fais un plaisir de me prêter au jeu. Les fans adorent ce type de potin.

— Faut arrêter de fantasmer comme ça, ris-je. Je dirais Abbott en ami, Gab pour une nuit et Loris pour la vie.

Nell fronce les sourcils, surprise.

— Quoi ? lui demandé-je avant de me rappeler que je suis en *live*.

Elle hausse les épaules et au lieu de me répondre, elle envoie un truc dans le *chat*.

« T'as *friendzone* Abbott, y'a un truc qui ne tourne pas rond chez toi… »

Hein ?

J'aimerais lui demander si elle a des vues sur Abbott, ce qui m'énerverait passablement. Sauf que je ne peux pas. Pas maintenant.

Mais merde, Nelly ! Tu me fais quoi, là ?

Vexé, Matt ?

Putain, oui !

Frustré, je passe à une autre question.

— Tu t'entends bien avec Porana ? lis-je.

Je serais tenté de dire la vérité, mais je dois sauver les apparences. C'est mieux si tout le monde croit que nous sommes potes.

— C'est un bon coéquipier. Il est plutôt cool et c'est sympa de parler des courses avec lui. Je ne me plains pas.

C'est sobre, respectueux, mais pas faux-cul pour autant.

Nell hoche la tête. Elle valide ça, mais me reproche de classer Abbott en ami. N'importe quoi… Elle va vite oublier Abbott quand elle saura que Lise lui trancherait le cou.

La jalousie ne te va pas au teint…

Ta gueule !

— Tu penses terminer combien ce week-end ? poursuis-je. Dans l'idéal P1, rigolé-je. Dans le top 3, je serais satisfait.

De nombreux messages continuent d'arriver. Je repère facilement ceux des filles.

« J'ai envie de crêpes au chocolat. »

« Et d'un bain moussant. Tu me prépares ça ? »

Je me retiens de regarder sur ma gauche pour ne pas rigoler. Je suis tenté de lui dire d'aller le demander à Abbott, mais ça serait puéril.

« C'est quand que tu viens nous voir en Écosse, Matt ? »

Le compte s'appelle @MathieuLeSuperColocLOL. Elles me tuent, mais je réponds avec un clin d'œil.

— Bientôt.

Nell ricane à côté de moi.

« Il vous fait un clin d'œil et vous fondez ! Pathétique ! »

« Dit-elle… 👀 »

Ne pas répondre me demande de gros efforts. Elles sont obligées de me mener la vie dure comme ça ? C'est de bonne guerre, vu comment je les provoque à longueur de temps.

Un autre compte attire mon regard. C'est surtout le message qui l'accompagne qui me fait me poser des questions sur l'identité de la personne.

@OwenMonAmour4ever : « Tes amis requièrent ta présence. La bise.😇 »

Lise ?

C'est quoi ce compte ?

Même en live, je me prends des fessées…

En même temps, tu cherches les ennuis en recommençant à les éviter.

Je ne les évite pas, j'ai l'interdiction de sortir !

Ouais, c'est ça…

J'essaye de mettre de côté ces questions pour me reconcentrer sur le *live*. Je réponds à de nombreuses autres interrogations du mieux possible. J'esquive au maximum les sujets personnels, mais en aborde quelques-uns pour satisfaire les curieux. Je slalome entre les vannes des Écossaises qui me rendent la tâche difficile. Nell ricane tout du long. Au moins, elle passe un bon moment.

Du moins, c'était jusqu'à ce que les filles posent la pire question possible.

« En amie, pour une nuit ou pour la vie avec les trois drôles de dames ? 😏 »

Nell s'étouffe avec sa gorgée de thé. J'ai envie de rire et en même temps, putain, c'est gênant ! Je ne veux coucher avec aucune des amies de Nell ! Je me frotte le visage pour tenter d'arrêter de sourire, mais impossible. De nombreuses réactions fusent.

— Vous êtes chiantes, lâché-je sans pouvoir m'en empêcher.

Nell rigole et me fait signe de ne pas répondre. Je n'y comptais pas. Ça serait le meilleur moyen de toutes les vexer.

Quelques minutes plus tard, le *live* prend fin et je peux relâcher les apparences. Je soupire et ricane nerveusement.

— Vous êtes insupportables !

Je me plains sans en penser un mot.

Elles m'auront bien fait rire. Cette corvée en a été plus agréable.

— *Elles* sont insupportables, réplique Nell.

Je hausse les sourcils.

— Non, mais toi aussi ! lui reproché-je en lui chatouillant les côtes.

— Tu me fais mes crêpes ? plaide-t-elle avec un sourire innocent.

Je secoue la tête, toujours tendu après son commentaire sur mes amis.

— Demande à Owen, lancé-je finalement en croisant les bras.

Sa surprise laisse vite place à un éclat de rire. Au lieu de me répondre, elle envoie un message sur notre conversation.

Nell : « Mathieu me fait la gueule. Il croit que je veux serrer son pote.🤦‍♀️ »

Je lui lance un mauvais regard qu'elle ignore.

— Ce n'est pas ce que tu as dit, peut-être ?

Elle secoue la tête, perdue.

Mina : « M. D. R. Matt… »

Carly : « Qu'il est mignon ! »

— J'ai dit que tu étais taré de le *friendzoner*, pas que je voulais me le taper ! se justifie-t-elle, amusée.

— C'est la même chose, contré-je.

J'ignore pourquoi ça m'irrite autant, mais je n'ai pas envie qu'Owen lui plaise. Putain, c'est hors de question !

— Merde, t'es vraiment vexé, remarque-t-elle, choquée. C'est quoi le problème ?

Ouais, Matt, c'est quoi le problème ? Je croyais que tu ne te vexais jamais ?

Je ne sais pas quoi dire. Je n'ai pas de réponse logique, censée. Je vais soit passer pour un jaloux, soit pour un gros con, au choix.

Mina : « Si ça peut te rassurer, Matt, elle nous a envoyé "Hupert en ami, Abbott pour la nuit, Matt pour la vie". »

— Elles n'en ratent pas une, marmonne Nell en lisant le message.

Ça ne me rassure pas du tout. Au contraire, j'en suis encore plus énervé. Je n'aime pas passer après Owen, ce qui arrive déjà bien trop souvent. Avec Nell en plus ? C'est mort.

— Pourquoi tu veux coucher avec Owen ? m'emporté-je.

Mon vieux… T'es trop con ! Elle a dit que c'était toi pour la vie, t'es stupide ou quoi ?

Nell écarquille les yeux.

— Mais je ne veux pas coucher avec Owen ! C'est un jeu de collégiens, Mathieu ! Je m'en contrefiche de tes potes ! Je ne les connais même pas !

Carly : « Pourquoi vous ne répondez plus ? »

— Franchement, tu peux avoir envie de coucher avec n'importe qui, mais pas lui, répliqué-je, amer.

Elle soupire.

— Je n'ai envie de personne, affirme-t-elle. Tes potes je ne les connais pas et je n'ai envie de coucher avec aucun d'eux. Physiquement parlant, Owen est plus mignon que Gabriel ou Loris, mais ce n'est pas parce que je trouve un mec craquant que je veux me le faire. Sinon, je t'aurais sauté cent fois. Ce n'est pas arrivé à ce que je sache ! En plus, il est maqué Abbott, à mes yeux c'est comme s'il était gay.

C'est le moment où tu t'excuses, Matt.

Pourquoi je réagis comme ça ? Owen est mon ami…

Je soupire et me prends le visage dans les mains. Je ne sais pas ce qui m'arrive. Pourquoi suis-je autant sur les nerfs ? En quoi ça me concerne si elle craque sur lui ?

C'est que Nell est la seule personne qui ne me parle pas de mes potes, qui ne nous compare pas. Elle ne les connaît pas et elle s'en fiche. Je suis le seul pilote dont elle se préoccupe. J'ai envie que ça reste ainsi. Je ne souhaite pas qu'elle commence à apprécier Loris, Gab ou Owen. Surtout pas Owen, il possède déjà tout ce que je veux : un titre, un siège dans la meilleure équipe, les louanges de tout le monde, une vie rangée et irréprochable, une femme amoureuse, la classe *british*… Il ne va pas me prendre Nelly. C'est mon amie, pas la sienne !

Putain, c'est mon pote… Pourquoi je fais une fixette sur lui ? Je pète un câble, c'est officiel. Et je m'attaque à Nell, je délire.

Plutôt que de poursuivre le massacre, j'enfile une veste et m'enfuis de la chambre.

— Je dois prendre l'air, lancé-je à Nell avant de passer la porte.

— Mais Mathieu…

Je pars avant d'écouter la suite. Pour l'instant, je dois juste me remettre les idées en place. Comprendre pourquoi je suis à ce point jaloux d'Owen et pourquoi je suis aussi furieux que Nell ait dit ce qu'elle a dit.

Je m'excuserai en revenant.

NELL

Que vient-il de se passer ?

Les filles me harcèlent de messages, mais je suis tellement perdue que j'attends bêtement qu'une réponse arrive à moi.

Mathieu a complètement pété un plomb, je ne vois que ça.

C'était quoi ce bordel ? On aurait dit une crise de jalousie mal placée. Même pas par rapport à moi, mais vis-à-vis de son pote. Ça n'a pas de sens. En plus, je n'ai jamais dit que je voulais coucher avec ce gars, c'est n'importe quoi. Le seul dont j'ai envie, c'est Mathieu !

La cohabitation ne sera pas du tout gênante après ça…

Déjà que ce n'était pas gagné avec mon attirance pour lui. Je me sens tellement stupide de craquer pour Matt alors que je suis censée être sa patronne et que cette colocation est une punition. Lui doit me voir au mieux comme une bonne copine, tandis que moi je fantasme sur ses jolis abdos tous les jours.

Je crains.

Je me décide à répondre aux filles sur notre conversation privée. Je vérifie trois fois que c'est bien celle sans Mathieu avant d'envoyer mon message.

Moi : « Euh… Mathieu est parti de la suite après m'avoir crié dessus, soi-disant parce que je veux me faire son pote… 🤷‍♀️ J'essaye encore de saisir ce qu'il s'est passé. »

J'espère sincèrement que mes amies parviendront à m'aider à comprendre la situation.

Carly : « Peut-être que tu lui plais bien et que ça le fait chier de penser que tu pourrais préférer son pote à lui. »

Moi : « Non. Je ne lui plais pas. Je ne pense pas que ça soit ça. Je crois plus qu'il a un gros complexe par rapport à son ami. »

Mina : « Mathieu ? Complexé ? Je ne l'ai jamais vu en vrai, mais je peux dire que c'est parfaitement bizarre ! Il est super sûr de lui, tout le temps ! »

Je sais bien, moi aussi ça me surprend. Mais je commence à croire que cet homme est bien plus compliqué que ce qu'il laisse paraître.

Moi : « Par contre, il s'imagine que je veux coucher avec son pote… Alors que pas du tout !!! Je ne veux pas qu'il pense ça de moi ! »

Carly : « Bah dis-lui ce que tu souhaites vraiment, alors ! Sa 🍆 ! »

Moi : « Très subtil. Je ne veux pas sa… en plus… »

Mina : « 😏 »

Je ne sais même pas pourquoi je me fatigue. Elles savent que Mathieu me plaît – vu qu'il plairait à n'importe quelle femme – et elles ont traduit ça par « Nelly veut coucher avec Matt ». Merci, les filles, très utile. Tant qu'elles ne ressortent pas ce sujet sur la conversation avec lui… Je n'ai pas de gros espoirs, mais bon. Au moins, Mathieu ne croit pas un mot de ce qu'elles racontent. Ça m'arrange.

Je file dans ma chambre pour lire et me changer les idées. J'ignore quand il compte revenir, ni dans quel état. J'espère qu'il ne fera pas de conneries sous les nerfs.

Je ne sais pas combien de temps s'écoule avant que je n'entende la porte de la suite s'ouvrir. Je fais comme si de rien n'était et reste planquée dans ma chambre. Je n'ai pas très envie de recevoir un sermon sur des trucs faux. Je vais attendre de voir dans quel état d'esprit il est avant de me confronter à lui.

Je continue ma lecture, mais mon attention est attirée par les bruits de l'autre côté du mur. Je l'entends se déplacer, puis je perçois des tintements dans la cuisine. Je suis terriblement curieuse de savoir ce qu'il fait, mais je me retiens pour ne pas montrer mon intérêt à son égard.

Au bout d'un petit quart d'heure, il vient toquer à ma porte.

— Hey. Tu as toujours envie de crêpes au chocolat ? demande-t-il après que je l'ai invité à entrer.

Il reste sur ses gardes, comme si j'allais l'engueuler. Il me tend une main pour faire la paix après ce drôle d'épisode. Je ne me fais pas prier pour saisir la perche.

— Quelle question !

Son sourire revient quand il me voit me lever pour le suivre dans la cuisine. Il a préparé la pâte et n'attendait que mon accord pour faire cuire les crêpes.

Je m'assois sur une des chaises du bar en espérant qu'il se décide à briser la glace. Je ne saurais pas quoi dire.

— Excuse-moi pour tout à l'heure, sort-il finalement. Je ne sais pas ce qui m'a pris, ni pourquoi je me suis emporté contre toi. C'était stupide.

J'accepte ses excuses avec un sourire rassurant.

— Je ne vois pas ce que j'ai fait de mal, dis-je, mais je ne voulais pas te vexer ou te faire croire ce genre de truc.

Il soupire.

— Tu n'as rien fait du tout, dit-il en posant une première crêpe dans une assiette. C'est juste que…

Il ne termine pas sa phrase et soupire à nouveau.

— Que tu es un tantinet complexé vis-à-vis de ton pote et que tu n'as pas aimé te sentir en compétition avec lui ? proposé-je doucement.

Il m'observe un instant, me tourne le dos, puis redirige son attention vers moi. Il réfléchit à ses mots.

— Ouais, réplique-t-il simplement.

Il termine une troisième crêpe et étale la pâte de la quatrième avant de poursuivre. Il m'apporte les premières pour que nous commencions à les goûter.

— On se connaît depuis qu'on a six ans et je m'en veux de penser ça. Putain, je me déteste de penser ça, souffle-t-il. C'est juste qu'en ce moment, il a tout ce que je ne peux pas avoir et ça me rend dingue. Ça me ferait terriblement chier que l'unique amie que j'ai pour moi tout seul le préfère à moi.

Si je ne fondais pas déjà pour lui, il m'aurait conquise sur le champ.

— Au risque de me répéter, je m'en cogne de ce mec. Je n'ai qu'un ami sur le paddock et c'est toi, le rassuré-je.

Il me sourit enfin pour de vrai avant de me prendre dans ses bras.

— On oublie ? proposé-je.

Il m'embrasse sur le front avant de secouer la tête. Il retourne à ses crêpes avec un rictus. Le vrai Mathieu est de retour…

— Ce n'est pas que je ne veux pas oublier, mais t'as quand même dit que tu me trouvais canon et que tu coucherais bien avec moi, me rappelle-t-il.

Et moi qui croyais que ces infos étaient passées à la trappe… J'aurais dû me douter qu'il me les ressortirait à un moment donné.

— Décidément, tu adores déformer ce qui sort de ma bouche, le provoqué-je. J'ai dit que si je devais coucher avec tous les mecs que je trouvais canons, j'aurais déjà couché avec toi. Ça veut juste dire que je te trouve séduisant – ce que tu sais déjà –, pas que je veux coucher avec toi.

Il se retient de rire.

— Ne m'en veux pas, Nelly. C'est que moi, j'ai tendance à coucher avec toutes les filles que je trouve séduisantes, ajoute-t-il avec une grimace.

Je lui réponds sans réfléchir.

— Je ne sais pas comment je dois prendre cette remarque.

Il fronce les sourcils et cherche ce que j'ai pu comprendre que lui n'a pas saisi. Il finit par mettre le doigt dessus.

— T'es ma boss, Nell ! Je ne peux pas coucher avec toi, explique-t-il finalement. Dans d'autres circonstances…

Oh, Bon Dieu…

Je me réfugie dans ma crêpe pour ne pas répondre. Je ne sais pas pourquoi nous discutons de sujets aussi sensibles. Au moins, la glace est brisée et il a retrouvé sa bonne humeur.

Je lance un débat sur le *live* pour éviter de poursuivre sur cette pente glissante. Il se laisse faire et nous retrouvons des propos purement platoniques bien plus tranquillisants.

La soirée se passe sans accroc. Le lendemain, nous vaquons chacun à nos activités. Je dois rencontrer Lowe pour faire un bilan sur le début de la saison et notre situation médiatique. Nous recevons un appel de mon père qui n'a rien de rassurant le concernant. Quelques articles sont sortis à son sujet et ce n'était pas du tout ce que nous avions prévu.

Malgré tout, nous devons tenir notre cap et continuer sur cette lancée. Au moins, Lecomte et Porana ne font parler d'eux que pour les courses. Keelean n'apparaît dans la presse que pour la Formule 1, c'est exactement ce qui doit se passer de notre côté.

Un dernier rendez-vous m'attend avec Peter, pour nous mettre d'accord sur les réceptions que nous imposerons aux pilotes. Je le laisse choisir et fais semblant de m'y intéresser avant de pouvoir rentrer à l'hôtel et cette fois réellement profiter d'un bain en l'absence de Mathieu.

Aujourd'hui, j'ai la satisfaction de voir qu'il n'est pas rentré plus tôt que prévu. Je vais donc faire couler l'eau chaude dans la baignoire. J'y verse des sels de bain offerts par l'hôtel et laisse la cuve se remplir pendant que je me fais chauffer un thé et me déshabille.

Quand tout est prêt, je me glisse sous les bulles, ravie de sentir mes muscles se détendre. La douce odeur de fleur de cerisiers m'apaise. Je ferme les yeux et autorise mon esprit à divaguer.

J'essaye d'oublier mon père et les problèmes qui nous collent au cul par sa faute. J'essaye d'oublier mes projets avortés. Je pense plutôt à mes copines qui ne cessent de me faire rire avec leurs bêtises, à Mathieu qui rentre dans leur jeu et les fait glousser.

Même si je sais que ces pensées sont zone interdite, je m'autorise quelques minutes à rêver au corps de ce pilote, à son sourire, son humour et sa subtile arrogance. Je peux entendre son rire, sa voix grave et ses incessantes taquineries.

Merde… Il me plaît vraiment.

Je suis assez difficile avec les hommes. Je ne les laisse pas facilement me séduire, je suis plutôt exigeante. J'ai eu quelques copains, mais rien de durable. Je ne m'attache pas aisément. Rares sont les hommes qui sont arrivés à me donner chaud et Mathieu fait clairement partie de cette catégorie.

C'est plus simple de fantasmer sur lui, vu tout ce que je connais déjà de son corps. Je regarde bien plus souvent que je ne voudrais l'admettre cette fichue photo. Je sais que la toison sur son torse ne s'arrête pas à l'élastique de son caleçon. Je sais que ses muscles sont tout aussi impressionnants plus bas que sa chute de reins. Je sais qu'il danse bien, qu'il bouge son corps naturellement, qu'il sent bon et qu'il est attentionné.

Quelle serait la sensation de ses lèvres sur les miennes ? De ses mains sur mes…

— Nell ? crie-t-il depuis le salon.

Mon cœur bat la chamade. Depuis quand est-il rentré ? Est-ce qu'il sait à quoi je pense ?

Non, bien sûr que non. Comment le pourrait-il ?

J'ai l'impression d'avoir été prise en flagrant délit.

— Quoi ? réponds-je en dissimulant mon trouble du mieux possible.

J'entends ses pas se rapprocher.

— Tu fais quoi ? demande-t-il à travers la porte.

Rouge comme une pivoine, je prie pour qu'il n'entre pas. Je me rappelle alors avoir fermé à clé. Je m'oblige à maîtriser mon souffle et à oublier les images que j'avais en tête il y a quelques secondes à peine.

— Je prends un bain, expliqué-je en maudissant les soubresauts dans ma voix.

Il ne semble pas s'en rendre compte.

— Tu aurais une pince à épiler ? demande-t-il curieusement.

Je ne réfléchis même pas à ce qu'il pourrait vouloir en faire avant de lui indiquer où il peut en trouver une dans ma chambre. Plus vite il s'éloignera de cette porte, mieux je pourrai retrouver mes esprits.

Fantasmer sur son ami – son employé ! –, c'est franchement con.

Je me replonge jusqu'au menton dans l'eau chaude pour oublier que je suis passée près de la catastrophe.

Et si j'avais commencé à faire des trucs et qu'il avait entendu mes gémissements ? Mon Dieu, je serais morte de honte ! Heureusement qu'il est arrivé à temps.

Allez, Nell ! On oublie et on avance !

Je ne compte certainement pas raconter ça aux filles.

Quelques minutes passent avant que je perçoive à nouveau ses pas s'approcher de la salle de bain.

— Nelly ? commence-t-il en se retenant clairement de rire.

Que me réserve-t-il, cette fois ?

— Mathieu ? réponds-je avec patience.

Je l'entends ricaner.

— Je voulais juste te dire que si tu avais besoin que je t'apporte ton jouet, t'avais qu'à demander.

Hein ?

De quoi parle-t-il ? Mon jouet ?

Oh putain, non !

Je cesse de bouger, comme si mon silence allait effacer cet instant. Mon cerveau tourne à cent à l'heure pour comprendre comment il a pu tomber là-dessus et… Et je l'ai peut-être rangé dans la même pochette que ma pince à épiler ? Mais quelle conne !

Que suis-je censée répondre maintenant ?

Il était obligé de me le faire remarquer, évidemment… Il est pire que les filles !

— Je ne sortirai plus jamais de cette salle de bain, rétorqué-je finalement, mortifiée.

Mathieu éclate de rire de l'autre côté de la porte.

— Ah, Nelly ! Je t'adore, tu as illuminé ma journée, me confie-t-il en gloussant.

— Tu as gâché mon bain, me plains-je, malgré tout amusée.

Il continue de rigoler.

— Coquine ! m'achève-t-il.

Il va falloir que je trouve des munitions pour me défendre dans ce genre de situation. Il prend trop facilement le dessus. Et il prend trop de plaisir à m'embêter.

Comment ne pas l'aimer ?

12

Juin – Belgique

MATHIEU

Les essais me laissent un arrière-goût désagréable.

Faure a commis une grosse erreur au virage numéro 6 et m'a entraîné dans sa chute. Il a perdu le contrôle et n'a pas su reprendre la direction rapidement, ni minimiser son accident. Bref, je passais au mauvais endroit au mauvais moment. Je me suis pris le mur et maintenant, je ne pourrai pas participer aux deux autres sessions, car les mécaniciens doivent réparer les dégâts. J'espère qu'ils y arriveront à temps pour les qualifications. Je n'ai pas envie de partir dernier sur la grille, ça me demanderait un effort épuisant.

Je ne suis donc pas de très bonne humeur au moment de rentrer ce soir-là.

J'avais l'espoir que Nelly me remonterait le moral en me faisant rire, mais je comprends rapidement en passant la porte que sa journée a été aussi pourrie que la mienne.

Depuis sa chambre, je l'entends crier sur quelqu'un au téléphone. Je ne perçois que des bribes de conversation décousues.

— Tout ça, c'est uniquement ta faute ! Arrête de te chercher des excuses !

Pause.

— Parce que tu t'imagines que j'y prends du plaisir ?

Pause.

— Tu bousilles mes projets et tu veux que je te remercie en plus ?

Soupir excédé.

— Je crois que tu oublies mon ressentiment à ton égard. Une fois ma dette remboursée, tu peux être sûr de ne plus jamais entendre parler de moi.

Pause.

— Ouais, c'est ça, bonsoir.

J'imagine qu'elle a raccroché. Je ne sais pas qui c'était, mais clairement pas quelqu'un qu'elle apprécie ou avec qui elle désirait discuter. Je serais curieux d'en apprendre un peu plus. Quels projets ? Quelle dette ?

Cette fille me paraît à nouveau être une étrangère.

— Fait chier ! Merde ! hurle-t-elle en envoyant quelque chose taper un mur.

C'est bien la première fois que je l'entends perdre son sang-froid. Elle cache bien ses états d'âme. J'imagine que cet énervement n'est pas soudain. Du moins, c'est ce que je conclus de son appel. Quelque chose la tracasse assez pour qu'elle en arrive à ce point de rupture.

J'ai conscience que nous commençons à peine à être amis et qu'elle n'a pas de raison de se confier à moi sur ces sujets, mais j'aimerais bien l'aider. Elle qui est tant sur la réserve, si elle pète un câble de la sorte, c'est que ce truc lui prend vraiment la tête.

Ça serait malvenu de lui avouer que j'ai entendu sa conversation. Si elle a passé l'appel dans sa chambre alors qu'elle était seule dans la suite, c'est qu'elle cherchait à éviter les oreilles indiscrètes. Je la confronterai en temps voulu.

Pour l'instant, je suppose que nous allons devoir nous changer les idées mutuellement.

J'ouvre et claque la porte d'entrée pour lui laisser croire que je viens d'arriver. Nell ne fait plus un bruit dans la chambre avant d'en ressortir, un faux sourire plaqué au visage.

— Hey. Comment ça s'est passé ? demande-t-elle, manifestement pas au courant de nos déconvenues.

La nouvelle ne va pas la réjouir…

Je grimace et soupire en m'asseyant. Le choc de l'accident m'a quand même secoué et j'ai quelques tensions dans les jambes.

— Faure m'a envoyé dans le décor, expliqué-je finalement.

Son visage se décompose et la colère qui bout encore en elle fait une apparition subtile. Elle l'aurait bien cachée si je n'avais pas entendu sa conversation. Un éclat sauvage brille dans ses yeux verts. Elle se passe une main nerveuse dans les cheveux en se laissant tomber à côté de moi dans le canapé.

— Ça va ? m'interroge-t-elle en me détaillant, sûrement à la recherche d'égratignures.

Je hoche la tête.

— Ouais, la tôle a pris le gros du choc. J'ai juste les muscles des jambes en compote, mais ça va. Demain, ça sera oublié et l'équipe va réparer la voiture pour samedi.

Elle acquiesce, pas réellement concentrée.

Nelly reste préoccupée une bonne partie de la soirée et va se coucher tôt. Je comprends qu'elle a besoin d'être seule, alors je ne cherche pas à lui imposer ma présence.

La journée m'a épuisé, je l'imite donc en allant me coucher.

Ces derniers temps, j'arrive à mieux dormir avec moins de cauchemars, donc j'en profite un maximum. Qui sait quand mes tourments referont leur apparition ?

Au petit-déjeuner, le lendemain, Nell semble avoir repris ses esprits. Son sourire est plus sincère, je la trouve moins agitée. Je me sens mieux aussi et prêt pour ce qui m'attend aujourd'hui.

J'ai eu une idée cette nuit, alors j'en parle directement à Nell. J'ai bien saisi qu'elle n'avait pas d'amis sur le paddock et qu'elle devait se sentir bien seule. J'ai conscience que ses rendez-vous sont loin de la réjouir, entre les questions financières et celles sur les courses. J'espère donc qu'elle acceptera ma proposition pour lui changer les idées, la forcer à sortir de sa bulle et la confronter à autre chose que ses conseillers ou moi.

Nous faisons le tour du monde, mais elle n'en voit que des bribes à se planquer et éviter toutes les réceptions, les Grands Prix ou n'importe quel autre évènement.

— Ça te dirait de m'accompagner cette aprèm ? lui proposé-je. Avec Porana, on doit divertir les fans. J'ai cru comprendre que Peter avait prévu un truc cocasse pour nous mettre en scène. Ça te changerait un peu.

Elle m'observe, incertaine de la réponse à me donner.

— Comment ça, ça me changerait ? demande-t-elle sur ses gardes.

Il va falloir choisir correctement mes mots pour ne pas la vexer.

— Des rendez-vous soporifiques et de la chambre d'hôtel. T'as bien rigolé pendant le *live*, non ? Je me disais juste que tu pourrais passer un bon moment.

Un grand sourire étire ses jolies lèvres. J'en aurais presque envie de les embrasser.

— Si tu me promets de ne pas péter un câble après coup, pourquoi pas, me taquine-t-elle.

Sa pique me titille, mais je la comprends.

— Promis, lui assuré-je, légèrement gêné qu'elle ait aperçu un tel aspect de ma personnalité.

Étonnamment, elle accepte sans trop de réticence. Finalement, cet évènement sera plus intéressant que prévu. Si je n'avais pas envie de feindre l'amitié avec Kai, avoir l'occasion d'embêter Nell rend cette perspective bien plus attrayante.

J'ai hâte d'être à cette aprèm, mais avant, j'ai un entraînement à honorer et un rendez-vous avec Paul pour discuter de la course.

Nous partons chacun nous préparer pour notre journée avec en tête la perspective d'un bon moment à passer ensemble après manger. Je crois que nous avons tous les deux besoin de rire un peu.

Je supporte bien plus facilement la tyrannie de mon coach en sachant que la journée deviendra plus agréable dans quelques heures.

Je retrouve Paul pour manger, puis discuter de la stratégie choisie pour les qualifications et la course en prenant en compte le scénario catastrophe où je devrais partir en dernier sur la grille. J'espère ne pas en arriver là, mais je dois penser à cette possibilité.

Une fois que nous avons réglé toutes les questions professionnelles, nous passons à des sujets plus personnels. Paul me parle de sa copine du moment et de la rouste qu'elle lui a mis pour avoir oublié un de leurs rencards. Le pauvre… Quelle idée de se mettre en couple aussi ! Ça n'attire que des galères.

Je ne suis pas fait pour la vie de couple. Déjà, je pense passer à côté de tous les trucs importants aux yeux d'une femme. Je suis trop désinvolte pour être pris au sérieux. Et puis, je n'ai pas très envie de m'attacher, de m'investir et de probablement finir le cœur brisé. Rares sont les relations qui se terminent bien. En fait, il n'y en a aucune, vu que nous finissons tous par mourir, il y a aura forcément de la souffrance à un moment donné. Je n'ai pas envie de subir ça.

Finalement sonne l'heure de l'interview.

Quand j'arrive, je comprends que je suis loin de participer à une FAQ lambda.

Les questions seront posées par Peter et les fans réagiront en *live*. Je répondrai pour Porana et lui pour moi. Si l'un de nous a faux, l'autre pourra lui lancer de l'eau à la figure.

Bref, en gros c'est censé être drôle pour ceux qui regardent. Nous sommes supposés les faire rire et donner de notre personne.

Si je n'étais pas payé quelques millions, j'aurais passé mon tour.

C'est grotesque, mais ça a de grandes chances de plaire aux fans. Je me dis qu'au moins Nelly pourra s'amuser. Ça lui fera du bien.

D'ailleurs, elle vient d'arriver. Elle salue tout le monde et se présente à de nombreuses personnes de l'écurie qui ne l'avaient jamais vue. C'est franchement bizarre pour la fille du propriétaire de se cacher comme ça… Il va vraiment falloir que je la questionne à ce sujet. Qu'elle évite la presse c'est une chose, mais qu'elle évite son staff ? Je ne le comprends pas.

Elle salue Kai avant de venir me trouver. Je dois me rappeler que nous sommes censés être professionnels et non amis comme à l'hôtel. N'empêche que je peux quand même la taquiner.

— Vous avez la mine de quelqu'un qui s'est pris un train, miss MacArthur.

Sa matinée a dû être longue : elle me fusille du regard.

— La ferme, riposte-t-elle, assez discrètement pour que je sois le seul à l'entendre.

Je retiens difficilement mon éclat de rire.

— J'aimerais voir votre réaction si vous aviez dû écouter pendant trois heures des investisseurs débattre de qui a la plus grosse, m'explique-t-elle dans un soupir.

C'est pour ça que ma place est dans la voiture plutôt que derrière un bureau. J'admire les personnes qui arrivent à supporter ces conneries.

— Nell ! Vous vous joignez à nous, c'est super !

Peter feint de se réjouir. Il me jette un drôle de regard avant de sourire de toutes ses dents à la boss.

Nell lui retourne l'attention, tout aussi hypocrite.

— Il croit que vous me surveillez. Il ne sait pas que vous ne pouvez plus vous passer de moi, la taquiné-je.

— Dit le mec qui m'a suppliée de venir, riposte-t-elle avec un rictus.

Là, elle n'a pas tort…

Je n'ai jamais dit que je n'appréciais pas sa présence.

— Que voulez-vous ? Vous ensoleillez mes journées ! minaudé-je.

Porana ricane en passant à cet instant.

— Ne vous laissez pas faire, madame MacArthur, il essaye de vous charmer pour vous manipuler. C'est tout ce qu'il sait faire.

Connard.

Tu m'enlèves les mots de la bouche.

— Merci de votre préoccupation, Kai. Mais en vérité, Mathieu est bien trop sincère pour perdre son temps à manipuler son entourage.

Elle vient de prendre mon parti, là ?

J'adore cette femme.

— Ne fronce pas les sourcils comme ça, tu auras des rides avant trente ans, conseillé-je à Kai.

Nell se retient de sourire pour ne pas se brouiller avec son second pilote.

Il s'en va sans attendre une seconde de plus, non sans lever ostensiblement les yeux au ciel. Il a encore beaucoup à apprendre pour gérer les apparences et se mettre les gens dans la poche. Ce n'est pas en descendant les autres qu'on se montre plus sympathique. Il devrait améliorer sa propre image avant de chercher à pourrir la mienne.

— Nous allons bientôt commencer, annonce Peter. Messieurs, prenez place, s'il vous plaît.

— Allez ! Profitez de ce bal des hypocrites, lui soufflé-je avec un clin d'œil.

Elle rigole en secouant la tête, puis va s'installer près de Peter. Son sourire m'est entièrement destiné alors que je m'assois sur le siège avec mon nom.

— Je vous rappelle les règles. Vous avez le droit de vous taquiner, mais pas de méchanceté. Juste un peu de rivalité et surtout, amusez-nous, c'est le plus important.

— Oui chef, commencé-je avec un salut militaire qui fait déjà rire tout le monde.

Kai soupire et se contente de hocher la tête.

Peter allume la caméra, puis ouvre un *chat* pour recevoir toutes les réactions des fans.

Nell lit les questions prévues par Peter. De notre côté, nous avons un écran pour voir ce qu'il se passe sur le *chat* et réagir à certains messages.

Peter commence les premières questions.

— Combien de courses avez-vous gagnées ?

Je me gonfle d'orgueil en sachant ce qui va suivre : je dois répondre pour Kai et lui pour moi.

— Ça, je sais ! lancé-je avec un grand sourire. Zéro !

Le ton humoristique que j'utilise adoucit ma pique, mais la vérité est bien là. Nell se retient de pouffer, ce qui rend mon respect beaucoup plus difficile à conserver.

— Connard, rétorque Kai en faisant semblant de rire.

Nous sympathisons pour la caméra, mais son regard est tout sauf amusé.

— Je dirais que tu as gagné trois fois, suggère-t-il finalement.

Je soupire en prenant théâtralement mon petit pistolet à eau. Je le vise et réponds en tirant en plein dans son visage :

— Faux. J'ai gagné cinq fois.

Je glousse en le voyant s'essuyer le front. Il fait semblant de se prendre au jeu, mais je sens que ce n'est pas son truc. Clairement, l'exercice a été pensé pour que j'amuse la galerie, pas pour le mettre en valeur.

Nell se mord la lèvre, mais ses fossettes apparaissent tout de même. Elle prend du plaisir à être ici et c'est tout ce que je voulais.

— Combien avez-vous eu de *pole position* ? lit Peter.

Je n'en ai pas la moindre idée. Je ne sais même pas combien j'en ai eu.

— Une ? proposé-je.

Kai m'offre un sourire mauvais avant de m'asperger. C'est de bonne guerre et je le prends bien, contrairement à lui. D'autant que le *chat* croule sous les messages des fans enthousiastes. J'ai droit à des « Pourquoi Mathieu ne porte pas un tee-shirt blanc ? » ; « J'aurais préféré un *strip-tease* ! » ; « Vas-y Matttttttttt ! ».

Pauvre Kai. Ça doit être dur d'évoluer dans mon ombre…

— J'en ai eu trois, me reprend-il.

— Et moi, alors ?

Je l'incite à donner sa réponse. Il soupire, car il n'en a pas la moindre idée.

— Quatre ?

Enfoiré. Il sait parfaitement que j'en ai eu plus que ça.

— En vrai, je ne sais même pas. Je ne peux plus les compter sur mes doigts, le piqué-je subtilement.

Nelly dissimule son gloussement derrière une toux.

— Ah, poursuis-je. Mes fans disent douze ! Perdu ! terminé-je en l'éclaboussant à mon tour.

Une avalanche d'émojis morts de rire et de cœurs arrive sur le *chat*.

Peter nous pose question après question. Parfois, nous avons juste, mais la plupart du temps, nous avons tout faux.

Je me suis pris tellement d'eau à la tête que mes cheveux commencent à former des paquets. Kai s'est enfin détendu. Nell, elle, s'amuse beaucoup et me sourit chaque fois que je porte mon attention sur elle. J'ai vraiment bien fait de l'amener ici.

De temps en temps, je lis le *chat*. Il y a beaucoup de messages de soutien. D'autres se permettent de nous tacler. Il y a évidemment ceux des groupies qui sont de loin les plus marrants.

Un commentaire nous demandait si nous pouvions nous rouler une pelle. Les gens sont tellement bizarres. Nell s'amuse beaucoup de ces drôles de remarques. Maintenant, elle ne fait quasiment plus que lire le *chat*. Je sens qu'elle va bien se moquer de moi ce soir.

— Quelle taille faites-vous ? nous interroge Peter.

Les questions sont de plus en plus inutiles. Si je n'étais pas là pour les rendre fun, nous nous ferions royalement chier.

— On parle de la taille de quoi ? interrogé-je innocemment.

Même Kai n'arrive pas à se retenir de sourire.

Nell roule des yeux, mais ricane.

Peter, lui, soupire.

Quant au *chat,* il s'affole. Les gens s'amusent, prennent les paris.

— Un mètre quatre-vingt, propose Kai.

— Presque ! réponds-je en lui envoyant de l'eau. Un mètre trente, dis-je à mon tour.

Il me vise tout en me sortant son majeur. Peter lui fait les gros yeux tandis que j'éclate de rire.

Je regarde vite fait le *chat*.

« Oh Mathieu, je vais jouir ! » ; « Kai mon amour, il fait 1m78. » ; « On peut parler des courses ? » ; « Dark Crown va gagner le championnat. »

Je vois que Nell lit les mêmes messages que moi. Elle soupire en croisant les bras sur sa poitrine. Soudain, elle éclate d'un rire tellement franc qu'elle ne peut pas le retenir.

Tout le monde se tourne vers elle. Elle met la main devant sa bouche en s'excusant, mais son hilarité ne semble pas vouloir s'arrêter.

Je regarde le *chat* pour comprendre ce qui a pu la faire craquer. Je ne vois qu'un seul message qui a pu donner ce résultat. Les « #GoKeelean ! » ; « J'ai faim. » et « Je vous adore ! » n'ont certainement pas pu la faire glousser comme ça. Alors que le

« Mathieu, ta queue est super virile, poilue comme on aime et bien entretenue… #C'estL'heureduGoûter », si.

Je vérifie qu'il ne s'agit pas de ses amies. Elles seraient tout à fait capables de me faire ce genre de coup. Mais non, le message vient de quelqu'un d'autre. Comme quoi, je ne mens pas quand je dis que ma bite est bien entretenue…

Les gens sont vraiment dingues d'envoyer des trucs pareils !

Nous faisons tous comme si nous n'avions rien vu. Nell est parvenue à maîtriser son rire, mais elle sourit toujours. Je ne peux que me réjouir de la voir aussi amusée. Les blagues de cul sont clairement ses préférées.

Peter nous pose deux dernières questions et finit par mettre un terme à ce *live*. Kai soupire d'épuisement. Peter nous remercie tandis que des assistants nous apportent des serviettes. Je m'essuie en allant retrouver Nell. S'il n'y avait pas autant de monde autour de nous, je suis sûr qu'elle m'aurait achevé avec cette histoire. Je suppose qu'elle garde ses vannes pour notre retour à l'hôtel.

J'ai hâte de rentrer.

NELL

Après l'appel de mon père, j'ai bien cru que j'allais exploser et tout envoyer chier pour retrouver ma vie. Il ne mérite pas que je l'aide, pas quand il est prêt à me sacrifier pour son petit bonheur. Son bébé, c'est son écurie, pas moi. Il se moque que j'ai dû abandonner mes rêves pour tenter de lui sauver le cul.

Les choses commencent à chauffer.

L'initiative de Mathieu pour m'obliger à sortir de ma grotte s'est avérée être ce dont j'avais désespérément besoin. Me pointer aux évènements organisés par Keelean ne fait pas partie de mon plan, ni de celui de mon père, mais ça ne veut pas dire que je ne peux pas assister à certains d'entre eux. D'autant que je me suis faite toute petite. Du moins, jusqu'à ce message qui m'a fait éclater de rire.

Je n'en reviens pas que les gens aient aussi peu de pudeur. Pauvre Mathieu.

Finalement, j'ai bien rigolé, il avait raison. Les voir s'envoyer de l'eau à la tronche, pique après pique, en faisant semblant d'être potes, était très divertissant. Je les plains d'être ainsi utilisés comme des bêtes de foires. N'empêche qu'ils nous ont offert un bon spectacle. Mathieu, surtout, sait drôlement bien donner de sa personne pour amuser les spectateurs. Il joue son rôle à merveille. Je comprends parfaitement pourquoi il est notre tête d'affiche.

Tout le monde l'adore.

J'ai particulièrement apprécié les petits sourires qu'il m'a réservés tout au long du jeu. Il m'a demandé de venir pour me divertir. Il a fait de son mieux pour me faire rire. Cette attention me touche bien plus qu'elle ne devrait.

Je ne dois pas oublier que je ne vais pas traîner dans les parages très longtemps, que Mathieu ne vit avec moi que parce qu'il est sous surveillance rapprochée, que même si nous sommes devenus amis, il reste un employé de Keelean. Bon, pas vraiment un employé. Il a beaucoup de poids dans nos décisions. Moi, je ne suis pas réellement la boss non plus. J'obéis aux demandes de mon père et répète ses directives.

Techniquement, je ne suis pas la patronne de Mathieu. Ce n'est donc pas immoral de craquer pour lui. Et je craque définitivement pour lui. Il est beau, drôle, attentionné et charmant. Dommage qu'il ne cherche absolument pas à me séduire.

Je dois dire que ça me vexe un peu.

Mathieu séduit tout ce qui bouge, mais pas moi… Je ne le prends pas très bien tout en essayant de relativiser : il me voit comme sa patronne, intouchable.

Si je commence à rougir en songeant à ses lèvres sur les miennes, je vais me griller et la situation en deviendra très embarrassante. Je tente de ne pas trop penser à ça quand nous rentrons dans notre suite.

Nous nous laissons tous les deux tomber sur les sièges. Je prends le canapé et m'allonge de tout mon long en soupirant d'aise. Mathieu, lui, fait glisser ses fesses jusqu'au bord du coussin en fermant les yeux. Il se met alors à ricaner.

— Il m'a fallu je ne sais pas combien de temps pour arriver à te faire sourire, alors qu'un vieux message sur mes couilles t'a fait éclater de rire en plein *live*, explique-t-il.

J'en glousse encore. Je n'étais tellement pas prête pour ce message répétant exactement la remarque que les filles et moi nous étions faite il y a quelques semaines. Sans parler de Mathieu et de son #PenisEntretenu. C'était trop pour mon esprit fatigué. Je ne pouvais que réagir.

— » Poilu comme on aime… », répété-je toujours amusée.

Il secoue la tête, gêné, tout en riant de bon cœur.

— Aucune pitié, soupire-t-il.

— Ce n'est pas moi qui ai écrit le message, rappelé-je.

Ses cheveux restent un peu mouillés. Quelques mèches goûtent sur son tee-shirt qu'il finit par retirer. *Ça faisait longtemps, tiens…*

Ce torse… Je ne m'y habituerai jamais, je crois.

— Tu aurais pu, répond-il avec un sourire en coin. C'est bien le genre de truc que tu aurais fait pour me provoquer au pire moment possible.

Je hoche la tête, coupable. Il commence à bien me connaître.

— Les filles auraient définitivement adoré, pensé-je.

Avant que je ne puisse leur envoyer un message, Mathieu intervient.

— Ah non ! Ne leur dis rien. Elles vont me torturer jusqu'à la fin des temps !

Difficile de croire que Mathieu ait peur des taquineries de ces deux-là ; mais elles y vont fort quand elles s'y mettent…

— Cette histoire de bite poilue, c'est du pain béni pour elles, ajoute-t-il.

Ça, c'est clair.

Pour moi aussi, ceci dit. Lui n'aurait pas de pitié à me mettre mal à l'aise. Je me souviens bien de son coup bas avec le *sextoy*. S'il croit que je ne vais pas me venger.

— Tu n'avais qu'à te raser avant de te dépoiler en soirée, me moqué-je.

Il secoue vivement la tête.

— Alors là, le jour où je me raserai n'est pas arrivé !

Sa remarque me fait relever le menton vers lui. À quel moment sommes-nous devenus aussi honnêtes l'un envers l'autre ? La cohabitation, ça ne nous réussit pas.

— Tu ne te rases jamais ? T'es du genre forêt amazonienne ? demandé-je, légèrement dégoûtée.

Il écarquille les yeux.

— Mais non ! se défend-il. Je ne suis pas crade non plus ! Soyons réalistes, aucune femme n'aurait envie de sucer un mec qui a plus de poils que de peau à lécher.

— Putain Mathieu, cette conversation m'écœure. Pitié, arrête-toi là ! tenté-je.

— Non, mais c'est toi qui remets en doute ma propreté, rigole-t-il. Ne t'étonne pas que je riposte.

— Tu peux riposter en étant plus subtil, argumenté-je.

Je n'ai surtout pas très envie de connaître autant de détails sur son membre qui m'intéresse déjà un peu trop.

— OK. Je te donne une version plus subtile, reprend-il avec un sourire démoniaque.

Elle ne va rien avoir de subtil sa réponse, je peux déjà le dire.

— Il y a une différence entre tout raser et maîtriser le buisson pour rester propre et viril. C'est ce que j'appelle un pénis entretenu.

Je vais exploser de rire d'ici peu. Il prend cette conversation tellement sérieusement. Il ne supporte pas que sa propreté ou sa virilité soient remises en question. S'il n'existait pas, il faudrait l'inventer.

— Selon toi, un pénis rasé n'est pas viril ? cherché-je.

Il secoue la tête.

— Selon moi, un pénis rasé est un pénis de prépubère, se défend-il.

Je ne m'étais jamais posé la question jusqu'ici et j'ignore quoi en penser. Je sais simplement que Mathieu a donc toujours une toison entretenue sous son caleçon. Je connais bien trop de détails intimes sur cet homme.

— Tu m'auras sorti un sacré nombre de conneries pendant cette cohabitation, remarqué-je.

Il éclate de rire en hochant la tête.

— Définitivement trop. Je ne sais pas comment tu me supportes, songe-t-il.

Je hausse les épaules.

— Il faut croire que je t'aime bien, avoué-je en dissimulant mon visage dans le canapé.

— Moi aussi, je t'aime bien Nelly, répond-il d'une voix plus douce.

Bon sang, ce ton causera ma perte avant la fin de la saison. *Ne sois pas si mignon Mathieu, je ne suis pas sûre d'arriver à gérer.*

— Vu qu'on en est à parler comme des adultes tout d'un coup, reprend-il, je me demandais si cet après-midi avait réussi à te remonter le moral ?

Cette question attire assez ma curiosité pour que je m'assoie sur le canapé. Son visage se veut très sérieux.

— Qu'est-ce qui te fait croire que je n'avais pas le moral ? testé-je.

— Je dirais que le gros « fait chier » que t'as crié l'autre soir en frappant je ne sais trop quoi m'a donné un indice.

Merde… Qu'a-t-il pu entendre de plus ? Je préfère la jouer discrète et nier.

— Non, ça va. C'est juste que, parfois, l'écurie me met sous pression.

Il fronce les sourcils. Je pense qu'il ne me croit pas. Je garde malgré tout ma ligne de conduite. Je ne peux certainement pas lui expliquer ce que nous nous donnons tant de mal à cacher. Je n'aime pas lui mentir, je doute qu'il nous trahisse, mais je ne peux pas prendre ce risque.

— D'accord, cède-t-il. En tout cas, si d'autres trucs te viennent en tête, tu peux m'en parler. J'aime penser que nous sommes très bons amis, à présent.

Il me fait sourire comme une imbécile. J'aimerais qu'on soit bien plus qu'amis, mais amis c'est déjà très, très bien. Le maximum que je puisse espérer en réalité. Car il n'arrivera rien de plus entre nous.

— Qui aurait cru qu'on deviendrait aussi proches, hein ? Quelle personne saine d'esprit accepterait de se lier d'amitié avec le mec qui lui envoie un fouet par coursier ? soulevé-je en riant pour changer de sujet.

Il ricane.

— Il est temps de te poser des questions, Nelly.

Oh, mais je m'en pose déjà beaucoup.

— Prem's à la douche, vu que tu t'en es déjà pris une.

— Peter et ses idées à la con, marmonne-t-il.

Moi, j'aurais bien rigolé. Il faudra que je vienne plus souvent à ces évènements. Surtout si ça peut détourner l'attention de Mathieu de mes histoires. J'espère qu'il ne va pas continuer de creuser, il ne ferait que se prendre un mur et je n'ai pas envie de lui mentir.

Je suis le cul entre deux chaises. J'adore Mathieu, mais je dois à tout prix garder ce secret.

Putain, tu vas me le payer, Papa.

13

Juin – Belgique

MATHIEU

C'est le moment où je dois absolument oublier les beaux yeux verts qui m'obsèdent un peu plus chaque jour.

La course va débuter dans peu de temps et elle promet un gros carnage. Il pleut et tous les pilotes ne sont pas rodés pour ces conditions climatiques. Sans parler des voitures et des pneus peu adhérents.

Nous avons tous enfilé nos trains de pluie, mais ça ne suffira pas à prévenir les dérapages. J'ai parié avec Paul sur cinq DNF. Lui dit qu'il n'y en aura que trois.

Cette météo m'arrange. Les qualifications n'ont pas été fameuses et je pars en P8. Porana démarre en P3. Voilà qui a de quoi me mettre sur les nerfs. Malgré tout, je reste concentré. En général, je m'en sors plutôt bien sous la pluie. Je compte sur ceux de devant pour finir dans le décor et me laisser la place.

Je dois faire une belle remontée.

On me passe mon casque et mes gants après que je me suis installé dans mon siège. Je connecte le circuit d'eau et la radio.

— Mathieu ? demande Paul.

— Je viens de me brancher, l'informé-je.

— OK. Super.

Un membre du staff tient un parapluie au-dessus de ma tête alors que d'autres tentent de chauffer la gomme. C'est peine perdue. Il drache comme jamais, comme diraient nos amis belges. Ça donnera un beau spectacle aux supporters.

Quelques minutes passent et nous voilà lancés pour le tour de formation.

Déjà, ça commence mal. Une Neptune fait un tête-à-queue. Une Ted Wheeling traverse le bac à graviers. Je sens qu'on va bien s'amuser.

Avant de faire le malin, il vaudrait mieux m'assurer que mon train arrière arrête de partir dans tous les sens.

Nous prenons nos places de départ et attendons que les lumières s'éteignent.

Quand la dernière tombe, j'enfonce mon accélérateur en priant pour trouver un maximum de *grip*. La piste est trempée. Même si le temps s'améliorait, il nous faudrait quelques tours pour tracer un parcours plus ou moins sec. Mais avec cette pluie incessante, ça risque de ne pas arriver de sitôt.

Devant moi, je ne saurais dire qui vient de subir un tête-à-queue ou de faire un tour dans le gazon. Tout ce que je sais c'est que j'ai pris un certain nombre de places sur ce premier tour. La course est loin d'être terminée, mais je fais partie de ceux qui maîtrisent le mieux leur voiture.

— P5, Mathieu. Comment tu sens l'adhérence ?

Un ricanement m'échappe.

— L'adhé-quoi ?

— Reçu, répond Paul, un sourire dans la voix.

Je reste concentré et joue de mon volant pour contrer les mouvements imprévisibles de mon cul. À force de contrebraquer, mes bras se crispent.

J'enchaîne les tours à une vitesse réduite comparée à d'habitude. Je ne cherche pas encore à dépasser. Je sais que mes concurrents vont partir à la faute tout seuls. Je dois simplement leur faire peur et les laisser commettre leurs erreurs.

C'est ce qui arrive avec une des Peredes. Je la colle comme pour la dépasser. Le pilote change de direction pour contrer une attaque et perd le contrôle. Il part dans le bac à gravier, m'offrant une place sans que je n'aie rien eu à faire. Ça veut aussi dire que je ne peux plus me glisser dans ses traces fraîches, donc je dois redoubler de concentration.

— P4, tu fais un super travail, Matt.

— Quelqu'un est passé aux stands ?

— Pas encore.

Nous continuons les tours avec un peu moins de pertes de contrôle. Chacun commence à trouver ses marques, mais le moment où nous prendrons trop confiance sera aussi celui où nous allons de nouveau galérer. Je reste donc sur mes gardes. Le circuit est instable et je ne dois pas me laisser aller.

Le seul problème est que j'ignore combien de temps vont durer mes pneus. Ils montent difficilement en température, leur usure est aléatoire.

Au trentième tour, la fatigue se fait sentir. Le niveau de concentration que me demande ce circuit est dur à tenir.

La Dark Crown d'Adoni remonte sur moi et je ne sais pas comment je vais contrer son attaque. Il attend son heure, mais il a plus de puissance que moi. Quand il arrive dans la zone de DRS, il tente un dépassement, mais ne parvient pas à le mener à bien avant la courbe. Nous nous retrouvons bien trop proches l'un de l'autre pour prendre le virage. Adoni perd le contrôle et me pousse en dehors du tracé. Je roule sur un sale vibreur et du gazon hyper glissant.

Je ne comprends même pas comment je fais pour ne pas terminer dans le mur. J'arrive à redresser la direction pour revenir sur l'asphalte. Ce temps perdu me coûte de nombreuses places et mes pneus n'ont pas apprécié ce petit détour.

— La voiture ? demandé-je.

— RAS pour nous, répond Paul. Tu vois ou sens quelque chose ?

Je soupire.

— Non rien.

— On garde les paramètres à l'œil.

Moi, je me replonge dans la course. Je dois maintenant pousser pour remonter, prendre plus de risques si je veux retrouver une bonne position.

Je parviens à enchaîner cinq tours avec mes gommes qui perdent de plus en plus d'adhérence. Déjà que c'est une patinoire. Une Roar Racing part dans le décor devant moi, je récupère facilement sa place. Elle finit manifestement dans le mur, car la *safety car* est déployée. C'est le meilleur scénario pour moi. Ça va me permettre d'aller changer mes pneus sans prendre de temps.

— Box, box, me confirme Paul.

Je me rends aux stands avec précaution pour ne pas perdre le contrôle et tuer quelqu'un malencontreusement.

Tout le monde rentre, c'est parfait. L'incident avec Adoni ne me coûtera rien. Juste quelques places à récupérer.

L'arrêt est rapide et je retrouve ma position avec un train neuf.

— P7, Oran devant toi. La course devrait reprendre au prochain tour, tiens-toi prêt.

— Reçu. Il a quelle gomme ?

— *Wet*. Tout le monde est en *wet*.

Il faudrait être fou pour passer en intermédiaire.

— Reçu.

J'essaye de trouver de l'adhérence avec ce nouveau train, mais la vitesse réduite n'aide pas. Certains zigzaguent pour gagner en température, mais la manœuvre leur fait perdre le contrôle. Deux voitures sortent de la piste. Je récupère deux places en sachant que ces pilotes n'auront pas le droit de me doubler en revenant sur le circuit. Leur maladresse va leur coûter cher.

— Drapeau vert.

J'attends que le premier accélère pour suivre le mouvement. Nous voilà repartis et cette fois, j'ai quelques places à chasser.

Je vais devoir prendre des risques mesurés pour arriver où je veux.

— Encore vingt tours, Porana devant toi. Va le chercher.

— Reçu.

Ça ne devrait pas poser trop de problèmes. Nous ne devons pas nous mettre en danger, donc il devrait me laisser le doubler sans trop de bataille. D'autant qu'il n'a pas l'air très sûr de son adhérence. Il prend des virages trop larges qui lui font perdre du temps.

Je remonte sur lui avec facilité.

— Je vais plus vite, dites-lui de me laisser sa place.

Ça ne coûte rien d'essayer la façon douce.

— Reçu.

Je le colle pendant deux secteurs avant que Paul ne revienne vers moi.

— Il va te laisser passer à la prochaine zone de DRS.

— Parfait.

Il suffit de demander. Le pauvre. J'espère qu'il ne va pas jouer au cowboy et refuser les ordres. Ça serait stupide.

Quand la zone arrive, il obéit et me laisse gentiment le doubler.

— P4, Mathieu. Charley devant toi : 2,6.

Je m'apprête à répondre quand je le vois faire une embardée sur le côté, manifestement pour éviter un obstacle. Il sort du circuit et doit faire une marche arrière pour revenir. Je le dépasse tout en faisant attention à ce qui a pu le faire réagir de cette façon.

J'arrive sur les lieux au moment où la Dark Crown d'Owen rentre sur la piste. Il n'a pas encore repris assez de vitesse et je profite de son moment de faiblesse pour le passer.

— P2, Millet devant toi. Tu conduis parfaitement. Garde ce rythme, reste concentré.

Être pilote, c'est aussi s'assurer de se trouver au bon endroit pour saisir chaque opportunité qui se présente. Si je n'avais pas été P4, je n'aurais pas pu profiter de l'ouverture offerte par leurs dérapages. Je suis au bon endroit au bon moment, parce que je me démène comme un fou depuis le début de la course.

— Cinq tours, Abbott se rapproche, attention.

Je ne le laisserai pas passer. C'est mort.

Je me concentre plus à me défendre d'Owen qu'à chasser Millet. J'ai plus intérêt à prendre une place sur lui qu'à me battre contre Millet qui est plus bas que moi dans le classement du championnat. Même si je préfère gagner, je dois me focaliser sur le long terme. Owen ne doit pas me doubler. Ça me coûterait cher dans le classement, déjà qu'il bénéficie d'une avance considérable.

La fin de la course est éprouvante. Il pleut toujours et Owen ne me laisse pas de répit.

— Deux tours, Mathieu. Garde ce rythme.

— J'essaye.

Je conduis avec audace et prudence.

Quand le drapeau à damier apparaît, je relâche un gros souffle. Dieu merci, j'ai tenu !

— P2, Mathieu. Brillant ! Tu as été incroyable.

— Putain ! C'est bon ! Merci les gars. On a géré. Bravo à tous.

Je me gare devant mon plot, soulagé d'avoir fait le job. Je prends quelques secondes à ma place pour retrouver un souffle correct.

Je suis super content de moi aujourd'hui. Le week-end n'a pas très bien débuté, mais nous nous sommes rattrapés. Je me suis rattrapé. Je suis heureux pour l'écurie et étonné de réaliser que pas une fois cet après-midi, je n'ai entendu de petite voix s'incruster dans mon esprit.

On dirait que je commence à trouver la paix.

Ce champagne va me faire un bien fou.

Dommage que Nelly ne soit pas là. J'imagine qu'elle se planque encore. Je l'aurais bien aspergée. Après tout, je lui dois beaucoup. Sans elle, je ne me serais pas repris et je n'aurais pas eu ce résultat ce week-end. Je ramènerai probablement une bouteille à l'appart, que nous fêtions ça ensemble.

D'ici là, je suis attendu sur le podium et par les journalistes. Ma journée est loin d'être terminée. Je vais devoir être patient avant de pouvoir la retrouver.

14

Juin – Hongrie

MATHIEU

Ces derniers jours ne se sont pas réellement déroulés comme je l'aurais pensé.

Je croyais que j'allais pouvoir fêter mon podium avec Nell, mais elle n'est pas rentrée avant le milieu de la nuit.

Ensuite, elle a été plutôt distante, froide et clairement préoccupée. Nous ne nous sommes quasiment pas parlé depuis trois jours. Je ne comprends pas vraiment ce qu'il se passe. Je ne dirais pas qu'elle m'ignore, simplement qu'elle est ailleurs. Elle rentre à des heures aléatoires, elle passe beaucoup de temps sur son téléphone et va se coucher presque immédiatement après manger. Je n'ai droit qu'à des platitudes.

J'ai tenté d'interroger Mina et Carly, mais elles non plus n'avaient pas d'explication. Elles m'ont dit qu'elle était un peu distante avec elles aussi et qu'il fallait simplement lui laisser un peu d'air, qu'aucun de nous ne pouvait régler ses problèmes. Sauf que moi, je ne sais pas en quoi consistent ses problèmes !

Cette situation commence sérieusement à me frustrer. J'en deviens de mauvaise humeur.

Elle te manque ta Nelly, hein ?

Je viens de terminer mon entraînement qui n'a pas suffi à me vider l'esprit. J'espère qu'elle se trouvera à l'hôtel quand je rentrerai. Cette fois, je compte bien la choper pour discuter. Nous vivons ensemble et j'aimerais bien savoir ce qui la met d'une humeur de chien.

J'entre dans la suite et sonde la pièce à la recherche de traces qui m'indiqueraient sa présence.

Ce sont finalement ses sanglots qui attirent mon attention.

Est-ce que je peux aller la voir ou préfère-t-elle être seule ? La vraie question est : est-ce que j'arriverais à rester planté là alors qu'elle déprime dans son coin ? Ce n'est pas mon genre.

Ce n'est pas vraiment ton genre non plus d'aller réconforter une femme.

Non, c'est vrai. Mais je ne vais pas laisser Nelly comme ça.

J'espère bien !

J'entre doucement dans sa chambre.

Quand elle m'entend, elle se crispe puis fait semblant de dormir. Ses hoquets la trahissent. Je ne lui laisse pas le choix en venant m'allonger près d'elle pour la serrer dans mes bras. Étonnamment, elle n'émet pas d'objection. Je passe mon bras autour d'elle et prends ses mains dans la mienne. Je dépose un baiser sur ses cheveux et me contente de la tenir contre moi.

Ses sanglots reprennent l'espace d'un instant, puis ma présence semble l'apaiser jusqu'à ce qu'elle finisse par se retourner pour venir poser sa tête et sa main sur mon torse. Je suis son mouvement, l'enlace tout en lui caressant affectueusement la hanche.

Je me demande si elle a fini par s'endormir. Ses hoquets se calment, sa respiration devient plus régulière. Je n'ose pas parler. Je ne veux pas qu'elle replonge dans la déprime ou qu'elle me repousse. Je patiente donc jusqu'à ce qu'elle se décide à dire quelque chose.

Elle craque après une attente interminable.

— Désolée, souffle-t-elle simplement en faisant mine de se lever.

Je la retiens contre moi et m'enquiers de sa situation.

— Désolée pour quoi ?

Elle hausse les épaules.

— De t'avoir pleuré dessus.

Elle prend une petite voix qui me fait sourire.

— Tu pues, avoue-t-elle alors.

Mon rire déclenche le sien et je préfère un millier de fois ce son.

— Je reviens de l'entraînement, expliqué-je. J'étais censé prendre une douche avant de t'interroger sur ton humeur infernale de ces derniers jours, mais finalement…

Je la sens sourire contre mon tee-shirt collé à ma peau par la transpiration.

— Va prendre ta douche, décide-t-elle.

Elle se redresse pour me laisser bouger. Sauf que je n'ai pas envie qu'en la quittant maintenant, elle en profite pour éviter toute explication. Je dois poser mes conditions.

— Je te propose un marché : je vais prendre ma douche et ensuite on s'installe dans le canapé avec un verre et des pizzas pour que tu te décides à me dire ce qui ne va pas. OK ?

Un sourire timide prend place sur ses lèvres.

— J'ai le choix ?

Je prends mon air de mauvais garçon.

— Tu peux choisir de me suivre sous la douche ou non. Le reste est non-négociable.

Ah, ça y est, tu vas la draguer ?

Je ne la drague pas, là ! Je la provoque. Crois-moi, tu verras la différence quand je me mettrai à la séduire.

Parce que tu comptes la séduire, finalement ?

Franchement ? Ouais. Je n'en peux plus, elle me plaît trop.

Nelly secoue la tête en levant les yeux au ciel. La rougeur de ses joues pourrait presque passer inaperçue après sa crise de larmes, mais elle est bien là.

— File sous la douche, monstre transpirant. Moi, je commande les pizzas, accepte-t-elle.

Content, je l'embrasse sur le front avant de m'exécuter.

Nous sortons de sa chambre et pour continuer de la faire sourire, j'entame un *strip-tease* au milieu du salon. Je retire mon tee-shirt en l'entendant retenir un gloussement. Vu que ça fonctionne, je baisse mon short.

Je vois dans le reflet de la télé qu'elle me regarde attentivement.

Je fais mine de m'attaquer à mon caleçon, mais cette fois, elle intervient.

— Mathieu ! m'arrête-t-elle en pouffant.

— Qu'est-ce qui ne faut pas faire pour que tu ries, Nelly !

Elle râle tout en gardant un sourire aux lèvres. Je ne la laisse pas riposter et file enfin sous la douche. C'est vrai que je pue.

J'essaye de ne pas rester trop longtemps sous le jet. Je n'ai pas envie que Nell se remette à déprimer et surtout, plus je reste là à me détendre, plus des idées déplacées envahissent mon esprit. Ce n'est pas en revenant avec la trique que je vais la pousser à se confier.

Je la draguerai, mais après la discussion sérieuse.

Je me sèche, enfile mon caleçon et passe chercher un jogging dans ma chambre avant de la retrouver dans le salon. Elle attend sagement sur le canapé, assise en tailleur. Je remercie intérieurement le temps clément de ce mois de juin de m'offrir la vue d'une Nelly en tee-shirt sans soutien-gorge. Elle n'aime manifestement pas se sentir étriquée. Je la comprends, je ne sais pas qui a inventé cet instrument de torture, mais je suis carrément pour la libération des seins !

Répète-lui ça, qu'on rigole !

Je m'installe à côté d'elle et me mets à la fixer.

— Oui ? finit-elle par craquer.

— Dis-moi tout ! Docteur Mathieu est là pour toi.

Elle grimace en feignant d'être dégoûtée.

— » Docteur Mathieu » ? reprend-elle, amusée. Tu veux me proposer un examen gynécologique aussi ?

— Seulement si tu insistes, réponds-je en me retenant de rire.

Elle secoue la tête.

— Mon Dieu, tais-toi !

Cette fois, je rigole avec elle.

— Allez, sérieusement Nell. Dis-moi ce qui ne va pas, lancé-je après cet aparté détente.

Elle soupire en se laissant glisser dans le canapé.

— Je déteste la Formule 1, lâche-t-elle finalement.

— Pour de vrai ? Ou parce que c'est fatigant comme travail ? demandé-je, outré.

Elle ne peut pas détester la F1. Personne ne déteste la F1 ! C'est la vie ! C'est toute ma vie, ma passion, ma raison d'être.

— Non, je déteste la F1. Depuis que je suis gamine, ce sport de merde me pourrit l'existence ! Cette écurie a détruit ma famille. Ce sport… Et je me retrouve coincée ici pour aider mon père alors qu'il mériterait que je le laisse crever la bouche ouverte. Lui, il ne m'aurait jamais aidée ! D'ailleurs, il ne m'a jamais soutenue ! Tu crois qu'il aurait investi dans mon projet pour m'aider à me lancer ? Non, bien sûr que non. Il m'a ri au nez. Connard !

Maintenant que la vanne est ouverte, Nell vomit un flot de paroles dont je ne comprends que des bribes. Je n'ose cependant pas l'arrêter, car son monologue semble lui faire du bien.

— Mais là, il est dans la merde, il ne peut plus s'occuper de son écurie adorée. C'est Keelean sa fille, pas moi. Il s'en branle de moi. Par contre, il s'est bien rappelé ma présence pour le remplacer. « Tu te rends compte ! Avec tout ce que j'ai fait pour toi, tout ce que Keelean a payé pour toi ? » ; « Tu n'aurais pas pu faire ces études sans Keelean ! » ; « Je t'offre un vrai travail, remercie-moi ! ». Mais je n'en veux pas de ce travail ! Moi, je veux juste ouvrir ma boîte de *design*, vivre à Édimbourg avec mes copines et ne pas avoir sur les épaules le sort de centaines d'employés que je ne connais pas ! Je souhaite simplement retrouver ma vie ! termine-t-elle en me regardant avec des yeux écarquillés par son emportement.

Elle est à bout de souffle. Elle s'attendait manifestement aussi peu que moi à cette tirade. Ça fait beaucoup d'informations et je ne suis pas certain d'avoir tout saisi. Au moins, elle a fait sortir tout ça, c'est déjà un premier pas pour que ces choses arrêtent de peser si lourd sur son cœur.

N'empêche que j'ai beaucoup de questions.

Elle se renfonce dans le canapé, comme pour disparaître après ces aveux. Nous nous observons et j'ignore par quoi commencer.

— Donc Don t'a forcée à prendre ce poste ? finis-je par demander.

Elle hoche doucement la tête.

— Il a fait pression en te faisant culpabiliser vis-à-vis des employés de Keelean et par rapport aux frais que l'écurie a aidé à payer dans ta vie, résumé-je ensuite.

Elle acquiesce à nouveau.

Mais quel genre de père peut faire un truc pareil à son enfant ?

— Et toi, tu avais d'autres projets ?

Elle sourit tristement.

— Ouais. Tout était prêt, en fait. Je n'avais plus qu'à créer l'entreprise. Il m'est tombé dessus deux jours avant.

Je comprends mieux son craquage nerveux. On peut croire que c'est le rêve de tous de faire le tour du monde pour suivre les courses. Mais c'est beaucoup de travail, beaucoup de pression et Nell avait clairement d'autres ambitions.

— J'en ai marre, confie-t-elle finalement.

Je l'attire à moi pour la prendre dans mes bras. Elle est surprise, mais finit par sourire et venir se blottir contre mon torse. Elle passe ses jambes sur les miennes, puis pose sa tête sur mon épaule.

— Don est un père pitoyable, lui donné-je raison.

— Il a passé toute mon enfance avec son écurie. Keelean était le seul mot qu'il avait dans la bouche lorsqu'on se voyait. Après le divorce, quand il avait ma garde, il me confiait à son assistant pendant qu'il gérait ses affaires. Je m'en foutais moi des courses. Il a voulu que je vienne à mon tour bosser pour Keelean en tant qu'assistante ou dans la communication, mais j'ai dit non pour me dédier à mon projet. Maintenant, je me retrouve là à devoir m'occuper de cette écurie que je préfèrerais voir brûler et à me taper des Grands Prix toutes les semaines.

— S'il n'était pas malade, je serais allé lui botter le cul. Clairement, il ne réalise pas la chance qu'il a d'avoir une femme aussi incroyable que toi dans sa vie.

Elle secoue la tête. Je ne sais pas si elle est d'accord avec moi ou si elle réfute mon affirmation.

— Malgré tout ça, t'es quand même là à te défoncer pour faire tourner l'écurie, à te taper des dizaines de rendez-vous de merde et à vivre avec moi pour me surveiller. Tu donnes beaucoup de ta personne, Nelly, même si tu hais Keelean.

Elle rit amèrement.

— Les employés n'ont rien demandé. Les fans non plus. J'ai aussi conscience que l'argent de l'équipe permet à ma mère de subvenir à ses besoins et que j'ai pu entrer dans les meilleures écoles grâce à elle. J'ai une dette envers Keelean qui sera bientôt payée. Je ne devrai plus rien à qui que ce soit et la prochaine fois que je verrai mon père, ça sera à mon mariage. Autant dire que ce n'est pas près d'arriver.

— Tu ne vas jamais tenir toute la saison si tu hais la F1, Nelly. Pourquoi tu continues de me supporter en plus ? T'aurais pu me virer il y a longtemps.

Le fait qu'elle m'ait laissé autant de chances me fait réaliser à quel point cette femme a un grand cœur.

— Je ne hais pas *toute* la F1, juste une grosse partie. Pour ce qui est de ton cas, j'ai franchement réfléchi à te faire sauter, mais après, il aurait fallu recruter quelqu'un, négocier son salaire, et tout ça, je n'avais pas la motivation. Lowe et Papa étaient persuadés de tes compétences. Maintenant que tu es sage, tout va bien. J'aurais commis une erreur en te remerciant.

Je me sens tout de même coupable qu'elle soit coincée à vivre avec moi parce que je ne sais pas me tenir sans couteau sous la gorge.

— Tu n'es pas obligée de t'imposer ce rôle de nourrice. Je te promets de continuer à bien me comporter, même si tu relâches la bride.

Elle relève la tête pour m'observer. L'espace d'un instant, je me demande si ma remarque ne l'a pas blessée. Elle se défait de moi pour retrouver sa place sur le canapé.

— En vérité, j'ai un peu laissé traîner cette coloc parce que j'apprécie ta présence, avoue-t-elle sans croiser mon regard. Mais ce n'est pas normal de t'imposer ça, donc si tu veux récupérer ta suite, c'est d'accord. Je ne m'inquiète plus trop pour tes débordements. Je te fais confiance.

Je pourrais décider là, maintenant, de reprendre ma liberté. Sauf que je n'en ai pas envie. Mais alors pas du tout. J'adore vivre avec elle.

— Et si je préfère rester avec toi ? demandé-je en priant pour qu'elle ne me jette pas.

Elle relève vivement le regard pour croiser le mien. Elle vérifie que je ne suis pas en train de me moquer d'elle.

— J'adore vivre avec toi, continué-je. En plus, je ne me vois pas te laisser seule. On rigole bien. Enfin, si tu es d'accord, j'aimerais bien continuer de partager une suite.

Elle sourit, puis quelques larmes lui montent aux yeux. Finalement, elle hoche la tête et vient enrouler ses bras autour de mon cou. Elle dépose un bisou sur ma joue et me serre fort. Je la prends contre moi en rigolant.

— Bon, bah on est d'accord. C'est cool. Maintenant, je vais te faire aimer la F1 parce qu'on ne peut pas être potes autrement.

Elle gémit de mécontentement en se reculant pour me regarder. Elle reste cependant assise sur mes genoux, chose que j'apprécie tout particulièrement.

— Sérieux ?

— Nell, reprends-je gravement. Je suis un des seuls vingt pilotes de F1 au monde. Tu crois vraiment que je vais laisser passer un « je déteste la F1 » sans tenter de te faire changer d'avis ?

Elle lève les yeux au ciel.

— J'ai dit que je ne détestais pas *toute* la F1, bataille-t-elle. Par exemple, j'aime bien le logo de Neptune et les couleurs de Peredes.

— Quels arguments ! ironisé-je.

Elle poursuit.

— Il y avait ce pilote aussi, chez Riotti quand j'étais petite. Il était trop canon, lui.

— On se casse le cul à conduire des merveilles de technologies à plus de trois cents à l'heure sur des circuits informes, mais tout ce que tu retiens c'est des couleurs et un pilote mignon ?

Elle hausse les épaules.

— Il faut croire que le reste, je m'en cogne ! Je t'apprécie pour ta personnalité, pas pour ton pilotage.

Elle a perdu mille points avec cette remarque.

— Non mais, là, je dois faire quelque chose. Déjà, tu vas commencer par regarder mes courses. En tant qu'amie tu me dois ça. Ensuite, tu vas m'accompagner à mes rendez-vous. Comme ça, on rigolera bien et tu verras les bons côtés de la F1 plutôt que tes rendez-vous administratifs pourris. Et tu dois me promettre de garder un esprit ouvert.

Elle grimace en pesant le pour et le contre.

Si ce sujet ne me tenait pas à cœur, je serais obnubilé par ses fesses sur mes cuisses.

— C'est bon, vendu, accepte-t-elle.

Nous nous serrons la main quelques secondes avant qu'on ne sonne à la porte.

À mon grand déplaisir, Nell se lève pour aller chercher les pizzas. Quand elle revient, elle reprend sa place sur le canapé.

Maintenant que toutes ces choses sont claires, je suis encore plus déterminé à la séduire.

Déjà, je ne la considère plus comme ma boss. Elle s'en moque de ce travail donc je ne vois pas pourquoi on se prendrait la tête là-dessus.

Ensuite, elle vient de me prouver qu'elle était non seulement très intelligente, mais aussi très altruiste et dévouée à chaque chose qu'elle entreprend.

J'ai un tout nouveau respect pour cette femme. Je crois que je la perçois enfin telle qu'elle est. Une jeune écossaise de vingt-six ans, canon, avec un cœur d'ange et une volonté de fer. Elle est aussi très drôle et taquine.

En revanche, elle ne ressemble en rien à mes conquêtes habituelles. Je ne suis pas certain d'arriver à mes fins avec elle. Il va falloir que je me montre subtil, réfléchi et très patient. Elle n'est pas n'importe qui. Elle n'est pas juste une fille avec qui je veux passer une nuit. Non, avec elle je vise quelque chose de plus sérieux. Qui sait ? Peut-être qu'elle pourrait devenir ma première relation ? Jusqu'ici, elle m'a fait tant de bien. Nous sommes déjà très proches. J'ai envie de plus et elle va vite le savoir.

Alors que nous commençons nos pizzas, je lance ma première attaque.

— Au fait, commencé-je avec détachement, tu as les yeux les plus sublimes que j'aie jamais vus.

Elle s'étouffe avec son morceau de pizza. Elle se tourne vers moi, mais je reste concentré sur la télé que nous avons allumée. Je retiens difficilement mon sourire tandis que je m'étire anormalement longtemps pour mettre en avant mes muscles. Ce n'est pas la première fois que je la chope en train de mater. Je connais son point faible et je compte bien m'en servir.

— Si tu cherches à savoir si les miens sont aussi beaux, tu devrais commencer par regarder mon visage, la taquiné-je.

Ses yeux retrouvent les miens. Je lui fais un clin d'œil alors qu'elle rougit de gêne.

Je confirme. Là, tu la dragues. La pauvre…

NELL

Je ne comprends pas ce qu'il se passe.

Mathieu a drastiquement changé de comportement. D'ami taquin, il est devenu charmeur professionnel. Avant ça, ses avances n'étaient que des provocations. À présent… Est-ce qu'il me drague ?

Entre deux compliments, il m'envoie des signaux désarçonnants. Il reste toujours aussi gentil et attentionné, mais il y a quelque chose de plus… coquin, dans sa façon d'être.

Je ne sais pas ce qui a causé ce revirement, toujours est-il que ça me plaît… Je ne suis pas censée flirter avec lui pour un million de raisons, mais ai-je vraiment envie de m'empêcher de me rapprocher de lui pour le bien de Keelean ? Pas vraiment.

Voilà longtemps qu'un homme ne m'a pas autant plu. Il serait dommage de passer à côté d'une telle alchimie. Avec Mathieu, j'ai la certitude de profiter de bons moments. Je ne vais donc pas me mettre de barrières, le laisser me draguer et peut-être même riposter. Qui sait ? Peut-être allons-nous oublier l'amitié pour nous autoriser un peu plus ?

Je ne fais pas d'illusions sur ses intentions. Mathieu ne sort avec personne. Il prend du bon temps et sait en offrir. Je n'attends pas qu'un couple se forme suite à ce rapprochement.

De toute façon, une relation avec un pilote serait stupide. Il voyage à longueur d'année. Il n'a pas le temps pour une femme et ça serait la souffrance assurée.

Je préfère donc qu'il se contente de me draguer, si tant est que ce soit son intention. Peut-être que je me trompe complètement et qu'il n'a pas conscience de se montrer plus séducteur. Qu'il n'a pas envie de me charmer. Je vais rester sur mes gardes pour ne pas passer pour une abrutie.

Aujourd'hui, fidèle à son désir de me faire aimer la F1, il m'a traînée au repérage du circuit de ce week-end. Ça se résume en une petite marche avec certains membres du staff pour analyser les lieux, pour aider Mathieu à prendre connaissance du terrain et à s'y préparer.

De mon côté, je prends l'air. Des fans sont collés aux grilles pour apercevoir leurs idoles. Mathieu leur fait signe de temps à autre. J'observe le décor sans écouter un mot de ce qui se raconte. Un beau soleil me réchauffe tandis que je profite de ne rien faire, à part suivre le mouvement. J'ai enfilé les lunettes offertes par Mathieu. Je crois que ça lui a fait plaisir. En tout cas, j'ai eu droit à un grand sourire. Il est content que je sois là, que je m'ouvre à sa passion et que je me détende.

Ça me fait beaucoup de bien. J'ai annulé quelques rendez-vous pour venir ici. Les autres membres de Keelean n'ont pas spécialement besoin de moi. Je leur ai donné le champ libre pour faire ce que bon leur semble. Je m'octroie des mini vacances.

Je marche en levant la tête pour recevoir un maximum de soleil sur mon visage. La chaleur me fait soupirer d'aise.

Les yeux fermés, je ne vois pas Mathieu arriver avant qu'il ne se racle la gorge à mes côtés.

— Je crois qu'on t'a perdue, rigole-t-il. C'est quoi cette Écossaise qui profite autant du soleil ?

— Ce n'est pas parce que j'apprécie la pluie, que je déteste le soleil, me justifié-je.

Il grimace.

— Tu aimes la pluie ? Il y a vraiment un truc qui cloche chez vous.

Je riposte de façon puérile :

— C'est toi la cloche.

Surpris, il éclate de rire.

Il enroule ensuite son bras autour de mes épaules.

— Qu'est-ce qui est arrivé à « on reste pro » ? le taquiné-je.

— Tu viens de me traiter de cloche, argumente-t-il.

Je rigole tout en profitant de sa présence.

— Alors, cette sortie ? demande-t-il plus sérieusement.

J'observe les lieux avant de répondre.

— Très agréable. Mais je ne te cache pas que ça ne me réconciliera pas avec la F1.

— Non, mais déjà, tu te détends. Une chose après l'autre, Nelly. C'est comme le sexe. Tu ne vas pas y aller comme un bourrin, il faut préparer le terrain.

Voilà qu'il recommence. La chaleur permet de dissimuler la rougeur qui me monte aux joues.

— Tu sais de quoi tu parles, hein, Matt ?

Heureusement que le reste du staff ne nous écoute pas. J'ai l'impression de braver l'interdit à flirter avec lui. Si il flirte bien avec moi. Mais c'est le cas, non ? Je ne suis pas folle. On ne dit pas de tels mots à quelqu'un qu'on voit en ami. D'un autre côté, il peut se montrer très avenant avec tout le monde, mais là, j'ai vraiment la sensation que c'est différent.

Je tourne ma tête vers lui pour regarder son visage. J'y trouverai peut-être un indice. Ce que j'y vois est un mélange entre la surprise et le contentement.

— C'est la première fois que tu m'appelles Matt, remarque-t-il.

Je le surnomme tout le temps Matt. Mais quand je parle avec les filles ou dans ma tête. C'est vrai que je n'osais pas tant de familiarité entre nous. Sauf que les choses sont clairement différentes. Il m'a prise dans ses bras pour me consoler, je me suis confiée à lui et maintenant, il me sort ces phrases à double sens. Je pense que je peux lui donner un surnom. Lui, ça fait une éternité qu'il m'appelle Nelly.

Son sourire charmeur refait surface.

— Pour répondre à ta question, oui, je sais parfaitement de quoi je parle. Qui sait ? Peut-être que j'aurai un jour l'occasion de te le prouver !

Il me laisse avec cet énorme sous-entendu pour retourner discuter avec le staff. S'il n'arborait pas ce sourire satisfait, je dirais qu'il ne réalise pas ce qu'il fait. Sauf qu'il en a parfaitement conscience et qu'il est très fier de m'avoir mise mal à l'aise.

N'y tenant plus, j'envoie un message aux filles pour recueillir leur avis.

Moi : « Je crois que Matt me drague.
Comment je fais pour savoir si je ne me trompe pas ?
Et s'il me drague réellement, je fais quoi ? »

La tentation de ce message est trop forte pour qu'elles n'y répondent pas immédiatement.

Carly : « Commence par nous dire ce qui te fait penser ça ! »

Je m'exécute en leur relatant les diverses allusions et regards qui me font douter du caractère platonique de nos discussions.

Mina : « Il te drague. Définitivement. Il te parle ouvertement de sexe !!!? ? »

Carly : « J'étais sûre que ça allait arriver ! »

Moi : « On peut en venir à la partie où vous m'aidez ?
Je fais quoi : je rentre dans son jeu, ou je coupe court ? »

Au lieu de me répondre directement, elles commencent à m'envoyer des photos de Mathieu. Il y en a de toutes sortes avec pour dénominateur commun le fait qu'elles montrent parfaitement à quel point ce mec est canon. Enfin, elles écrivent un vrai message.

Mina : « Si tu me dis que *ça* ne suffit pas pour te convaincre d'y aller à fond avec lui, je ne peux plus rien pour toi ! »

Carly : « 🍆🍑🍆🍑🍆 »

Moi : « Au moins, j'ai votre point de vue… »

Je relève les yeux de mon téléphone pour regarder vers lui.

Moi : « Putain, il est vraiment canon… Vous croyez
sérieusement qu'un mec comme ça peut avoir envie
d'une fille comme moi ? »

Carly : « Si tu réfléchis comme ça, aucune fille n'atteint son niveau et il n'aurait envie de personne. »

Mina : « Tout ne s'arrête pas au physique. Vous déconnez bien ensemble. Même avec nous, pourtant je n'aurais jamais cru qu'un mec célèbre perdrait son temps à répondre à nos messages lourdingues. »

Carly : « Je pense que Matt ne fonctionne pas du tout comme ça. Il te trouve mignonne, tu le fais rire, ça lui suffit. Ne te prends pas la tête, ne réfléchis pas à tout ça et laisse-le te tourner autour. »

Moi : « Faisons cela. »

Mina : « 🍆👍 »

— Pourquoi elle t'envoie une aubergine ? demande le concerné, apparu soudainement à mes côtés.

Je ferme rapidement la conversation pour qu'il ne puisse pas voir d'autres messages. Depuis combien de temps lit-il par-dessus mon épaule ?

— Tu les connais, tenté-je d'esquiver.

Il hoche la tête en souriant.

Alors que je pense qu'il va lâcher l'affaire, il me met le coup de grâce.

— Vous parliez de moi, affirme-t-il, amusé. J'ai aperçu mon nom. Mathieu plus aubergine égale…

— Égale Mathieu à poil. La routine quoi ! répliqué-je en refusant de le laisser prendre le dessus.

Il me donne raison en rigolant.

— Si ma carrière de pilote prend fin, je pourrais toujours devenir strip-teaseur.

Il ferait un malheur…

— Je serais ta première cliente, lâché-je avant de m'enfuir.

Le tour est terminé. Mathieu a un entraînement, j'en profite pour filer et ne pas lui montrer à quel point ça m'a demandé du courage de lui avouer ça. J'espère qu'il va y réfléchir jusqu'à ce soir.

Je suis très fière de moi.

15

Juillet – Autriche

MATHIEU

Nell s'en tient bien plus à notre accord que ce que j'aurais pu imaginer. Elle me suit à chaque évènement où je la convie. Elle assiste même aux interviews. Je crois qu'elle passe de bons moments avec moi. J'espère arriver à la réconcilier un minimum avec la F1. Son père a vraiment mis le boxon dans sa vie.

Les dernières courses se sont plutôt bien déroulées. Je prends la seconde place du classement, tandis que Porana tombe à la sixième. Je suis content de moi, c'est ma place. Je bats constamment mon coéquipier, ce qui est une très bonne nouvelle pour ma valeur en tant que pilote.

Petit à petit, je rachète mes dérapages auprès de l'écurie. Maintenant, l'équipe peut me faire confiance. Je vais bien mieux, j'ai la tête sur les épaules et le foie en bonne santé.

Mon rapprochement avec Nell apporte le petit piquant qu'il manquait peut-être dans ma vie. J'ai toujours été un grand fêtard, j'aime profiter de mon charme et séduire. J'ai besoin de rigoler et de me sentir vivant.

Cette punition et le calme qui m'a été imposé étaient nécessaires pour que je me sente bien, que je reprenne une vie équilibrée. N'empêche que ça me manque de sortir et me lâcher. La présence de Nell vient combler ce vide. Maintenant que je ne me pose plus de questions et la drague sans gêne, je retrouve un peu de folie dans ma vie. D'autant qu'elle est loin de rester passive.

Je pensais qu'elle me mettrait un vent ou qu'elle se contenterait de sourire poliment. Je ne m'attendais pas à ce qu'elle réagisse de cette façon. Pendant deux jours, elle était timide et sur la retenue. Puis elle a lâché les rênes et est rentrée dans mon jeu. C'est une nouvelle facette de cette femme que je peux ajouter à ma liste. Je connais la Nell professionnelle et impitoyable, la Nell amicale, la Nell émotive, la Nell embarrassée et maintenant, je rencontre aussi la Nell dragueuse.

Ce petit jeu est trop bon pour que je cède tout de suite à la tentation. Je vais encore un peu en profiter. Je me demande lequel de nous va craquer en premier et sauter sur l'autre.

Ces derniers jours, j'ai dû me rendre à des galas de charité ou à des réceptions organisées par des sponsors. Aujourd'hui est donc la première soirée depuis quelque temps où je peux me détendre et voir Nell. Même si à présent elle me retrouve souvent dans la journée, ça n'a rien de comparable à nos soirées. En présence du staff, nous essayons de rester un maximum professionnels. Surtout devant Kai, qui se sentirait en danger.

Je me rends compte qu'elle m'a manqué. J'ai donc hâte qu'elle rentre de son rendez-vous avec les financiers de l'écurie.

En attendant, je profite d'un bain. C'est rare que je m'en fasse couler, mais je devais comprendre pourquoi Nell y passe autant de temps.

L'eau chaude est bien agréable, ça détend les muscles. Mais j'avoue que je m'ennuie. Seul avec mes pensées, je ne sais pas quoi faire pour me distraire. En plus, même si la baignoire est très spacieuse – comme dans toutes les suites qu'on nous réserve –, je suis un peu grand pour être entièrement englouti. Soit j'ai froid aux pieds, soit j'ai froid aux épaules. Du coup, j'alterne.

Je tente de fermer les yeux pour me laisser aller.

Mes pensées ne prennent pas du tout le chemin que j'aurais imaginé. Alors que j'espérais divaguer au sujet d'une belle jeune femme, je me retrouve à voir Mike.

Voilà quelques jours qu'il n'est pas venu me parler. Il n'a plus rien à me dire ? Ou bien je n'ai plus besoin de l'écouter ?

Putain… Il me manque.

À quel moment tout a basculé ?

Peut-être que ce calme nouveau est la preuve que je commence à faire mon deuil. En tout cas, je n'ai plus besoin de me torcher ou de baiser à droite, à gauche pour oublier, faire taire mes démons et trouver le sommeil entre deux cauchemars. J'ai retrouvé des nuits paisibles, une tranquillité nécessaire à ma réussite en tant que pilote, mais aussi dans ma vie personnelle. Je risque moins de choper toutes sortes de MST, en plus.

Je sais très bien à qui je dois ça.

Sans réfléchir plus longtemps, je sors du bain pour préparer un truc avant le retour de Nell. J'ai envie de la remercier et je vais faire ça bien.

J'appelle Andy, mon assistant retrouvé, pour qu'il aille me chercher ce dont j'ai besoin. De mon côté, je me mets en cuisine pour lui faire une belle surprise.

Deux heures plus tard, tout est en place et je n'attends plus que Nell. Elle ne devrait pas tarder, j'ai demandé à son assistant de me prévenir de son départ du paddock.

Quand elle arrive, son regard tombe tout de suite sur ce que je lui ai réservé. Ses yeux passent de la table basse du salon à moi.

— C'est quoi tout ça ? m'interroge-t-elle en souriant.

Elle retire ses chaussures, pose ses affaires et défait ses cheveux. Je viens lui attraper la main pour la tirer au salon mais je reste vague.

— C'est une belle soirée.

Elle me laisse la guider jusque dans le canapé. Elle prend la coupe de champagne que je lui tends et tente de piquer un bonbon pendant que je m'installe.

Elle m'observe avec intérêt. Pour le coup, je me sens un peu gêné. Je me mets rarement en position de faiblesse et me confier à Nell consiste exactement en cela. Mais je dois la remercier. Elle m'a tellement apporté. Si elle n'avait pas débarqué dans ma vie, je serais probablement sans emploi et alcoolique.

Avant de nous lancer sur ce sujet, je lui pose des questions sur sa journée. Je réponds aux siennes. Nous nous échangeons des banalités, rigolons un peu. Nous picorons dans le brunch du soir que je lui ai préparé. Il y a tout ce qu'elle aime : du guacamole, des chips, du poulet frit, des bonbons, des gâteaux, de la charcuterie et même un peu de fromage. J'ai gracieusement remercié Andy pour son aide sur ce coup. Le pauvre a dû courir de partout.

Une bonne heure passe avant que Nell ne craque et me demande de m'expliquer sur cette soudaine attention.

— Tu vas me dire à quoi on trinque ? m'interroge-t-elle.

Ce n'est pas le moment de me débiner. Un mec drôle c'est bien, un mec qui sait se montrer sérieux quand il faut, c'est mieux. Je lui réponds simplement.

— À toi.

Elle hausse les sourcils, surprise. Ses joues commencent à rougir. Elle est aussi mal à l'aise que moi.

— Je voulais te remercier, en fait, expliqué-je.

— Pour quoi ?

Je regarde partout sauf vers elle.

— Merde, Matt, tu me fais flipper à être si… calme, remarque-t-elle d'un rire nerveux.

— Ça va ! Laisse-moi parler, réponds-je en rigolant.

Elle hoche la tête, puis attend que je me lance tout en m'observant avec intérêt et curiosité.

Je reprends avec tout le courage que je parviens à trouver.

— Je voulais te remercier de m'avoir tiré de ma spirale infernale, je suppose. Sans toi et tes punitions, je serais probablement encore en train de boire, de sortir et de… Enfin, tu vois.

L'expression de son visage me laisse perplexe. Je crois y apercevoir de la culpabilité, ou bien est-ce de la gêne ? De la compassion ?

J'aimerais bien qu'elle parle, que je sache sur quel pied danser.

— Ne me remercie pas, répond-elle finalement.

— Je l'ai déjà fait, la taquiné-je.

Son sourire revient. Elle rigole.

— En tout cas, je suis contente que tu te sentes mieux.

Et moi donc !

— Est-ce… commence-t-elle avant de prendre une grande inspiration. Est-ce que je peux te demander ce qui n'allait pas ?

Elle en a probablement déjà une petite idée. Je ne vois pas l'intérêt de lui cacher les choses. Tout le monde sait ce qui a déraillé chez moi, même si je ne l'ai jamais avoué à voix haute.

— Je suppose que tu as entendu parler de Mike ?

Elle hoche la tête.

— Oui, bien sûr. Ton ami.

C'est là qu'ils se sont tous trompés.

— Mon petit frère. Nous étions bien plus proches que de simples amis. On faisait tout ensemble, on se connaissait depuis tellement longtemps. Quand il…

Prononcer ces mots est toujours si difficile.

Nell attend patiemment, elle ne me pousse pas, ne me coupe pas la parole, ne parle pas à ma place. Elle se contente de se rapprocher de moi pour me câliner. Je l'embrasse sur la tête avant de poursuivre.

— Quand il a eu cet accident et après… Je me suis retrouvé seul comme jamais dans ma vie je ne l'ai été. Le manque était trop dur à supporter. Mes nuits étaient insoutenables. Il fallait juste que j'oublie, sinon… C'était trop.

La tête contre mon torse, elle doit sentir mon cœur battre bien plus vite.

— Si tu n'avais pas débarqué, je serais sûrement encore au fond du trou. Donc j'avais envie de te remercier. Tu ne te rends pas compte de ce que tu as fait pour moi.

— Tu vas me faire pleurer, murmure-t-elle la voix déjà tremblotante.

Elle est beaucoup trop mignonne.

— C'est le signe que nous devons couper court au mélodrame et passer à la partie drôle de la soirée.

Son humeur s'améliore instantanément. Elle se redresse et me regarde en souriant.

— C'est quoi la partie drôle ?

Je n'en ai pas la moindre idée, je n'ai pas du tout prévu ça.

— On va appeler Mina et Carly pour un petit jeu.

Je ne sais pas d'où sort ce plan, mais ça peut définitivement être divertissant. D'autant que cette semaine, il n'y a presque pas de décalage horaire entre nous.

Vu que Nell semble apprécier l'idée, nous lançons l'appel vidéo. Les filles répondent présentes et nous voilà partis pour un cap ou pas cap de gamins de primaire.

— Et si on ajoutait un peu d'alcool à tout ça ? suggère Carly au bout de quelques échanges.

Après cette conversation sur mes avancées personnelles et ma sobriété, cette proposition me met dans l'embarras. Je ne m'attendais pas à cela en appelant les filles.

Ce n'est pas plus mal que Carly ait mis les pieds dans le plat. Au moins, je vais savoir ce que Nell pense de cette possibilité. Va-t-elle m'interdire de boire ? Me faire confiance ? Souhaite-t-elle éviter de découvrir cet aspect de ma personnalité ?

De mon côté, ai-je envie de me prendre une cuite ? Franchement, avec Nell, oui. Je ne m'inquiète même pas de perdre le contrôle. Je n'en ai pas envie donc je sais que ça n'arrivera pas. Si j'ai abusé toutes ces fois, c'était volontaire, j'avais besoin d'un exutoire. Je ne suis cependant pas alcoolique, je peux me maîtriser. J'aimerais bizarrement le prouver à Nelly.

Nous nous toisons quelques instants avant que mon Écossaise ne file chercher une bouteille dans la cuisine qu'elle pose bruyamment sur la table.

On dirait qu'elle a pris sa décision. J'imagine que c'est sa façon de me montrer que j'ai gagné sa confiance, qu'elle n'est pas là pour jouer un rôle de mère et qu'elle n'a jamais souhaité m'interdire de m'amuser.

Je crois que je ne pourrais pas être plus heureux.

— On va voir à quel point tu sais tenir l'alcool, me provoque-t-elle. Je te préviens, la beuverie c'est un sport national chez nous. Tu finiras à poil à danser sur la table avant même que je ne ressente le moindre effet de la boisson.

Ses amies hochent la tête pour la soutenir.

— Je relève le challenge, mais ne viens pas pleurer demain quand je t'aurai fait dire des trucs que tu regretteras.

Peu impressionnée, Nell lance le prochain défi.

Il n'y a pas de meilleures façons pour apprendre à se connaître que de faire les cons dans un jeu d'alcool stupide. En tout cas, les trois copines passent un très bon moment. Elles gloussent à s'en décrocher la mâchoire et c'est tout ce que je voulais.

Les verres s'enchaînent, nos inhibitions s'envolent.

Il s'avère effectivement que les filles tiennent mieux l'alcool que moi, alors quand je me sens partir sur une pente glissante j'arrête de boire sous le regard amusé de Nell. Elle ne me taquine cependant pas sur le sujet, encore un peu sensible.

Je prends aussi beaucoup de plaisir à la provoquer. Ses amies m'aident grandement, me permettant d'apprendre de nombreuses choses gênantes sur elle.

À la fin de cette soirée, je suis soulagé de m'être enfin confié à quelqu'un au sujet de Mike. Nous avons aussi bien mangé et bien rigolé pour compenser la partie déprimante. J'ai prouvé à Nell – et à moi-même – que je vais effectivement mieux, que je n'ai aucune addiction à l'alcool et que je peux m'amuser sans déborder. Comme avant, quoi.

Me lâcher m'a fait beaucoup de bien, et je crois qu'il en va de même pour les filles.

Je n'ai pas cessé de provoquer ma coloc adorée, qui me l'a bien rendu. Chaque fois que je la séduis, elle me répond. J'ai de plus en plus envie de l'embrasser. Combien de temps encore vais-je arriver à me retenir ? Quelques verres de plus et j'aurais tenté quelque chose. Seulement, je ne me le serais pas pardonné. Nell m'a tellement apporté et s'est montrée si confiante avec moi ce soir. Elle mérite mieux qu'un dragueur ivre.

Elle me plaît vraiment. Pas juste physiquement. Pas juste amicalement. Non, j'ai envie de bien plus avec elle. J'aurais cru être terrifié, mais pour l'instant, je gère.

Je compte être la meilleure version de moi-même pour elle.

NELL

Allongée dans mon lit, je repense inlassablement à cette soirée.

Mathieu m'a organisé une sorte de rencard.

Mathieu s'est confié à moi.

Mathieu a lancé un appel vidéo avec mes meilleures amies.

Mathieu me fait complètement craquer. Je crois qu'après ce soir je ne peux plus nier les sentiments que je commence à ressentir pour sa belle gueule.

Il me surprend chaque jour un peu plus. Il est tellement différent de l'idée que j'avais de lui lors de notre rencontre. Cet homme est bien plus complexe qu'il n'y paraît. Il cache très bien ses sentiments. Son humour est autant sa marque de fabrique qu'une carapace. Il ne cesse de m'émerveiller. Petit à petit, il me dévoile de nouvelles couches de sa personnalité. Je me demande sur quoi je vais tomber quand il sera enfin à nu.

En tout cas, maintenant, je sais qu'il a confiance en moi. Assez pour m'avouer une telle chose sur son ami. Je me sens flattée, mais aussi très coupable. Je refuse qu'il me remercie pour quelque chose que j'ai au départ fait dans mon propre intérêt, sans me soucier une seconde de lui. Je l'ai utilisé pour parvenir à mes fins. Je m'en veux et je préfèrerais éviter qu'il croie qu'il me doit quoi que ce soit. Je ne le mérite pas.

Quand il apprendra que je lui ai menti, que son siège n'a jamais été en jeu et qu'il devait servir à faire diversion… Il va me détester. J'espère que les choses finiront par se régler et que je n'aurai jamais à lui avouer tout ça. Ce n'étaient pas mes décisions. Je me retrouverais à payer une nouvelle fois pour les choix stupides de mon père. Je sais que je me trouve des excuses, que je suis en partie responsable. Mais je n'ai pas envie de mettre un terme à mon rapprochement avec Matt. Pas encore. Il finira par se lasser de moi de toute façon, tout rentrera dans l'ordre, non ?

Je me secoue pour arrêter de penser à des trucs aussi déprimants. Plutôt que de rester là à broger, je me lève pour aller prendre un verre d'eau et me changer les idées. Il est deux heures du matin, songer à tout ça maintenant ne va rien régler.

Je m'assois un instant sur une des chaises de la cuisine. Chaque suite est différente, pourtant elles se ressemblent quand même toutes beaucoup. Ça m'aide à trouver une forme de routine, même si nous changeons sans cesse de logement.

Cette fois, mon esprit divague sur des sujets bien plus agréables. Je repense à notre jeu de tout à l'heure. Mathieu a fait faire n'importe quoi aux filles et elles se sont exécutées avec bonheur. Quant à moi, il m'a réservé un certain nombre de questions déplacées. Monsieur a gentiment creusé dans mon passé amoureux, avant de réaliser qu'il n'y avait pas grand-chose à découvrir. Du coup, il est passé aux sujets coquins. Nous aurons appris de nombreuses choses intéressantes l'un sur l'autre ce soir.

À présent, je sais que Mathieu préfère les fesses aux seins, qu'il est du genre silencieux au lit et qu'il n'a pas touché une femme depuis le début de notre cohabitation. Cette dernière information m'a drôlement rassurée. Je sais que Mathieu est un coureur, qu'il a eu pas mal de conquêtes, mais je suis contente de savoir qu'il a calmé le jeu. Je me serais probablement vexée s'il avait donné une autre réponse.

La proposition de Carly aurait pu rendre la situation gênante, mais finalement, en voyant que je lui faisais confiance pour ne plus déborder, Mathieu s'est encore plus ouvert à moi. L'alcool ne l'a pas fait disjoncter, ce que j'ai été ravie de constater. Il a lui-même mis un frein à sa consommation, ce qui m'a autant étonnée qu'amusée. Il faisait le malin, mais face à trois Écossaises, il n'avait aucune chance. Il a préféré reconnaître sa faiblesse que tester ses limites. Ce choix mature m'a paru bien plus viril que s'il avait tenté de prouver qu'il tenait mieux que moi.

De mon côté, si j'ai aussi poussé sur la bouteille, je reste en pleine possession de mes moyens. Je me sens juste outrageusement guillerette. Cette soirée m'a fait un bien fou. Mathieu est vraiment un amour et je suis contente que l'on ait partagé ce moment ensemble. Nous nous faisons manifestement confiance et je crois que ça nous a rapprochés.

Je prends une nouvelle gorgée d'eau quand j'entends l'homme en question bouger dans sa chambre. Il doit avoir un sommeil agité. J'écoute ses draps se froisser, puis des bruits de pas qui se rapprochent. Il est définitivement réveillé.

Je vérifie ce à quoi je ressemble. Il fait sombre, mais la lumière filtre à travers la fenêtre. Nous n'avons pas fermé les rideaux et il pourra facilement me voir. Mon short et mon débardeur feront très bien l'affaire. Quant à mes cheveux, je les noue à la hâte pour en dissimuler le sac de nœuds.

Je termine juste avant qu'il ne débarque dans la salle commune. Il est encore à moitié endormi, il ne m'a toujours pas remarquée et…

Oh, là là…

Ça commençait à faire un moment que je ne l'avais pas vu nu.

Mathieu dort à poil, ça, je le sais. Il ne s'attendait probablement pas à me croiser au milieu de la nuit, donc pourquoi s'habiller ? Quelle vue ! Dommage qu'il fasse si sombre, je profiterais bien d'un peu plus de détails.

Si les autres fois je m'étais détournée, là, je n'y parviens pas. J'ai envie de cet homme, son corps me plaît terriblement et l'alcool m'empêche clairement de fermer les yeux.

Il va quand même falloir que je me manifeste.

— Tu crois qu'un jour j'arriverai à être aussi à l'aise dans mon corps que toi ? demandé-je en me retenant de rire.

Il sursaute au son de ma voix. Il se tourne vers moi, les sourcils froncés. Il n'a pas les yeux en face des trous.

— Nelly ?

Alors que n'importe quelle autre personne se serait caché les parties, lui, reste détendu sans la moindre gêne. J'aimerais avoir sa confiance. Je n'arriverai jamais à marcher avec autant d'aisance en étant à poil.

Il reprend doucement ses esprits, puis soupire.

— Je n'avais pas prévu que tu serais là, explique-t-il finalement avec un coup d'œil explicite vers son membre.

Il va tranquillement se servir de l'eau avant de se poser sur une chaise à l'opposé de moi. Je ne vois plus rien, mais la situation reste drôle et excitante.

— Crois bien que ce n'est pas une tentative pour te séduire, reprend-il. Ça serait de très mauvais goût et peu efficace.

Je hausse les épaules. Je trouve ça plutôt efficace moi et je l'admets, contente que l'obscurité dissimule mon visage écarlate.

— Ce n'est pas une vision déplaisante.

Il m'observe depuis sa chaise. Il est encore un peu dans les vapes. Ses cheveux sont ébouriffés. Je le trouve absolument charmant.

— Tu me dragues, Nelly ? demande-t-il finalement.

Sa question me fait rire.

— Ce n'est pas moi qui suis nue devant toi, argumenté-je.

Il rigole.

— Si tu ressens l'envie de remédier à la situation, je t'en prie, propose-t-il d'une voix légèrement enrouée.

— Qui est-ce qui drague qui, maintenant ? remarqué-je.

Son sourire en coin m'atteint même dans l'obscurité. Il termine son eau et se lève de sa chaise. Je ne perds pas une miette du spectacle quand il va déposer son verre dans l'évier.

— Ce n'est pas que je n'ai pas envie de poursuivre cette conversation, ma belle, mais je dois être en forme pour demain, ce qui signifie dormir plutôt que de probablement finir par te faire une proposition indécente.

— Tu fuis ? le taquiné-je, malgré tout reconnaissante qu'il prenne cette décision pour nous deux.

Je ne suis pas assez bien épilée pour partager un lit avec lui. Et puis, ce petit jeu prendrait fin trop tôt.

— Absolument, avoue-t-il en se rapprochant de moi.

Mes yeux ne savent pas où se poser. Son torse ? Ses jambes sculptées ? Son regard brûlant ? Ou bien son membre terriblement proche de moi ?

Je me lève pour lui faire face. Il encadre mon corps en posant ses mains sur la table dans mon dos. Son visage s'approche. Il dépose un baiser sur mon épaule, puis il remonte dans mon cou. Mes mains trouvent son torse pour me maintenir sur pieds. Sa peau est encore chaude, douce. Son odeur envahit mes sens. Je ferme les yeux pour apprécier le toucher de ses lèvres. Il me mordille la mâchoire, puis vient déposer le plus délicat des baisers sur mes lèvres. Je n'ai pas le temps de savourer l'instant qu'il s'est déjà reculé.

Mon sourire trahit ce que ces attentions ont déclenché en moi. J'ai envie de bien plus. Il me taquine et j'adore ça.

Mon regard tombe sur la preuve de son propre désir. Un petit rire lui échappe, mais il ne se cache pas.

— Bonne nuit, Nelly.

— Fais de beaux rêves, Matt, réponds-je.

Nous repartons chacun vers nos chambres. Nous échangeons un dernier regard. Mathieu me fait le clin d'œil le plus coquin possible.

Quelle soirée !

16

Juillet – Autriche

NELL

Aujourd'hui, j'ai accepté de venir regarder la course. Ça faisait bien longtemps que je ne m'étais pas assise dans les gradins pour regarder les voitures passer.

En réalité, elles passent si vite qu'on les aperçoit à peine.

Je n'en ai que plus de respect pour les pilotes qui parviennent à les maîtriser et les diriger avec une faible visibilité. Je ne suis pas fan de Formule 1, mais je sais reconnaître la prouesse physique de ces pilotes. Je serais incapable de faire ce travail.

Lowe m'a proposé de le rejoindre au *pit wall*, mais je n'avais pas très envie de me montrer de la sorte. Cet endroit est filmé. Tout le monde m'aurait repérée. Je préfère garder mon existence sous silence, autant que je le peux. Lowe me comprend. Lui non plus n'est pas très serein par rapport à ce qui va nous tomber dessus d'un moment à l'autre.

Mais je ne veux pas penser à ça maintenant.

Le Grand Prix va bientôt commencer, les équipes s'affairent sur la grille. Mathieu est P2, Porana P3. C'est un bon départ pour l'écurie.

Mina et Carly ont décidé de regarder la course devant leur télé.

Cette semaine, nous sommes en Autriche. Une fine bruine tombe régulièrement. Ça ne devrait pas trop gêner la course et ça m'apporte une fraîcheur bienvenue. J'aurais presque l'impression d'être chez moi. Sauf que chez moi, le temps se contente rarement d'une légère pluie.

Le bruit du paddock est assourdissant. Il y a les voitures, les fans, les gadgets des staffs. Ça grouille de partout, ça crie, ça s'échauffe.

Je me sens bien seule de mon côté, mais je n'ai pas très envie de discuter. Je pense beaucoup à Mathieu, à cette soirée. Je commence clairement à m'attacher à lui et j'en ai peur. Mathieu n'est pas un homme qui se met en couple, il se contente de relations d'un soir, donc je foncerais dans le mur en tombant amoureuse. Je ne dois pas non plus oublier ce que je fais ici et les conséquences que ça aura pour lui. D'ici peu, il me haïra probablement de lui avoir menti et imposé une telle situation.

Malgré tout, mon cœur bat chaque jour un peu plus pour lui.

Sa façon de me séduire est irrésistible. Il est sûr de lui. Toute sa personne transpire la confiance. Il sait ce qu'il veut, où il va.

J'ignore pourquoi j'ai cette impression, mais je crois qu'il est légèrement différent avec moi par rapport à ses conquêtes habituelles. Peut-être est-ce parce qu'il prend un peu plus son temps que d'habitude. J'aime avoir ce sentiment, mais je souhaite ne pas me tromper.

J'en ai discuté avec les filles. Selon elles, je dois me laisser porter, profiter. Ce qui devra arriver, arrivera. Si elles savent faire les folles, elles se montrent aussi sérieuses quand il faut. Elles m'ont été de bon conseil, après m'avoir harcelée de messages à propos de notre rapprochement de l'autre soir. Elles ont particulièrement aimé la partie nudité de l'évènement, mais je me suis bien gardée de leur décrire la vision qui est depuis scotchée dans mon cerveau.

Le vrombissement des moteurs me fait sortir de mes pensées. La course est lancée. Les pilotes entament leur tour de formation avant de revenir se poster à leur place. Les freins chauffent en attendant de pouvoir être lâchés.

Je regarde les Keelean. Elles sont vraiment belles, je ne vais pas le nier. Leurs couleurs orange et noir s'avèrent absolument sublimes. Le *design* a une forme de classe et de charisme. Elles font très sport et bien plus écho à l'histoire de la F1 ou aux anciennes monoplaces que le reste de la grille. C'est un souhait de l'écurie, de continuer à faire vivre l'héritage de l'équipe. Ça plaît aux fans, le résultat est très réussi.

Les lumières s'éteignent et les voitures s'élancent. Je ne vois que la première partie du combat avant qu'elles ne disparaissent au tournant. J'entends cependant le son des moteurs qui hurlent à travers le circuit. Leur puissance est assourdissante.

Nous pouvons suivre le reste de la course sur des écrans géants. Un accrochage fait tomber une Roar Racing et une Fizzles en queue de peloton. Porana se fait passer par les Riotti. Les voitures sont encore très groupées, j'espère qu'il parviendra à reprendre sa place.

Mathieu chasse Abbott, mais c'est peine perdue. La Dark Crown est bien trop puissante et domine la confrontation. Notre pilote conserve malgré tout sa position et un bon rythme pour ne pas laisser s'échapper le *leader*.

Ils repassent devant moi. Les voitures disparaissent presque aussi vite qu'elles sont apparues. Je suis la Keelean des yeux.

Jusqu'ici, je n'en avais eu rien à faire de ce sport. Là, je me surprends tout de même à m'émerveiller devant la prestation de Mathieu. Il gère. C'est clairement son truc et je comprends mieux son désarroi quand il a saisi que je n'aimais pas le domaine dans lequel il excelle. Porana n'est manifestement pas à son niveau. Je n'ai jamais été aussi sûre du fait que Keelean a besoin de Mathieu pour rester le concurrent de DC.

Les tours s'enchaînent. Matt garde sa place. Il se défend à merveille contre les Riotti qui lui mènent la vie dure.

Ma cage thoracique vibre avec le reste du paddock à chaque passage des monoplaces. Le peloton s'est distendu. À présent, il y a toujours quelques voitures sous mes yeux. C'est moins long à regarder. J'attends cependant avec impatience que Mathieu se montre.

Quand je ne le vois pas pendant un peu plus longtemps, je comprends qu'il s'est arrêté aux stands. La dynamique du circuit change totalement. Les *pits* chamboulent le Grand Prix, les batailles sont différentes.

Il faut quelques tours supplémentaires pour que le classement se stabilise à nouveau. Il devient difficile de saisir qui court contre qui. Des monoplaces se sont fait prendre un tour par les premiers. Abbott et Lecomte sont donc mélangés aux Cavarot et aux Giants. Des drapeaux bleus clignotent inlassablement. Les pilotes exécutent plus ou moins l'ordre de laisser passer les *leaders*.

Je regarde l'écran pour connaître le nombre de tours restants : quatorze.

Mathieu semble avoir plus de mal sur la fin de la course. Abbott prend le large tandis que Charley remonte sur lui. Je me surprends à stresser.

— Allez Matt !

Il tient bon, mais doit se défendre avec hargne. Il perd un peu plus de terrain à chaque tour qui passe. Au bout d'un moment, la Riotti devra battre en retraite si elle ne veut pas tuer son train et surchauffer son moteur en collant la Keelean. Mathieu doit simplement s'entêter. Les défauts des Riotti auront raison de cette attaque.

Plus que neuf tours.

Je croise les doigts pour que le classement reste inchangé. Mathieu s'accroche en P2, Porana en P4. Ce n'est pas mal du tout.

Enfin, Charley perd en puissance et doit se résigner à lâcher Matt l'espace de quelques tours. C'est bien assez pour qu'il prenne ses distances. Il doit simplement se tenir hors de portée de DRS. C'est ce qu'il parvient à faire avec brio.

Dernier tour.

La Keelean de Mathieu longe les délimitations du circuit, suit au centimètre près le tracé marqué dans le goudron par le passage constant des voitures. Même après deux heures de course, il reste concentré pour terminer sans accroc.

Abbott passe le drapeau à damier. Mathieu l'imite avec seulement trois secondes d'écart. Porana parvient à se poser en P4. Je vois le staff se sauter dans les bras, se féliciter et courir vers le podium où Mathieu va bientôt se garer.

Je m'y rends avec plus de retenue, même si au fond de moi j'ai envie de crier de joie pour lui. Il nous a offert un très beau week-end. Il doit être ravi.

Les filles nous envoient des textos sur notre groupe pour féliciter Mathieu. Il ne verra les messages que plus tard, mais je suis certaine qu'il sera aux anges de savoir que nous l'avons toutes les trois regardé.

Je retrouve Lowe au moment où Mathieu sort de sa monoplace. Abbott et lui se donnent une accolade alors que Charley vient garer sa voiture sur la troisième place.

Mathieu se dirige enfin vers le staff qui le porte affectueusement en triomphe, en criant victoire. Il se laisse faire et serre la main de tous ceux qui la lui tendent.

— Je croyais que tu ne regardais pas les courses, remarque Lowe à mes côtés, les yeux rivés sur Mathieu.

Je hausse les épaules, contente que ma casquette de l'écurie dissimule en partie mon visage.

— Quelqu'un a su me convaincre de ramener mes fesses, expliqué-je.

Le sourire du dirigeant ne pourrait pas être plus clair.

— Je me demandais au bout de combien de temps il arriverait à te faire flancher, confie-t-il en se retenant de rire.

La fraîcheur de l'air atténue la chaleur soudaine dans mes joues.

— N'importe quoi !

Il ricane.

— Bah ! Ne te prends pas la tête, Nell. C'est un bon gars. T'es coincée là, autant que tu en profites un peu.

Je croise son regard et suis surprise d'y trouver l'étincelle d'un sentiment paternel que j'ai cherché pendant si longtemps chez mon père. Lowe m'apprécie bien plus que mon géniteur. Il a de la peine pour moi, prise au piège dans cette situation. Je l'aime bien.

Il passe un bras autour de mon épaule et me serre affectueusement contre lui avant de me relâcher aussi vite.

— Merci, soufflé-je juste avant que Mathieu ne débarque.

Il a enfin retiré son casque et ses gants. Ses cheveux sont dans un bordel monstre. Son visage est rouge-écarlate avec les traces de son casque sur ses joues. Toujours très beau.

Il tape dans la main de John qui le félicite et le remercie pour cette course. Il reporte ensuite son attention vers moi.

— Tu ne t'es pas enfuie ! remarque-t-il, ravi.

Je roule des yeux et lui réponds simplement :

— Je t'ai promis d'être là.

Son sourire fait grandir le mien. Il me prend soudainement dans ses bras et me soulève pour me faire tourner. Un petit cri de surprise m'échappe, l'amusant beaucoup.

— Félicitations. T'observer n'était finalement pas une torture.

Il sourit de toutes ses dents.

— Amen ! Je vais faire de toi une fan, tu verras !

Je ne peux pas riposter, car il doit filer répondre à Tomari pour débriefer la course. Mon regard croise celui d'Abbott qui n'a rien de chaleureux. Seule sa curiosité transparaît. Je prends cela comme un signe qu'il est temps que je m'éclipse. Je salue Lowe qui continue de me regarder avec un petit sourire en coin. Je l'ignore du mieux que je peux.

Mathieu a encore beaucoup à faire sur le paddock avant de rentrer. Je file donc l'attendre à l'hôtel. Je me suis déjà bien assez exposée pour aujourd'hui. Nous parlerons de cette journée tous les deux dans le calme de notre suite.

J'ai hâte qu'il rentre.

MATHIEU

Il me reste une interview à honorer après m'être débarbouillé rapidement du champagne du podium. Je prends un peu de temps pour moi avant de ressortir de mon box. Je m'assois et inspire profondément pour retrouver un souffle régulier.

Je suis vraiment content que Nell soit restée jusqu'au bout. Je suis encore plus heureux qu'elle soit passée me féliciter. Je ne réalisais pas à quel point j'avais besoin de la reconnaissance d'un proche concernant mes performances. Mes parents n'ont jamais fait cet effort, habitués aux triomphes de mon père. Je n'ai jamais eu de copine et mes amis sont eux-mêmes en F1. Bref. Avoir Nelly pour me soutenir aujourd'hui m'a fait beaucoup de bien.

J'ai cru comprendre qu'elle avait filé à l'hôtel. J'irai la retrouver dès la fin des interviews.

Je regarde rapidement mon téléphone avant de sortir. J'y ai quelques messages sur ma conversation avec les trois filles, mais aussi sur un nouveau groupe avec simplement Mina et Carly.

Sur la première, elles m'expliquent avoir suivi la course depuis l'Écosse et me félicitent pour mon résultat. Là encore, cette attention me touche beaucoup. Je crois que ces deux folles aussi sont devenues mes amies. Je les adore, elles sont tarées et mignonnes comme Nelly.

Je leur réponds avant que la curiosité ne me pousse à ouvrir la seconde discussion dans laquelle Nell n'est pas présente. Je suis aussi soulagé qu'horrifié par l'information qu'elles me font passer.

Mina : « Nell a probablement omis de t'informer que c'était son anniversaire aujourd'hui. »

Elle a définitivement bien caché cette information. Merde… Je déteste souhaiter un anniversaire après que quelqu'un me l'a rappelé. Ça manque de sincérité.

Moi : « Pourquoi vous ne m'avez pas prévenu hier ??? »

Carly : « Ça va ! Tu n'avais qu'à la demander en ami sur Facebook, au moins tu l'aurais su ! »

Ça ne m'a même pas traversé l'esprit.

N'empêche qu'il va falloir que je lui organise un truc, car je ne compte pas laisser passer son anniversaire sans marquer le coup. C'est génial un anniversaire, on ne peut pas le rater !

Moi : « Opération anniversaire de Nelly lancée. »

Mina : « Hâte de savoir ce que tu vas lui réserver ! »

Et moi donc. Il va falloir que je trouve vite en plus. J'essaye de rassembler quelques idées avant qu'on vienne me chercher pour aller aux interviews. J'envoie quelques messages à Andy pour qu'il se charge de certaines choses pendant que je suis coincé. Je m'occuperai du reste avant de la retrouver.

Un membre du staff passe me récupérer. Je pars rejoindre les journalistes en priant pour que ça ne traîne pas en longueur.

Je réponds machinalement, plus concentré sur ma soirée. J'essaye de réfléchir à ce que je pourrais faire pour marquer le coup. Je commence à connaître Nell, mais pas parfaitement. J'espère arriver à la rendre heureuse avec le peu que j'aurais pu mettre en place à la dernière minute.

Quand on me libère, je file du paddock pour passer récupérer deux ou trois trucs dont Andy ne peut pas se charger pour moi. Lorsque je pense avoir tout ce qu'il me faut, je rentre à l'hôtel pour rouspéter après Nelly pour ne pas m'avoir informé que c'était son anniversaire.

Je ne la trouve pas dans le salon, ni dans la chambre. Le clapotis de l'eau m'indique qu'elle doit encore profiter d'un bain. Elle a laissé la porte entre-ouverte, aujourd'hui. Voyant qu'elle est entièrement recouverte de bulles, je me permets d'entrer. Au moins, elle ne pourra pas s'enfuir.

Elle est d'abord surprise, puis elle se contente d'éclater de rire.

— Je t'en prie, entre, ironise-t-elle.

Je m'adosse au lavabo en croisant les bras pour feindre la colère.

— Je ne suis pas content, Nelly.

Elle fronce les sourcils.

— Parce que je ne t'ai pas convié dans mon bain ? me taquine-t-elle.

Je ne retiens pas mon sourire.

— Maintenant que tu soulèves ce point, on peut l'ajouter à la liste, réponds-je avec un clin d'œil.

Elle rougit, mais ne riposte pas.

Je ne vois rien de son corps, pourtant, la savoir nue à quelques centimètres me met dans tous mes états. Je dois me reconcentrer sur la raison de ma présence dans cette salle de bain.

— Cesse de me charmer, MacArthur, lui reproché-je. Je suis venu te réprimander !

Elle s'esclaffe.

— Ce n'est pas ton truc les punitions, Matt. Laisse faire les pros, me provoque-t-elle.

— Non, en effet. C'est pour ça que je vais te gronder et ensuite te récompenser.

Je crois qu'elle commence à comprendre où je veux en venir, car elle roule des yeux.

— Commençons par la réprimande : tu as légèrement oublié de me dire que c'était ton anniversaire !

Elle hausse les épaules et glisse un peu plus dans l'eau pour se cacher.

— C'est bizarre de dire à quelqu'un que ça va être son anniversaire. J'aurais l'impression d'être un gros rat quémandant des cadeaux, s'explique-t-elle.

Son argumentaire tient drôlement bien la route. C'est vrai que c'est bizarre. N'empêche que j'aurais aimé le savoir et ne pas passer pour un boulet en ne lui souhaitant pas son anniversaire.

— Joyaux anniversaire, Nelly. Il va falloir que tu sortes de ton bain pour qu'on aille célébrer ça correctement, ordonné-je gentiment.

Ses yeux s'agrandissent.

— C'est-à-dire ?

— Tu verras !

Je ne lui laisse pas le temps de refuser. Je lui annonce que nous partons dans vingt minutes, qu'une tenue l'attend dans sa chambre et que si elle ne sort pas de cette baignoire, je l'en la tirerai moi-même. Je file de la salle de bain pour ne pas écouter ses protestations, mais l'entends tout de même rigoler.

Vingt minutes plus tard, elle me retrouve dans le salon où je l'attends, déjà prêt.

Elle a enfilé une des trois tenues que j'avais sélectionnées pour elle. Ne sachant pas ce qu'elle préfèrerait, j'avais prévu large pour qu'elle soit à l'aise.

Elle a choisi la robe. Je pensais qu'elle lui irait bien, mais je n'imaginais pas la trouver si belle. La couleur vert profond du tissu met en valeur ses yeux. Elle a laissé ses cheveux lâchés et enfilé une paire de talons malgré le désamour qu'elle a pour ces chaussures. Son maquillage reste léger. Elle est, de toute façon, parfaite au naturel. Le vêtement embrasse son corps, met en valeur son décolleté et tombe joliment sur ses fesses rebondies. Je la complimente sincèrement.

— Tu es à croquer.

Je me lève du canapé pour la faire tourner et l'observe sous tous les angles. Elle se laisse faire en rougissant.

— Tu portes un costume, remarque-t-elle.

À son tour, elle me détaille et passe les mains sur mon torse.

— Tu fais très monégasque. Je vais faire tache à côté de toi, dit-elle alors avec une grimace.

Je secoue vivement la tête.

— Je crois plutôt qu'on sera parfaits ensemble. Allez ! Arrête de complexer pour n'importe quoi, le restaurant nous attend.

Elle ignore ce que j'ai prévu, mais elle me suit les yeux fermés. Je la sens un peu stressée, mais elle ne dit rien. J'imagine qu'elle a conscience que je ne la mettrai pas dans une position délicate. Je veux simplement la faire sourire pour son anniversaire.

Notre chauffeur nous conduit au restaurant où j'ai demandé à Andy de nous réserver une table, en toute discrétion. Le maître d'hôtel nous y guide et je suis content de voir qu'aucun journaliste ne pourra voler une photo.

Nous n'avons pas à patienter pour les cartes ou pour passer commande. Ce restaurant gastronomique n'a qu'un menu. Nous pouvons nous laisser porter.

Nell observe les lieux, la table, moi. La rougeur sur ses joues s'accentue.

— Je ne mérite pas tout ça, glisse-t-elle.

— De bien manger pour ton anniversaire ?

Elle rit.

— Tu sais bien ce que je veux dire.

Je me contente de hausser les épaules. Rien n'est jamais trop bien pour qui que ce soit. Pourquoi ne pas simplement profiter de ce que nous pouvons avoir ?

— Estime-toi heureuse, Nell. Si j'avais su que c'était ton anniversaire avant aujourd'hui, tu ne t'en serais pas remise.

Je lui aurais probablement organisé un gros truc, avec ses amies. Finalement, ce n'est peut-être pas si mal que je n'ai pas eu de temps pour réfléchir à la question. Je crois qu'une soirée plus simple lui convient bien mieux.

Le premier plat arrive. Nous le dégustons en partageant nos impressions. Nell finit enfin par se détendre et nous pouvons papoter sans gêne. Nous parlons de la course, de ses précédents anniversaires. Nous envoyons une photo aux filles.

D'autres mets sont servis et nous passons une superbe soirée.

Quand arrive le dessert, je suis ravi de voir qu'il contient des fraises. Elle sera obligée de reconnaître qu'elle n'y est pas allergique. C'est aussi le moment où je peux lui offrir mon cadeau.

Elle éclate de rire quand elle aperçoit le cake. J'imagine qu'elle a pensé à la même chose que moi.

— Mon fruit préféré, admet-elle avec un sourire diabolique.

— Ça t'aurait tuée de l'avouer, hein ? râlé-je.

Elle rigole.

— Tu m'aurais amadouée trop facilement, explique-t-elle.

Je lui tends mon cadeau au lieu de polémiquer. Je sais qu'elle va chercher à le refuser, mais je ne compte pas écouter un mot de ce qu'elle pourra me dire.

— Matt… soupire-t-elle. C'est trop.

Je secoue la tête.

— Rien n'est jamais trop pour tes beaux yeux, répliqué-je en riant.

Ma blague la détend assez pour qu'elle accepte d'ouvrir l'enveloppe. Elle lit les quelques explications que j'ai pu y noter.

Elle se mord la lèvre pour retenir un immense sourire.

— T'es un amour, chuchote-t-elle. Merci.

Je ne savais pas quoi lui trouver. Je ne voulais pas lui offrir un bijou ou des fringues. Ça aurait été bien trop impersonnel. Finalement, je me suis dit que s'il y a bien quelque chose qui lui ferait plaisir, ce serait de passer du temps avec ses copines. J'ai donc opté pour un séjour en thalasso entre filles dans un des meilleurs centres du monde. Je les vois tout à fait se prélasser dans un spa en commérant.

— Joyeux anniversaire, Nelly.

Elle se lève de sa chaise pour venir m'embrasser sur la joue. Elle me serre un instant contre elle avant de retrouver sa place. La voir si heureuse me comble à mon tour, c'est jouissif.

Putain, j'ai envie de l'embrasser.

Une fois notre repas terminé, nous rentrons à l'hôtel où une dernière surprise l'attend. Je lui prends la main pour la guider hors du restaurant. Dans la voiture, elle enlace à son tour nos doigts et se penche pour poser la tête sur mon épaule. Je lui ai fait plaisir et elle me le rend à sa façon. J'adore l'avoir près de moi et je me demande jusqu'où elle serait prête à aller, ce soir.

Arrivés devant l'hôtel, je reprends sa main pour rejoindre la suite. Dans l'ascenseur, elle se blottit contre moi. J'enlace sa taille, la caresse du bout des doigts. Si la montée avait été plus longue, j'aurais été plus audacieux. Mais nous arrivons dans la chambre et j'ai un autre plan pour le reste de la soirée. Il est encore tôt.

Nell repère tout de suite les tulipes installées sur la table du salon.

— Je n'aurais pas cru que tu te serais rappelé de ça, avoue-t-elle.

Je retire ma veste en répondant.

— Que veux-tu ? Je suis un homme parfait.

Elle rit.

— Je commence à m'en rendre compte, marmonne-t-elle en dénouant ses chaussures.

Son regard représente une énorme perche tendue. Nous pourrions tout à fait partir dans une des chambres et nous lancer dans une nouvelle forme de relation. J'en ai très envie. Lui retirer cette robe est une tentation terrible. Sauf que Mina et Carly doivent nous appeler en visio.

La sonnerie de la tablette de Nell se fait justement entendre. L'espace d'une seconde, je crois qu'elle est déçue. Elle retrouve cependant vite le sourire en découvrant les visages de ses copines.

— Joyeux anniversaire ! lui hurlent-elles quand elle décroche.

Nell rit en les remerciant.

Je l'observe de loin quelques instants en me demandant à quel moment la rendre heureuse est devenu plus important que la mettre dans mon lit. C'est bien la seule femme qui me fait ce drôle d'effet.

Elle détourne rapidement son attention de l'écran pour me détailler. Le regard que nous échangeons est lourd de non-dits, de désir. Nous savons tous les deux ce qui se serait passé sans cet appel. Ce dernier est le seul moyen de nous faire patienter encore un peu.

Je la rejoins sur le canapé pour saluer les filles. Commence alors une longue discussion sur notre repas au restaurant, sur la course et sur le cadeau de Nell.

Cette dernière se love contre moi tandis que je glisse ma main dans ses cheveux. Nos amies ne nous font pas de commentaires et je les en remercie. Elles arriveraient à gêner Nell, assez pour qu'elle se détache de moi.

Nous rigolons tous ensemble pendant de longues heures. Si bien que lorsque nous raccrochons, nous sommes bons pour aller nous coucher.

Nell rejoint sa chambre, moi la mienne. Nous resterons sages, ce soir encore.

En tout cas, je pense qu'elle a passé un bon moment et c'est tout ce que je voulais.

Je ne garantis cependant pas d'arriver à garder mes mains pour moi encore longtemps. J'ai terriblement envie d'elle et ma queue me le fait bien savoir alors que j'essaye désespérément de m'endormir.

17

Août – Portugal

NELL

C'est officiel, je n'arrive plus à quitter Mathieu.

Chaque fois qu'il me propose de le suivre, je le fais. J'en oublie totalement les raisons qui justifieraient que je me tienne à l'écart. Je me contente de profiter de la vie.

Ces dernières semaines, il a eu beaucoup d'impératifs à honorer, beaucoup de galas qui ont fait que nous avons un peu calmé le jeu des regards enflammés. Le reste du temps, nous sommes toujours entourés de beaucoup de membres du staff, ce qui nous laisse peu de possibilités de nous rapprocher.

Nous avons malgré tout abandonné l'idée de nous vouvoyer et de jouer les collègues à longueur de journée. Nous nous chamaillons et rigolons ensemble sans nous prendre la tête. Lowe s'en amuse beaucoup, mais je m'en fiche.

Porana, lui, nous réserve de mauvais regards, mais là encore, je n'en ai rien à battre. Je me contente de me laisser porter et de tirer tout ce qu'il y a de positif de cette situation.

Entre la crevaison et son DNF en Italie ou encore sa P4 à la dernière course, Mathieu entame cette nouvelle semaine dans une humeur de chien. Sans parler du fait qu'il s'agit de la date portugaise… Je suis particulièrement attentive à lui ce week-end. J'imagine que les lieux doivent plus le remuer que ce qu'il montre. J'espère simplement qu'il ne va pas se renfermer et souffrir en silence.

Aujourd'hui, nous devons aller faire un tour sur le circuit et je crois que Matt a prévu d'aller déposer une gerbe de fleurs là où son ami a eu son accident. J'ai cru comprendre que c'était une tradition pour les pilotes décédés en course. Je ne sais pas si ça aidera Mathieu à surmonter ce week-end. En tous cas, je resterai à ses côtés tout du long.

Son calme n'annonce rien de bon. Il n'a pas décroché un mot, ce matin. J'ignore comment le soutenir. Je ne veux pas empirer les choses en posant une question déplacée. Du coup, je décide de l'enlacer alors qu'il termine de se préparer.

Il ne se fait pas prier et me serre contre lui. Il me maintient quelques minutes sans rien dire.

— Tu restes avec moi, aujourd'hui ? vérifie-t-il.

Je relève la tête pour croiser son regard.

— Tout le week-end.

Son sourire d'habitude si affirmé me paraît plus terne, préoccupé. Je finis par l'interroger.

— Ça va aller ?

Il grimace.

— Je n'en ai pas la moindre idée, avoue-t-il. Je sais juste que je préfère que tu sois près de moi.

J'acquiesce.

— Je ne comptais pas te lâcher, ça tombe bien.

Son sourire devient plus franc.

— On ferait mieux d'y aller, on va nous attendre.

Nous nous mettons en route sans plus tarder. La voiture est déjà en bas. Nous retrouvons Lowe et quelques membres du staff sur le circuit pour en commencer le repérage. Matt récupère un bouquet que je finis par lui prendre des mains pour qu'il n'ait pas à le tenir tout le long du chemin. Je crois qu'il m'en est reconnaissant. Il n'a pas très envie de se prêter à cette tradition, mais il n'a pas le choix. Tout le monde s'attend à ce qu'il le fasse et on lui reprocherait de s'y soustraire. Il me semble que ses amis pilotes sont passés plus tôt.

Nous commençons donc le tour du circuit avec cette histoire qui pèse sur notre groupe. Nous sommes tous un peu tendus. Lowe échange avec le staff en essayant de garder des sujets de discussion positifs. Mathieu reste dans son coin, calme, mais perturbé. Je me tiens près de lui en cherchant des sujets de conversation susceptibles de lui changer les idées en sachant que ça sera peine perdue.

— Ce sont les mêmes circuits tous les ans ? questionné-je.

Il secoue la tête.

— Non, chaque calendrier est unique. Certains circuits reviennent tous les ans, d'autres vont et viennent selon les contrats qui sont signés. Parfois, des tracés sont modifiés d'une année sur l'autre.

— Porana a commencé en même temps que toi ? continué-je de l'interroger.

Il m'observe bizarrement avant de répondre.

— On a débuté le kart ensemble, mais il lui a fallu plus de temps pour monter jusqu'en F1. Il avait du mal à trouver des sponsors.

— Tu es bien meilleur que lui. C'est assez flagrant, affirmé-je.

Il sourit pour la première fois depuis que nous avons mis un pied sur le paddock.

— Tu n'es pas censée l'avouer, Nelly.

Je hausse les épaules.

— Personne ne nous écoute. De toute façon, je m'en fiche.

Il passe son bras autour de ma taille et m'attire à lui. Je me cache un peu plus sous ma casquette pour que mon visage ne puisse pas être pris en photo par des téléphones indiscrets en bordure de circuit.

— Merci d'être là, lâche-t-il doucement. C'est un putain de calvaire.

Je presse la main qu'il a sur ma hanche.

— Je sais. J'ai hâte que ça passe. Je n'aime pas te voir comme ça, avoué-je, triste.

— Comme quoi ?

La discussion le distrait et c'est tout ce qui compte. Il ne semble pas réaliser que nous arrivons bientôt sur les lieux.

— Calme, discret… éteint.

Son sourire peiné laisse place à une expression charmeuse.

— Alors, allume-moi, Nelly !

Amusée, je lui pince furtivement les fesses. Il ricane doucement.

— Je t'adore, confie-t-il avant de m'embrasser sur le front.

Nous parvenons finalement sur le virage en question. Toute frivolité s'envole. Les membres du staff se recueillent respectueusement avant de laisser la place à Matt. Il me prend le bouquet des mains pour le déposer avec les autres.

Les curieux ont la décence de lui foutre la paix. À la demande des équipes, ils s'en vont pour nous laisser seuls.

Lowe lui serre gentiment l'épaule en guise de soutien avant de prendre ses distances.

Je me retrouve seule avec lui et sa douleur qui commence à l'engloutir.

Je pourrais rester en retrait, silencieuse, et le laisser gérer ça en privé. Je ne pense cependant pas que ça soit ce dont il a besoin. Si ça avait le cas, il n'aurait pas autant dérapé ces derniers mois. L'abandonner serait un très mauvais plan, il a besoin de soutien et c'est à moi de le lui apporter.

Au lieu de rester en retrait, je m'avance donc pour le serrer contre moi. Il dépose son menton sur ma tête et me rend mon câlin.

— Il t'aurait adoré, confie-t-il doucement.

Sa voix est plus grave que d'habitude, plus tendue. En revanche, pas de trace de larmes, de tristesse. Il garde tout en lui, mais au moins, il me laisse l'aider un minimum par ma présence.

— Il était comment ? demandé-je.

Un léger sourire prend place sur ses lèvres.

— Gentil, drôle, immature, énumère-t-il avec un petit rire. Il me suivait dans toutes mes conneries tout en restant bien plus doux.

— Parce que toi, tu n'es pas doux ? l'interrogé-je, surprise.

Il hausse les épaules.

— Il faisait moins semblant que moi. Moins souvent en tout cas. Il était encore plus honnête.

L'amour qu'il lui porte est toujours très présent. Mon cœur se fend pour lui.

— Toi en encore mieux ? Il devait être incroyable alors, commenté-je.

Mon compliment déguisé le fait sourire.

Il plonge son visage dans mes cheveux pour en respirer l'odeur. Il me serre un peu plus fort avant de regarder à nouveau le mini mémorial improvisé.

— On peut y aller ? demande-t-il finalement. Ce n'est pas comme ça que j'aime lui rendre hommage. Mike aimait bien trop la vie pour faire un truc aussi morbide en sa mémoire.

J'acquiesce et le laisse me prendre la main pour nous éloigner de cet endroit.

Nous terminons le tour en silence après avoir retrouvé le reste du staff. Nous rejoignons les box de l'écurie. Lowe s'en va travailler avec les ingénieurs. Les autres retournent à leur poste. Mathieu va bientôt devoir aller à un entraînement et moi, je dois retrouver Franck et Dany pour parler argent.

Je suis Mathieu dans son box privé avant de m'y rendre. J'ai encore quelques minutes devant moi, je ne compte certainement pas me pointer en avance, ça sera déjà bien assez long.

Matt ferme la porte derrière nous avant de m'attirer à lui pour un nouveau câlin. Ça commence à devenir une habitude dont je n'ai pas envie de me passer.

Je savoure son odeur et remplis mon esprit de sa présence. Je glisse mes mains dans son dos, tandis que les siennes reposent sur mes reins. Nos hanches se rencontrent toujours un peu plus. Ses lèvres taquinent ma tempe.

La température dans la pièce monte à mesure que notre câlin amical se transforme en quelque chose de plus intime. Je repense à la façon dont il m'a provoquée l'autre soir, au milieu de la nuit. J'ai envie que nous reprenions à cet instant. Qu'il m'embrasse plus profondément. Qu'il m'embrasse tout court.

Nous restons dans un calme brûlant pendant de longues secondes.

Je relève la tête pour voir son visage. Son expression me fait rougir. Je sens toujours plus de chaleur sur chaque partie de mon corps qui touche le sien.

J'aimerais savoir à quoi il pense, pourquoi il me regarde de cet air presque timide.

— Comment tu fais pour toujours comprendre ce dont j'ai besoin ? demande-t-il. Sans toi, j'aurais déjà fait une nouvelle connerie. N'importe qui d'autre m'aurait laissé seul tout à l'heure, mais tu as décidé de rester.

Je hausse les épaules, dissimulant au mieux ma surprise en l'entendant reconnaître qu'il aurait facilement pu rechuter ce week-end sans ma présence.

— Les autres sont stupides, réponds-je.

Il rigole pour la première fois depuis le début de la journée.

— Nelly… soupire-t-il.

— Matt ?

Il contemple ma bouche avec une lenteur étudiée. Sa langue caresse ses lèvres pour les préparer à ce qu'il compte faire ensuite.

Je me mets sur la pointe des pieds pour réduire la distance entre nous. Il me soutient en serrant un bras dans le bas de mon dos. Sa seconde main trouve ma joue. Il relève mon menton tout en approchant son visage du mien.

Enfin, il dépose ses lèvres sur les miennes dans un mouvement confiant, doux et tentateur. C'est d'abord une caresse, puis un jeu. Il me taquine, me provoque avant de me satisfaire en approfondissant le baiser. Sa langue vient trouver la mienne, déclenchant des éclairs d'excitation dans mon bas ventre.

Il m'embrasse plus sauvagement tandis que ses mains restent terriblement douces, attentionnées. Elles restent en terrain neutre, alors que je tuerais pour qu'elles descendent plus bas. Je m'accroche comme je peux à son torse. Il me renverse toujours un peu plus.

Un gémissement m'échappe au moment où on toque à la porte.

— Je t'attends, Mathieu ! lui crie son coach.

Je m'écarte de lui à la hâte, peu désireuse que le staff commence à commérer.

— J'arrive, répond-il d'une voix que je ne lui connaissais pas.

Il me donne l'impression d'avoir envie de gifler son coach, qui a osé nous déranger.

— Désolé, chuchote-t-il à mon attention.

Je porte inconsciemment mes doigts à mes lèvres avant de les lécher. Je repense à ce qu'il vient de se passer. C'était encore mieux que tout ce que j'aurais pu croire.

— Tu ferais bien d'y aller avant qu'il ne vienne te chercher par la peau des fesses, remarqué-je.

Il soupire en se frottant le visage.

— Il faudrait au moins ça pour me convaincre de te laisser. C'est bien la dernière chose dont j'ai envie.

Je remarque enfin que lui aussi n'est pas resté insensible à notre rapprochement. Sa bouche est encore gonflée, sa respiration courte et son regard brûlant. Nous étions définitivement prêts pour plus.

Nous échangeons un nouveau regard enflammé. J'ai toute son attention.

— Mathieu ! s'énerve son coach.

Il va vraiment lui en faire baver s'il continue à le faire attendre.

— File, lui conseillé-je. On se voit plus tard.

Il acquiesce avant de partir à contrecœur. Il dépose un dernier baiser sur ma joue, puis quitte le box.

Je reste seule quelques instants pour retrouver mes esprits avant de rejoindre les financiers. Si je me ramène les pommettes et les lèvres rougies, la tête ailleurs, ils comprendront rapidement ce qui m'a retardée.

Putain…

Mathieu embrasse vraiment comme un dieu.

MATHIEU

Ce n'est qu'à quelques minutes de monter sur la scène pour faire le show que je réalise à quel point je me sens bien.

J'étais super angoissé à l'idée de revenir ici, je craignais de repartir sur une pente glissante, mais en vérité, tout ne va pas si mal. Nell est la principale raison de ce mieux. Dommage que nous nous soyons si peu croisés ces derniers jours. J'aurais bien poussé un peu plus loin que ce baiser.

J'aurais définitivement poursuivi cette étreinte.

J'ai toujours envie de buter mon coach. J'aurais volontiers continué de l'embrasser pendant quelques heures encore. J'aurais bien repris où nous en étions en rentrant, sauf que j'avais un peu oublié le gala organisé par la marque que je représente.

Avant-hier, nous n'avons aussi pu partager que notre journée. Une réunion de dernière minute a été décidée pour parler de la stratégie, réunion que je n'ai pas pu esquiver.

Depuis, nous n'avons pas eu d'autre occasion de nous rapprocher. Je suis sous pression pour la course, ce qui m'empêche de penser à quoi que ce soit d'autre.

Toujours est-il que j'ai réussi à me placer en *pole* pour le Grand Prix de cette aprèm. Nell a promis de me regarder aujourd'hui encore. Elle ne compte toujours pas rester aux stands, mais c'est déjà bien.

Ayant transformé ma peur et ma colère en motivation, je me sens plus que prêt pour cette course. Cette date a marqué le début de ma descente aux enfers, l'année dernière. Je veux prendre ma revanche et les conditions sont réunies pour je sorte un bon résultat. Peut-être que Mike est à mes côtés pour m'encourager et m'envoyer la force pour réussir. Peut-être est-ce sa façon de me féliciter de m'être repris en main et d'avoir même trouvé une femme à fréquenter comme un adulte digne de ce nom.

Loris, Gabriel et Berg arrivent à leur tour pour divertir les fans avant la course.

Gabriel a les traits tirés, il n'est pas aussi bien rasé qu'habituellement. Ses cheveux sont en bataille. Ça ne lui ressemble pas. Je réalise à quel point ça fait un moment que je les évite. Même après notre conversation à Monaco, j'avais besoin d'air. Je devais me reprendre de mon côté, ma jalousie envers Owen ne m'aurait pas aidé à retrouver le cap.

Maintenant que je sais que je vais mieux, je n'ai plus la moindre raison de ne pas les voir. Ils me manquent. Cette semaine ne doit pas être facile pour eux non plus. Nous devons rester soudés pour nous soutenir, chose que je n'ai pas vraiment respectée jusqu'ici.

— Ça va, mon vieux ? demande Loris, poli, mais quelque peu froid.

Gabriel se contente d'un signe de tête.

— Ils étaient obligés de nous exhiber sur la scène ce week-end ? râlé-je.

Mes amis soupirent. Les organisateurs n'ont vraiment aucune pitié.

— Tu t'en sors cette semaine ou on risque de te retrouver dans la pire position possible dans un club, dès la fin de la course ? m'interroge Gabriel, dur, mais réaliste.

Je secoue la tête.

— Je n'ai pas mis un pied dans un club ni n'aie succombé à l'alcool depuis quelques mois. Donc oui, ça va. Étonnamment bien, en fait.

— Du coup, tu viendrais passer une soirée avec nous ou tu te trouverais encore une excuse pour esquiver ? Je t'avoue qu'on aimerait bien t'avoir avec nous cette semaine, explique Loris.

Il va falloir un peu de temps avant que je regagne leur respect. Ils restent tout de même des amis incroyables qui me soutiennent, alors même que je les ai longtemps tenus à l'écart.

— Je me disais justement que vous me manquiez, avoué-je. J'aimerais bien vous voir.

Loris acquiesce avant de me prendre dans ses bras. Il est le plus doux de tous. Je crains que les autres aient envie de me mener la vie dure. D'ailleurs, Gabriel garde son expression impassible.

— Je t'enverrai un message, m'explique Loris avant que nous devions monter sur scène.

Une fois avec le journaliste, nous répondons aux questions des fans. Nous amusons tout le monde en nous chamaillant. Nous distribuons des *goodies* et des autographes à la foule, puis repartons dans nos box pour la course.

Rapidement, je me retrouve dans ma monoplace à attendre le début du Grand Prix. Avec Owen en P3, je dois me montrer malin pour garder le *lead* du début à la fin. Cette victoire, je la veux.

Les dix premiers tours se passent bien. Abbott est trop occupé à se battre contre Adoni pour me faire chauffer les fesses. Porana est en plus derrière moi pour faire barrage. Paul m'encourage et m'aide à garder le cap sans me faire engloutir par la pression de cette place.

— Méfie-toi Mathieu, tes gommes chauffent, m'annonce Paul.

— À quel point ?

Je me concentre sur mes courbes en attendant la réponse de Paul.

— On risque la crevaison en s'en tenant au plan A. La piste s'avère plus chaude que prévu, on passe au plan B.

— Reçu.

Cela signifie qu'au lieu de passer des pneus *soft* à *medium* nous allons passer de *soft* à *hard*. Possiblement, nous enfilerons les *soft* à la fin, selon la conjoncture.

J'aimerais demander à Paul à quel moment ils pensent me faire rentrer, mais ça donnerait trop d'informations à Dark Crown. Je dois donc espérer qu'en gardant ce rythme, je ne vais pas crever. Je dois garder confiance en mon équipe et lui faire confiance pour prévenir ce genre de problème en surveillant les paramètres de la voiture.

L'écart entre Porana et moi se creuse. Ça permet de ralentir les Dark Crown qui galèrent à le doubler. Peut-être que j'aurai assez de temps pour filer aux stands avant leur remontée, mais j'en doute. Il me faudrait un écart de plus de vingt-cinq secondes pour un *pit* parfait.

Malgré tout, si je m'arrête avant et retombe à leur niveau, je devrais pouvoir récupérer la P1 facilement. Porana les retiendra le temps que je change de gomme.

Je m'atèle donc à tenir ma place et même à gagner quelques secondes tout en faisant très attention à ne pas rouler sur un vibreur trop violemment ou à bloquer une roue en poussant trop.

Au vingt-cinquième tour, Paul m'appelle aux stands. Les Dark Crown ne se sont pas encore arrêtées et devront donc suivre mon choix pour ne pas perdre leur chance de me passer. Elles peuvent aussi décider d'attendre et de miser sur une gomme plus fraîche pour remonter, mais encore faut-il que je n'aie pas trop pris le large pendant cette manœuvre.

Je croise les doigts pour que Lise n'ait pas eu le temps de donner trop d'idées à Owen pour cette course. Ça réduirait drastiquement mes chances.

Je passe aux stands enfiler mes *hard*. L'arrêt est bon et me permet de retourner en piste rapidement. Le temps d'avance que j'ai réussi à prendre en début de course m'aide à ressortir derrière les Dark Crown, qui doivent encore s'arrêter. Porana ne devrait pas tarder à enfiler de nouvelles gommes à son tour. Je dois simplement attendre qu'ils partent tous changer leurs trains. Mon rôle consiste à réduire l'écart entre nous pour qu'ils ressortent le plus loin possible derrière moi.

Je remonte donc tranquillement sur Adoni en faisant chauffer mes pneus. Je le passe facilement en zone de DRS.

Abbott est plus difficile à surprendre. Je lui colle au cul un certain temps avant qu'il ne se décide à s'arrêter. Porana est déjà rentré aux stands. Je peux prendre le large sans trop de soucis.

Quand je commence à rejoindre les derniers du peloton, les drapeaux bleus sont brandis et les pilotes les respectent. J'évite donc de perdre trop de terrain. Les DC doivent être en train de sortir des stands.

— On en est où ? demandé-je à Paul.

— Les DC sont ressorties derrière les Riotti et les TW. Tu peux avancer pendant qu'elles les doublent. Essaye de pousser. Si nous le pouvons, nous passerons au plan C.

— Reçu.

La puissance des batteries est libérée. Je gagne en vitesse. Je prends quelques dixièmes par tour.

— Encore quinze tours, Mathieu. Garde ce rythme.

Je m'exécute et pousse autant que je reste concentré. Cette coupe, je la veux. Je la dois à Mike et à Keelean.

— Écart avec Abbott : 25,8.

Qu'est-ce qu'il se passe avec les DC aujourd'hui ? Leur coup de mou est ma chance pour l'emporter.

— Reçu.

— Cinq tours restants.

Je reste concentré. Je ne dois pas lâcher maintenant. La victoire est à portée de main.

Chaque nouveau tour annoncé par Paul est un pas vers ma pénitence.

Enfin, je passe le drapeau à damier.

— P1, Matt ! P1 ! Yes ! Bravo, mon vieux !

Je pourrais en pleurer de soulagement. C'est tout ce qu'il me fallait. Tout ce dont j'avais besoin pour définitivement tourner la page et reprendre une vie normale. Je sais maintenant que Mike sera fier de moi. C'est tout ce qui compte.

— Merci tout le monde. Super travail ! Elle est pour toi, Mickey.

Le reste de cette journée n'a pas d'importance. J'ai gagné. Ils peuvent me poser toutes les questions qu'ils veulent, m'arroser de champagne, me faire signer des autographes. Je suis sur un nuage et prêt à me laisser porter.

J'ai simplement hâte de rejoindre Nell pour l'embrasser comme je rêve de le faire.

J'attends donc patiemment que tous mes impératifs prennent fin pour la retrouver. Je ne la vois pas à l'arrivée, ni au podium. Il y a tellement de monde que je ne parviens pas à la dénicher. J'espère la voir à l'hôtel. Je passe à mon box pour me changer en vitesse et m'y rendre. Mais j'ai finalement la bonne surprise de l'y retrouver.

Je pense bien à fermer la porte derrière moi pour éviter qu'une caméra ne se glisse avec nous.

À peine ai-je enclenché le verrou qu'elle se jette dans mes bras en me félicitant.

— T'as gagné !

Son euphorie ranime la mienne.

— C'est trop bon, lui confié-je.

Elle rigole.

Je la soulève et lui fais accrocher ses jambes autour de ma taille. Je l'ai enfin à ma hauteur. Son sourire est éblouissant. Elle est heureuse pour moi. Elle doit comprendre ce que ça signifie à mes yeux.

— Embrasse-moi, la supplié-je.

Ses mains quittent mon cou pour entourer mon visage. Elle me tient fermement pour m'embrasser sans la moindre retenue. Je la laisse nous guider, imposer sa fougue et son contentement.

Ça n'a définitivement rien à voir avec le baiser d'une fille trouvée dans un club. C'est infiniment meilleur.

Quand elle se détache de moi, elle se mord la lèvre de gêne. Elle s'est laissée aller, mais elle n'a pas à se sentir honteuse. J'adore qu'elle se lâche.

— Si je te redemande de m'embrasser, j'ai le droit à la même chose ? la taquiné-je.

Son gloussement me surprend.

— Probablement, avoue-t-elle.

Je la repose à terre, mais la garde contre moi. Mes mains toujours sur ses reins, je lui pose la question qui me démange depuis le début de la course.

— Mes amis m'ont invité à une soirée avec eux et j'aimerais y aller parce que… je n'ai pas été un très bon pote, récemment. Mais je voudrais que tu viennes avec moi.

Son visage passe de la joie à la peur. L'idée ne la ravit pas du tout, je tente de la rassurer.

— Ça sera privé. Pas de caméra, ni rien. Juste les amis proches. Tu n'aurais même pas besoin de faire un effort vestimentaire.

Elle pèse le pour et le contre.

— Pourquoi tu veux que je vienne ? demande-t-elle finalement.

Parce que je craque pour toi, Nelly.

— Je te l'ai dit, seuls les proches sont invités. Je tiens à toi et j'ai envie de t'avoir à mes côtés. En plus, je leur ai parlé de toi. Ils seront curieux de te rencontrer.

Je la vois encore hésiter. Je décide de tenter une autre approche. Je l'embrasse à nouveau, la tourmente. Je lui mordille la lèvre, l'embrasse, lèche l'endroit où je l'ai mordue.

— S'il te plaît, plaidé-je.

Elle se contente de ricaner.

— Matt…

J'approfondis le baiser pour lui donner plus.

— S'il te plaît !

Enfin, elle cède.

— C'est bon, je viendrai. Mais promets-moi de rester près de moi !

Je hoche la tête.

— Promis.

Je peux aborder cette soirée plus sereinement. Nell sera là pour me soutenir s'ils se liguent contre moi. Sinon, je serai plus que ravi de leur présenter la seule femme qui ait réussi à me donner envie de me montrer fidèle et exclusif.

18

Août – Portugal

NELL

Comme Matt me l'a conseillé, je porte de quoi être élégante, mais à l'aise. Selon lui, ses amis se moquent que je vienne en pyjama ou en sac poubelle. Malgré tout, je préfère faire bonne impression. Non pas que je me rende à cette soirée en tant que copine de Mathieu, mais ils vont déjà me considérer bizarrement avec ces histoires de punitions…

Je suis plutôt stressée et voir Mathieu peu serein ne m'aide pas à me calmer. Il m'a parlé de ceux qui devraient être présents. À part ses amis pilotes et son amie de la fédération, il y aura quelques coachs ou ingénieurs course. J'imagine que Paul Durant sera là, étant un pote de Mathieu. Je suis terrifiée à l'idée que des ragots se répandent dès la fin de la soirée.

Je me fais craquer les doigts pour la troisième fois depuis que nous sommes montés en voiture pour rejoindre la suite d'Abbott.

Cette fois, Matt attrape ma main dans la sienne, il cherche à me calmer.

— Détends-toi. Tout va bien se passer.

— Alors pourquoi t'es aussi tendu ?

Il grimace avant de sourire face à ce reproche.

— Moi, je vais me faire engueuler. Toi, tu n'as rien à craindre.

Très rassurant.

Je ne sais même pas comment il va me présenter à ses potes. Sa boss ? Sa coloc ? Une amie à qui il a roulé des pelles ? Certainement pas sa copine, ça au moins, je le sais.

Pourquoi ai-je accepté de venir ?

Il m'a amadouée à coups de baisers. C'est fourbe. Il semblerait qu'il ait enfin trouvé comment me manipuler…

— Ils vont me détester, soupiré-je.

J'ignore pourquoi ça m'atteint tant. Mathieu et moi n'avons pas prévu de nous mettre en couple et de partager nos amis. Peu importe qu'ils m'apprécient ou non. Je ne les verrai que ce soir. Le seul enjeu est de passer une bonne soirée.

N'empêche que ça me prend la tête. Mes proches adorent Mathieu, mais les siens ne vont probablement pas m'aimer. Je ne suis que la fille qui l'a menacé de la perte de son siège, ce qui aux yeux de ces gens équivaut à une déclaration de guerre. Du moins, j'imagine.

Mathieu me presse la main et me fait un clin d'œil.

— Fais-moi confiance. Je ne t'amènerais pas en terrain hostile juste pour le plaisir d'avoir de la compagnie. Je ne suis pas un connard, Nelly.

N'ayant pas envie de me pointer avec un air crispé, je me force à me détendre. Il a raison, je dois lui faire confiance.

La voiture se gare devant l'hôtel d'Owen. Mathieu me guide à l'intérieur, jusqu'au dernier étage.

— Juste par curiosité, Owen Abbott est le compagnon de Lise Cardin, celle qui s'occupe de l'égalité des chances à la fédération ? Si c'est elle, ça va, je l'aime bien.

— Tu la connais ? m'interroge-t-il, surpris.

— Oui, on a eu quelques conversations téléphoniques Elle vérifiait que Keelean respectait ses engagements.

— Ça ne m'avait même pas traversé l'esprit que vous seriez amenées à travailler ensemble. Si j'y avais pensé, je vous aurais présentées.

Et moi ça ne m'avait pas traversé l'esprit avant ce soir que la Lise dont il m'a parlé plusieurs fois était cette même Lise avait qui j'avais communiqué. Bref. Ça fera trois têtes connues à cette soirée, c'est déjà bien.

L'ascenseur s'arrête devant la suite. Mathieu toque et attend qu'on vienne nous ouvrir.

C'est finalement une jeune femme blonde qui nous accueille.

— Merde, t'es vraiment là ! lance-t-elle à Matt.

Ça commence bien…

— Ne pleure pas, Lisie. Je sais que ça peut faire un choc de me retrouver. Je manquais terriblement à ta vie, mais retiens tes émotions.

Je réalise que si j'ai eu quelques appels avec cette femme, j'ignorais en réalité à quoi elle ressemblait. Je mets enfin un visage sur un nom.

Elle lance un regard noir à son pote avant de lui frapper le bras. Lui se contente de ricaner.

— Et si tu me présentais ton amie au lieu de jouer au con ? le provoque-t-elle.

— Je croyais que vous vous connaissiez, remarque Matt en m'observant.

Je hausse les épaules et j'explique :

— On s'est appelées, mais pas vues. Nell MacArthur, ajouté-je en direction de Lise Cardin.

Son visage s'éclaire quand elle assemble les pièces du puzzle. Un sourire bien plus chaleureux m'est adressé. Elle me tend une main que je serre. Tout ça vire au professionnel, j'ai peur que la soirée en devienne très chiante.

— Oui, alors on va oublier l'espace de quelques heures que vous êtes amenées à travailler ensemble. Les formalités, non merci, intervient Mathieu, tel un chevalier servant.

Lise acquiesce à son tour et s'apprête à parler quand un homme crie depuis la suite.

— Vous comptez entrer un jour ?

— Encore de bonne humeur, à ce que je vois, soupire Mathieu.

Lise lève les yeux au ciel.

— C'est toi qui l'énerves, lui reproche-t-elle.

Mathieu secoue la tête.

— Non, il est juste chiant en ce moment, la gagne, ça lui monte à la tête, réplique Matt.

Je suppose qu'ils parlent d'Owen Abbott. Je me sens un peu de trop dans cette conversation, surtout quand Lise soupire avant de prononcer la suite :

— Si tu nous côtoyais plus, tu saurais qu'Owen vit mal le fait que nous soyons aussi souvent loin l'un de l'autre. Tu n'es pas le seul à avoir eu des problèmes à régler, Matt. Tu sais que je t'adore et que je comprends ton besoin d'avoir pris le large. Mais les gars ne digèrent pas ton absence. On est censés être là les uns pour les autres, pas s'envoyer des insultes avant une interview.

Mathieu cache de moins en moins bien sa culpabilité. Il finit par céder.

— J'irai les voir.

Lise acquiesce, satisfaite.

— Réglez ça, ordonne-t-elle. Je n'aime pas jouer le tampon entre vous.

Mathieu souffle avant de la prendre dans ses bras.

— Bah fallait rester au Pérou avec tes alpagas, la taquine-t-il.

Lise soupire, mais se retient difficilement de rire.

— Lise a disparu pendant huit ans avant de revenir l'année dernière, m'explique Mathieu en se détachant de son amie. En agent secret, elle serait super utile. Elle a des talents d'invisibilité, poursuit-il. Si tu regardes son cou de plus près, tu verras qu'elle porte aussi les couilles d'Abbott en collier et…

— Putain ferme-la et entre ! s'emporte la concernée.

Mathieu se contente de rire et de lui ébouriffer les cheveux. Il me prend par la main pour me guider à l'intérieur où de nombreuses paires d'yeux nous tombent dessus. Matt ne s'en préoccupe pas. Il s'applique à prendre ma veste et mon sac pour les poser à l'entrée. Il m'attire ensuite vers un canapé où il nous installe avant de finalement regarder les autres invités.

Je repère Abbott, Doppia, Paul et Hupert. Je ne connais pas le reste des invités, majoritairement masculins. La F1 reste un monde d'hommes, même si certaines femmes commencent à y faire leur trou.

Paul vient taper la main de Mathieu avant de s'installer près de nous.

— Nell, me salue-t-il personnellement. Vous êtes très élégante.

Son compliment me fait autant plaisir qu'il me gêne. Mathieu lui lance un regard noir.

— Pitié, on peut se tutoyer ? La soirée risque d'être longue sinon, plaidé-je.

Il acquiesce avec un grand sourire.

— Euh… commence Owen. On est d'accord que c'est la personne que tu as présentée comme ta boss la dernière fois qu'on s'est parlé ? termine-t-il en me désignant, un peu perdu.

Je rougis malgré moi.

— Non, ce n'est pas exactement ça, tenté-je, mal à l'aise.

Matt hausse les épaules.

— Ma boss, ma coloc, mon amie, mon rayon de soleil…

Je le reprends, amusée.

— Mathieu…

— Ma goutte de pluie ? Chef Nelly ? se moque-t-il tandis que je me retiens de sourire.

— Il va vraiment falloir que vous – tu – m'expliques comment tu le supportes au quotidien, intervient Paul à mon attention.

Le reste des invités nous observe bizarrement.

— » Au quotidien » ? répète Doppia.

— Ta « coloc » ? relève Lise.

J'en déduis que Mathieu a omis un certain nombre de détails à notre sujet. Ses amis proches viennent nous entourer, probablement pour nous poser toutes les questions qui les démangent.

Je tente de m'en sortir comme je peux.

— C'est une longue histoire…

— Attends, du coup, c'est toi qui lui as retiré son assistant et ses jouets pour le punir ? demande Loris.

Je hoche la tête, gênée.

— Je les ai retrouvés depuis… ajoute doucement Mathieu.

Ses amis comprennent de moins en moins la situation.

— Et après, ils ont commencé une coloc pour que Nell le surveille, explique Paul.

Dit comme ça…

— Que je résume… intervient Owen, en se tournant vers moi. Tu es la fille de Don MacArthur, tu t'occupes en ce moment de l'écurie et tu as puni Mathieu pour son comportement de gros connard fini.

Le concerné grimace.

— Tu lui as retiré sa voiture, son assistant et ses gadgets, puis tu lui as fait partager ta suite pour le surveiller ?

Je hoche tristement la tête. Ils nous observent tous, consternés. Mathieu, lui, sourit comme un enfant.

— Je ne sais pas si je dois t'applaudir ou être effrayé, remarque Loris.

— Pour quelqu'un qui se moque de moi en permanence, sous prétexte que je suis à la merci de ma femme, le pique Owen, tu n'es pas dans une bien meilleure situation.

Mathieu se décide enfin à ouvrir sa bouche.

— Je n'ai jamais dit le contraire, se contente-t-il de déclarer.

— Mais vous pouvez nous expliquer comment vous êtes passés de ça, à venir ensemble ce soir ? nous interroge Lise, d'un regard inquisiteur.

Je m'apprête à répondre, mais Mathieu me coupe.

— Nous étions partis sur de mauvaises bases, Nell et moi. Elle voulait me calmer, moi désobéir. Elle m'a volé dans les plumes et, finalement, on s'est retrouvés dans cette merveilleuse colocation. Nous avons découvert que nous nous entendions super bien. Ça m'a effectivement apaisé, nous sommes devenus amis et nous avons donc décidé de continuer à vivre ensemble.

— Tu n'es plus puni, mais vous vivez encore ensemble ? répète Lise.

Mathieu hoche fièrement la tête. Je ne sais plus où me mettre. Je tente d'adoucir ce mot.

— Il n'était pas puni… plutôt en dégrisement.

Ils nous observent, tantôt amusés, tantôt surpris.

Un instant passe avant que qui que ce soit n'ose parler. Finalement, Lise décide de la suite de la soirée pour tout le monde.

— Bon, Matt, va discuter avec les gars, ordonne-t-elle.

Son regard est cependant dirigé vers moi.

— Je ne peux pas, refuse-t-il. J'ai fait une promesse à Nelly.

Consciente qu'il doit réellement régler ses problèmes avec ses potes, je préfère le délier de sa parole. Je peux m'en sortir quelques minutes sans lui. D'autant que Paul n'est pas loin et qu'il me semble sympathique.

— Vas-y.

Le Mathieu sérieux prend le dessus l'espace de quelques secondes.

— Sûre ? vérifie-t-il.

Je hoche la tête, avançant un nouvel argument.

— Tu m'empêcherais de régler mes problèmes avec les filles ?

— Je vous enfermerais dans un cagibi pour vous forcer à parler, réplique-t-il gravement.

Pour toute réponse, je fais un signe de tête vers ses amis. Ils doivent avoir une discussion et il se sentira mieux une fois que ça sera réglé. Il a déjà perdu Mike. Rien ne sert de perdre trois amis de plus.

Il dépose un baiser sur ma tempe avant de se lever et de traîner ses potes dehors.

Lise en profite pour s'asseoir près de moi. Paul, lui, file rejoindre les autres ingénieurs course, peu désireux de se retrouver dans cette conversation féminine.

— Merci, soupire-t-elle. Ils ont vraiment besoin de s'engueuler pour résoudre leurs problèmes.

Je le comprends, mais je les trouve tous plutôt durs avec lui. Chacun fait son deuil à sa façon. Mathieu avait besoin de temps.

— Tu n'as pas l'air d'accord avec ça, remarque Lise.

— Je n'ai qu'une version de l'histoire, donc forcément, je suis du côté de Matt, avoué-je.

Elle hoche la tête. Envoyer Mathieu parler aux garçons est le meilleur moyen qu'elle a trouvé pour m'interroger.

— Vous semblez proches. Vous l'êtes ?

— On vit ensemble, ça resserre les liens, resté-je évasive.

Elle grimace.

— Je suis désolée de demander ça, mais vous couchez ensemble aussi ?

Cette femme a aussi peu de filtres en tant que professionnelle qu'amie. Suis-je vraiment en train de débattre de ces choses avec une parfaite inconnue ? D'un autre côté, elle fait partie de ceux qui connaissent très bien Mathieu, il tient à elle. Personne ne pourrait plus m'éclairer à son sujet qu'elle. Je mise donc sur l'honnêteté.

— Pas encore.

Elle sourit.

— Pas encore, répète-t-elle. Quand je crois que Mathieu nous les a toutes faites, il continue de me surprendre.

Elle rigole avant de prendre une gorgée de champagne.

— C'est-à-dire ? Je veux plus de précisions.

Elle hausse les épaules.

— Disons que le Mathieu sobre, rangé, homme au foyer, je ne m'attendais pas à le rencontrer de sitôt.

Je prends la défense de Matt.

— Il n'avait pas le droit de sortir…

Lise secoue la tête.

— De ce que vous avez dit, il vit volontairement en coloc avec toi sans fêtes ni alcool. Il reste avec toi alors qu'il n'a même pas de sexe. Il te protège et il n'en a rien à faire d'admettre que tu le tiens par les couilles.

Je nie ces affirmations.

— Matt se sent juste redevable parce que ces règles l'ont aidé à avancer dans son deuil et à se retrouver. On se soutient l'un l'autre. On s'amuse bien et on peut se confier si besoin. On a simplement trouvé un équilibre qui nous convient à tous les deux.

Lise fronce les sourcils.

— Je connais Matt depuis que j'ai six ans, reprend-elle. Pas une fois je ne l'ai vu posé avec une femme, donc si n'importe qui était venu me trouver en souhaitant quelque chose de sérieux avec lui, je lui aurais conseillé de fuir. Sauf que là…

Elle regarde entre Mathieu et moi.

— Là, quoi ? la poussé-je à poursuivre.

Un ricanement s'échappe de ses lèvres.

— Je pense que Mathieu tombe amoureux de toi, lâche-t-elle finalement.

Incapable de me retenir, j'explose de rire. C'est la meilleure blague de l'année. Les regards se tournent vers nous, attirés par le bruit. Mon hilarité commence à tirer un rire à Lise.

Mathieu ? Amoureux ? De moi ?

Je n'y crois pas une seconde.

— Désolée, mais non. Impossible. On est amis, ça oui. On se plaît physiquement, mais lui, amoureux ? Il ne connaît pas la définition de ce mot.

Lise sourit et hausse les épaules.

— Je reconnais que c'est improbable, continue-t-elle. Mais il t'a parlé de Mike ! Tu ne te rends pas compte, je crois, de ce que ça signifie pour lui. Il te fait confiance. Il préfère rester avec toi que sortir s'amuser. Il te dévore du regard en plus. Ne te retourne pas, mais il te fixe comme s'il n'attendait que de te ramener à l'hôtel. Je t'assure que c'est un drôle de Mathieu, ça !

Je secoue la tête en rougissant.

— Parler de Mathieu c'est une chose, mais toi alors ? m'interroge-t-elle.

— Lise Cardin, tortionnaire des dirigeants d'écurie, aussi curieuse qu'une pie, la taquiné-je.

Elle rougit, mais glousse. Au final, elle reste une jeune femme comme les autres. Je la trouve plutôt cool.

— Je reconnais que je pose beaucoup de questions, rit-elle. Mais Matt vient de nous ramener sa boss avec qui il se comporte comme si c'était sa copine, j'ai besoin de réponses moi !

— Le fait que je sois sa boss ne l'a pas empêché de me faire livrer un fouet pour mettre des fessées aux pilotes désobéissants.

Elle se tient le ventre tellement elle rigole.

— J'en peux plus de celui-là… marmonne-t-elle.

Les garçons sur le balcon continuent de nous observer avec attention.

Un souvenir me revient soudainement en tête. Sur le moment, je n'y avais pas prêté attention, trop concentrée sur ce que j'avais à dire à Mathieu. À présent, je me dois de le partager avec Lise.

— Tu sais que le jour où je l'ai rencontré, il m'a dit qu'on s'entendrait bien toi et moi. C'était juste après que je lui ai expliqué qu'il devrait m'obéir.

Elle s'offusque.

— Quel connard ! s'exclame-t-elle, avant de se tourner vers lui et de lui mimer un égorgement.

Il lève les mains au ciel en signe de reddition. Il ignore pourquoi elle veut lui régler son compte, mais il ne cherche même pas à combattre. Il porte ensuite son attention vers moi et me fait un clin d'œil rassurant.

— Allez, s'il te plaît, raconte-moi ce qu'il s'est passé entre vous ! insiste Lise.

Incapable de tenir plus longtemps, je cède et lui relate rapidement les choses après avoir englouti ma coupe de champagne.

— En gros, Mathieu ne connaît pas le concept de vêtements, il est devenu super pote avec mes deux meilleures amies. Maintenant, on se fait des visios tous les quatre et il prend soin de les faire rire à longueur de temps sur notre conversation. Sinon, il m'a organisé quelques surprises terriblement mignonnes. Il fait attention à ce que j'aie tout le temps le moral. Il embrasse comme un dieu et ses blagues de merde m'ont conquise depuis longtemps. Pour mon anniversaire, il m'a offert une semaine en thalasso avec mes copines et rien que pour ça, je me dis que, sans ses mœurs légères, il serait l'homme idéal.

Lise m'observe en se mordant la lèvre. Je dois être toute rouge après avoir admis tout ça. En parler à quelqu'un qui connaît Mathieu me fait du bien.

— C'est peut-être un couillon, mais une chose est sûre : ce mec est un amour. Oh, il faut trop que vous vous mettiez en couple !

La réalité me revient en pleine face. Mais ça, je ne vais pas le lui expliquer.

De toute façon, les garçons sont de retour et je n'ai pas envie qu'ils entendent la teneur de cette discussion.

Owen prend Lise contre lui. Loris retrouve un homme que j'identifie maintenant comme son conjoint. Gabriel, lui, va se chercher un verre.

Quant à Mathieu, il me surprend en venant m'embrasser.

L'expression de Paul mériterait d'être immortalisée.

MATHIEU

Je suis Owen, Loris et Gabriel sur le balcon. Ordre de Lise.

Je ne sais même pas comment entamer la conversation. Les gars m'en veulent. Owen, particulièrement, se montre très froid. Loris sera le seul soutien que je pourrai espérer. Gabriel, lui, est aussi glacial que discret. Je me demande quel est son problème. Ça ne lui ressemble pas d'être à ce point distant. Et ce n'est pas qu'avec moi. S'il reste près de son meilleur ami, Owen n'en reçoit pas plus d'attention.

Je m'adosse à la barrière du balcon, à côté de Loris. Owen et Gabriel nous font face. Je pourrais rigoler, faire une blague, prendre les choses à la légère, mais je n'en récolterais qu'un poing dans la figure. De toute façon, c'est une discussion sérieuse que nous devons avoir. Je dois m'excuser, mais eux doivent comprendre mes raisons. Je me montre sincère.

— Vous m'avez manqué.

Tous m'observent en attendant la vanne qui n'arrive pas. Finalement, Owen me rentre dedans.

— On ne te manquerait pas si tu daignais nous parler.

Gabriel hoche la tête. Loris, lui, ne s'en mêle pas.

— Je sais. Je ne dis pas le contraire et j'en suis désolé.

Doppia est le premier à céder, mes excuses lui suffisent. Il me tape affectueusement l'épaule, tandis que les deux autres restent impassibles. Malgré tout, je vois qu'ils sont plus peinés qu'autre chose par la situation. Nous n'avons jamais été en froid et aucun de nous n'a envie de le rester.

— Je comprends que ça ait été dur pour toi, répond Owen. Vraiment, je sais que le départ de Mike t'a bousillé et que tu avais besoin d'air. Mais après l'autre jour, j'aurais pensé que tu finirais enfin par revenir. Sauf que tu es juste venu chercher du soutien dans une situation critique avant de te barrer aussitôt. Ça ne marche pas comme ça, Matt. Tu ne peux pas attendre de nous qu'on t'aide si toi-même tu n'es pas là pour nous. On a tous perdu Mike, tu sais ?

Je hoche la tête, coupable.

— J'ai abusé. J'en suis désolé. J'étais encore à l'ouest et je n'ai pas réfléchi.

— Et maintenant ? demande sèchement Gabriel.

Je n'aime pas le voir comme ça. Owen est le plus dur d'entre nous. Loris le plus doux. Gabriel, lui, est un ami toujours présent et posé. Là, il est à cran, stressé, fatigué. Je me déteste de ne pas savoir ce qui le met dans cet état. Ses traits sont tirés, son visage est pâle comme s'il souffrait. Je m'en veux de ne pas être là pour lui.

— Maintenant, je me sens mieux.

Je les rassure, sans pouvoir m'empêcher de regarder vers Nell.

Le mouvement n'échappe pas à mes amis, mais ils n'ont pas encore envie de parler de ça.

— En vrai, les gars, on a cette conversation, mais les deux qui ont réellement un problème, c'est vous, explique Loris en nous pointant Owen et moi.

— Oui, moi, j'ai d'autres chats à fouetter. Même si je t'en foutrais bien une, Matt, je n'ai pas envie de me fatiguer à te faire des reproches. Tant que tu redeviens un ami, je prends, affirme Gab.

Je ne sais effectivement pas ce qu'il doit affronter et je mériterais bien une correction.

— Moi, je n'en veux à personne, ajoute Loris. T'as déconné, mais je comprends que tu allais mal donc bon… Tant que ça te passe, ça me va.

Je lui offre un sourire reconnaissant. C'est déjà ça de moins à régler.

— Moi, ça ne me va pas, s'emporte Owen. Non seulement tu désertes, mais en plus tu évites nos appels, nos messages. Tu ignores Lise qui n'a fait qu'essayer de t'aider, sans chercher à savoir si ça ne commençait pas à la blesser. Tu n'as pas été là pour Gabriel, alors que franchement, il est bien plus dans la merde que toi. Et tu n'es même pas capable d'encaisser quelques piques méritées sans m'insulter.

Je soupire.

— Vous parler me faisait trop penser à Mike, m'expliqué-je. Je n'arrivais pas à vous voir et à déconner en sachant qu'il ne viendrait plus. Je sais que vous cherchiez à m'aider, mais… j'étouffais ! Je ne dormais plus, sans alcool, impossible d'échapper aux cauchemars. Je me sentais seul et je n'étais juste pas prêt à revenir à la normale, parce que plus rien n'était normal ! Je suis désolé, j'ai conscience que j'ai raté un certain nombre de choses et j'aimerais me rattraper. Je vais mieux, vous me manquez et…

Ils attendent la suite, mais je ne sais pas si je suis capable d'admettre *ça*. Je le leur dois. Surtout à Owen.

Mais de là à me mettre en difficulté ? Putain… Je n'aime pas ça. Si seulement Nell pouvait m'aider.

Je repense à ce qu'elle a dit. C'est vrai que je ne l'aurais pas laissée rester en froid avec ses copines. Ça l'aurait tuée. Je suppose que je suis dans une situation similaire. Ils sont ma famille et j'ai tout foutu en l'air. Je leur dois bien la vérité, même si elle me met à nu.

— Et ? me pousse Owen, adouci.

Je hausse les épaules et me frotte le visage pour trouver du courage pour leur faire cet aveu.

— J'étais juste jaloux de toi…

Loris écarquille les yeux, Gabriel fronce les sourcils. Owen, lui, me regarde comme s'il ne me connaissait pas.

— Toi ? Jaloux de moi ? répète-t-il, surpris. Pourquoi ? T'es Mathieu Lecomte ! Le mec le plus apprécié du paddock ! T'es entré en F1, dans une des meilleures écuries, sans passer par les bas étages ! Tu as toutes les femmes que tu veux, t'es riche, t'as une famille bien plus investie que la mienne dans ta carrière… Tu n'as rien à m'envier !

Je secoue la tête avec un rire amer.

— T'es chez DC, champion du monde, t'es tout le temps en *pole* ou sur un podium. T'as toujours ton meilleur ami, une femme qui te voue un culte sans fin depuis que tu as douze ans. T'es posé, casé. Tu sais que, quoi qu'il arrive, demain, tu auras quelqu'un sur qui compter. Moi, j'ai tout perdu avec Mike ! Je suis juste le mec paumé dont tout le monde a vu la bite et qui a eu besoin de se faire séquestrer pour reprendre sa vie en main. T'as tout ce que je veux, terminé-je, honteux.

Ils me regardent sans comprendre d'où tout ça peut sortir. Je cache bien les choses peut-être, mais quand même… Je pensais qu'ils avaient fini par se rendre compte de tout ça.

— On n'est pas Mike, mais on est toujours là pour toi, précise Gabriel, prêt à me soutenir, malgré ses problèmes.

Je hoche la tête.

— Je sais… Je ne sais même pas pourquoi je t'en veux autant, Owen. Je vous aime, vous êtes ma famille. Je me déteste de penser ça.

Au lieu de m'en tenir rigueur, Owen vient me prendre dans ses bras.

— Et moi qui croyais que personne ne t'aimerait jamais plus que toi-même, remarque Loris.

Sa vanne nous fait tous rigoler un bon coup. Les garçons rejoignent son avis. Je les provoque :

— Je n'y peux rien si vous êtes stupides…

Owen me tape gentiment le bras.

— On peut discuter de la partie où tu admets avoir envie d'être en couple ? suggère-t-il. Non, parce que ça, ça vaut de l'or. Surtout quand tu te ramènes avec ta boss à qui tu fais les yeux doux.

Je secoue la tête.

— Je n'ai pas dit que je voulais me mettre en couple ! Vous savez très bien que ça me terrifie…

— Et pour les yeux doux à ta boss ? insiste Loris.

Mon sourire charmeur revient en force.

— Je plaide coupable.

Les garçons se moquent de moi.

— Mec… C'est ta patronne ! argumente Gabriel.

— C'est mon ange gardien ! contré-je.

Les filles éclatent de rire, attirant notre attention. Elles ont l'air de bien s'entendre. J'étais sûr que ça matcherait entre elles.

— Elle t'a retiré toutes tes prérogatives et toi, tu fantasmes sur elle ? m'interroge Gabriel. T'es masochiste, en fait.

Je secoue la tête pour prendre la défense de Nell, amusé.

— Vous ne comprenez pas… Vous ne la connaissez pas.

— Éclaire-nous, suggère Loris.

J'observe Nell, tout en leur racontant ce que je pense être important.

— Elle se démène pour continuer de faire tourner l'écurie pendant l'absence de son père, alors qu'elle déteste la Formule 1 et plus particulièrement Keelean et qu'elle a dû abandonner sa vie pour sauver la situation. Je croyais que c'était un démon, mais en fait, elle est juste noyée sous les responsabilités. Pendant notre coloc, j'ai découvert une femme drôle, ouverte d'esprit, séduisante. On s'entend simplement bien. Franchement, je lui dois beaucoup.

— Par rapport à Mike ? m'interroge doucement Owen.

Je hoche la tête.

— Elle m'a tout de suite cerné. Dès le début, elle m'a dit que j'étais paumé. Sans elle, je serais encore dans un bar à l'heure qu'il est. Elle m'a apporté tout ce dont j'avais besoin : du calme et une présence amicale. Sans parler des deux folles qui font partie du lot. Je me suis retrouvé dans un groupe de nanas… Bref. Avec elle, j'arrive à parler de Mike, de ce qui s'est passé. Je ne sais pas. J'ai confiance en elle.

Les garçons m'observent avec de petits sourires conspirateurs.

— C'est ta copine ? demande Gabriel.

Je regarde à nouveau vers elle. Sauf que cette fois, Lise me fait signe qu'elle va m'égorger. Par réflexe, je lève les mains au ciel. Avec elle, je ne fais pas le malin !

Owen rigole.

Mes yeux croisent ceux de Nell. Je ne sais pas ce que nous sommes, mais je ne compte pas arrêter de l'embrasser. J'ai bien envie qu'elle devienne ma copine. Je serais incapable de gérer, mais autant me lancer dans quelque chose de nouveau. Nelly est la seule qui me donne envie de tenter cette expérience aussi terrifiante qu'imprévisible. Je vais encore devoir méditer sur la question, mais je commence à pencher pour cette option.

Je lui fais un clin d'œil, content de voir qu'elle se fond dans la masse.

— Elle est écossaise du coup, songe Loris. C'est ta compatriote, Owen !

J'éclate de rire.

— Ouh là ! Ne lui dis pas ça, elle va t'envoyer un drapeau écossais à la tronche en criant à l'indépendance.

Owen ricane.

— Ils ont encore de l'espoir, c'est beau…

— T'as pas répondu à ma question, remarque Gabriel qui ne perd pas le nord.

— Parce que je n'en sais rien. Elle me plaît vraiment, pas juste pour du cul. D'ailleurs, je n'ai même pas couché avec elle. On n'en a pas discuté, en fait.

Gabriel écarquille les yeux.

— Putain… Je pensais que t'allais me dire « jamais de la vie » ou un truc dans cette veine. Il s'est passé quoi dans votre coloc ? Elle t'a mis en laisse sans même toucher ton pénis ! me taquine mon ami.

— Elle a tout mon respect, rajoute Owen.

— Allons les retrouver, propose Loris, je veux voir comme elle te tient !

Qu'ils se moquent, je m'en fiche. Tant que nous sommes bien ensemble, c'est tout ce qui compte.

N'ayant pas trop envie de jouer les amis ce soir, je me penche vers elle pour l'embrasser quand j'arrive à sa hauteur. J'adore qu'elle se maquille peu : j'aime pouvoir goûter ses lèvres plutôt qu'un gloss à la fraise. Notre baiser reste chaste, mais assez appuyé pour choquer Paul.

J'ai peut-être omis de le tenir au courant sur ma situation avec Nell. Sa tête est hilarante. Je décide de le provoquer :

— Un problème ?

Il rigole en retrouvant contenance.

— Non, mais disons que la dernière fois que je vous ai vus ensemble en réunion, Nell t'a mis un gros taquet.

Nell lève les yeux au ciel.

— C'est Matt qui avait commencé à parler de fessées ! se défend-elle.

— C'est sympa les réunions chez Keelean, remarque Loris, nous on a à peine quelques gâteaux.

— Essaye d'envoyer un *sex-toy* à ton patron, selon Mathieu ça peut aider à faire pencher la balance en sa faveur, continue Paul.

Nell éclate de rire en regardant Lise. Je vois qu'elles ont vite sympathisé.

— Moque-toi. En attendant, ce n'est pas à Porana qu'elle envoie des messages coquins pendant les *live* !

Nelly s'offusque que j'aie osé avouer ça.

— D'ailleurs, en parlant de ça, se reprend-elle en se tournant vers Lise. « @OwenMonAmour4ever », c'est toi ça, pas vrai ?

La concernée se cache dans ses mains.

— C'est ça, le pseudo qui t'a servi pendant huit ans ? s'emporte Owen. T'es sérieuse, Lisie ?

Elle esquive la question en répondant à Nell.

— » #PenisPropreEntretenu » c'était toi ? rigole-t-elle.

Nell hoche la tête, morte de rire.

— Définitivement, c'est la bonne ambiance chez Keelean, reprend Loris.

Cette soirée est de loin la meilleure que je passe depuis une très longue année.

19

Août – Portugal

NELL

Je ne m'attendais pas à passer une aussi bonne soirée.

Maintenant que Mathieu a réglé ses désaccords, ses amis se montrent très accueillants. J'ignore ce qu'il leur a dit à mon sujet. Je sais simplement que ce que j'ai raconté à Lise risque de fuiter rapidement. De toute façon, Mathieu doit bien se rendre compte que c'est ce que je pense.

Je me demande comment lui me voit.

Je ne compte pas l'interroger à ce sujet alors qu'il s'applique à me faire danser. Il n'a bu que quelques coupes de champagne, il n'est donc pas ivre. C'est en pleine possession de ses moyens qu'il me fait tourner, me déhancher contre lui.

Les images des filles qui sont passées avant moi me dépriment brièvement. Pourtant, les femmes d'avant n'ont pas été invitées à ces soirées, Lise me l'a certifié. J'essaye de les oublier, de mettre de côté les excès de Matt pour me contenter d'apprécier l'instant.

Parce que cet instant est incroyable. Je m'amuse, je me sens désirée et chouchoutée. Mathieu ne s'occupe que de moi et encaisse toutes les taquineries de ses proches sans broncher. Pourtant, ils se donnent du mal pour le faire flipper en parlant de couple. Matt reste étonnamment calme. Pense-t-il vraiment à ça ? Voilà qui changerait beaucoup de choses entre nous.

Entre deux danses, nous discutons avec ses amis. Les échanges tournent beaucoup autour des courses, mais j'arrive à trouver ma place.

En milieu de soirée, une copine de Lise, Nora, débarque, tout aussi sympa. Je me perds parfois dans des conversations avec elles. Mina et Carly me manquent encore plus. Je me dis que j'irai bientôt les voir et peut-être que je pourrai emmener Mathieu. Elles seraient ravies.

Ce dernier m'entraîne dans une nouvelle danse. Celle-ci est plus lente, plus romantique d'une certaine façon.

Est-ce qu'il a aussi dansé de cette façon avec les autres ?

Putain… Je dois vraiment arrêter de penser à ça.

— Tout va bien ? m'interroge-t-il.

Je hoche la tête un peu trop rapidement.

— Nelly… Vas-y, dis-moi, m'encourage-t-il.

Je n'ai pas envie de le vexer. Mes questions sont légitimes, mais nous ne sommes pas ensemble. Que suis-je alors ? Une femme parmi tant d'autres ?

— C'est juste que… tu as dansé avec beaucoup de femmes. Embrassé beaucoup de femmes. Couché aussi… Je n'ai pas très envie d'ajouter simplement une nouvelle ligne sur ton tableau de chasse.

Il se détache de moi pour m'observer. Finalement, il attrape ma main et m'attire à l'écart des oreilles indiscrètes.

— Je ne dis pas ça pour te vexer, Matt, mais… ça me prend la tête.

Il acquiesce.

— Je ne t'en veux pas de penser ça. Je me doutais que j'allais finir par recevoir un retour de flammes. J'étais étonné que ça ne soit pas arrivé après notre baiser l'autre jour.

Je me contente de hocher la tête.

— Franchement Nelly, le simple fait que tu sois présente ce soir signifie que je te vois différemment. J'ai beaucoup de respect pour toi, je tiens à toi et je ne cherche pas à te mettre à tout prix dans mon lit. Sinon, j'aurais été bien plus lourd.

— Je sais tout ça. C'est juste que quand on danse, je pense à ces photos de toi et…

Il grimace.

— Si je pouvais les effacer, je le ferais. Je ne peux pas revenir en arrière, je peux juste te dire que tu es plus importante que ces filles de passage, que tu me plais beaucoup, que je ne te jetterai pas après avoir partagé ton lit, que j'aime te voir rigoler avec mes amis, prendre mon parti, me provoquer, que j'ai envie de tuer Paul chaque fois qu'il mate tes fesses. Je peux aussi te dire que j'ai hâte de rentrer avec toi, simplement parce que c'est toi.

Je n'en demandais pas tant. J'ignore quoi répondre, alors je me contente de l'attirer pour l'embrasser. Je ne me satisfais pas d'un baiser délicat. Je prends tout ce qu'il peut me donner en public. Nous sommes tous les deux à bout de souffle quand nous nous séparons.

— On rentre ? proposons-nous de concert, avant de rire.

— Tout le monde va savoir pourquoi on part…

Mathieu retrouve son sourire en coin, mais il joue l'innocent.

— Et pourquoi on rentre au juste ?

— Pour que je panique à l'idée d'être nulle au lit alors que tu as une expérience incomparable.

Mathieu secoue la tête.

— T'as oublié la partie où je t'ai expliqué que je me contentais de prendre mon pied avec des inconnues en ayant peu de scrupules à ne pas les satisfaire.

— Tu comptes me satisfaire ? le provoqué-je.

Il met une main sur son cœur.

— C'est même ma mission principale.

Une fois de plus, son humour m'aide à effacer toutes mes craintes. J'ai terriblement envie de rentrer pour mettre ces idées en pratique. J'ai vraiment envie de lui et ce soir je compte bien aller au bout des choses.

Nous quittons donc la soirée aussi discrètement que possible. Mathieu annonce notre départ à Lise qui fera passer le message. Son clin d'œil m'amuse autant qu'il me met mal à l'aise.

J'oublie tout ça quand nous parvenons à notre hôtel.

La tension grimpe lorsque nous entrons dans l'ascenseur. Mathieu me lance des coups d'œil furtifs. À mesure que nous montons, mes joues rougissent. Pourquoi avons-nous discuté de ça avant de commencer ? Maintenant, je ne sais plus où me mettre de savoir ce qui va se passer quand nous aurons fermé la porte derrière nous.

Nous entrons dans la suite, mais ne nous jetons pas l'un sur l'autre comme dans les films. Nous retirons nos vestes. Je défais mes talons.

Nous discutons de la soirée en allant prendre un verre d'eau.

Mathieu ne se montre ni trop drôle, ni trop sérieux. J'essaye de me laisser porter pour ne pas me retrouver tendue et coincée au moment de me lâcher.

Au bout d'une vingtaine de minutes, je parviens à me détendre complètement. En fait, Mathieu ne semble pas déterminé à passer à l'acte. Je file donc à la salle de bain pour me démaquiller.

Tandis que je retire mon mascara, Matt vient poser son menton sur mon épaule. Ses mains glissent sur mon ventre pour m'enlacer. Il ne porte plus que son caleçon. Il dépose un baiser dans mon cou.

— Tu n'as pas peur de te crever un œil en faisant ça ? m'interroge-t-il en me regardant dans le reflet du miroir.

Je secoue la tête en riant.

— Tu n'as pas peur d'attraper froid en te baladant à poil ? le taquiné-je.

— Fais gaffe, je pourrais retirer mon caleçon juste pour te provoquer.

J'efface les dernières traces de mascara sous mes yeux avant de me laver les mains.

— Le seul jour où j'aimerais que tu prennes les devants, tu joues au prude.

Je me montre timide, mais déterminée.

Ses mains descendent sur mes hanches tandis qu'il me regarde dans le miroir. Il attire mes fesses contre son bassin. Il dépose une ligne de baisers de mon épaule au bout de peau sensible sous mon oreille tout en me laissant le loisir de sentir son érection pressée contre moi.

Si mon appréhension mettait un frein à mon envie, son audace vient de faire éclater ma retenue. Mon bas-ventre se contracte sous l'effet du désir. J'autorise mon corps à se modeler au sien.

— Mieux ? me demande-t-il d'une voix rauque.

Son regard est brûlant, l'expression de son visage carnassière. Mathieu est excitant en général ; là, il est à couper le souffle.

Je hoche la tête en me retournant pour lui faire face. Nos lèvres se trouvent sans attendre. Matt me soulève pour me faire asseoir sur le rebord du lavabo. Ma robe se relève quand il se place entre mes jambes que j'accroche autour de sa taille. Sa main plonge dans mes cheveux. Il maintient mon menton pour m'embrasser plus profondément. Moi, je parcours son torse de mes doigts en le laissant me dévorer. Son sexe se presse contre mon entrejambe.

Nos lèvres toujours liées, il me prend dans ses bras pour me mener dans une des chambres. Je ne fais pas attention à notre destination. Je me contente de l'embrasser en tirant ses cheveux.

Il me dépose délicatement sur son lit en rompant notre baiser. Il me regarde un instant, un sourire en coin. J'en profite pour admirer le spectacle.

Toujours aussi musclé, élancé, sûr de lui. Son érection tend le tissu de son caleçon. Ses lèvres sont gonflées, ses pupilles dilatées.

Il vient me trouver sur le lit. Il s'allonge à mes côtés, m'embrasse, me caresse la taille. Sa main remonte sur la fermeture éclair de ma robe qu'il finit par descendre délicatement. Il me la retire et sourit en découvrant que je ne porte pas de soutien-gorge. Il me dévore du regard.

Plutôt que de le laisser mener la danse du début à la fin. Je le pousse sur le dos pour monter à califourchon sur lui. Je sens son érection contre mes fesses lorsque je m'assois. Enfin, il se décide à me toucher. Une de ses mains taquine ma poitrine quand l'autre m'empoigne une fesse. Mon bassin se balance inconsciemment contre lui.

— Putain… Nell…

Je me penche pour retrouver ses lèvres. Mon baiser est plus doux, plus langoureux. Je le tourmente en le goûtant doucement, en appréciant chaque seconde de cette caresse. Mathieu ronronne contre ma bouche, cherche à en obtenir plus sans que je ne me décide à lui offrir ce qu'il cherche. Sa frustration croissante me fait sourire. Il répond à ma provocation en me mordillant les lèvres, juste avant de me renverser pour reprendre le contrôle.

Sa détermination soudaine me fait oublier toute crainte quant au peu d'expérience que j'ai pu avoir ces derniers temps. Matt est assez confiant pour deux, je n'ai qu'à me laisser porter pour profiter de l'instant sans me prendre la tête. La douceur de son regard laisse place à une malice si excitante que je pourrais me sentir gênée de la moiteur de mon dessous tandis qu'il le glisse lentement le long de mes jambes. Toutefois, une petite étincelle perdure dans ses yeux, celle qui me rappelle que je ne suis pas comme les autres pour lui et que ce moment lui importe assez pour qu'il en devienne plus maladroit.

Il parvient malgré tout à rester maître de lui. D'un sourire satisfait, il m'invite à écarter les cuisses. Cependant, alors que j'imaginais qu'il viendrait me toucher, il préfère se saisir de ma main pour la déposer sur mon sexe, m'invitant ainsi à me caresser. D'abord réticente, notamment car je n'ai jamais testé ce genre de chose, je me souviens rapidement que si l'un de nous deux sait ce qu'il fait, c'est bien lui. Je lui fais donc confiance et commence à me toucher tout en le regardant se retirer du lit pour se tenir au pied.

Son regard dévore le jeu de mes doigts sur ma fente. Son buste monte et descend au rythme de sa respiration effrénée par l'envie. Inconsciemment, il mord sa lèvre, probablement pour se décharger un minimum de l'excitation qui monte en lui à mesure qu'il m'admire à la tâche.

Sans me quitter des yeux, il retire doucement son caleçon, puis saisit son sexe tendu dans son poing. Il entame une première longue caresse sur sa longueur, puis une seconde plus sèche. Les veines de sa main se gonflent sous la pression qu'il s'impose. Je n'ai jamais rien trouvé de plus excitant chez un homme. En quelques secondes, il vient de m'inspirer un fantasme que je ne suis pas certaine de pouvoir un jour oublier.

— Matt… ne puis-je m'empêcher de gémir.

Ce con sait vraiment ce qu'il fait. Il me rend dingue sans même m'approcher.

Tandis que je me demande ce qu'il en sera quand il se décidera à me toucher, il s'approche enfin de moi pour reprendre les rênes. D'une délicatesse surprenante, il dépose un chemin de baisers de ma cheville à mon cou, en goûtant chaque centimètre sur son passage. Taquin, il lèche la peau sensible à l'arrière de mon genou, me tirant un gémissement qui me surprend. Fier de lui, il poursuit en me croquant plus vivement la hanche, déclenchant un pincement aussi douloureux que délicieux. Il s'attarde de longues secondes entre mes cuisses où il allume un feu qu'il ne semble pas disposé à éteindre pour le moment.

Son parcours est aussi bien un supplice qu'une addiction. Chaque nouvelle caresse me prend au dépourvu. Matt semble mieux connaître mon corps que moi et crée des sensations que je ne savais pas possibles.

Quand ses dents atteignent mes seins, je gémis si fort qu'il en lâche lui-même un grognement de plaisir. Mon excitation déclenche la sienne, et je la ressens par les quelques gouttes de liquide qui s'échappent de son sexe lové contre ma jambe.

Enfin, ses lèvres retrouvent les miennes et, au moment même où le soulagement me prend de pouvoir l'embrasser, je sens ses doigts me pénétrer. Il avale mes gémissements tandis qu'il adopte un rythme effréné qui me fait perdre tout repère. Je ne parviens à penser à rien, si ce n'est la présence de cet homme contre mon corps qui parvient à me faire jouir avec une aisance effrayante.

— Si belle, Nelly, me complimente-t-il contre mes lèvres.

Je tends la main vers son sexe pour le caresser à mon tour, mais il m'en empêche en secouant la tête, un sourire penaud aux lèvres.

— Je crains de ne pas savoir me contrôler si tu commences à me toucher. Or, j'ai des plans bien précis pour la suite, m'explique-t-il, amusé.

— Pour un homme qui ne prend jamais la peine de satisfaire ses partenaires, je te trouve drôlement dévoué… et imaginatif, le taquiné-je, à bout de souffle après mon premier orgasme.

— Tu m'inspires, réplique-t-il avec un sourire émerveillé aux lèvres. Et je dois encore te prouver quel étalon je suis !

Mon éclat de rire semble attiser son excitation, car il enfile prestement un préservatif avant de venir se loger entre mes jambes.

— Un bon vieux missionnaire ? le provoqué-je.

Son sourire en coin me fait mouiller derechef.

— Oh, Nelly… Tu serais surprise du plaisir qu'on peut prendre avec les choses les plus simples. Mais puisque tu es d'humeur taquine, je vais te faire taire autrement.

Mon rire se fait moins assuré lorsqu'il relève mes deux jambes qu'il replie sur mon torse. Mes bouts de seins ainsi taquinés par la caresse de mes cuisses parviennent déjà à augmenter mon plaisir. Je sens ensuite le bout de son sexe me caresser de haut en bas avant qu'il ne s'enfonce en moi, jusqu'à la garde, dans un long râle de plaisir.

Mes gémissements se mêlent à ses grognements tandis qu'il entame de longs va-et-vient tout en me maintenant dans une position qui accroît mon plaisir par la pression de mon bas-ventre contre son sexe. Il me pénètre ainsi jusqu'à ce que le plaisir ne se fasse trop intense. Il relâche alors mes jambes pour terminer en me regardant et m'embrassant.

Nous montons ensemble jusqu'à atteindre la libération. Quand l'orgasme le ravage, il me mord le cou avec passion, terminant de briser le peu de retenue qu'il me restait.

Je reste sans voix sous l'effet du plaisir.

L'extase nous renverse, puis laisse place à une douce fatigue alors que nous nous allongeons l'un contre l'autre.

— C'est déjà fini…

J'ai tellement attendu ça que j'aurais aimé que ça ne cesse jamais.

— Là, tu vas me vexer, remarque-t-il.

Je vois à son sourire qu'il a parfaitement compris le sens de mes mots. Mais je préfère jouer de la situation pour lui soutirer ce dont j'ai envie.

— J'accepte de t'offrir une seconde chance de faire tes preuves, le taquiné-je.

Il entre dans mon jeu.

— Si j'échoue, j'ai le droit à une troisième chance ?

Je me contente de glousser en me cachant contre son torse.

Je prie pour que la nuit soit aussi courte qu'annoncé.

20

Août – Russie

NELL

Encore quelques minutes et je pourrai quitter cette réunion.

Lowe doit nous parler de ses prévisions pour ce week-end en Russie, mais il a promis de faire court. Je ne rêve que de filer. Après cette nuit avec Mathieu, nous n'avons pas eu beaucoup de temps pour nous. Il a dû faire un tour à Monaco pour rencontrer des sponsors, assister à des galas et poser pour une marque. Il n'est revenu qu'aujourd'hui et je sais que je vais le retrouver ce soir.

J'ai hâte. Non seulement parce que je suis tentée qu'on remette ça, mais aussi simplement parce que j'ai envie de le voir.

Je dois me rendre à l'évidence : je suis en train de tomber amoureuse de Mathieu. C'est assez aisé de fondre pour lui. Il est drôle, beau, charmant, attentionné et c'est un incroyable amant. J'ai découvert un pilote bien plus sérieux qu'il n'y paraît, un homme facile à vivre. Tout me plaît chez lui, ce n'était qu'une question de temps avant que je ne tombe amoureuse.

J'aurais dû m'en douter et me méfier. Sauf que je n'avais pas envie de freiner cette histoire. Je n'en ai toujours pas envie d'ailleurs. J'ai cependant conscience que ça va finir par m'éclater à la figure : Mathieu ne se met jamais en couple, les problèmes de mon père vont tout détruire. Notre rapprochement a une date de péremption. Je ne peux qu'en profiter le temps que ça dure.

— C'est bon pour vous ? nous interroge Lowe à la fin de la présentation que je n'ai pas écoutée.

Nous hochons la tête, certains saisissent l'occasion pour se lever et quitter la salle.

J'attends que tout le monde soit parti pour discuter avec John. Nous faisons régulièrement des points depuis le début de la saison. Ça fait un moment que nous n'avons pas parlé. Je réalise que ça fait aussi un moment que je n'ai pas échangé avec mon père. Peut-être que lui a plus de nouvelles. Ce long silence m'inquiète. J'ai un mauvais pressentiment.

— Comment tu vas, Nell ? m'interroge-t-il quand nous sommes enfin seuls.

Je soupire en tentant d'y réfléchir. D'un côté, je suis comblée, de l'autre, je me pose beaucoup de questions.

— Tu as reçu un appel de Don ? Je n'ai eu droit qu'à un silence radio.

Il secoue la tête en se laissant tomber sur une chaise à côté de moi.

— J'allais justement te demander si tu en savais plus que moi. Tu penses qu'on devrait s'inquiéter ?

J'acquiesce sans hésiter. Cette situation doit de toute façon nous inquiéter. Un silence radio, c'est encore pire. Mon père m'avait prévenue que s'il ne donnait pas de nouvelles, ce serait pour rester discret. J'imagine que nous sommes arrivés à un point critique.

— Peut-être qu'on pourrait…

La sonnerie de mon téléphone me coupe. Nous observons l'écran et échangeons un regard quand nous voyons le nom de l'appelant : Maître Barringer.

Putain de merde…

— Décroche, me conseille John quand il voit que je me contente de fixer mon portable.

J'obéis et mets le haut-parleur pour que nous suivions ensemble la conversation. Lowe est mon unique allié, le seul à connaître nos secrets et à pouvoir m'aider à prendre une décision. Il comprend mieux l'écurie que moi et saura ce qu'il faut faire pour la sauver.

— Madame MacArthur, me salue l'avocat de mon père. Je vous épargne les platitudes, les choses tournent mal.

Au moins, il est direct… Mon cœur s'emballe d'angoisse. John se frotte le visage, soudainement plus livide, comme moi.

— À quel point ? demandé-je sans reconnaître ma voix nouée par la peur.

Il soupire bruyamment de l'autre côté du combiné.

— Nous avons de bonnes raisons de croire que Don sera arrêté dans les prochaines semaines. L'enquête suit son cours et de nombreuses preuves l'accablent. Des témoins l'ont aussi dénoncé. Ce n'est qu'une question de temps avant qu'un mandat d'arrêt ne soit lancé. Quelqu'un finira bien par trahir sa position.

Je comprends l'absence d'appel. Il ne peut plus se permettre de se faire prendre avec de tels risques. La prison lui pend au nez. Il ne va pas pouvoir se terrer je ne sais où éternellement. Ils vont le retrouver, un procès aura lieu et il sera mis derrière les barreaux pour un certain nombre d'années.

Je savais qu'il n'échapperait pas à cette fatalité. J'espérais simplement qu'il y arriverait. Je déteste mon père et je condamne toutes ses magouilles, ses tricheries, ses vols et j'en passe, malgré tout, j'aurais aimé éviter de le voir en prison. Il reste mon père. Sans parler de ce que ça implique pour moi. Sa réputation va me tomber dessus.

L'écurie aussi va en souffrir. Lowe et moi avons essayé de retarder l'inévitable, de renflouer les caisses, de booster la popularité de l'équipe. Nous espérions permettre à Keelean de sortir de cette crise en un seul morceau pour que mon père reprenne les rênes une fois ses problèmes réglés. Sauf que s'il n'y parvient pas, Keelean perd son propriétaire et je ne compte toujours pas en hériter.

— Qu'est-ce que vous nous conseillez ? demandé-je froidement.

Lowe se ronge les sangs. Il doit dresser les mêmes conclusions que moi. Sa position est en danger, tout comme le reste de l'écurie. C'est le travail de sa vie qui peut partir en fumée. Moi, c'est mon père qui va finir derrière les barreaux. Nous avons tous les deux beaucoup à perdre et nous représentons chacun une moitié de la vie de mon père.

— Nous pourrions dès à présent préparer le départ de Don et effectuer les démarches nécessaires pour préserver son écurie. C'est sa priorité.

Son écurie. Pas sa fille, évidemment.

— La meilleure solution serait de vous la léguer et que vous en deveniez la propriétaire officielle. On nous interrogerait beaucoup, mais au point où nous en sommes…

Je secoue vivement la tête. Non. Hors de question que je me retrouve coincée pour toujours. Cette histoire devait durer moins d'un an. Là, c'est trop me demander alors même qu'il ne cherche pas à me protéger.

— J'aimerais changer de nom, prendre celui de ma mère. Pour l'écurie, il va falloir trouver autre chose, je n'en veux pas.

Lowe connaît ma position, mais je vois à son regard qu'il préfèrerait que je prenne le temps d'y réfléchir. Si je ne choisis pas d'hériter de Keelean, elle ira à quelqu'un d'autre. Lowe ne peut pas l'acheter. Il y aura forcément un nouveau propriétaire, donc un risque de se faire licencier pour John, mais aussi pour tout le reste du staff… Donc un risque pour Mathieu.

Merde. Merde. Et remerde.

Qu'est-ce que je peux faire, au juste ? Je ne peux pas sacrifier ma vie pour mon père ou pour un homme dont je tombe à peine amoureuse. J'adore Lowe, mais je n'ai pas à prendre de telles responsabilités pour tout le monde. Eux aussi peuvent supporter l'épreuve.

— La seconde option est la vente, Nell. Votre père y est formellement opposé.

— Je n'en ai rien à faire de ce que veut mon père. Je vous rappelle qu'il sera bientôt en taule.

— Tu vas vendre ? me chuchote Lowe, paniqué.

Je soupire. Je n'en sais rien. J'ignore quoi faire. Je n'ai pas d'autre solution.

— Don a été très clair, si vous vendez l'écurie, il annulera son testament en votre faveur, m'explique doucement l'avocat.

Bah voyons… Il croit arriver à me convaincre comme ça ?

— De toute façon, son héritage va passer dans ses dettes et sa caution, remarqué-je, amère.

John hoche la tête.

— Que proposez-vous, madame MacArthur ?

Je me frotte les tempes en réfléchissant. Je ne peux pas garder l'écurie. Je ne peux pas conserver le moindre lien avec mon père si je souhaite avoir une vie tranquille. Si je n'hérite pas de l'équipe, ça veut forcément dire que je vais la vendre. Sauf que je ne peux pas mettre en péril des personnes comme John, mais surtout Mathieu. Je ne peux pas lui faire ça en plus de la façon dont je l'ai utilisé pour sauver la réputation de Keelean. Je lui ai fait croire qu'il était un problème, alors que depuis le début, il représente notre salut. Il y a aussi tout le staff. Je ne peux pas risquer de mettre ces gens à la rue. Mais pourquoi devrais-je être celle qui décide du sort de toutes ces personnes ? Je n'ai rien demandé. C'est la faute de mon père et c'est moi qui devrais en payer le prix ? Hors de question.

— J'aimerais qu'on évalue les acheteurs potentiels, affirmé-je.

La vente est ma seule échappatoire pour avoir une vie correcte. Ça ne veut cependant pas dire que je vais tous les lâcher. Je compte négocier de toute mon âme pour leur offrir un sursis. Quitte à brader l'écurie. Si je peux assurer un travail à tout Keelean pendant quelques années, je le ferai. C'est ma meilleure solution.

— Je vous attends à Édimbourg pour régler cette question, m'indique l'avocat.

Nous raccrochons rapidement. Lowe et moi nous regardons sans savoir quoi dire. Finalement, il prend la parole.

— On va s'en sortir, Nell, essaye-t-il de nous rassurer. Trouve-nous un bon acheteur et ça devrait bien se passer. C'est tout ce qui importe.

Je soupire.

— Ça va forcément faire du bruit. La situation de mon père ne sera plus un secret, Keelean va inévitablement en souffrir. Ils vont chercher à savoir si nos comptes sont *clean*. Avant toute vente, il y aura une enquête.

Il acquiesce.

— Ils doivent déjà nous surveiller. Don devrait prendre ses responsabilités au lieu de tout faire reposer sur toi, déplore-t-il.

Je suis bien d'accord. Je tente de le rassurer.

— Je ne vous trahirai pas, John, tu le sais, pas vrai ?

Il hoche la tête.

— Je tiens à vous et vous ne méritez pas plus que moi de souffrir de ses erreurs.

Mathieu ne mérite pas d'être un dommage collatéral. Il en a bien assez bavé pour risquer maintenant de perdre son siège avec un nouveau propriétaire. Il pourrait se faire évincer pour offrir cette position au fils de l'acheteur ou pour placer un autre mec avec plus d'argent. Je veux m'assurer qu'il ne souffre pas. C'est tout ce qui compte dans cette vente.

Dès demain, je partirai pour l'Écosse. Je vais faire de mon mieux pour régler cette histoire avant que le déluge ne nous frappe de plein fouet.

Heureusement que Matt ne tombe pas amoureux. Autrement, je finirais par lui briser le cœur.

MATHIEU

Cette semaine de course en Russie est particulière. C'est le premier week-end que je passe sans Nell. Elle est partie en Écosse pour quelques jours, au QG où elle doit régler des affaires pour l'écurie. Elle n'a pas su me dire exactement quoi, mais j'imagine qu'elle-même ne sait pas trop ce qu'on va lui demander.

Cette absence me gonfle autant qu'elle s'avère bienvenue. Je vais pouvoir me poser pour réfléchir un peu, comprendre si ce que je ressens est lié au sexe ou à elle dans son entier.

Je n'ai jamais été aussi perturbé et ça me terrifie.

À quel moment ai-je pu commencer à ressentir des trucs pour cette femme ? Je ne tombe pas amoureux. Je suis Mathieu Lecomte, j'enchaîne les conquêtes et me contente de ça. Sauf que là, le sexe n'a pas suffi à me rassasier. J'ai toujours envie de plus et pas uniquement d'orgasmes. J'ai envie de la voir, de lui parler, de l'écouter, de la faire rire. J'ai envie de dormir contre elle et aussi de coucher avec elle.

Putain, qu'est-ce qui m'arrive ?

Je donnerais cher pour que Mike me réponde. Lui, il saurait quoi me dire.

Suis-je vraiment en train de tomber amoureux de Nell ? Si c'est le cas, je suis dans la merde. Je n'y connais rien et surtout, je ne souhaite pas ressentir de telles choses pour qui que ce soit. Une brève relation, OK, pourquoi pas, ça change. Mais tomber amoureux ? Ah non, ça, je refuse.

J'ai vu ce que ça donnait chez les autres et je n'en veux pas. Owen et Lise ont bien failli se détruire avec leur couple. Avec l'amour, il y a toujours de la souffrance. Plus l'amour est fort, plus la souffrance vous tue. Je ne veux pas me retrouver sans âme, à maudire mon existence et me demander comment je pourrais survire avec le cœur brisé.

J'ai déjà donné avec Mike. C'était une autre forme d'amour, mais tout aussi dure à surmonter. Sa mort a bien failli m'enterrer. Qu'en sera-t-il avec des sentiments amoureux ? Je ne peux pas risquer de dépendre de quelqu'un comme Lise et Owen dépendent l'un de l'autre. Même Loris est accro à son mec et ne jure que par lui. Je ne suis pas capable de ça, moi.

Je flippe.

Finalement, ne pas voir Nell pendant quelques jours me fera du bien. Je pourrai mettre les choses au clair avant de me retrouver face à elle.

Le sexe est probablement ce qui me perturbe le plus. D'habitude, je prends juste mon pied. Là, j'ai plus envie de la dévorer que de jouir. J'aime la regarder, la sentir, la goûter, l'entendre. Je me perds en elle et j'en ressors un peu plus accro chaque fois. Le sexe sera ma fin. C'est ce qui me fera tomber amoureux d'elle, c'est sûr, si ce n'est pas déjà en train d'arriver.

Je ne compte cependant pas arrêter de coucher avec elle. D'une part, j'en suis incapable et, d'autre part, je n'en ai pas envie. Sans oublier qu'elle aussi prend son pied. Bref. Peut-être que je vais devoir finir par accepter que je m'attache à cette femme et que je suis dans une merde noire.

Nell passe plus de deux semaines en Écosse. Je me concentre entièrement sur mes courses. Je reste sagement à l'hôtel entre deux évènements. De toute façon, je n'ai pas envie de sortir. C'est comme avec la nourriture : une fois qu'on a goûté à quelque chose d'exquis, il devient difficile de se satisfaire à nouveau de moins. Maintenant que j'ai croqué dans le fruit défendu que représente Nell, je ne peux plus me contenter de beuveries avec des inconnus.

Je termine P2 en Russie et je gagne au Canada. L'équipe est ravie. Porana sort aussi de bons résultats qui font du bien à tout le monde.

Je me rends une fois au restaurant avec mes potes. Déconner me fait du bien, mais j'apprécie aussi de rentrer en étant conscient. Ils se sont tous moqués de moi parce que Nell me manquait, mais je m'en fous.

Ces deux semaines me font finalement relativiser. Je flippe moins de tomber amoureux d'elle, parce que je suis probablement déjà amoureux. Elle me manque. Tout le temps. Les messages ne me suffisent pas, j'ai envie de la tenir contre moi. D'autant que je sens qu'elle n'a pas le moral, quelque chose la taraude et j'aimerais pouvoir la soutenir.

Quelques jours avant son retour, je suis certain d'une chose : j'ai envie de me mettre en couple avec cette femme. Je m'applique donc à lui faire comprendre mon attachement pour elle par textos avant nos retrouvailles. Elle sera moins surprise par mes aveux. J'imagine qu'il y a de quoi flipper si Mathieu Lecomte vous déclare sa flamme. En tout cas, je serais terrifié par une telle responsabilité.

Alors que je m'apprête à lui demander comment se passe sa journée, je reçois des messages sur la conversation récemment renommée « Matt et les supers nanas ».

Mina : « Nell est bourrée, tu rates un truc !  »

Carly m'envoie ensuite une vidéo pour prouver ces dires. Nell est effectivement déchirée. Elle tient à peine sur sa chaise et elle raconte n'importe quoi. Si je suis ravi de les voir s'amuser toutes les trois, je suis jaloux de ne pas pouvoir être avec elles.

Nell : « Matttttttttt j'ai envie de toi ! »

Mauvaise conversation, Nelly.

Moi : « Rentre alors... »

Si seulement elle pouvait le faire.

Carly : « C'est gênant ! »

Mina : « Prenez une conversation privée pour vos prélis ! »

Miss MacArthur est définitivement déchirée :

Nell : « Matt c'est mon pilote. »

« C'est mon pilote ! »

« Il est fort. »

« Comme le sexe. Trop fort Matt ! »

« Tu me manques !!!!!!!! Mattyyyyy !!! ♡ ♡ ♡ »

J'éclate de rire, seul dans ma chambre. Je n'ose pas imaginer l'hilarité des filles. Elle est mignonne quand elle est bourrée. Finalement, elle me paraît aussi attachée à moi, que moi à elle. Quand est-ce qu'elle rentre, bon sang ? Je me fais tellement chier sans elle.

Moi : « Tu me manques aussi, Nelly… ♡ »

Mina : « Vous êtes gênants au possible. »

Carly : « 😵 😵 »

Moi : « Jalouses. »

Nell : « Pétasses ! »

Elle me tire un nouveau rire. Elle est vraiment ivre. Elle ferait mieux de se coucher rapidement, sinon, demain, elle va souffrir d'un sacré mal de tête. Non pas qu'elle puisse y échapper, mais elle pourrait au moins tenter de le réduire. J'imagine que ses amies n'ont pas besoin de moi pour savoir comment prendre soin d'elle.

J'espère surtout qu'elle va vite me revenir. J'ai beaucoup de choses à lui avouer et à lui prouver. Je veux la rendre heureuse.

Elle n'est pas prête pour ce qui l'attend à son retour. Une demande en mariage la ferait probablement moins flipper. Mais je pense qu'elle commence à me cerner et peut-être qu'elle s'y attend. Peut-être a-t-elle ressenti mon attachement, mes sentiments pour elle. Elle me connaît assez pour savoir que je ne fais pas les choses à moitié, que j'ai un côté déjanté. Finalement, je suis certain qu'elle ne sera pas surprise. Elle m'a compris et je lui conviens tout à fait comme je suis.

Je devrais arriver à passer outre ma peur de l'engagement pour elle. J'en ai envie. De toute façon, je sais que Nell ne pourra pas me la mettre à l'envers. Elle est beaucoup trop soucieuse du sort des autres pour me faire un coup comme ça.

21

Septembre – Pays-Bas

NELL

J'atterris aux Pays-Bas, pleine de sentiments contradictoires. Je suis excitée de retrouver Mathieu et notre routine à deux. Je suis rassurée d'avoir trouvé une solution pour Keelean. Je suis cependant terrifiée par ce qui va arriver dans les prochains mois. J'ai peur que ma vie soit retournée, que Mathieu m'en veuille, que la presse s'en mêle. J'ai peur de souffrir et de tout perdre.

J'essaye malgré tout de me concentrer sur mon bonheur de retrouver Matt. Le pire serait qu'il sente mes craintes et qu'il comprenne ce qu'il se passe avant que je n'aie pu lui expliquer correctement. En plus, je ne peux pas tout lui raconter maintenant. Mon père est en cavale et je ne dois pas risquer de trahir ma connaissance de la situation, d'être considérée comme complice, ou je ne sais quoi. Les enquêteurs se rapprochent déjà de plus en plus de Keelean, nous sommes surveillés, nos comptes épluchés. Je ne peux pas en rajouter, quitte à mettre ce début de relation en péril. La balance penche pour l'instant plus vers le bien du plus grand nombre que pour mes histoires personnelles. Quand j'expliquerai tout ça à Matt, il ne pourra que comprendre et se ranger de mon côté.

Je n'ai pas d'autre solution.

Maître Barringer et moi, tout en incluant John dans la décision, nous sommes mis d'accord sur un acheteur potentiel. Ce dernier est un riche homme d'affaires des Émirats, désireux de trouver sa place en F1. J'ai laissé les spécialistes déterminer la valeur de l'écurie et les clauses à négocier dans le compromis de vente. Malgré tout, j'ai tout fait pour imposer mes conditions : protéger le staff, John et les pilotes, jusqu'à la fin de leur contrat en cours.

L'acheteur souhaite analyser plus en profondeur l'équipe avant de poursuivre la transaction, rien d'anormal. C'est aussi pour cela que nous avons pris soin de renflouer les caisses et de redorer notre image. Nous avions besoin de ça pour convaincre quelqu'un de nous reprendre le moment venu. Des centaines d'emplois sont en jeu par la faute de mon père. J'espère avoir réussi à les protéger, quitte à vexer Mathieu, perdre mon nom et mon héritage familial.

L'homme d'affaires a dû être mis dans la confidence des évènements à venir. Nous avons voulu nous montrer honnêtes pour booster nos chances de conclure un *deal* avantageux pour tout le monde. Il tiendra sa langue, tout comme je devrai attendre que mon père soit arrêté pour changer de nom. Rien de suspect ne doit survenir avant que la foudre ne s'abatte, mais tout doit être prêt le moment venu.

Toutes ces histoires ont bien mérité que je me prenne une cuite et ça m'a fait un bien fou – gueule de bois mise à part. J'ai pu relâcher la pression, rigoler avec mes amis, danser et oublier l'espace de quelques instants le désastre que sera bientôt ma vie. Non pas qu'elle soit toute rose en ce moment, mais elle peut devenir bien pire.

Seuls les messages que j'ai envoyés sur la conversation auraient pu me faire changer d'avis sur les bienfaits de cette cuite. Tout le monde aura bien ri, c'est déjà ça. Si Matt n'avait pas été aussi mignon, j'aurais été mortifiée. Mais il a l'air d'avoir pris les choses avec humour – comme toujours. Peut-être que ça l'a touché. Du moins, son ego a dû adorer la partie « t'es le meilleur des pilotes ».

En parlant de Mathieu, je suis quasiment persuadée qu'il s'agit de lui, caché sous une casquette Keelean, attendant à la sortie de l'aéroport.

Il est venu me chercher ?

Mon cœur rate un battement quand il relève la tête et que nos regards se croisent. Il me fait flancher avec ses yeux rieurs et son sourire communicatif. En jean, polo et baskets sur mesure, il est toujours le même pilote monégasque à succès.

J'ai envie de courir vers lui, de lui sauter dans les bras, de l'embrasser. Sauf que quelqu'un finirait immanquablement par prendre une photo et l'envoyer à la presse. Je n'ai pas besoin d'ajouter ma relation avec Mathieu à tout le bordel que l'écurie doit déjà gérer. Je me contente d'un sourire et d'un signe de main. Je garde aussi en tête que me jeter à corps perdu dans un couple avec Mathieu serait stupide avec ce qui arrive.

Tout d'abord, ce n'est pas le style de Mathieu, donc je perdrais mon temps à rêver à ça. Il ne se met pas en couple, il ne tombe pas amoureux. L'amour de sa vie, c'est la course. Il est comme mon père, en fait.

Daddy issues, *Nell ?*

Ensuite, même si je vais finir par lui expliquer les choses, le prévenir et me justifier, il y a de grandes chances qu'il m'en veuille. Si tout ça arrive alors que nous sommes en couple, nous en souffrirons.

Enfin, Mathieu est un pilote, il voyage en permanence, il est très demandé, il est célèbre. Je suis une femme lambda avec une vie normale. Il n'y a rien de plus incompatible.

J'essaye donc de tenir la bride à mes sentiments au moment de le retrouver. Cependant, quand il me regarde de cette façon, j'oublie tous ces bons arguments pour me perdre dans ses yeux et dans mon désir grandissant.

Maintenant à quelques centimètres de lui, je le trouve différent. Peut-être est-ce parce que nous n'avons jamais passé autant de temps loin l'un de l'autre ces derniers mois. Je ne saurais dire ce qui a changé. Je le sens moins confiant, ou en tout cas nerveux, ce qui ne lui ressemble pas. Il contrôle toujours chaque situation. Cette version mal-assurée de lui est toute nouvelle pour moi.

Cependant, cette impression s'envole rapidement quand il ouvre la bouche.

— On ferait mieux de monter en voiture avant que je ne te saute dessus au milieu de tout ce monde.

Son sourire en coin me convainc de le croire sur parole. Je le laisse volontiers me prendre par la main et me traîner vers la berline dans laquelle mon chauffeur nous attend patiemment. Mathieu attrape ma valise qu'il pose dans le coffre, puis m'ouvre la portière. Il monte à ma suite, le chauffeur démarre. Nous voilà seuls, avec assez d'intimité pour de belles retrouvailles.

Ses lèvres trouvent les miennes sans attendre. Ses mains se perdent dans mes cheveux, sur mes jambes. Je m'accroche à son cou et gémis de bonheur de pouvoir être à nouveau aussi proche de lui. Si nous ne devions pas rester attachés, je serais déjà assise sur lui.

Nous devons nous contenter de nous embrasser pendant ce trajet. Ce n'est qu'une fois dans la suite de notre nouvel hôtel que les choses sérieuses commencent.

Mathieu me soulève, enroule mes jambes autour de ses hanches pour mieux m'embrasser. Ses mains pelotent allègrement mes fesses tandis que les miennes plongent dans ses cheveux que je tire sans ménagement comme je sais qu'il adore. Notre baiser trahit le besoin que nous avions de nous retrouver.

J'oublie tout. La raison de mon passage en Écosse, mes résolutions de calmer le jeu avec Matt. Je n'arrive pas à penser clairement quand il me dévore ainsi.

Il nous transporte jusqu'au lit où il me dépose avant de me déshabiller sans tarder. Chaque vêtement retiré est accompagné d'une caresse provocante. Il me caresse partout, comme pour se rassasier de ma présence. Son empressement fait monter mon excitation au sommet.

Il m'embrasse, me croque l'épaule tout en me susurrant des mots doux.

— Tu m'as tellement manqué, avoue-t-il. J'étais à deux doigts de te rejoindre.

Comment peut-il savoir ce que je rêve d'entendre ?

— Moi qui croyais être arrivée à me débarrasser de toi, le taquiné-je.

Il rigole contre mon cou qu'il se met à suçoter, mon péché mignon. Ma peau si sensible à cet endroit me fait ressentir toutes sortes de choses. À cet instant, il pourrait faire ce qu'il veut de moi. Toutefois, alors que son visage descend doucement vers ma poitrine, je me trouve frustrée de le sentir toujours habillé. Je décide donc de reprendre le contrôle. Je pousse doucement son torse pour l'inviter à s'allonger à mes côtés et ne perds pas de temps pour m'installer à califourchon sur lui. Je retire son haut sans ménagement, empressée de pouvoir le toucher.

— J'adore quand tu es comme ça, se réjouit-il.

— Je comprends enfin tes tendances exhibitionnistes, c'est un crime de cacher un corps pareil, le flatté-je.

Avide de lui, je le caresse, savoure chaque ligne de son torse, admire ses muscles travaillés. Je le provoque en dessinant ses abdos de mes doigts, puis de ma langue tout en défaisant son pantalon que je retire en même temps que son caleçon. Enfin nu, je m'attaque à son sexe que je lèche du bout de la langue. Matt réagit instantanément. Il grogne tout en riant, conscient que je compte m'amuser à le faire languir. *Il adore ça.* Je me perds autant que lui dans l'instant. Son plaisir augmente le mien, rendant cet acte beaucoup plus simple qu'il a pu l'être avec d'autres hommes.

Je ne le prends jamais entièrement dans ma bouche, le forçant à m'en demander plus. Ses yeux sont mi-clos, ses lèvres laissent s'échapper quelques jurons de plaisir, j'ai le contrôle. D'une main maladroite, il caresse mon sein tandis que je continue de le taquiner. Il marmonne mon nom en même temps qu'il gémit, me réchauffant de l'intérieur.

Ces derniers temps, j'ai tellement pris goût à le voir se laisser aller entre mes mains. Je pourrais passer des heures à m'occuper de lui, simplement pour voir cette expression de béatitude sur son visage.

Toutefois, même si Mathieu adore quand je le provoque, il finit par perdre patience. D'un geste rapide, il retourne la situation. À présent allongée sur le ventre, j'exulte à l'idée de ce qui va suivre. Il commence à connaître mes préférences…

Tout en se protégeant, il me mordille le dos, une caresse qui a toujours raison de moi. Puis, c'est sa langue que je sens remonter de mes reins à ma nuque, me faisant relever les fesses et arquer le dos sous le plaisir. Mon sexe rencontre alors sa verge qui m'attendait.

— Salut, toi, glisse-t-il tout en me caressant de son gland.

Incapable de répondre tant j'ai envie de lui, je me contente de gémir en poussant le bassin vers lui.

Son ricanement laisse place à un grognement lorsqu'il me pénètre enfin. L'assaut me fait perdre l'équilibre et le plaisir m'empêche de reprendre ma position initiale. Les bras étendus devant moi, mes seins frottant les couvertures, je ne peux que savourer le bonheur procuré par l'angle de cette position. Mathieu suit un rythme que nous avons construit à deux, celui qui nous comble toujours après quelques minutes de va-et-vient. Mes gémissements se font plus aigus et rapprochés à mesure que le plaisir monte en moi. Mon sexe enserre celui de Matt qui commence à perdre pied.

L'instant n'est ni bestial, ni vanille. L'orgasme est cependant un des meilleurs de ma vie.

Quand je m'allonge à ses côtés, nous sommes tous les deux à bout de souffle, comblés, heureux.

— Je devrais partir plus souvent, lâché-je, renversée par cette étreinte.

Il rigole en secouant la tête.

— Hors de question. Même le sexe ne vaut pas la peine de ne pas te voir pendant aussi longtemps.

La sincérité dans sa voix me pousse à relever les yeux vers lui. Ses mots sont de plus en plus touchants, amoureux même.

Matt, qu'est-ce que tu me fais ?

Il lit l'incompréhension sur mon visage et sourit. Finalement, il hausse les épaules, désinvolte.

— Je t'aime, Nell, me confie-t-il au bout de quelques instants, plus vulnérable que jamais.

Je bégaye, incapable de comprendre. Mathieu ne se met pas en couple, il ne tombe pas amoureux. Comment est-ce possible ? Il ne sait même pas ce que ce mot veut dire. Et voilà qu'il se déclare à moi ? *À moi ?*

— Alors, je me doute que ça puisse te faire un choc, poursuit-il. Je comprends que tu puisses paniquer, moi-même je serais terrifié de me retrouver avec un con comme moi. Qui voudrait d'un bordel pareil dans sa vie ? Mais j'ai de bons arguments, si tu permets ?

Voilà qu'il tourne à nouveau la situation à la rigolade. Ça a le mérite de me faire éclater de rire. Au moins, il a conscience de l'incongruité de cette situation. Je pourrais définitivement paniquer, déjà parce que le monde va s'écrouler sur nous, mais aussi parce que gérer un homme comme Mathieu, qui ne sait pas ce qu'est l'amour, a de quoi rendre frileuse.

Sauf que je l'aime et que, quelque part, je rêvais qu'il me dise ça. Ces derniers mois passés ensemble ont été merveilleux, épanouissants, inattendus, mais c'est finalement tout ce dont j'avais besoin. Matt m'a surprise, conquise et maintenant, il me propose sur un plateau une suite à donner à ce bonheur.

Je n'ai pas le droit de lui faire ça… de me mettre avec lui tout en lui cachant ce qui se trame dans son dos. Lui est 100 % honnête quand je lui mens chaque jour un peu plus. Cependant, rien de tout ça n'est de ma faute. Mon père a créé cette situation. J'essaye juste de la régler. Je ne suis pas la méchante de l'histoire et je suis certaine qu'il comprendra. Il sait que j'ai un bon fond, que je veux simplement tous les aider.

Pourrais-je vraiment me priver de ce bonheur à cause de mon père ? Il m'a déjà tant pris. J'ai bien le droit de profiter de tout ça. Après tout, c'est la seule bonne chose qui soit ressortie de tout ce bordel. J'ai trouvé un homme incroyablement drôle, sensé, dévoué et craquant.

C'est peut-être idiot, mais l'entendre confesser ses sentiments change tout. Je voulais mettre un frein à cette relation pour éviter que nous tombions amoureux, sauf que c'est déjà fait. Donc, même si toutes les raisons qui justifieraient que nous ne nous mettions pas ensemble existent, elles ne suffisent plus à retarder l'inévitable. Nous sommes déjà dedans jusqu'au cou. Que je sois ou non avec lui ne changerait rien à l'issue de cette histoire.

Je ne peux pas mettre un vent à Matt la toute première fois qu'il ouvre son cœur à une femme. J'ai envie d'être celle qui le rend heureux, qui lui montre les intérêts du couple. Je ne veux pas lui briser le cœur, le repousser ou le perdre.

Je pourrais lui dire que je l'aime. Maintenant. Sauf que j'ai aussi très envie d'entendre ses arguments.

— Je t'écoute, réponds-je, amusée.

Il rigole et se lance. Il avait manifestement prévu ce petit speech, conscient qu'il ne part pas qu'avec des bons points pour convaincre une femme de lui accorder sa confiance et son cœur. Même s'il doit se douter qu'il a déjà conquis le mien, il prend soin de m'apaiser tout en s'assurant de ne pas rendre la situation trop sérieuse. Comme toujours, il sait quoi dire.

Il lève son pouce pour commencer à énumérer ses arguments.

— Alors déjà, j'ai certes eu beaucoup de conquêtes, mais ça ne me rend que plus prêt à m'engager. J'ai papillonné et je sais donc que personne ne m'a jamais fait ressentir ce que toi tu parviens à m'offrir.

Il sort un second doigt pour poursuivre, alors que je suis déjà en train de fondre.

— Tu n'aimes pas la F1, alors que je suis pilote, mais ça rend nos discussions que plus animées et passionnantes. Nos différences nous rapprochent.

Je me mords la lèvre pour me retenir de rire. Il tente de rester sérieux. Complètement nu, comme à son habitude. Comment pourrais-je ne pas craquer ?

— Je voyage beaucoup, mais je suis aussi assez riche pour prendre un avion tous les jours s'il le faut pour te retrouver où que tu sois, quand ton père reprendra sa place. Certes, je n'aurai pas un bon bilan carbone, mais la culpabilité en vaut la peine.

Un petit rire m'échappe cette fois.

— Enfin, je sais que j'étais dans un sale état quand on s'est rencontrés, mais j'ai repris mes esprits. Grâce à toi, je suis plus posé que jamais, donc ce n'est que justice que tu en profites aussi.

Je m'apprête à lui répondre, mais il me coupe en levant la main.

— Je n'ai pas fait ma conclusion encore, m'explique-t-il.

Je rigole ouvertement.

— Excuse-moi, continue, je t'en prie.

Il roule des yeux en se retenant de rire, mais termine son petit discours avec sérieux.

— Pour conclure, ma vie a été un peu secouée dernièrement, mais ça m'a permis de réaliser certaines choses. Tomber amoureux est trop rare pour se laisser aller à flipper. Je suis bien avec toi, et j'ai envie que l'on continue. Je ne serai probablement pas le petit ami parfait, tu vas sûrement avoir besoin de me gifler plus d'une fois, mais j'ose croire que tu es assez amoureuse de moi pour passer outre et nous donner une chance.

Pour un mec qui n'a jamais eu de copine, il s'en sort plutôt bien pour me faire flancher. Je suis dingue de lui, c'est officiel. Ces arguments m'ont fait retomber amoureuse. Rien à foutre du reste, je veux être avec lui. Notre histoire vaut les risques que je prends. Les obstacles ne me font pas peur. Mathieu comprendra tout. Je n'ai aucune raison de refuser de me mettre avec lui. Je le taquine tout de même :

— Je n'ai jamais dit que j'étais amoureuse.

Il hausse un sourcil.

— Nell… Tu me regardes avec des yeux de merlan frit !

J'éclate de rire tout en m'offusquant.

— C'est comme ça que tu veux me convaincre de te donner une chance ?

Il glousse.

— On sait tous les deux que tu as déjà accepté, je peux arrêter les violons.

Je secoue la tête en rouspétant.

— J'aimais bien les violons, moi !

Il m'embrasse. Une fois, deux fois, trois fois… Je me perds à nouveau dans ses bras.

— Tu vas te décider à me dire que tu m'aimes, oui ? me reproche-t-il sérieusement.

Son air flippé a raison de moi. Je ris tout en l'embrassant. Il râle, mais je finis par lui donner ce qu'il attend pour lui prouver qu'il n'a pas fait tout ça pour rien.

— Je t'aime, Matt.

Satisfait, il reprend notre câlin et me cajole jusqu'au lendemain.

Mathieu est intense en général, mais un Mathieu amoureux est difficile à suivre. Je pourrai très vite me faire à toutes ces petites attentions qu'il ne réserve qu'à moi. Je n'ai aucun doute quant au fait que je serai heureuse avec lui. Quand toutes ces histoires seront réglées, nous pourrons enfin vivre notre couple pleinement. J'espère juste que mes problèmes ne feront pas trop de dégâts. Ça sera à moi de bien amener les choses et je compte m'appliquer pour nous préserver. Mathieu mérite tous les efforts possibles.

22

Octobre – Émirats arabes unis

NELL

Je suis sur un nuage.

Je m'attendais à l'enfer et finalement, Mathieu m'a offert un bonheur que j'aurais été stupide de refuser.

Pour quelqu'un qui n'a jamais été en couple, il se débrouille parfaitement. Peut-être a-t-il si peur de mal se comporter qu'il compense en faisant d'innombrables efforts. Il est très attentionné, très présent, mais aussi adorablement taquin, joueur, coquin.

Je ne lui en demande pas tant, mais je ne veux pas le vexer en lui parlant de mes impressions. Peut-être est-ce sa façon de se rattraper après avoir fréquenté autant de femmes.

Toujours est-il qu'il est parfait avec moi. Chaque nouvelle journée est un bonheur. Nous rigolons, nous chamaillons, nous soutenons. Si nous étions proches avant, ce n'est rien comparé à aujourd'hui, nous passons le plus clair de notre temps tous les deux.

Les filles ont été ravies d'apprendre que nous étions en couple. Je crois que le groupe de Mathieu a, lui, été bien plus surpris, malgré la soirée que nous avons passée tous ensemble. Il ne m'a pas fait part de tout ce qui s'est raconté, mais il était très amusé en revenant de l'interview où il a pu discuter avec eux. Il n'a cependant pas oublié de me transmettre leurs félicitations. Je ne sais pas comment je dois le prendre, mais je vois plus ça comme une marque de soutien.

Les courses aussi se passent bien. Mathieu fait des merveilles, ce qui ne peut que convaincre le futur nouveau propriétaire de Keelean de reconduire son contrat. J'espère que c'est ainsi que se dérouleront les choses.

Malgré mon bonheur retrouvé, je garde dans un coin de ma tête que toute cette histoire est loin d'être terminée.

J'ai espoir que la vente aura lieu rapidement. L'acheteur a l'air de plus en plus déterminé. La dernière fois que j'ai eu l'avocat au téléphone, il m'annonçait que les fonds étaient en préparation. D'ici peu, je pourrai parler de tout ça à Mathieu et supprimer tout secret qui persiste entre nous. Enfin, rien ne pourra nous séparer. Du moins rien qui ne soit extérieur à notre couple.

L'important est que Mathieu apprenne les choses de ma bouche et certainement pas de la part de la presse ou de qui que ce soit d'autre. C'est à moi de préparer le terrain pour minimiser sa réaction. Je ne sais pas encore comment je lui en parlerai. Il me reste un peu de temps pour y penser. L'acheteur devrait se décider dans la semaine. D'ici quelques jours, tout sera réglé pour Keelean. J'espère que Mathieu comprendra, car j'aurai grand besoin de lui quand mon père sera arrêté.

Cependant, pour l'instant, je préfère faire comme si de rien n'était et en profiter avec lui. Nos liens sont un peu plus soudés chaque jour. Je ne compte pas tout foutre en l'air maintenant.

MATHIEU

Je crois que je commence à comprendre le délire d'Owen ou celui de Loris. Je vais mieux que jamais. Comme si la présence de Nell décuplait tout. Je me sens plus complet, plus motivé, j'ai plus d'énergie. Ma bonne humeur a atteint son paroxysme.

En course aussi, ça se ressent. Je fais des miracles. Quand je ne suis pas en P2, je remporte le Grand Prix. J'ai l'impression d'être shooté en permanence.

L'ancien Mathieu aurait envie de vomir face à tant de bonheur amoureux. La guimauve, les fleurs et les chocolats auraient eu raison de moi il y a quelque temps. Là, je me contente de me laisser porter et de profiter de ce que cette relation m'apporte de positif.

La stabilité a du bon, tout compte fait.

Je croyais aussi que le sexe finirait par devenir sans saveur, mais c'est tout le contraire. Nell a tellement confiance en moi au lit que nous pouvons tenter des choses que je n'aurais jamais proposées à une inconnue. Quoi que je fasse, je sais qu'elle ne le répètera à personne. Quels que soient mes goûts, mes aveux, mes réactions, je sais qu'elle gardera tout secret. Je me pose encore moins de questions qu'avant et je prends mon pied comme rarement j'ai pu le faire dans ma vie.

Mike serait fier de voir que je me suis complètement repris en main. Si lui aussi prônait le célibat éternel, j'ai toujours eu conscience qu'il finirait par passer du côté obscur de la Force. Finalement, c'est moi qui aurai trahi nos promesses. Je ne le regrette absolument pas. Il aurait fini par prendre ce chemin lui aussi. Il aurait adoré Nell. Il doit être fier, de là où il est, de voir que j'ai laissé une chance à cette femme.

Me mettre à nu n'a pas été la chose la plus facile à faire, ni la plus naturelle. J'ai eu l'impression d'ouvrir mon gilet par balles en espérant que Nell ne décharge pas son fusil juste à cet instant. Le risque en a finalement valu la peine. Je ne regrette pas la joie que cette femme m'apporte à longueur de journée.

Je m'en vais à mon entraînement du jour. Nell est déjà partie pour un rendez-vous de dernière minute avec Lowe. Je me demande vraiment comment ils font pour toujours trouver des trucs à se dire. Il se passe tant de choses que ça derrière le rideau ? Je sais qu'il y a un certain nombre de détails à régler, mais je doute qu'ils aient besoin de Nell à chaque fois.

Ce n'est cependant pas plus mal, car maintenant que je suis avec elle, je prends moins de temps pour moi seul. Je ne dois pas tomber dans l'excès, coller ma copine au point d'oublier de vivre en tant qu'individu. Ça ne me ressemble pas et je ne compte pas entrer dans ce délire. Ces derniers jours, nous sommes restés ensemble, ce que je suppose être logique en début de relation, mais je ne pense pas que ça soit sain sur le long terme. Je n'ai pas besoin d'en parler à Nell pour savoir qu'elle s'accordera à ça. Elle-même a pris soin de lire pendant deux longues heures dans son bain hier soir, où elle ne m'a certainement pas convié. Nous sommes sur la même longueur d'onde.

Mon coach m'accueille avec son habituelle mauvaise humeur. Il m'ordonne de me mettre à la tâche avant même que je n'aie posé mon sac. Il abuse vraiment, ça ne lui ferait pas de mal de tirer un coup ou de se prendre une cuite. Est-ce que ce mec a une vie, en fait ?

Je suis ses conseils, enchaîne les exercices tout en écoutant ma *playlist* spéciale entraînements. Je coupe mes notifications pour ne pas être dérangé. La musculation fait partie de la performance en course, je dois être en forme pour tenir et donc ne pas être perturbé pour atteindre cet objectif. De toute façon, mon coach me confisquerait mon portable si je le regardais pendant nos sessions.

À la fin de l'entraînement, je suis vidé. Me donner à fond m'apporte cependant une satisfaction sans pareille. J'ai l'impression d'avoir accompli quelque chose, d'avoir mené à bien une mission.

Néanmoins, aujourd'hui, quand je prends connaissance de mes notifications, les nombreux appels manqués que j'y vois me tirent de mon contentement.

Que se passe-t-il ?

J'ai plusieurs appels de Paul, de Loris et de Nell. J'ai aussi beaucoup de textos et mes réseaux sociaux croulent sous les identifications.

Incapable de résister à la curiosité, j'ouvre les premiers points rouges que je vois.

Je commence par écouter les messages laissés par Paul et Nell sur mon répondeur.

— Mec, je ne sais pas si tu es courant… Probablement que si, vu que tu sors avec MacArthur. Putain, c'est la merde ! Tu aurais pu m'en parler ! Rappelle-moi.

Le message de Paul me surprend, mais je n'ai pas le temps de me poser des questions que celui de Nell se fait entendre.

— Matt… Rappelle-moi. Je peux t'expliquer. Je suis désolée, je ne pouvais pas t'en parler. Ça ne devait pas se passer comme ça… Je t'aime. Putain, je suis désolée. Rappelle-moi, Matt. S'il te plaît.

Je commence à sérieusement paniquer. Je n'ai toujours aucune idée de ce dont il est question. Pourquoi sont-ils tous retournés ?

J'ouvre mes SMS et la tension monte encore d'un cran.

Loris : « Tu savais ? Dans tous les cas, si tu as des problèmes, tu peux compter sur moi. N'hésite pas. Sale histoire… »

Nell : « Matt ? S'il te plaît, rappelle-moi ! ♡ »

Ma jambe tressaute d'elle-même. Je ne comprends rien, si ce n'est qu'un truc grave est arrivé. J'ai besoin de réponses !

Finalement, c'est le texto de Paul qui m'aide le plus. Je clique sur le lien qu'il m'a envoyé. Il s'agit d'un reportage filmé devant le QG de Keelean à Édimbourg. La journaliste raconte toute l'histoire, très clairement.

— Les informations sont sorties ce matin. Un mandat d'arrêt a été émis à l'encontre de Don MacArthur pour diverses fraudes, dont détournements de fonds, blanchiment d'argent et escroquerie. Le propriétaire de l'écurie écossaise est activement recherché par les autorités. Une enquête est encore en cours pour déterminer qui a pu être impliqué dans ces affaires, mais aussi la gravité des actes commis.

Et dire qu'il reste cinq minutes de reportage…

— Putain, Nell… Qu'est-ce qui se passe ? marmonné-je dans ma barbe.

Toujours assis sur le banc de la salle de sport, je massacre mes cheveux en réalisant ce qui est en train d'arriver.

Elle était au courant de ça ? J'imagine, sinon elle n'aurait pas remplacé son père. Ils ont dit qu'il était malade…

Dans quoi est-ce que Don a pu tremper ? Keelean va couler…

Je poursuis le reportage avec la boule au ventre.

— Après quelques recherches, nous avons aussi appris que l'écurie était en passe d'être vendue à un magnat des Émirats. Les négociations seraient en cours et menées par la fille de Don MacArthur, en charge de Keelean depuis la disparition de son père.

Nell vend l'écurie ?

— C'est une blague ? demandé-je dans le vide.

Je comprends mieux son message. Je comprends aussi son comportement depuis qu'elle a débarqué. Tout contrôler, me faire agir en gentil pantin, réduire les dépenses, toutes ces réunions…

Putain, Nelly…

Dites-moi qu'elle ne m'a pas fait ça ? Pas elle…

N'y croyant pas, je préfère vérifier ces faits.

Un rapide coup d'œil sur internet me confirme malheureusement ces informations.

Merde, merde, merde !

J'imagine que Don savait qu'il allait être poursuivi, qu'il a confié à Nell le soin de sauver l'écurie pendant qu'il se planquait. Tout prend son sens. Finalement, Nell a décidé de vendre l'équipe après avoir redoré son blason, prête à attirer les acheteurs. Jamais elle n'a compté reprendre l'empire familial. Elle s'est toujours montrée claire là-dessus. Elle devait savoir depuis le début que Keelean allait être vendue. Au lieu de me prévenir, elle m'a laissé m'attacher en me mentant éhontément.

Si je croyais que ma place était en jeu en début de saison, ce n'est rien comparé à maintenant. Un nouvel acheteur peut facilement décider de me virer et ça pue…

Nell…

Je me dis que je dois écouter ses explications, mais qu'est-ce qu'elle peut me dire de plus ? C'est très clair. Elle a couvert son père, pris le relai, vendu l'écurie et m'a caché le tout avec habileté.

Je ne peux pas m'empêcher de m'énerver.

Moi, je suis tombé amoureux comme le dernier des cons. Je me suis fait manipuler telle une vulgaire marionnette pour servir les MacArthur. Maintenant, ma carrière est en jeu, tout ça à cause de Nell qui refuse d'hériter de Keelean.

Comment a-t-elle pu me faire ça ?

Pour une fois que je m'ouvre à une femme… Elle vient de me démonter avec maestria.

Faire confiance n'est pas mon fort. Elle le sait. Mais elle m'a quand même trahi en l'espace de quelques jours de relation. C'est exactement pour ça que je fuyais le couple.

Alors que je reste assis là, ahuri, mon cœur se brise un peu plus à chaque minute qui passe. J'ai l'impression de m'être fait gifler, humilier.

Tout le monde s'attend à ce que je sois déjà au courant, alors que la femme en qui j'avais le plus confiance m'a menti sans la moindre gêne.

Putain Mike, ça serait le bon moment pour m'apporter des conseils !

Je ne sais pas quoi faire. Rester encore un instant ici à broger, réfléchir ? Rentrer à l'hôtel en espérant trouver Nell pour qu'on s'explique ? La presse va me sauter dessus, si les journalistes ne sont pas déjà derrière la porte de la salle de sport.

J'envoie rapidement un message à Paul pour mettre au clair mon innocence. Je refuse qu'on me fasse porter le chapeau.

Moi : « Nell ne m'a rien dit… Je l'apprends comme toi et je suis fou de rage. »

Hors de question que je sois pris pour le mec qui cache ce genre d'information alors que les revenus de nombreuses personnes sont en jeu.

Est-ce que Don a volé Keelean ? Qu'est-ce qu'il a fait au juste ? Ils ne peuvent pas en dire plus ?

Je comprends encore mieux comment Nell peut détester son père. Ça ne l'excuse cependant pas.

Finalement, j'ai besoin de réponses de sa part. Je me décide donc à rentrer à l'hôtel. Vu les messages qu'elle m'a laissés, j'imagine qu'elle m'y attend.

Je mets mon téléphone en silencieux pour ne plus l'entendre vibrer toutes les cinq secondes. Je n'ai pas besoin des questions de tout le monde, d'avis ou de condoléances. Je ne veux pas lire quoi que ce soit venant de Nell, elle va devoir s'expliquer en face et j'espère qu'elle a de bons arguments, car là, tout de suite, je la déteste plus que je ne l'aime.

Jamais personne n'avait osé me trahir à ce point auparavant. La F1, mon siège en particulier, c'est toute ma vie. Je me suis défoncé pour en arriver où j'en suis, ce n'est pas pour que mon écurie coule à son apogée ! Si elle m'avait prévenu, j'aurais pu rebondir, chercher un nouveau siège avant la tempête. Mais non, elle a tout gardé pour elle et je me retrouve dans la merde avec la possibilité de tout perdre. Elle n'est pas prête pour ma colère.

Malheureusement pour elle, je la trouve bel et bien dans notre chambre.

Elle trépigne d'impatience, elle se ronge les ongles, ses yeux sont gonflés. Elle ne s'attendait pas à un tel déballage public, apparemment. Moi, non plus.

Quand elle m'entend arriver, elle avance vivement vers moi et essaye de m'enlacer. Mais je la repousse. Ce n'est pas le moment. Je ne veux pas de ses câlins, de ses baisers, j'attends des explications et de bons arguments pour qu'elle ait la moindre chance que je la pardonne de s'être moquée de moi de la sorte.

— Tu es réellement amoureuse de moi ou c'est juste une nouvelle façon de me contrôler pour que je ne fasse pas de vagues ? entré-je en matière. C'est sûr que ton père fait déjà bien assez parler de lui.

Les larmes lui montent aux yeux. Même si je l'aime et que je n'apprécie pas être celui qui la fait souffrir, à cet instant, je ne peux qu'attaquer. Elle n'a pas idée d'à quel point elle m'a fait mal.

— Laisse-moi m'expliquer, tente-t-elle doucement.

Mais je n'en ai pas fini avec mes accusations.

— Tu sais depuis quand que tu vends l'écurie ? Depuis le début de la saison ?

— Quoi ? Non ! se défend-elle.

— Tu sais depuis quand que je n'aurai pas de place pour l'année prochaine ? Tu comptais m'en parler un jour ? insisté-je.

Elle secoue vivement la tête.

— Matt… laisse-moi t'expliquer. Évidemment que j'allais t'en parler, mais…

— Mais tu t'es dit que ça passerait mieux après une annonce faite par la presse ? ironisé-je.

— Bien sûr que non, tente-t-elle de se protéger.

En fait, je n'ai pas du tout envie d'écouter ses excuses. Je ne vois pas ce qu'elle pourrait me raconter qui améliorerait cette situation.

— Tu te fous de ma gueule depuis le début, Nell ! Je suis quoi pour toi ? Ton gigolo pour te détendre les nerfs quand ton père te saoule trop ?

Elle soupire, les larmes coulant maintenant sur ses joues. Elle continue de secouer la tête comme pour effacer cet instant.

— Matt, je t'aime… S'il te plaît…

— Arrête, ordonné-je gravement.

Si je peux être la personne la plus joviale du paddock, je gère très mal les déceptions. Je suis rancunier, dur et méchant lorsque je suis blessé. Nell m'a mis la plus grosse gifle de ma vie après le départ de Mike. Je ne peux juste pas l'écouter me dire qu'elle m'aime quand elle vient de détruire la chose la plus importante pour moi.

— Je me suis ouvert à toi ! Je t'ai fait confiance et toi, tu… Tu me mens depuis le début ! Comment tu as pu me laisser me mettre avec toi quand tu savais que tu allais bousiller ma carrière ? T'es quel genre de garce ?

Je ferais mieux de m'en aller avant de commencer à dire des choses que je ne pense pas. Malgré tout, je l'aime. À tête reposée, je changerais peut-être d'avis. Mais pas là. Je vais me contenter d'être méchant parce qu'elle m'a fait mal, que je panique et que mon meilleur ami n'est plus là pour me récupérer à la petite cuillère.

Nell n'essaye même plus de me répondre. Elle a compris que je ne l'écouterai pas. Elle sanglote, les bras croisés sur sa poitrine. Elle attend que j'en aie fini, impuissante.

Plutôt que de l'achever, je m'en vais vers la porte. Cette conversation est inutile, je ne sais pas pourquoi je suis venu. Je disjoncte. J'ai besoin d'un verre.

— Matt, m'arrête-t-elle d'une voix ferme.

Je ne résiste pas à la tentation d'écouter ce qu'elle a à dire. Ce sont les derniers mots qu'elle pourra me dire avant longtemps, je suis curieux de savoir ce qu'elle va choisir de me confier.

Je m'arrête, la main toujours sur la poignée de la porte, prêt à m'enfuir.

— Que tu me croies ou non, ça ne change rien au fait que je t'aime et que j'ai tout tenté pour t'éviter quelque problème que ce soit. Mon père a fait des erreurs, mais c'est moi qui en subis les conséquences. Alors oui, je t'ai menti, je me suis servie de toi quand on s'est rencontrés, mais…

Elle soupire lourdement avant de terminer.

— J'ai fait tout ce que j'ai pu. T'es injuste envers moi.

Je n'arrive pas à y voir clair. Tout ce que je sais, c'est qu'elle m'a caché beaucoup de choses, que Keelean va être vendue, que mon sort est entre les mains d'inconnus et que la femme que j'aime est à l'origine de cette situation. Je suis censé faire quoi ?

— Toi et moi, c'est fini, me contenté-je de répondre.

Quoi qu'il arrive, je ne peux pas rester avec quelqu'un en qui je n'ai plus la moindre confiance.

Je prends finalement la porte. J'ai besoin d'air, d'oublier, de souffrir dans mon coin. Si seulement Mike était là…

23

Octobre – Arabie saoudite

MATHIEU

Voilà plus d'une semaine que le scandale a éclaté, que je me morfonds, que Nell a quitté notre suite, que nous nous sommes séparés, que tout va mal.

Keelean est en ébullition. Le staff s'inquiète, nos responsables ne savent pas quoi nous dire. Lowe tente de calmer tout le monde, de nous rassurer sur l'avenir, sur le contrat avec le nouveau propriétaire, mais nous savons tous que tant que rien n'est signé, c'est du vent. Il peut faire marche arrière à tout moment, surtout maintenant que nous sommes dans l'œil d'un cyclone.

Les MacArthur se font tout petits, Lowe gère la crise tout seul.

La presse nous colle, mais nous n'avons rien à leur dire. Il n'y a pas une interview où je suis épargné. Je n'ai droit qu'à des questions sensibles sur ce qui nous arrive, sur mes pronostics pour l'année prochaine.

Pour ce qui est de la saison en cours, le championnat s'annonce mal. Ma dernière course a été catastrophique.

Porana n'a pas fait bien mieux. Nous sommes tombés dans le classement après Riotti.

Nell va devoir revoir ses prix à la baisse si nous continuons ainsi…

Je suis toujours énervé, mais surtout déprimé de ne plus l'avoir près de moi. Je l'aime. Elle me manque. J'ai besoin de son soutien, sauf que tout ça est de sa faute. Du moins en partie. Son père garde la majorité de la responsabilité.

D'ailleurs, Don est toujours en cavale.

Je me demande si Nell sait où il se trouve. Est-ce qu'elle a été interrogée par les autorités ? Est-ce qu'elle peut être inculpée pour complicité ?

J'espère qu'elle a un bon avocat… Malgré tout ce qu'elle m'a caché, je n'ai pas envie qu'elle se retrouve dans une sale position à cause de son père qui n'a rien fait pour elle. Il ne sait que la détruire et il continue sur sa lancée. Cet homme est un monstre.

Plutôt que de me morfondre dans mon coin comme à la mort de Mike, j'ai décidé de me comporter plus intelligemment. J'ai donc appelé mes potes pour les voir. J'ai besoin de leur soutien pour surmonter cette crise. Ils ont répondu présent, tels les meilleurs amis qu'ils sont.

Une fois la nuit tombée, je m'en vais les retrouver. Quitte à prendre une cuite, autant le faire avec eux.

Lise m'accueille avec un gros câlin. Par-dessus son épaule, la grimace de pitié d'Owen manque de me faire rire.

J'ai vraiment pris la meilleure décision en venant les trouver.

— Comment tu vas ? me demande Lisie.

Je hausse les épaules.

— T'en as d'autres des questions inutiles comme ça ? la taquine Gabriel. Ça se voit qu'il vit un enfer, regarde sa tronche.

Je préfère leur humour à leur compassion. Je n'ai pas envie d'un mélodrame, mais de me changer les idées.

— On dirait que tu t'es fait passer dessus par un train, en rajoute Owen.

— Un peu comme Owen quand Lise est partie, remarque Loris.

Voilà qui n'annonce rien de bon pour ma santé mentale.

— Je vous emmerde, marmonné-je, avant de prendre un verre et de m'affaler dans le canapé de la suite d'Owen et Lise.

Mes amis m'imitent. La conversation se poursuit une fois tout le monde installé. Nous commençons par parler des courses, du championnat. Ils évitent les sujets sensibles, mais au bout de quelques verres, ils n'arrivent plus à se retenir de me poser des questions.

— Alors, elle était au courant ? demande Loris.

Je hausse les épaules.

— Il semblerait. Je ne sais pas jusqu'à quel point, mais assez pour remplacer son père, le couvrir et… vendre Keelean.

Mes amis grimacent. Nous comprenons tous ce que cela implique.

— Vous en avez parlé ? m'interroge Lise.

Owen lui fait les gros yeux. Probablement qu'ils avaient convenu de ne pas aborder de questions trop sensibles. Nous savons tous comment ça s'est fini après la mort de Mike. Ils ne veulent pas m'étouffer à nouveau. Sauf que c'est différent, une peine de cœur n'est pas un deuil.

Je ne sais plus où j'en suis, ce que je veux, ce que je dois croire, penser. J'ai besoin de leurs conseils.

— Pas vraiment, réponds-je. Je lui ai hurlé dessus, elle a pleuré, j'ai rompu et je suis parti. On ne s'est pas revus, ni parlés…

Je réalise à quel point j'ai été dur avec elle. Je ne l'ai même pas écoutée. Comment puis-je dire que j'aime une femme si je ne lui laisse pas le bénéfice du doute le moment venu ? Oui, elle m'a menti, mais… Je ne sais pas. Elle me manque et je me déteste d'avoir à ce point besoin d'elle. C'est tout ce que je voulais éviter.

— Tu devrais l'appeler, non ? propose Owen. À ta place, j'aimerais comprendre.

— Je ne vois pas ce qu'il y a à comprendre de plus que tout ce que nous savons déjà, argumenté-je.

Gabriel grimace. Lise soupire.

— Elle t'aime, cette fille. Je la vois mal te foutre dans la merde sans raison ou sans réfléchir, la défend Loris.

Owen acquiesce.

— Franchement, elle a donné de sa personne. Prendre les rênes de Keelean, te surveiller de près au point d'accepter de vivre avec toi ? Elle s'est oubliée pour trouver des solutions. Elle aurait tout aussi bien pu vendre avant le début de la saison. Au lieu de ça, elle a vachement bossé pour booster l'attractivité de Keelean.

Oui, c'est vrai. Nell a été claire quant au fait qu'elle ne voulait pas être là, que ses rêves se trouvaient ailleurs. Elle a beaucoup donné pour l'écurie, alors qu'elle avait toutes les raisons de la laisser couler. Elle l'a fait pour le staff. J'imagine donc qu'elle ne l'a pas vendue au premier venu. Si tant est qu'il finisse par signer ce compromis de vente.

— Faut pas oublier que c'est son père, ajoute Lise. Quelle que soit leur relation, elle a dû se sentir incapable de le trahir. Je ne sais ce qui s'est passé, mais elle s'est retrouvée dans cette situation un peu malgré elle.

— Elle aurait pu m'en parler, contré-je.

Lise soupire.

— Oui… Mais pour sa défense, vous êtes ensemble depuis peu. Je sais que tu accordes ta confiance pour la première fois et que ça en décuple ta déception, mais elle n'a rien fait d'incohérent, argumente Lise.

Gabriel grimace.

— Moi, je pense qu'elle aurait dû le mettre dans la confidence. Elle savait que sa carrière était en jeu. On n'a qu'une opportunité dans ce sport, lâche-t-il, étonnamment véhément.

Finalement, c'est la seule chose que je lui reproche vraiment : de m'avoir caché quelque chose de si important, pouvant m'affecter à ce point. En plus d'avoir brisé ma confiance, évidemment. Je continue de râler.

— Sérieux, à quoi ça sert de tomber amoureux ? Il n'y a rien de positif. Je n'en voulais pas, moi ! Je me retrouve comme un con à déprimer, et j'ai eu quoi en contrepartie ? Une semaine de sexe, youhou ! ironisé-je.

Ce n'est pas tout à fait vrai. Ça faisait des mois que j'étais heureux grâce à elle, que j'avais retrouvé le sourire. Sa présence m'a sauvé d'une vie de perdition. Le sexe était magistral et ce début de relation, mémorable pour un cas désespéré comme moi.

— Même toi, tu sais que tu dis de la merde, me reproche Lise.

J'acquiesce, honnête sur ce coup.

— Franchement Matt, parle-lui, me conseille Owen. T'es raide dingue de cette fille, elle doit être aussi malheureuse que toi et en plus, son père va finir en taule. Elle pourrait t'éclairer sur le rachat, te donner le nom du mec. Enfin, c'est ta meilleure chance de négocier ta place pour la saison prochaine.

Loris hoche la tête.

— Oui, c'est vrai. Elle mérite de pouvoir s'expliquer. Pour de vrai, cette fois !

Mes autres amis tombent d'accord.

Suis-je prêt à lui faire face ? Pas vraiment. Je l'aime, je lui ai parlé comme de la merde la dernière fois que nous nous sommes vus. Je n'assume rien du tout. J'ai peur de ce qu'elle pourrait m'apprendre de plus.

Mais j'ai besoin de la voir.

Je dois la laisser s'expliquer. C'est décidé. Quand ? Je l'ignore. Je ne sais même pas où la trouver. Elle se terre comme un rat.

J'y suis allé trop fort avec elle et je dois m'excuser de la façon dont je me suis adressé à elle. Owen a raison, j'ai besoin de la voir, de comprendre, d'entendre sa version. Elle seule peut m'aider pour la saison prochaine.

J'ignore si elle acceptera après la manière dont j'ai rompu. J'espère qu'elle se montrera plus mature que moi.

Lise a quand même raison, son père est dans une merde noire. Elle a besoin de soutien plus que jamais, pas que son mec lui hurle dessus, trop concentré sur ses propres états d'âme.

Je ne sais pas si je veux la récupérer, me remettre avec elle, tenter de devenir son ami ou simplement nous quitter de façon cordiale. Je souhaite juste la voir.

Je pourrais passer des heures à penser à ça, mais là, j'ai besoin d'une cuite. Heureusement que Gabriel est là pour me resservir un verre. Avec mes amis, je sais que je peux me lâcher. Ils ne me laisseront pas déborder. Pas après tout ce que j'ai traversé cette dernière année.

Nous trinquons à de jours meilleurs, puis profitons de cette soirée pour nous détendre.

Entouré de mes proches, je noie ma rupture dans l'alcool en espérant ne pas me retrouver à l'appeler mièvrement. Elle mérite mieux que ça.

24

Octobre – Arabie saoudite

MATHIEU

Deux jours plus tard, je prends mon courage à deux mains pour chercher Nell et avoir une discussion. J'ignore où la trouver. Je n'ose pas l'appeler ou lui envoyer un texto, j'aurais l'impression d'être lâche. Après avoir rompu de cette façon, je suis en plus certain qu'elle ne me répondrait pas. Je veux donc régler cette histoire en face.

Le seul problème est que je n'ai pas la moindre idée d'où la trouver. Je ne sais pas dans quel hôtel elle loge, si elle traîne encore sur le paddock. Elle a tendance à fuir l'écurie, donc aucun membre de l'équipe ne peut répondre à mes questions.

Peut-être qu'elle est partie pour l'Écosse ? Peut-être qu'elle souffre, seule, quelque part…

J'essaye d'appeler ses amies, mais elles ne me sont d'aucune aide. Selon elles, je ferais mieux de lui laisser un peu d'air après l'avoir larguée comme une merde et avoir refusé d'écouter ses arguments. C'était dur à entendre, mais légitime. Nell est leur meilleure copine, elles ont beau m'apprécier, quand je brise le cœur de l'une d'elles, elles font front.

Je me suis excusé auprès d'elles, en espérant qu'elles n'en viennent pas à me détester pour ma réaction de préadolescent. Je les adore ces filles…

Qu'est-ce que j'ai fichu ?

Nell me manque.

Nous arrivons sur les trois dernières courses de la saison. Le paddock est en effervescence, mais Keelean peine à trouver la stabilité pour garder une bonne place dans le championnat. Le raz-de-marée que nous nous sommes pris nous a tous chamboulés. Moi le premier, je suis incapable de me concentrer en piste.

Quand j'arrive sur le paddock ce jour-là, je ne suis donc pas surpris de découvrir un chaos généralisé dans mon box, plutôt qu'une belle préparation pour les essais. Je rejoins rapidement John en priant pour que tout soit finalement prêt au moment où je devrai monter en voiture.

Je le trouve dans son bureau, épuisé, entouré de ses conseillers.

— Tu tombes bien, Mathieu, m'accueille-t-il.

J'ignore de quoi il souhaite me parler, mais j'ai une question avant toute chose.

— Tu sais où est Nell ?

Il n'est ni surpris par ma demande, ni par mon expression implorante. Peut-être en sait-il plus que je ne le crois. Je m'en moque, je veux juste une réponse.

Il secoue négativement la tête.

— Désolé.

Il me passe alors un feuillet et m'invite à m'asseoir.

— Avec ce qui est arrivé ce matin, elle se trouve probablement dans un avion pour Édimbourg. Elle ne t'a pas dit ? m'interroge-t-il, surpris.

Non.

Pour le coup, elle avait une bonne raison.

J'attrape le dossier qu'il me tend pour comprendre de quoi il me parle. Le titre est assez explicite : « Compromis de vente ».

C'est donc réglé, Keelean appartient désormais à un parfait inconnu. Mon sort est entre ses mains.

Si je suis angoissé à l'idée de perdre mon siège, dévasté d'avoir quitté Nell, je suis quelque part heureux de savoir qu'elle a pu se libérer de cette obligation, de ce poids qui lui a tant pourri la vie. J'ignore si elle a retiré quoi que ce soit de cette vente, je comprends juste qu'elle est à présent libre et donc, probablement dans un avion pour Édimbourg.

Fait chier.

— Nous avons imprimé un certain nombre de copies, notamment pour Kai et toi. Nous voulions que tout soit clair avec tout le monde. Nell a sacrément bien négocié sur ce coup. Tu devrais jeter un œil aux clauses qu'elle a réussi à imposer. J'imagine que tu sais déjà ce qu'elle a fait pour toi, mais ça fait toujours plaisir de le lire noir sur blanc.

S'il continue de me rappeler que Nell ne me dit plus rien, je vais l'éclater. Malgré tout, je suis assez curieux de comprendre de quoi il parle pour me retenir et parcourir l'accord.

Il y a les éléments de base : le prix, les parties au contrat, le lieu, la date, les détails de l'écurie. Plus loin, là où John m'a gentiment mis des Post-it, il y a les conditions imposées par Nell.

Effectivement, elle a pensé à tout. Elle a surtout définitivement assuré mes arrières. Au bout du compte, j'avais raison. Jamais elle ne m'aurait laissé dans la merde.

Malgré tout ce qui lui est tombé dessus, malgré les mots que j'ai eus pour elle, elle a tout de même imposé ces clauses au nouvel acheteur, quitte à réduire le prix de vente et brader son héritage.

Elle a sauvé le staff, John et les pilotes. Mon contrat arrivera à son échéance, comme prévu, celui de Porana aussi. John garde sa place pour au moins deux ans. Le staff conservera les salaires et avantages gagnés jusqu'ici.

Je n'imagine pas à quel point elle a pu solder l'écurie pour parvenir à un tel accord.

Elle s'est démenée pour nous tous. Je l'ai remerciée en rompant de la pire façon possible.

Je soupire bruyamment en laissant tomber le paquet de feuilles devant moi.

— Et maintenant ? demandé-je, épuisé.

John prend un planning qu'il m'explique.

— On termine la saison du mieux possible. D'ici quelques jours, nous aurons une réunion avec le nouveau propriétaire pour qu'il se présente aux équipes. Nous allons aussi organiser quelques rendez-vous et réceptions pour que vous le rencontriez personnellement. D'ici Noël, nous devrions arriver à retomber sur nos pieds pour préparer l'année prochaine.

Tout ça me semble si concret, mais en même temps abstrait. Je m'en fous, en réalité. Je pense à elle, je m'en veux. La vente n'aurait pas pu mieux se dérouler, mais je n'ai pas envie de découvrir l'acheteur, de lui lécher les bottes, de copiner, alors que je suis amoureux de sa prédécesseuse.

— Très bien, me contenté-je d'accepter.

Andy saura me rappeler ce à quoi je dois assister. Pour le reste, je vais me contenter des courses, des interviews et des entraînements.

— On s'en sort vraiment bien, soupire John, pensif. Tu pourras remercier Nell !

Je grince des dents.

— On a rompu, donc ça risque d'être compliqué, lâché-je, amer.

John grimace.

— Parce que vous étiez en couple ? relève-t-il, surpris. Désolé, je ne savais pas pour vous deux. Mince, je n'imagine pas ce qu'elle doit être en train de vivre… Toute seule en plus.

Ça, je le sais, enfoiré ! Il faudra que je retente le coup avec Mina et Carly. J'ai besoin de la voir, de lui parler, de m'excuser et de la remercier de m'avoir protégé dans cette histoire, quitte à perdre le peu qui lui restait. Elle ne cesse de souffrir depuis le début de cette histoire, et moi, j'en ai rajouté. J'ai besoin d'elle.

Je m'apprête à sortir du bureau pour rejoindre mon box quand le responsable communication débarque en trombe, une tablette à la main. Il nous montre une chaîne d'information en *live*.

— Ils l'ont arrêté ! Don, ils l'ont arrêté ! précise-t-il à bout de souffle.

Nous nous précipitons tous pour regarder de plus près. Peter monte le son pour que nous entendions ce qui se raconte. Le journaliste récite ses trouvailles avec professionnalisme :

— Don MacArthur, ancien propriétaire de l'écurie Keelean, qui était activement recherché par les autorités, a été appréhendé hier soir lors de son transit depuis la petite île au large de Taïwan où il se cachait. Aperçu dans un club branché de la région, il a été dénoncé par une source anonyme.

Enfoiré…

Est-ce que Nell regarde la même chose que nous à cet instant ? A-t-elle été prévenue avant la presse ? J'espère que ses amies la soutiennent.

J'aimerais tellement être là pour elle. Je m'en veux, putain, je m'en veux ! Pourquoi est-ce que j'ai pensé le pire d'elle alors que je savais depuis le début qu'elle était coincée dans cette histoire, contre sa volonté ? C'est son père, forcément qu'elle allait le couvrir. Évidemment qu'elle n'allait pas tout me balancer au bout d'une semaine de relation. J'aurais dû m'attendre à ce qu'elle me protège dans cette vente, au lieu de lui hurler dessus et de la descendre.

Elle a tout perdu, alors que je possède encore tout ce qui m'est le plus cher.

— Il est en ce moment conduit à la prison de Saughton où il sera détenu provisoirement dans l'attente de son procès. Je vous rappelle qu'il fait face à des accusations de détournements de fonds, de blanchissement d'argent, de divers vol et escroqueries. Don MacArthur aurait ainsi acquis plus de cinq cents millions de livres. Son avocat, Maître Barringer, n'a pas souhaité s'exprimer pour l'instant. Il nous a simplement confirmé que la procédure était respectée.

Je n'en reviens toujours pas de ce qu'il a fait. J'adorais cet homme, nous nous entendions très bien. Il était très bon en tant que propriétaire d'écurie, impliqué, dévoué. J'ignorais tout ce ses activités parallèles. Je lui démonterais bien la tête pour tout ce qu'il fait subir à sa fille.

Un débat commence dans le bureau, mais je ne suis pas d'humeur. Je préfère m'en aller vers mon box. J'espère que conduire m'aidera un peu à me détendre ou du moins à extérioriser ma détresse. J'ai besoin d'un plan d'action pour trouver Nell et la soutenir dans cette passade difficile. Je ne supporte pas de la laisser seule dans ce moment.

Dès la fin du week-end, je prendrai un avion pour l'Écosse. Je supplierai les filles de m'aider à voir Nelly. Après l'arrestation de son père, j'espère qu'elles auront la présence d'esprit de me laisser lui apporter mon soutien. Nell a besoin d'un bon avocat si jamais elle vient à être interrogée, j'ai les ressources qu'il lui faut.

Hors de question qu'on me retienne loin d'elle.

Les réunions avec l'acheteur pourront attendre, Nell est plus importante. L'écurie lui doit bien de me laisser filer un petit moment. J'aurai tout le temps nécessaire pour rencontrer mon nouveau patron une fois que Don sera définitivement derrière les barreaux.

J'arrive, Nelly.

NELL

Je comprends mieux l'expression « avoir le ciel qui vous tombe sur la tête ».

C'est plus ou moins ce qui vient de se passer. J'ai beau tourner et retourner chaque évènement de ces derniers jours dans mon esprit, je ne vois pas à quel moment tout a pu partir en vrille.

En réalité, tout a dérapé lorsque mon père a fui je ne sais où quand il a saisi que ses activités commençaient à faire trop de bruit. Tout est de sa faute. S'il n'avait pas foiré comme ça, je n'aurais pas atterri chez Keelean, je n'aurais pas rencontré Mathieu, pris autant de responsabilités. J'aurais pu rester anonyme et ne subir qu'un minimum de dommages collatéraux.

À la place, je me suis retrouvée en charge de centaines d'employés. Je me suis impliquée personnellement dans cette histoire pour limiter la casse. Au final, j'ai l'impression d'être celle qui en a le plus souffert.

À présent, j'aurais beau changer de nom, tout le monde continuera de m'associer à mon père et ses méfaits. Je vois mal comment lancer ma boîte dans ces conditions. J'ai perdu l'homme que j'aimais parce que je l'ai trahi pour protéger mon père. Le staff de Keelean me tient pour responsable de la vente. Les messages de menace que j'ai reçus en disent long sur l'opinion qu'ils ont de moi.

Ce qui aurait pu être une petite vie facile tourne au cauchemar.

Sans oublier que je me suis fait larguer telle la dernière des nulles. Mathieu sait drôlement bien s'y prendre pour vous faire sentir comme une merde. Il m'a jetée comme un mouchoir usagé, après avoir fait mon procès. Je me suis contentée d'écouter et de subir parce que… parce que je lui ai caché beaucoup de choses et que je comprenais sa colère. Cependant, je ne pense pas mériter un tel courroux. J'ai tout fait pour eux, pour lui.

Celle qui se retrouve sans rien à part des enquêteurs au cul, c'est moi.

J'exagère un peu, j'ai toujours Mina et Carly pour me soutenir. J'ai pris des affaires pour emménager chez elles l'espace de quelque temps. Je ne me sens pas d'être seule. Elles parviennent un minimum à me faire sourire de temps à autre. Surtout, elles n'abordent jamais les sujets qui fâchent. Nous entendons déjà bien assez parler de mon père ou de Keelean à la télé sans qu'elles en rajoutent. Je leur suis reconnaissante de leur patience et de leurs efforts pour m'aider dans cette épreuve.

Papa a été arrêté, hier. D'ici peu, il arrivera à Édimbourg. Cependant, je n'ai aucune envie de le voir. Son avocat m'a conseillé de m'y rendre pour véhiculer une image positive, mais ça sera sans moi. Je refuse d'être encore plus associée à lui, il ne le mérite pas. Surtout que je sais qu'il ne me dira jamais ce que je veux entendre. Ses excuses n'arriveront pas, je ne ferais que perdre mon temps.

Revenir en Écosse a été la meilleure solution pour me protéger. En restant sur le paddock, j'étais à la merci des journalistes. Les hôtels n'auraient eu aucune pitié pour révéler ma position à la presse. D'autant que je n'avais plus rien à faire là-bas, Mathieu ne m'adressant plus la parole et l'écurie étant à présent vendue.

Ils doivent tous être en train de faire connaissance. Ils avancent, alors que moi, je suis encore coincée dans ce cauchemar pour de nombreux mois. Je les aurais au moins épargnés. La presse ne parle plus que du rachat concernant Keelean. Nous avons réussi à les préserver, John et moi. Bientôt, cette histoire sera oubliée de leur côté.

Je ne sais pas vraiment à quoi je m'attendais de leur part. Peut-être un peu plus de reconnaissance : j'ai tout fait pour les sauver. Finalement, je n'ai droit qu'à un silence radio, zéro soutien et une grosse quantité de reproches.

Ce qui me déçoit le plus, c'est le manque de réconfort de la part de Mathieu. Oui, je lui ai menti, oui, je lui ai caché des choses et je m'en veux. Malgré tout, après ces mois passés ensemble, le pilier que j'ai été pour lui dans sa pénitence, je m'attendais au moins à un SMS. Ma vie s'est effondrée. Il doit en avoir conscience. À ce stade, il doit même savoir que ses accusations n'étaient pas fondées. Non, je ne l'ai pas laissé dans la merde.

Ce soir, je rumine plus que je ne pleure alors que les filles et moi préparons à manger. Je suis en colère contre Mathieu. Il me manque terriblement, je suis toujours folle amoureuse de lui alors qu'il ne me calcule plus. Je mérite mieux que ça ! Il ne devait pas m'aimer tant que ça finalement.

— Nell ? m'interpelle Carly. Tu me fais mal à la tête à penser aussi fort.

Mina pouffe à ses côtés.

— Qu'est-ce qui te met dans cet état ? demande-t-elle alors même qu'il ne peut y avoir que deux raisons.

Cependant, elle n'aborde pas le sujet de front. Elle me laisse le choix de le faire ou non. Aujourd'hui, je suis déterminée à me plaindre.

— Il aurait pu m'appeler, rouspété-je.

Mina fronce les sourcils.

— Ton père ?

Je secoue vivement la tête en continuant d'éplucher ma carotte.

— Non, lui, il peut brûler en enfer. Mathieu ! Mathieu aurait pu m'appeler. Quel enfoiré, sérieux ! Après tout ce que j'ai fait pour cette écurie de mes deux, j'ai le droit à « c'est fini » et au silence radio.

Les filles échangent un regard. Finalement, Mina hoche la tête pour encourager Carly à parler.

— Il nous a appelées, avoue-t-elle. Plusieurs fois.

— Beaucoup de messages aussi, ajoute Mina, penaude.

Je m'arrête net dans ma tâche.

— Pourquoi vous ne m'avez rien dit ? reproché-je.

Mina hausse les épaules.

— Ce n'était pas le moment, Nell. Tu souffrais, ton père se faisait emprisonner et Mathieu... Il ne méritait pas d'être le centre de ton attention à ce moment-là.

— Il ne le mérite toujours pas d'ailleurs, ajoute Carly, vindicative.

Les filles et moi sommes rapidement tombées d'accord pour dire qu'il m'avait larguée n'importe comment et que c'était le comportement d'un gros con. Je sais que Matt n'a pas beaucoup d'expérience en matière de couple, mais tout de même.

— On lui a dit que ce n'était pas le moment de te faire chier, explique Mina. Il n'a pas insisté, je pense qu'il sait qu'il a commis une énorme erreur.

Difficile de ne pas le réaliser.

— Pourquoi il ne m'envoie rien à moi ? persisté-je à râler.

Carly hausse les épaules.

— Il craint peut-être de te déranger, ou il a la trouille, ou il a peur de se prendre un vent, je n'en sais rien.

N'empêche que j'aimerais une attention de sa part.

Je reçois justement un message à ce moment-là. Je m'empresse d'attraper mon téléphone pour voir de quoi il s'agit. Il y a une chance sur deux pour que ce soit l'avocat de mon père, mais je ne perds pas espoir de voir le nom de Matt s'afficher.

Cette fois, c'est un numéro inconnu. J'hésite avant d'ouvrir le message. J'ai peur que mon numéro ait fini par fuiter dans la presse ou sur les réseaux sociaux.

Finalement, l'expéditeur n'est pas du tout celui que j'attendais. Je reste cependant touchée par l'attention.

« Salut Nell, les garçons et moi voulions te dire que nous étions vraiment désolés de ce qui t'arrive. Si tu as besoin, n'hésite pas… Je n'imagine pas ce que tu dois traverser. On pense à toi. Lise, Owen, Gabriel et Loris. »

Je lis le message aux filles, qui sont aussi surprises que moi par cette attention. Pas étonnant que Mathieu les aime autant. Dommage que nous n'ayons pas pu faire plus connaissance.

— Il vous a dit quoi ? finis-je par demander à mes copines.

Mina part chercher son téléphone pour me montrer directement les textos.

Penser à Mathieu m'aide à occulter tout ce qui se passe avec mon père. Ça me fait finalement du bien de parler de ça.

Elle ouvre la conversation, puis me tend son portable. Je lis chaque message avec attention.

Mathieu : « Je désespère de voir Nell. Vous ne sauriez pas où je peux la trouver ? J'ai besoin de lui parler. »

« Je sais que j'ai merdé. Je m'en veux et je m'inquiète pour elle. »

Mina : « Laisse-la pour l'instant, elle a déjà assez à gérer. »

Mathieu : « Comment elle va ? »

Carly : « Mal. Son père va en taule et son mec l'a larguée comme une merde. »

Mathieu : « J'ai mille excuses à lui faire. Je suis vraiment le dernier des cons. Elle est à Édimbourg ? »

Mina : « Écoute Matt, on t'adore, mais là, ce n'est pas le moment. Si tu tiens réellement à elle, patiente. »

Mathieu : « Désolé de vous avoir dérangées. Elle a de la chance de vous avoir. »

Je poursuis la lecture des messages pour finalement tomber sur une conversation plus récente. Elle date d'aujourd'hui, en réalité.

Mathieu : « C'est encore moi. Comment elle va ? »

Je le reconnais bien là. Insistant, mais assez mignon pour qu'on lui pardonne.

Carly : « À ton avis ? Elle nous a vidé trois boîtes de mouchoirs et quatre paquets de chocolats. »

Mina : « Ce n'est pas joli de faire souffrir la femme qu'on aime, Matt. T'as encore beaucoup à apprendre. »

Elles n'ont pas été tendres avec lui. Il méritait de se faire remettre à sa place et elles ont joué ce rôle à merveille.

Mathieu : « Surtout quand elle n'a fait que me sauver les fesses… J'aimerais ramper à ses pieds, mais je ne compte certainement pas faire ça par téléphone, elle mérite plus. »

Carly : « Elle mérite mieux que la façon dont tu l'as traitée. »

Mathieu : « Elle mérite mieux que moi, les filles. On savait tous que je n'allais pas être à la hauteur. »

Comment résister ? D'ailleurs, mes amies ont manifestement fini par craquer.

Mina : « On t'adore Matt… Franchement, tu fais chier ! C'est nul d'être en colère contre toi, mais là t'as abusé. Nelly est en mille morceaux, en partie par ta faute, t'es pas là et nous on doit gérer sa peine de cœur en plus du reste. Je ne sais plus quoi faire pour qu'elle arrête de pleurer. »

Mathieu : « Je l'aime et je vais me rattraper. J'arrive dès que possible. Vraiment, je ne pense qu'à ça. J'en profiterai pour m'excuser aussi auprès de vous. Prenez soin d'elle. »

Je pose le téléphone de Mina. J'en ai assez lu.

J'avais tort. Matt n'en a pas rien à faire de moi. Du tout. J'imagine qu'il est coincé à cause des courses. Il ne peut pas ne pas courir alors que le nouveau propriétaire attend de le voir faire ses preuves pour possiblement renouveler son contrat plus tard. Il y a toujours beaucoup en jeu pour lui. Manifestement, ça le tue de ne pas pouvoir être là.

Je devrais lui en vouloir plus que ça, le détester. La vérité c'est que j'ai besoin de sa présence, de son soutien, de savoir que je peux compter sur lui. J'ai besoin de ses baisers, de ses câlins, de son humour. Fut un temps, je me serais haïe de dire ça, de lui pardonner aussi facilement, mais là, Matt revient quand il veut. J'ai besoin de lui pour faire front à deux.

Je pense le connaître assez pour comprendre que la confiance est cruciale pour lui, qu'il s'ouvre rarement comme il l'a fait avec moi. Je sais que sous sa carapace se cache un homme avec des doutes, des peurs et parfois, un manque de confiance en lui. Il s'est senti trahi et a réagi. Il regrette.

Je me doute ne pas le voir avant la fin du week-end de course. N'empêche qu'à présent, je suis incapable de décoller mes yeux de la porte. Je sais qu'il va venir. Il ne peut que venir. Il ne va pas me laisser.

Retrouve-moi, Matt.

25

Octobre – Écosse

NELL

C'est bien à contrecœur que je me force à aller au QG de Keelean aujourd'hui. Je suis chargée d'aller récupérer les affaires de mon père pour en finir définitivement avec cette écurie.

J'espère ne pas rester trop longtemps, ne croiser personne et surtout pas la presse.

Sur ce coup, je me fais un peu des films, vu que des journalistes campent devant le QG pour obtenir des scoops de la part des employés. Ils ne vont pas me rater. Je serre donc fort les fesses au moment où je me gare sur le parking. Heureusement, ma vieille voiture n'attire pas les regards. Si je m'étais pointée avec un chauffeur, j'aurais été certaine de passer à la casserole.

Là, j'ai un petit laps de temps qui me permet de hâter le pas jusqu'aux portes d'entrée. Le temps que les journalistes réalisent ma présence, je suis déjà à l'intérieur. Ils me lancent quelques questions à travers les vitres :

— Madame MacArthur, s'il vous plaît, une réaction ?

— Avez-vous vu votre père ?

— Êtes-vous complice de ses agissements ?

Je ne réponds à personne et me contente d'avancer pour mieux me cacher dans le bâtiment. Il n'y a pas grand monde qui traîne. Seules les réceptionnistes me regardent approcher. Quelques employés passent, mais personne ne m'interpelle. Heureusement.

Je me rends à l'accueil pour qu'on me dise où je dois récupérer les cartons préparés par leurs soins.

Avec une grimace empathique, on m'indique une salle au deuxième.

Sur le chemin, les nombreux clichés de Keelean, des voitures, mais surtout de Mathieu me serrent le cœur. Mon père a tout détruit. Même si je l'ai souvent détesté, notre héritage familial était important.

Pour ce qui est de Mathieu, voilà des jours que j'essaye d'éviter de voir son visage. Y faire face n'a rien de facile.

La course a eu lieu hier et il n'est toujours pas là. Je commence donc à me dire qu'il ne viendra pas. Peut-être ne pensait-il pas ses messages, ou alors j'ai pu mal les lire, je n'en sais rien.

Je refourgue ces idées au fond de ma tête. Ce n'est pas le moment de me mettre à pleurer alors qu'autant de gens me scrutent sur mon passage.

Je parviens enfin à la salle en question. Il n'y a que quelques cartons. Je devrais arriver à les descendre sans trop de mal. Il me faudra cependant quelques allers-retours. J'en attrape deux et repars vers la sortie, déjà épuisée par cette tâche.

— On peut vous aider ? m'interpelle un homme sur le pas de la porte.

Il est plutôt jeune, accompagné d'un second garçon. J'imagine qu'ils sont stagiaires. Je leur réponds, mal à l'aise et craintive à l'idée de me faire prendre au piège.

— Je ne veux pas vous déranger.

Ils secouent vivement la tête.

— John Lowe nous a prévenus que vous passeriez et que vous pourriez avoir besoin d'un coup de main, s'explique le second.

John ne m'enverrait pas dans un traquenard. Je les imagine mal inventer un truc pareil. J'accepte donc leur aide. Chacun prend deux cartons, ce qui m'évitera d'avoir à remonter.

Nous les mettons tous dans mon coffre. Leur présence permet aussi de tenir les journalistes à l'écart. Voilà qui s'est mieux déroulé que prévu. Je les remercie une dernière fois en montant en voiture.

— Bon courage, me lance l'un d'eux. Ça ne doit pas être facile.

Je me contente de hocher la tête avant de filer. Je n'ai pas envie de m'étaler sur la question. Plus vite je serai à nouveau dans l'appartement des filles, mieux ça sera.

Quand j'arrive, elles sont encore au travail donc je m'occupe de monter les six cartons toute seule. Je ne sais pas ce que je suis censée en faire. Je ne peux pas les garder avec moi, ni les stocker chez mon père : sa maison et ses biens seront vendus d'ici peu pour éponger ses dettes.

Je les dépose dans le salon tout en réfléchissant à la question.

Je me prends un verre d'eau, bois en les observant.

Ce sont majoritairement des papiers et des babioles. Je pourrais vendre quelques trucs ou les donner à une association. Quant aux documents, je ferais mieux de les brûler. Quelqu'un serait capable de les trouver dans une poubelle. Je ne sais pas ce qu'ils contiennent, mais je ne veux pas mettre Keelean en porte-à-faux en divulguant des secrets de construction ou autre. Dieu seul sait ce que mon père a pu garder, cacher, détourner sous couvert d'un dossier « privé ».

Est-ce que quelqu'un a vérifié ce que j'allais emporter ? Est-ce qu'ils faisaient confiance à mon père ? Ils auraient été idiots de le faire, même si rien de suspect n'a été découvert chez Keelean. En même temps, tout ça a été organisé rapidement. J'imagine que le nouveau propriétaire veut effacer toute trace de mon géniteur de sa récente acquisition. Aucune personne importante de l'écurie n'était au QG. Si ce sont les stagiaires qui ont géré les choses, je doute qu'ils aient perdu leur temps à vérifier chaque feuille.

Je me rends à l'évidence : je vais devoir tout trier.

Au moins, ça m'occupera l'esprit l'espace de quelques heures.

Au lieu de procrastiner et de repousser la tâche à demain, je me fais chauffer un thé avant de m'installer sur le canapé.

Je prends un premier carton que je vide, objet par objet. Se créent alors une pile « à jeter », une pile « à donner », « à garder » et « à brûler ».

Il y a de toutes sortes de choses : des cartes postales, des photos dédicacées par des footballers ou des basketteurs. Je tombe sur de la papeterie, une clé USB, une casquette.

Dans un autre carton, je trouve quelques vêtements, une bouteille d'alcool ultra-chère que je compte bien m'enfiler avec les filles.

Heureusement que cinq des cartons sont ainsi, car quand je parviens au sixième rempli de documents, je n'en finis plus.

Feuille par feuille, je détermine ce qui peut être sensible ou non.

Il y a de tout, des factures, des mails, des pubs, des plannings. Je constitue une petite pile que je renverrai à Keelean par la poste. Le reste ira au feu.

Au milieu de ma tâche, je retourne me préparer un thé et attrape un nouveau paquet de gâteaux pour me donner du courage. Mieux vaut en finir aujourd'hui. Demain, je n'aurai jamais la foi de m'y remettre.

Une heure plus tard, j'entame la dernière pile de papiers. La nuit commence à tomber, mais les filles ne devraient pas revenir avant deux heures. J'ai encore du temps, je pourrai même me prendre un bain une fois que j'en aurai terminé. Bien sûr, il faudra que je range tout ça. Je ne suis pas chez moi et…

Je m'arrête net en lisant le mail que je tiens dans la main. Si je ne comprends pas le délire d'imprimer des mails, celui que je vois là m'intrigue.

Pour : don.macarthur@keelean.org

De : tinodonamatti@crioconstructor.it

Objet : Projet « BrakeFree »

Cher Don,

Les choses avancent bien. D'ici peu, nous devrions pouvoir faire nos premiers tests. J'imagine sans mal votre impatience ! Comprenez cependant que nous devons prendre toutes les mesures nécessaires pour éviter un accident.

Nous avons fait les premiers essais en circuit sur nos propres prototypes. Vous devriez avoir votre nouveau jouet dans peu de temps. Voilà une merveille de technologie à laquelle vous avez pensé.

Je vous appelle mardi à 10 h pour discuter de la suite. Je vous laisse me transmettre la ligne à privilégier.

Cordialement,

Tino Donamatti.

Je ne sais pas ce qu'est ce projet et je ne m'en serais pas plus préoccupée que ça s'il n'y avait pas eu autant de documents à son sujet.

— C'est quoi ce bordel ? me demandé-je.

Il y a des factures de sommes astronomiques. Des plans, des discussions. Beaucoup de mails. Il est fait mention d'une clé USB avec des informations classifiées à ne pas divulguer à quelqu'un d'autre que mon père.

Petit à petit, je sens que je suis en train de mettre en lumière une énième connerie de mon géniteur. Alors que je croyais qu'il avait épargné son écurie, il devient clair qu'il lui a réservé le meilleur de son art.

Je lis à présent chaque document avec attention. Je reprends certains papiers que j'avais déjà mis de côté pour les comparer aux nouveaux. En croisant les informations, les destinataires, les expéditeurs, les dates, les lieux, je commence à comprendre de quoi il retourne.

J'ai envie de hurler à l'idée de ce qu'il a pu faire.

Le projet « BrakeFree » est assez clair dans son nom. Il semble être question d'attaques informatiques contre les systèmes des autres écuries, afin de prendre le contrôle sur commandes de leurs voitures. Les Formule 1 sont gérées par de nombreux composants électroniques connectés. Les pilotes ont accès aux fonctions depuis leur palette, mais les équipes peuvent aussi contrôler certaines choses à distance. Beaucoup de capteurs permettent ces prouesses en piste.

Cependant, là, je crois bien que mon père cherchait un moyen de s'introduire dans les systèmes de ses concurrents, probablement afin de truquer les courses et amener Keelean en haut du classement.

— Papa… Qu'est-ce que tu as encore fait ? marmonné-je de plus en plus inquiète.

Je continue mes découvertes.

Le projet avait l'air encore en phase de test. Le développeur semblait réticent à l'idée de l'utiliser sur une vraie course, mais mon père était pressé de le mettre en action. Les nombreux paiements devaient servir à acheter le silence des participants au projet. Je comprends mieux le blanchiment et les détournements de fonds : il avait besoin de financer son nouveau jouet. Cette histoire organisée dans le plus grand secret a dû lui coûter un bras.

Des mails datant d'un peu plus d'un an semblent énoncer que mon père a finalement eu gain de cause et a pu tester son système en piste.

La date de la course m'est familière, mais je n'arrive pas à savoir pourq…

— Non… Non, Papa, non… Pas ça…

Je fouille les autres documents en vitesse pour chercher à me prouver que mes conclusions sont hâtives. Ça n'a pas pu arriver. Je me suis forcément trompée, j'ai mal interprété ces papiers. J'ai mélangé les dates, les Grands Prix.

Sauf qu'après avoir vérifié trois fois, je ne retiens plus ma crise de panique. Mon cœur se déchire, ma gorge se bloque, la bile monte, parce que…

… parce que mon père a tué Mike Miller.

26

Octobre – Écosse

NELL

Je reste un long moment assise, à regarder ces preuves.

Qu'est-ce que je suis censée faire ?

Pourquoi est-ce qu'il fallait que je sois celle qui découvre un truc pareil ?

Mon père a testé son projet sur les Cavarot pendant la course portugaise de la saison dernière. Il a bloqué les freins des Cavarot le jour où Mike Miller a perdu le contrôle de sa voiture, où il est mort des suites de l'accident.

Mon père et son stupide projet sont les responsables du décès de Mike, le meilleur ami de Mathieu.

Je ne peux pas garder ça pour moi. Je refuse de cacher cette information à Mathieu, ni même à la famille de Mike. Je ne me rendrai pas coupable de complicité en couvrant Don pour un truc pareil !

Déjà que j'ai failli être inculpée de complicité pour les histoires d'argent, je ne vais pas me remettre dans la merde. Certainement pas pour mon père et encore moins pour dissimuler son implication dans la mort de quelqu'un. De quelqu'un qui était cher à celui que j'aime.

Je réalise le mal que cette nouvelle va faire. Si elle est en train de me détruire, je n'imagine pas l'effet qu'elle aura sur Mathieu.

Papa a trainé dans de nombreux trucs louches. Ce nouveau crime fait de lui un terrible monstre. Comment pourrais-je vivre avec ça sur la conscience ? J'ai déjà du mal à digérer ses précédents méfaits. Celui-ci dépasse l'entendement, la morale, l'humanité.

Je te souhaite de pourrir en prison.

Mes larmes redoublent. Je manque de m'étouffer tellement je pleure. Je n'arrive plus à reprendre mon souffle. Mon père est un criminel. Il détruit ma vie une nouvelle fois par cette information. Il me pousse dans une position encore plus inconfortable que celle que j'avais jusqu'ici.

Je ne peux pas rester sans rien faire. Je dois le dénoncer. Je n'ai pas d'autre choix, c'est lui ou moi. Si je ne dis rien, ma culpabilité me mènera droit dans la tombe. Je pourrai vivre en sachant que j'ai trahi mon père. Surtout si je sais que je n'ai pas dissimulé à Mathieu la raison de la perte de son ami le plus proche, son petit frère.

Il ne me pardonnerait jamais de lui avoir caché ça. Je ne peux pas lui dissimuler cette information.

Je n'ai certainement pas envie de lui annoncer que Papa a tué son meilleur ami. Cependant, c'est bel et bien ce que je vais être amenée à devoir faire. Personne d'autre ne semble au courant, personne n'a en tout cas parlé de cette histoire.

Je ne sais pas ce que font ces dossiers dans ses affaires. Peut-être que quelqu'un les a glissés là à mon attention, peut-être les a-t-il simplement oubliés, comme on oublierait un vieux jean troué au fond du placard. Sauf que la vie de quelqu'un a été ôtée. Je ne peux juste pas fermer les yeux, pas comme mon père l'a fait. Comment a-t-il pu vivre avec la culpabilité ? Peut-être n'en a-t-il pas ressenti… Ce devait être un accident, selon lui.

À mon sens, c'est un meurtre commis par cupidité, avidité.

Je ne sais pas à quel moment je me laisse tomber par terre. Je me vide de mes larmes, allongée au milieu de ces dossiers. Le peu qu'il me restait vient de m'être retiré avec une violence inimaginable. Si je pouvais espérer retrouver une vie discrète, dénoncer ces méfaits me conduirait droit sur d'inlassables procès, témoignages et enquêtes. Je devrai me trouver un avocat sans me ruiner, pour faire face à Maître Barringer. Je serai endettée, seule, parce que Mathieu ne pourra plus jamais me regarder dans les yeux en sachant que mon père est la cause de la mort de Mike.

Ma vie est finie. Je n'ai plus la moindre solution.

MATHIEU

Mon avion atterrit à Édimbourg en fin d'après-midi. Les amies de Nell se sont décidées à me donner une adresse où la trouver. Je ne perds donc pas de temps pour m'y rendre. J'ai attendu inlassablement ce moment.

La course a été catastrophique, une nouvelle fois. Heureusement que Porana a pu ramener quelques points. Je n'ai été bon à rien, pas concentré. Je n'ai d'ailleurs même pas fini le Grand Prix. J'ai mal pris un virage et ai terminé dans les graviers.

De toute façon, je n'en ai rien à faire. Je sais que je n'ai pas la moindre chance de remporter le championnat. Oui, ça me fait chier de foirer mes courses, mais le plus important en ce moment est Nell. Je dois la voir, m'excuser et l'aider à surmonter les épreuves que ne cesse de lui pondre son père. Je sais que ma place est auprès d'elle.

Cette femme est la seule à être parvenue à me faire tomber amoureux, ce n'est pas pour rien. J'y vois un signe qu'elle est celle qu'il me faut. Elle me comprend et arrive à me donner envie de choses que je n'aurais jamais imaginées.

J'ai merdé et je dois tout tenter pour changer cette situation.

Un taxi m'amène à l'adresse indiquée par ses amies.

Je reste un instant devant la porte d'entrée pour reprendre mes esprits et réfléchir à ce que je vais lui dire. Je mets en ordre les diverses idées que je veux exprimer, puis me décide à pénétrer dans l'immeuble. Enfin, j'inspire un grand coup avant de toquer à la porte.

Maintenant, je ne peux plus que prier pour qu'elle m'ouvre.

Je croise les doigts, respire profondément pour garder mon calme et parvenir à émettre des paroles cohérentes le moment venu.

J'attends, mais personne n'arrive.

J'entends pourtant un peu de bruit de l'autre côté. Je toque à nouveau et patiente, mais une fois encore, je reste face à la porte.

Mina et Carly m'ont assuré que je trouverai Nell ici à cette heure-ci et qu'elle serait d'accord pour me voir. J'espère qu'elles ne m'ont pas menti pour me punir, mais j'en doute.

J'approche mon oreille de la porte pour tenter d'écouter ce qu'il se passe à l'intérieur. Je ne perçois que des petits gémissements, ou bien des hoquets ? Soudain, un sanglot déchirant me parvient et cette fois, je n'hésite pas à essayer d'entrer.

J'active la poignée. La porte n'est pas fermée à clé et s'ouvre sans mal. Maintenant à l'intérieur, il est clair que Nell est en train de pleurer. Ce n'est cependant rien de comparable à la fois où je l'ai entendue dans l'hôtel.

Non, là, sa douleur est si perceptible que mon cœur se brise pour elle.

Je me précipite à sa rencontre en suivant le son de ses sanglots.

Je la trouve finalement dans le salon, allongée au milieu d'un gros désordre. Elle se vide de ses larmes sur des piles de papiers froissés.

Que lui est-il arrivé ? Elle ne peut pas être dans cet état depuis des jours, ses amies auraient réagi.

— Nell ? demandé-je doucement en m'approchant.

Je m'accroupis près d'elle en hésitant à la toucher. Je ne sais pas si elle me laisserait faire, je ne veux pas la brusquer.

— Je suis désolée, gémit-elle. Je suis désolée, je suis désolée…

Je comprends à peine ses mots tellement elle pleure. Sa crise est ingérable, elle n'arrive pas à se contrôler. Elle tremble, crie presque en sanglotant.

Je réalise alors qu'elle panique.

Cette fois, je la soulève pour la prendre contre moi. Je la blottis dans mes bras, la berce tout en caressant ses cheveux. Je lui embrasse le front en tentant de la calmer.

— Nelly, chérie. Respire.

Elle secoue la tête.

— Je suis désolée. Je suis désolée.

Ses mots sont entrecoupés. Elle ne parvient pas à aspirer l'air nécessaire pour se détendre.

— Nell, écoute-moi, ordonné-je plus durement. Inspire. Expire. Allez, fais comme moi.

Enfin, elle arrive à retrouver un rythme plus lent. Je poursuis en l'obligeant à m'imiter. Son cœur commence à se calmer, sa respiration à se stabiliser. Mais elle pleure toujours et s'excuse en continu.

Je ressentirais presque le même déchirement qu'à la mort de Mike. Nell est dans un tel état… Je me maudis de ne pas être venu plus tôt.

— Ça va mieux ? l'interrogé-je inquiet.

Elle hoche puis secoue la tête avant de hausser les épaules et de se remettre à sangloter.

— Bon sang, Nell, qu'est-ce qui se passe ?

Son regard croise enfin le mien. Je n'y trouve ni haine, ni colère. Juste une douleur pure. Je lui ai fait ça ?

Mon Dieu…

— Je suis désolé, pour tout. Je n'aurais pas dû te parler comme ça, rompre, c'était stupide. Je t'aime et je comprends tout…

Elle me coupe en posant sa main sur mes lèvres. Doucement, elle laisse glisser ses doigts pour déposer un baiser délicat à leur place. Son regard me donne l'impression que ça la tue de m'embrasser.

— Je m'en moque, Matt. De tout ça. Ça n'a plus la moindre importance, marmonne-t-elle.

Ses yeux parcourent les documents sur lesquels nous sommes agenouillés. Elle secoue la tête comme pour oublier quelque chose.

— Tu ne voudras plus jamais me parler après ça. Tu n'arriveras plus à me voir. C'est fini, je vais te perdre à cause de lui.

Sa détresse me brise un peu plus avec chaque seconde qui passe.

— Nell, tu m'inquiètes… Qu'est-ce qui t'arrive ?

— Je t'aime, commence-t-elle par répondre.

J'essaye de l'embrasser, mais elle tourne la tête. Elle se détache finalement de moi pour sortir ce qu'elle a sur le cœur. Elle désigne les papiers de la main.

— Je te jure que je ne savais rien, s'empresse-t-elle de clarifier. Je rangeais les cartons que j'ai récupérés chez Keelean et je suis tombée là-dessus… Je te le jure sur tout ce qui me reste, Mathieu, que je ne savais rien. Jamais je ne t'aurais menti à ce sujet. Jamais. Je t'aime, je ne peux pas te faire ça.

Ce qu'elle dit commence à me faire flipper, sauf que je veux qu'elle aille au bout. J'ai besoin de comprendre. Clairement, ça n'a rien à voir avec tout ce que nous avons appris jusqu'ici. En tout cas, je la crois lorsqu'elle me promet n'avoir rien su avant maintenant. Elle n'aurait pas été dans cet état quand je suis arrivé si ça avait été le cas. Je l'encourage gentiment.

— Explique-moi, Nelly.

Je parviens à attraper sa main, qu'elle ne retire pas des miennes. Je lui caresse doucement la paume en espérant la rassurer. Je ne suis pas là pour la blâmer.

Elle inspire profondément, ferme les yeux, puis reprend son récit.

— C'est mon père, il… J'ai trouvé tout un dossier. Il y a des mails, des factures, des plans, des plannings. Il a…

Elle déglutit difficilement. Son regard se perd dans le vide. Elle secoue la tête avant de sortir la suite tandis que je serre un peu plus fort sa main sous la pression qui commence à monter en moi.

— Il a développé un système pour tricher pendant les courses, explique-t-elle vaguement. Il l'a testé pour la première et dernière fois l'année dernière… Au Portugal, lâche-t-elle doucement.

Mon cerveau se prépare à la suite alors que mon cœur refuse de faire ce lien.

Nell me supplie du regard. Elle n'a pas envie d'en dire plus et je la comprends. Je hais que ce soit elle qui m'annonce ça.

Elle me tend finalement les papiers pour que j'en tire mes propres conclusions.

« BrakeFree ».

Putain de merde…

Mes mains tremblent de plus en plus. Nell se laisse tomber par terre. Elle s'assoit et attend la sentence.

Moi, je parcours ces preuves sans vouloir croire ce que je lis. Au début, je ne suis pas certain de tout saisir correctement. Je relis certains documents, en fixe d'autres, stupéfait. Au bout d'une dizaine de minutes, tout devient clair et impossible à comprendre autrement : Don a truqué des voitures à distance. Son premier test a eu lieu l'année dernière au Portugal. Pendant la course où Mike a perdu le contrôle de sa monoplace.

Un mail parle explicitement des Cavarot comme première cible, étant la dernière écurie de la grille, personne ne suspecterait quoi que ce soit. Don a causé l'accident. Il a tué Mike.

Non ! Non ! Non ! Non !

Comment est-ce qu'il a pu cacher un truc pareil ? Pourquoi n'y a-t-il pas eu une enquête ? Cavarot devait se douter que ce n'était pas normal, non ?

Non, bien sûr que non. Ils ont trop peu de moyens pour s'assurer qu'une telle chose ne peut pas arriver. C'était probable qu'un dysfonctionnement ait créé l'accident.

Sauf que ce n'était pas le cas. Don a provoqué le crash.

S'il n'avait possiblement pas anticipé un mort, il avait raison sur un point : personne n'a suspecté une action criminelle contre une aussi petite écurie.

— Je vais le dénoncer, Matt. Je te promets que je vais le dénoncer. Il ne peut pas s'en tirer, pas pour ça.

Je hoche inconsciemment la tête. Je n'arrive pas à y croire…

— Don a tué Mike, lâché-je finalement.

Nell continue de pleurer silencieusement.

Son état me ramène partiellement à la réalité. Son père l'a une fois de plus détruite et cette fois, je ne sais pas comment elle va s'en relever. Ce n'est pas une petite accusation. Il peut être inculpé pour homicide. Elle me regarde comme si j'allais la battre pour ces faits, comme si elle était la responsable.

J'aimerais la rassurer, lui dire que je l'aime, qu'elle n'a rien fait, que je ne lui en veux pas. Au contraire, elle m'a enfin apporté la pièce manquante du puzzle. Mike n'a pas commis d'erreur, ce n'est pas non plus la faute de Cavarot. Ce n'est pas la faute de Nell ou de Keelean. Le seul responsable, c'est Don.

— Je vais le tuer, marmonné-je, fou de rage. Quel fils de pute…

Nell hoche la tête.

— Je suis désolée, murmure-t-elle.

Je l'attire à moi pour nous installer sur le canapé. Assis là, je la prends dans mes bras. Elle se laisse faire. Aucun de nous ne prononce mot. Nous restons un long moment en silence. J'ai besoin de digérer, de comprendre. Nell semble terrifiée.

Il ne peut pas s'en sortir, c'est hors de question. J'engagerai tous les avocats nécessaires pour le faire tomber.

Les parents de Mike seront dévastés. À nouveau.

Mes amis aussi.

La plaie que je pensais enfin fermée se réouvre seconde après seconde. Mon cœur manque de s'arracher à ma poitrine. Je ne m'attendais définitivement pas à ça en arrivant ici.

Nell hoquète contre moi.

À un moment, je crois que quelques larmes m'échappent. J'ai envie de vomir, de courir, de hurler, de m'endormir pour tout oublier.

Je sens alors la délicatesse d'une caresse sur mon torse et de doux baisers dans mon cou. Nell me sort partiellement de ma torpeur, du moins d'une spirale infernale dont je connais déjà l'arrivée. Je ne veux pas retomber dans mon état de l'année dernière. Cette fois, je ne suis pas seul. Je ne l'ai jamais été.

Je n'en souffre pas moins pour autant. J'ai l'impression d'être revenu à Lisbonne et qu'on m'a annoncé une seconde fois que mon meilleur ami était parti, d'une façon bien plus violente cette fois.

Nous restons silencieux, chacun avec nos pensées, pendant de longues minutes. Nous nous contentons de nous câliner, de réfléchir, d'accepter. Même si je ne suis pas certain de parvenir un jour à accepter cette information.

Finalement, Mina et Carly rentrent pour nous trouver dans cette position.

— Mon Dieu, mais qu'est-ce qu'il s'est passé ici ? s'inquiète Mina.

Nell se redresse et en les voyant, elle fond à nouveau en larmes.

Les filles me fusillent du regard, mais quand elles saisissent que j'ai moi-même du mal à me retenir de pleurer, elles se mettent à paniquer.

— Bon sang, mais expliquez-nous ! s'emporte Carly.

C'est donc ce que nous faisons. Au début, elles ne nous croient pas, puis elles lisent les documents. Voilà deux personnes de plus qui en déduisent les mêmes choses. C'est que nous avons raison. Elles se laissent à leur tour tomber sur les fesses.

— Quand je croyais qu'il ne pouvait pas faire pire ! s'étonne Mina.

Nell ricane amèrement.

— J'ai trouvé un bourbon dans ses cartons, quelqu'un en veut ? propose-t-elle.

— Je vais avoir besoin de plus d'une bouteille ! avoué-je.

NELL

La bouteille n'aura pas fait long feu.

Chacun de nous avait ses propres raisons de boire un coup. Mathieu et moi restons tout de même responsables de la descente de deux tiers de la boisson. Au moins, ça nous aura permis d'arrêter de déprimer pour passer à l'action. Du moins, discuter de l'action.

Nous devons trouver la marche à suivre pour rendre justice à Mike, punir mon père, sans que je sois écrasée par la machine judiciaire.

Mathieu a promis de mettre tous les avocats possibles sur l'affaire, ce qui m'a déjà bien rassurée. Ensuite, nous avons convenu qu'il ne ressortirait rien de positif à aller voir mon père en prison. Nous nous énerverions contre quelqu'un qui, manifestement, n'a pas conscience du mal qu'il a pu faire autour de lui.

L'idée est aussi de nous préparer aux questions de la presse qui ne manquera pas de nous épingler sur le sujet : Mathieu, parce que Keelean est indirectement impliquée dans la mort de son meilleur ami, moi, parce qu'il s'agit de mon père.

— Déjà, Nell, tu dois changer de nom et rapidement. Tu dois montrer que tu es contre Don, avance Carly.

Je hoche la tête.

— On prendra un avocat pour t'aider, m'assure une nouvelle fois Mathieu.

Savoir qu'il ne me hait pas me permet de respirer à nouveau. Il semble enclin à me soutenir, à faire front ensemble. Je croyais qu'il me tiendrait responsable au même titre que mon père, mais s'il est encore ici à boire avec nous, alors peut-être a-t-il décidé de faire la part des choses.

Je ne lui en aurais pas voulu de me détester. J'aurais compris. La douleur nous empêche parfois de voir des situations telles qu'elles sont réellement. Je ne suis pas coupable, mon père m'a détruite au même titre que lui. Je suis heureuse qu'il le saisisse.

— Il va aussi falloir prévenir mes amis, ajoute Matt. Plus on sera nombreux à déposer plainte contre lui, plus on aura de chances que le dossier soit pris en charge rapidement.

— Quand est-ce qu'on en parlera aux enquêteurs ? demandé-je.

Mathieu est catégorique.

— Demain. Je ne veux pas risquer que les preuves s'envolent.

J'accepte sans réfléchir, malgré tout terrifiée à l'idée de dénoncer mon père sur de tels agissements.

— Ça ira, Nell ? m'interroge doucement Mina en me tenant la main.

Je fronce les sourcils en espérant faire disparaître la migraine qui pointe son nez. Livrer mon père ne sera pas sans conséquences pour ma santé mentale, mais je me dois de le faire pour toutes les personnes qui ont été affectées par ses manigances, pour m'offrir un futur un tant soit peu vivable.

— Je ne te laisserai pas y aller seule, impose Mathieu. On fera ça ensemble.

Est-ce qu'il dit cela pour m'apaiser ou pour s'assurer que j'aille bien au bout des choses ? Peu importe. Je ne peux pas refuser ce soutien.

— Vous croyez que je devrais aller lui parler ?

Mes amies et Mathieu m'observent sans réponse.

— Tu es la seule à pouvoir faire ce choix, explique finalement Carly. C'est ton père après tout…

Je soupire bruyamment avant de finir mon verre.

— Peut-être un jour, ajouté-je, tout en me disant que je ne résisterai pas à la tentation de lui demander sa version des faits.

— On ferait mieux d'aller se coucher, remarque Mina. Demain, une grosse journée nous attend.

Elle ne pourrait pas avoir plus raison.

Nous acquiesçons tous, mais au moment de partir vers les chambres, nous réalisons qu'il n'y en a que trois. Carly pose alors tout haut la question que chacun a en tête.

— Euh… Vous êtes de nouveau ensemble ou pas ? nous demande-t-elle à Mathieu et moi.

Je me contente de regarder mes pieds en me mordant la lèvre. J'attends la sentence de Matt avec appréhension. Je me doute qu'après tout ça, notre couple risque fort de dire adieu à un quelconque futur. Nous avons déjà rompu en plus. Comment pourrait-il vouloir rester avec la fille du meurtrier de son meilleur ami ?

— Vous nous laissez ? demande gentiment Mathieu.

Je relève la tête de surprise. Mes amies vérifient que c'est ce que je souhaite, puis s'en vont quand elles sont sûres que je suis prête à avoir ce genre de conversation maintenant.

Quand nous sommes seuls, tous les deux, Mathieu se décide à croiser mon regard.

— J'ai l'impression que tu t'attends à ce que je te gifle, Nell…

Un rire nerveux m'échappe.

— Non, c'est juste que… enfin, je m'attends à… me refaire larguer. À juste titre, cette fois.

Il fronce les sourcils en secouant la tête.

— Pourquoi ? demande-t-il avant de rapidement se rappeler la situation. Bon, OK. Je reconnais que notre couple a peu de probabilités de survivre à cette histoire.

Je grimace.

— Voilà, donc…

— Attends, laisse-moi finir, me coupe-t-il.

Je me tais pour écouter la suite, malgré la boule d'angoisse qui alourdit mon ventre.

Il soupire bruyamment. Son visage est tiré par les rebondissements de cette journée. Il souffre encore, clairement. J'ai l'impression de retrouver le Mathieu de ce début de saison. J'ai peur qu'il ne sombre à nouveau dans l'alcool. J'espère que cette fois, il saura faire face à la douleur. J'aimerais tellement le soutenir.

Faites qu'il ne me raye pas de sa vie !

— La raison voudrait que je fuie ta famille. Mais le truc, c'est que je suis amoureux de toi et que c'est bien la première fois que ça m'arrive. Il y a quelques mois, je n'aurais pas réfléchi et je t'aurais quittée. Là, je sais ce que c'est que rompre avec toi, ça n'a rien d'amusant. D'autant que je pense être assez sensé pour réaliser que tu n'es pas ton père, simplement une de ses nombreuses victimes.

Une larme m'échappe quand j'entends ces mots. Non, je ne suis pas mon père. Je ne tolère pas ses actes. Je le hais. Pour tout.

— Il t'a bousillée, Nelly. Ça serait injuste de ma part de te reprocher ses crimes après tout ce que tu as fait pour moi, pour m'aider, pour me sauver… Encore là, tu es prête à tirer un trait sur ta famille pour que j'obtienne justice. En fait, tout ce que je souhaite, c'est me remettre avec toi, si tu le veux bien. Qu'on se batte ensemble.

Ne trouvant pas les mots, je me contente d'accrocher mes bras à son cou pour le serrer contre moi. Il blottit son nez dans mes cheveux et nous restons ainsi un moment. Perdus dans nos pensées, nous profitons simplement de la présence et du soutien de l'autre.

— Je suis désolée, Matt.

— Arrête. On a tous les deux merdé dans notre couple. Ton père nous a mis un sacré coup aussi. Mais tu préfères quoi ? Passer nos vies à nous excuser ou faire front ensemble et nous entraider pour retrouver le sourire ? Parce que je ne suis pas quelqu'un qui déprime longtemps, Nelly. Il va me falloir mon binôme pour avancer.

Je ne sais pas comment il fait pour me tirer un rire. Simplement, quand je croise ses yeux pleins de tendresse, je ne peux que lui rendre son sourire.

— Attention, je suis prête à te mettre des coups de fouet si je te vois retomber dans l'alcool !

Il secoue la tête en riant.

— Je serais tenté de le faire juste pour te voir manier un fouet.

Nous rigolons ensemble, soulagés de savoir qu'un peu de bonheur reste à notre portée dans ce cauchemar.

— On va se coucher ? propose Matt, avant de bâiller.

Je lui prends la main et le tire vers la chambre d'amis de l'appartement des filles. Il ferme la porte derrière nous, puis m'attire contre son torse. Nos lèvres se trouvent dans un baiser amoureux, plein de promesses d'avenir. Je suis son roc, il est le mien. Nous allons nous épauler dans la longue bataille qui s'annonce. Je n'ai pas à avoir peur. J'ai droit au bonheur malgré tout ce qui s'est passé. Ensemble, nous nous en sortirons.

* * *

Alors que j'aurais aimé passer une nuit paisible dans les bras de l'homme avec qui j'ai décidé d'avancer, malgré les épreuves qui se dresseront immanquablement devant nous, je ne cesse de tourner et de me retourner dans le lit. Quelque chose me dérange et il ne me faut pas longtemps pour comprendre de quoi il s'agit.

À mon réveil, je devrai révéler aux autorités nos dernières découvertes et dénoncer mon père, mais une part de moi se sent coupable de ne même pas avoir cherché à entendre sa version avant de prendre cette décision qui affectera nos vies à tous, pour le restant de nos jours. Je ne peux pas envoyer mon père derrière les barreaux sans lui parler une dernière fois, sans lui laisser la moindre chance de s'expliquer, de se dédouaner.

La petite fille en moi ne peut pas s'empêcher de se demander : « Et s'il n'avait rien à voir avec tout ça ? » J'ai conscience que ce maigre espoir est ridicule, que me raccrocher à cette utopie ne fera que retarder la chute de notre famille, mais… peut-on réellement m'en vouloir ?

Ce même sentiment de culpabilité qui m'a empêchée de dormir toute la nuit me cueille à mon réveil, au petit matin. Je me lève pour éviter de réveiller Mathieu en bougeant dans tous les sens. Au salon, j'allume mon téléphone dans l'idée de traîner sur les réseaux, mais il se met à vibrer dans ma main. Le nom de maître Barringer apparaît.

Cette fois, je ne résiste pas et réponds pour faire ce que je pense être le mieux pour moi. J'ai besoin d'entendre mon père avant de le dénoncer. Je dois passer par là pour être en paix avec moi-même au moment de relater les faits horribles que je lui reproche.

L'avocat me met rapidement en contact avec mon père. J'ignore comment il a pu obtenir de telles faveurs du centre de détention, mais à cet instant, je m'en moque. Tout ce qui me préoccupe est de chercher une explication à toute cette histoire. Sauf qu'avant même que je puisse ouvrir la bouche, mon père me presse pour que je lui rende des comptes.

— Nell… soupire-t-il. Comment as-tu pu ? Comment as-tu pu faire la seule chose qui me tuerait ?

Dites-moi qu'il n'a pas osé prononcer cette connerie ! Je ne peux pas croire qu'il continue de ne penser qu'à lui et son écurie vis-à-vis de la situation dans laquelle je me trouve par sa faute.

— Tu es derrière les barreaux, Papa. Ce qui se passe avec Keelean ne te concerne plus. Surtout depuis que j'ai appris tes dernières prouesses…

J'aimerais qu'il saisisse ma perche pour se livrer, mais il n'en fait rien.

— Keelean, c'est toute ma vie ! Comment as-tu pu la vendre ? Tu vas la mener à sa perte ! Tu me retires la dernière chose qui-

— J'ai une seule question à te poser et je veux la vérité, le coupé-je durement. Tu me dois bien ça.

Je l'entends soupirer bruyamment, il tente de revenir à ce qui le préoccupe, mais je ne cède pas. Je me moque de ses reproches. Il me faut une réponse. J'ignore ses jérémiades plus que déplacées face à ce contexte et insiste pour obtenir une réponse. Enfin, il accède à ma demande.

— Tu sais déjà tout ce qu'il y a à savoir, mais vas-y, je t'écoute, m'accorde-t-il, tout en cherchant à décrédibiliser ma volonté.

Plutôt que d'entrer dans son jeu, je reste concentrée sur mon objectif. Après une grande inspiration, je me lance.

— As-tu oui ou non *hacké* la Cavarot de Mike Miller ? Es-tu responsable de sa mort ?

Je retiens mon souffle en attendant sa réponse. J'ai beau savoir qu'il niera, je continue d'espérer qu'il finira par s'excuser, par reconnaître ses erreurs, par me demander pardon pour avoir gâché notre vie de famille.

— De quoi est-ce que tu parles, Nell ?

Il tente de jouer l'innocent. Je reconnais malheureusement cette intonation qu'il prend lorsqu'il ment. L'entendre nier de la sorte me met hors de moi.

— Arrête de faire le con et réponds-moi ! Assume, putain !

Jamais je ne m'étais autant énervée contre lui, jamais je n'avais osé lui parler de la sorte avant aujourd'hui. Il est allé beaucoup trop loin et je ne peux simplement plus faire semblant.

— Nell, soupire-t-il. Je sais que c'est difficile, mais inventer de nouveaux problèmes ne va rien arranger.

Tu ferais mieux de te concentrer sur ma défense plutôt que de te prendre la tête avec des rumeurs que mes détracteurs souhaitaient que tu entendes.

Dans quel monde vit-il ? Comment peut-il être aussi imbu de lui-même ?

— Je ne compte pas te défendre ! répliqué-je, blessée. Tu fais tout pour détruire ma vie. Tes conneries me coûtent si cher, Papa. Assume ce que tu as fait à Mike, c'est tout ce que je te demanderai jamais de faire pour moi.

Je peux entendre son impatience au bout du fil. S'il n'avait pas besoin de moi, il m'aurait déjà raccroché au nez.

— Je n'ai rien à voir avec cet accident, Nell ! Ce n'est pas de ma faute si les mécanos de cette écurie de bas étage ne sont pas capables de régler les freins de leurs monoplaces ! Je ne comprends même pas pourquoi tu m'appelles à ce sujet. Je croyais que tu haïssais ce sport et soudainement, tu te préoccupes des accidents en course ?

Son ton méprisant est ce qui me fait craquer, ce qui me pousse à raccrocher sans plus de cérémonie. Mon père ne reconnaîtra jamais ses torts, il ne s'excusera pas et je perdrais mon temps à attendre qu'il manifeste le moindre sentiment vis-à-vis de moi.

Alors que je croyais que cette conversation serait la plus dure de ma vie, elle s'avère être ce dont j'avais besoin pour aller au bout des choses, pour le dénoncer et m'assurer que justice soit faite pour le meilleur ami de Mathieu.

Le regard porté au-dehors, je peine à croire que mon père puisse être un tel connard. Je secoue inconsciemment la tête de droite à gauche, toujours énervée après ce coup de téléphone.

Je suis tellement ailleurs que je ne perçois la présence de Mathieu que lorsqu'il dépose un baiser sur le haut de ma tête. En silence, il s'installe contre moi pour me prendre dans ses bras.

Je n'ai pas besoin de lui expliquer, pas besoin de lui répéter les mots de mon paternel. Je sens qu'il sait déjà tout et qu'il n'a pas besoin de plus. Il se contente de me soutenir comme promis.

Dans quelques heures nous irons dénoncer mon père et cette fois, rien ne pourrait me faire changer d'avis.

27

Novembre – Espagne

MATHIEU

De retour sur le paddock avec Nell, je n'attends qu'une chose : en finir avec cette saison de malheur. Je suis épuisé. Je sais que les prochaines courses seront désastreuses avec un nouveau management encore trop peu en place. Toute l'écurie est anxieuse, mais surtout chamboulée par les énièmes révélations au sujet de Don MacArthur.

Ces deux semaines à Édimbourg n'ont pas été de tout repos. Comme prévu, nous avons apporté les preuves aux enquêteurs, répondu à leurs questions et déposé plainte. Nous avons averti la famille de Mike et mes amis.

Véhémente, madame Miller a saisi la presse pour s'assurer que cette histoire ne serait pas étouffée. Avec mon soutien et celui de Nell, nous arriverons au bout de ces procès pour faire payer le responsable de la mort de mon ami. La bataille judiciaire sera longue. Nous en avons au moins pour un an d'auditions, mais je sais qu'avec Nell, nous allons y arriver et en sortir plus soudés.

Notre couple a déjà passé tellement d'épreuves que je ne m'inquiète plus quant à son futur. Je n'ai jamais été en couple avant, mais je sais que Nell est la bonne. Tout prend sens quand je suis près d'elle. Elle me comprend, nous connaissons les mêmes souffrances. J'ai besoin d'elle et je pense qu'elle a aussi besoin de moi.

Tout n'est pas bien qui finit bien parce que son père va aller en prison et qu'il a tué mon meilleur ami, mais au moins, nous sommes heureux ensemble.

Nell a pu prendre le nom de sa mère pour éviter d'être trop associée à Don, mais aussi pour montrer dans quel camp elle se situe. Je n'ai pas osé lui proposer de prendre le mien. Je ne sais pas si nous en sommes là. Pour l'instant, l'important est qu'elle se sente mieux et plus protégée.

Je suis à présent en couple avec Nell O'Callaghan. Décidément, elle est écossaise jusqu'au bout des ongles.

Notre arrivée en Espagne n'est pas de tout repos. Entre les longues discussions avec la direction de Keelean sur le projet « BrakeFree », les explications avec ma bande et la presse qui nous harcèle, nous n'avons pas eu une minute à nous.

Sans oublier que les journalistes découvrent à peine que Nell et moi sommes en couple. Celle-là, personne ne l'avait vue venir et certainement pas en ce moment. Je fais de mon mieux pour répondre à un maximum de questions et épargner Nelly.

Aujourd'hui, je dois courir, mais je n'ai pas de gros espoir sur le résultat de cette course. John n'est pas très serein non plus. Il n'y a cependant rien d'anormal à cette situation. L'écurie vient d'être rachetée, elle doit s'adapter à un nouveau fonctionnement. Elle a aussi pris quelques coups dont elle doit encore se relever avec les récents évènements. Quelques employés nous ont quittés par peur que le bateau ne coule. Personne n'est prêt pour un week-end de course, mais nous nous prêtons tout de même à l'exercice.

Je démarre P6 et Porana P9. Rien de bien glorieux.

Rassuré de savoir que Lise a pris Nell sous son aile pendant mon absence, je peux me concentrer à 100 % dans le circuit.

Le départ m'est un peu difficile, mon temps de réaction me fait perdre une place, mais je parviens à la récupérer rapidement dans la première chicane. Chaque virage représente un nouveau challenge. Je tente du mieux que je peux de remonter, mais mon manque d'entraînement de ces derniers jours ne fait rien pour m'aider.

Finalement, la course s'avère assez chiante. Il ne se passe rien et je plains les spectateurs qui se sont tapé deux heures de sieste. Un DNF de Garcia m'a cependant permis de gagner une place. Je finis donc P5, ce qui n'est pas terrible, mais pas monstrueux non plus.

J'essaye de traîner le moins longtemps possible à la merci des journalistes. Je sais qu'ils ont tous beaucoup de questions à me poser, mais là, je veux juste m'assurer que Nell s'en sort.

Comme convenu, je les retrouve Lise et elle dans les stands.

— Tout va bien ? demandé-je, terriblement inquiet à l'idée que la presse ait pu la prendre à partie.

Elle hoche la tête avant de m'embrasser.

— Arrête de la couver ! me reproche Lise.

Je n'ai pas le temps de répondre que John se joint à nous.

— Beau travail, Matt, considérant… les circonstances.

Il me tape dans le dos avant de serrer Nell contre lui.

— Comment tu vas, toi ?

Lui non-plus ne cesse de s'inquiéter pour elle. Je crois qu'il la considère presque comme sa fille. Finalement, me préoccuper de Nelly m'aide à ne pas sombrer en pensant à Mike. Elle a besoin de soutien donc je ne m'effondre pas. Je suppose qu'elle doit se dire la même chose me concernant.

— Je vais bien ! Arrêtez de flipper et concentrez-vous pour remettre cette écurie sur pieds !

Lise rigole.

— Il y a du boulot ! remarque-t-elle.

Je la fusille du regard.

— Laisse tomber, Matt. Tu ne me fais plus peur depuis que tu es devenu un ours mielleux et amoureux.

Nell se moque de moi. Je m'en fiche, au moins elle rit.

— Un nouveau planning a été rédigé pour que tu puisses assister aux réunions, Mathieu, reprend John. On commence après les vacances, histoire que tout le monde se remette un peu de ses émotions.

J'acquiesce, soulagé de ne pas avoir à gérer tout ça maintenant. J'ai besoin d'une pause avant de reprendre les combats. Surtout qu'il reste encore une date à ce championnat.

Nous nous rendons en Azerbaïdjan pour disputer l'ultime Grand Prix de la saison. Avec son avance dans les points, Owen est certain de l'emporter, il n'y a donc pas beaucoup de suspens. De mon côté, je me satisferai d'une P3 cette année au championnat. Je suis très content d'avoir conservé cette place malgré mes piètres prestations aux dernières courses.

Sur ce circuit tracé en ville, nous courons près de trois heures. Un drapeau rouge est déployé après le DNF d'une Giants. En dehors de cela, il ne se passe pas grand-chose. Chacun suit sa route et tente quelques mouvements pour remonter, sans gros succès. Un *undercut* m'aide malgré tout à gagner trois places en fin de course. Si je rate le podium d'une position, les points que je récupère me permettent de conserver ma troisième place du championnat. J'ai respecté mon objectif du jour. C'est tout ce que je voulais.

À présent, nous allons pouvoir fêter la seconde victoire d'Owen. Une bonne cuite et du divertissement ne feront de mal à personne. Mes amis aussi ont été remués par les dernières informations concernant la mort de Mike. Nous avons tous besoin de lâcher prise, de clôturer ces histoires et d'avancer.

J'ai au moins la tranquillité d'esprit de savoir qu'ils acceptent Nell parmi nous. Eux non plus ne lui en tiennent pas rigueur, au contraire, nous sommes tous d'accord pour dire qu'elle a besoin de notre soutien dans ces épreuves. Les mois à venir seront rudes.

Avant la fête, nous devons cependant nous rendre à une dernière interview pour terminer cette saison.

Entouré d'Owen, de Loris et de Gabriel, je suis prêt à répondre aux milliers de questions que je vais recevoir. C'est le moment de satisfaire la curiosité d'un maximum de reporters avant de passer au silence radio. C'est aussi l'occasion de clarifier ma situation avec Nell, son père et toutes ces histoires. J'espère parvenir à faire entendre les messages que je veux. Je compte sur ma journaliste préférée pour m'aider.

— Bon, on commence, oui ? s'impatiente Owen.

— Pourquoi, t'as un autre rendez-vous ? le taquine Loris.

Owen rigole.

— Avec ma femme, en effet, se vante-t-il.

— J'irai bien retrouver la mienne aussi, marmonné-je. Je n'ai pas envie d'être là.

— Quelqu'un veut bien rompre, que je me sente moins seul ? suggère Gabby, déprimé au possible.

Nous secouons tous la tête. Je m'apprête à le taquiner pour tenter de lui remonter le moral quand les premières questions sont posées. Les journalistes commencent par féliciter Owen et lui demander ses impressions sur cette course et la saison. Le même genre de question est posé à chacun. Chaque pilote évalue son écurie, son parcours et donne ses objectifs pour la saison suivante. Certains se montrent optimistes, d'autres plus réservés comme Gab qui, clairement, ne porte plus Neptune dans son cœur.

Quand vient mon tour, j'en profite pour véhiculer une image positive de Keelean.

— Évidemment, cette année n'a pas été simple pour nous. Mais nous nous tenons prêts pour l'année prochaine. Le staff est motivé, nous nous ajustons aux changements. De mon côté, j'ai plus que jamais envie de faire tomber le sourire du visage d'Owen.

Ma remarque amuse tout le monde, même le concerné.

— Rêve autant que tu veux, me taquine-t-il.

— Pouvez-vous nous en dire un peu plus sur l'enquête qui touche votre écurie ? me questionne un journaliste.

Je hausse les épaules.

— Je ne m'inquiète pas pour Keelean. L'équipe est *clean* et plus saine que jamais après l'arrestation de Don. Lui seul est responsable. C'est tout ce qu'il y a à dire.

En temps normal, l'attention se serait portée sur un autre pilote, mais là, ils ont tellement à me demander que ça se termine en interrogatoire.

— Vous confirmez que vous formez un couple avec la fille de Don MacArthur ?

J'aperçois le visage crispé de cette dernière, cachée au milieu du staff, à côté de Lise.

— Je confirme que je suis en couple avec Nell O'Callaghan, à qui Keelean doit beaucoup, soit dit en passant.

John hoche vivement la tête. Porana, lui, rigole et intervient.

— C'est légal, ça ? Sortir avec la propriétaire pendant la saison ? remarque-t-il.

— Qui a dit une chose pareille ? le provoqué-je.

Son regard en dit long. Moi, je me contente de rire. Je lui suis reconnaissant de dévier le sujet. Je préfère parler de trucs bateaux plutôt que des histoires sordides qui nous suivent.

— Fallait lui offrir un gâteau aux fraises, t'as raté ta chance, mon vieux, continué-je sur ma lancée.

— Tu lui as offert quoi d'autre déjà ? me cherche Owen en rigolant.

Mes amis et moi éclatons de rire. J'entends le gloussement peu discret de Nell au fond de la salle.

Un journaliste s'apprête à poser une nouvelle question personnelle, mais les responsables communication demandent à chacun de se concentrer sur la F1, la raison de notre présence ici.

De toute façon, tout a été dit au sujet de Don, de Mike ou de Nell. Maintenant, reste à ressouder Keelean, survivre aux procès et terminer notre deuil. J'ai conscience que l'année qui arrive ne sera pas de tout repos, mais je sais qu'avec Nell à mes côtés, nous parviendrons à la surmonter.

Pour les venger, elle et Mike, je suis prêt à tout.

Pour l'instant, l'heure est cependant à la fête. Don ne me pourrira pas plus la vie. Je compte célébrer la victoire de mon pote et savourer une danse avec ma femme. Ce soir, nous nous devons d'en profiter. Qui sait ? J'arriverai peut-être à convaincre Nell de tester son fouet ?

Épilogue

Avril – Monaco

GABRIEL

Il se fout de ma gueule, ce n'est pas possible.

Comment peut-il oser se pointer et faire sa pleureuse après nous avoir ignorés pendant autant de temps ?

L'excuse du deuil, ça va cinq minutes. Nous aussi on a perdu Mike. Mais non, Mathieu a le monopole de la douleur. Je suis censé le pardonner d'avoir pété les plombs et de nous avoir traités comme des inconnus pendant autant de mois après tout ce que nous avons tenté pour le soutenir ?

Moi aussi, j'aurais bien besoin de soutien. Mais ça, il l'ignore, vu qu'il s'en branle de nous.

Je ne sais même pas de quoi il se plaint ! Il a tout !

Je m'en fous de ses problèmes avec MacArthur ! Owen a raison, Lise n'a pas à le défendre. C'est bon, elle peut arrêter de le couver, il se comporte comme un bon gros connard.

Je m'apprête à lui dire ma façon de penser quand je vois mon boss me héler au loin.

Génial…

S'il y a bien quelqu'un que je n'ai pas envie de croiser en ce moment, c'est lui… Je m'attends à tout moment à ce qu'il me vire.

J'ai conscience que ma place ne tient qu'à un fil. Tout le monde s'assure de me le rappeler à chaque instant. Je me demande si ça ne les amuse pas de me torturer avec cette menace. Ils pensent peut-être me motiver, mais ça ne fait que me terrifier. Le stress n'a jamais été un bon facteur de réussite me concernant.

— Vous vouliez me voir ? lancé-je à Leceo.

— Ah Gabriel, m'accueille-t-il. J'ai regardé les statistiques et ce n'est vraiment pas joyeux. J'aimerais qu'on en discute après l'interview.

Me voilà convié à un remontage de bretelles en bonne et due forme. Je ne peux qu'accepter mon sort.

— Très bien.

Il hoche solennellement la tête avant que son regard ne parcoure l'assistance. Est-il en train de prospecter pour un remplaçant devant moi ? Ce connard n'a plus aucune décence depuis quelques mois. Je me fais marcher dessus, mais je ne peux rien dire. Il me tient par les couilles, aucun pilote sain d'esprit ne partirait volontairement sans plan B. Je n'ai pas de plan B.

— Ta cote de popularité n'est pas au beau fixe non plus, ça serait bien d'amuser un peu la galerie là-dedans, ajoute-t-il.

Je retiens un commentaire comme quoi je ne suis pas une bête de foire, ni payé pour faire autre chose que piloter.

Ma popularité irait aussi beaucoup mieux si mon patron cessait de raconter à tout va qu'il s'apprête à me remplacer. Je sais que les rumeurs viennent de lui. C'est sa façon subtile de me préparer à la sentence. Je ne peux que me battre en prouvant ma valeur, ce que j'essaye désespérément de faire malgré les stratégies en faveur de mon coéquipier.

— Une autre requête, monsieur ? demandé-je ironiquement.

Il secoue la tête.

— Tu peux y aller.

Bah voyons…

Je retiens un « allez vous faire mettre » pour retrouver mes amis. J'espère pour Mathieu qu'il fermera sa bouche avec ses soi-disant problèmes, parce que je risque de finir par passer mes nerfs sur sa belle gueule.

Je donnerais cher pour avoir le luxe de me plaindre comme il le fait… Avec une cuillère en argent dans la bouche, moi aussi j'aurais pu entrer chez Keelean et rouspéter parce que ma boss me punit. Quoi qu'il arrive, il retrouvera toujours un siège. Il peut se le payer.

Moi ? Je n'aurai que mes yeux pour pleurer quand je me ferai virer.

Remerciements

No Grip est le huitième roman que j'ai écrit. Le 8 étant mon chiffre porte-bonheur, ce n'est probablement pas une coïncidence que ce livre soit un de ceux qui m'ont le plus marquée. 8 livres, ça veut dire au moins 16 personnages principaux créés, que j'ai appris à connaître et à aimer. Pourtant, aucun avant Mathieu Lecomte ne m'avait fait cet effet. Je suis tombée amoureuse de ce personnage, de son histoire, de sa sensibilité. Plus j'ai appris à le connaître, plus je l'ai aimé et il reste à ce jour mon personnage préféré, mon chouchou, celui qui a une place particulière dans mon cœur. J'avais si peur de le partager, peur de l'exposer à l'inconnu, mais à quoi bon le garder que pour moi ?

L'écriture de cette histoire a été si facile, rapide. J'ai pris énormément de plaisir en la créant et j'espère que vous pourrez en dire autant de votre lecture.

Une fois de plus, cette trilogie n'aurait pas vu le jour sans l'aide précieuse de ma super bêta Elodie ! Je sais que tu me hais pour Mike… mais je sais aussi m'être rattrapée avec Matt. Sans rancune ?

Merci à ma grande sœur, Charlotte, pour tes premières lectures, tes encouragements et ton engouement inébranlable pour tout ce qui sort de ma tête.

Pour Zélie, mais aussi toute l'équipe éditoriale de BMR qui a aidé sur ce tome, un grand merci pour ce travail dans la bonne humeur. Qui aurait cru que je serais contente de recevoir des corrections ?

Enfin, merci à toi qui m'as lue jusque-là. Si après ce tome 2 je ne t'ai toujours pas converti à la F1, je n'y comprends plus rien ! J'espère que cette histoire t'aura transporté l'espace de quelques heures. À très vite pour un dernier tour de piste !

hachette s'engage pour l'environnement en réduisant l'empreinte carbone de ses livres. Celle de cet exemplaire est de :
450 g éq. CO_2
Rendez-vous sur www.hachette-durable.fr

PAPIER À BASE DE FIBRES CERTIFIÉES

« Pour l'éditeur, le principe est d'utiliser des papiers composés de fibres naturelles, renouvelables, recyclables et fabriquées à partir de bois issus de forêts qui adoptent un système d'aménagement durable. En outre, l'éditeur attend de ses fournisseurs de papier qu'ils s'inscrivent dans une démarche de certification environnementale reconnue. »

Édité par Hachette Livre, dans la collection Ito
(58, rue Jean -Bleuzen, 92170 Vanves)

Composition : Nord Compo
Achevé d'imprimer en juin 2024 en Espagne par
Liberdúplex - 08791 Sant Llorenç d'Hortons
Dépôt légal 1re publication : novembre 2023
13.5989.03 – ISBN : 978-2-01-724652-7
Dépôt légal : juin 2024